U0670005

全解全析

唐诗三百首

【清】蘅塘退士 编

徐荣强 编

吉林出版集团股份有限公司
全国百佳图书出版单位

图书在版编目（CIP）数据

唐曲三百首全解全析 / 徐荣强 编. -- 长春 :吉林出版集团股份有限公司, 2023.4

ISBN 978-7-5731-3175-1

Ⅰ.①唐… Ⅱ.①徐… Ⅲ.①唐诗－诗歌欣赏 Ⅳ.①I207.227.42

中国国家版本馆CIP数据核字(2023)第057622号

唐诗三百首全解全析

TANGSHI SANBAI SHOU QUAN JIE QUAN XI

编　　者　徐荣强
出 版 人　吴　强
责任编辑　蔡宏浩
装帧设计　金墨书香
开　　本　710 mm × 1000 mm　1/16
印　　张　21.5
字　　数　409千字
版　　次　2023年4月第1版
印　　次　2023年4月第1次印刷
出　　版　吉林出版集团股份有限公司
发　　行　吉林音像出版社有限责任公司
（吉林省长春市南关区福祉大路5788号）
电　　话　0431-81629667
印　　刷　廊坊市博林印务有限公司
ISBN 978-7-5731-3175-1
定　　价　79.80元

前 言

唐代是我国古典诗歌发展的全盛时期，产生了众多的名篇佳作。“唐诗”是唐代文学的标志，开创了中国诗歌发展的新纪元。唐诗作者众多，著名的有李白、杜甫、白居易等人。

唐诗的题材非常广泛：有的是从侧面反映当时社会的阶级状况和阶级矛盾，揭露封建社会的黑暗；有的是歌颂正义战争，抒发爱国思想；有的是描绘祖国河山的秀丽多娇，表达对生活的热爱；还有的抒写个人抱负、表达儿女思慕之情、畅谈人生悲欢，不一而足。

唐诗形式多样：古体诗有五言和七言两种；近体诗有绝句和律诗两种，又各分五言和七言。古体诗对音韵格律的要求比较宽，近体诗则要求比较严。今人读唐诗，可以感受到其音节和谐、文字精炼、意境优美，并为之陶醉。

唐诗代表了中华诗歌的最高成就，是中华以及世界文坛上不容忽视的珍宝。虽然唐诗距离现在已有千年之久，但许多遗留下来的名篇依然被人们广为传诵，经久不衰。本书为之加上注释、译文、赏析及配图，可以让读者更好地了解和欣赏唐诗。

目　录

五言古诗

五言乐府

七言古诗

七言乐府

五言律诗

七言律诗

七律乐府

五言绝句

五绝乐府

七言绝句

七绝乐府

五言古诗

【张九龄】（678—740），字子寿，韶州曲江（今广东韶关市）人，开元时期有名的宰相，又是盛唐前期开一代诗风的人物。他的五言古诗，以精炼质朴的语言，寄托深远的人生慨叹，对扫除初唐所沿习的六朝绮靡诗风贡献尤大。

感遇（二首）

——张九龄

其　一

兰叶春葳蕤[①]，桂华秋皎洁[②]。
欣欣此生意，自尔为佳节[③]。
谁知林栖者[④]，闻风坐相悦[⑤]。
草木有本心[⑥]，何求美人折[⑦]。

【注释】

①葳（wēi）蕤（ruí）：草木枝叶茂盛下垂的样子。 ②桂华：桂花。 ③自尔：自此。 ④林栖者：隐居山林中的人。 ⑤“闻风”一句：闻到风吹来的香气，而生爱慕之心。坐：因而。 ⑥本心：天性。 ⑦美人：指林栖者。

【译文】

兰叶在春天繁盛芬芳，桂花在秋季皎洁飘香。它们在不同的季节吐露生机，点缀春意，充实秋景。林中居者，闻到芳香攀花折枝。散发香气是它们的天性，不是为了希望别人将其攀折。

【赏析】

这首诗以比兴手法，寓意于高雅清香的春兰秋桂，不慕求虚荣，不阿庾权贵，芳香出于自然，不是为了博取别人欣赏，以此来自勉、自娱，透露出诗人洁身自好、坚贞清高，不与佞臣同流的高尚气节。

其　二

江南有丹橘，经冬犹绿林。
岂伊地气暖①？自有岁寒心②。
可以荐嘉客，奈何阻重深③。
运命唯所遇，循环不可寻④。
徒言树桃李⑤，此木岂无阴⑥？

【注释】

①岂：难道。　②岁寒心：比喻坚贞的节操。《论语·子罕》：“岁寒然后知松柏之后凋也。”　③阻重深：指道路被重重阻塞。　④循环：周而复始。寻：追究。　⑤树：种植。　⑥阴：同“荫”。

【译文】

江南盛产丹橘，经严寒之后橘林仍郁郁葱葱。这难道是地气暖和使然？原来橘树自有傲雪的气质。把丹橘送给亲朋再好不过，怎奈路途遥远山水阻隔。命运难测只能随其所遇，如同四季变更不能追寻。世人都偏爱栽种桃李，难道橘树不也是绿荫葱茏吗！

【赏析】

这一篇也是以橘喻人。

屈原曾经写过一篇《橘颂》，赞美橘树具有“与世独立，横而不流”的品格；《古诗》又有“委身玉盘中，历年冀见食”的句子，比喻贤者渴求建功立业而不为所用。张九龄此诗，兼有这两种意思。

橘树之叶经冬不凋，这不是因为地气暖的原因，而是因其自身具有凌寒傲霜的品质。诗人将它比喻自己。这丹橘本可以让嘉客食用的，然而阻碍重重，无法献达，这大概是命运了。人们都说要种桃种李，其实丹橘不仅果实可以荐嘉客，而且四季不凋，随时都有美景，哪点不如桃李呢？这几句诗比喻自己也有与别人一样的美德，但不被人识，只能徒自不平。

这首诗，设喻恰当，抒发情怀又宛转自如，故历来为人称诵。

【李　白】（701—762），字太白，凉武昭王九世孙，蜀人。父官山东之任城尉，遂家焉。天才奇特，游长安，贺知章见其文曰："谪仙人也。"言于玄宗，召见金銮殿，论当世事，诏供奉翰林，眷遇甚优。因忤杨贵妃，放还。永王璘迫致之府，璘起兵，白逃回。坐璘府僚当诛，先是尝救郭子仪，至是子仪请解官以赎。诏长流夜郎，赦还。客当涂令李阳冰所。代宗立，以左拾遗召，而白已卒。太白诗纵横变化，凌轹百代，所谓天授，非人可及。集中"兴酣落笔摇五岳，诗成啸傲凌沧洲"二语，惟太白足以当之。王士祯谓：七言歌行子美似《史记》，太白似《庄子》。供奉断句尤妙绝古今，别有天地。子美每饭不忘君国，太白亦然，特天性不羁，故放浪于诗酒间，其忧时伤乱之心，实与少陵无异也。安得徒以诗人目之？

下终南山过斛斯山人宿置酒①

——李　白

暮从碧山下，山月随人归。
却顾所来径②，苍苍横翠微③。
相携及田家④，童稚开荆扉⑤。
绿竹入幽径，青萝拂行衣⑥。
欢言得所憩，美酒聊共挥⑦。
长歌吟松风⑧，曲尽河星稀。
我醉君复乐，陶然共忘机⑨。

【注释】

①终南山：秦岭著名的山峰，在陕西西安市南。斛（hú）斯山人：隐居于山中的一位隐士，李白好友。　②却顾：回首望。　③翠微：青翠的山坡。　④田家：田野山村人家。　⑤荆扉：荆条编扎的柴门。　⑥青萝：攀缠在树枝上下垂的藤蔓。⑦挥：举杯。　⑧松风：歌声随风飘入山林。　⑨忘机：忘记世间的投机巧诈。

【译文】

暮色苍茫，走过碧绿的青山脚下，明月随我加快步伐。回首环望走过的山间小道，郁郁葱葱的林间，青翠掩映，云雾弥漫。我与友人携手来到田家，稚童为我们打开柴门。藤蔓轻拂衣裳。有幸找到这样好的休闲之地，共同举杯畅饮美酒。乘着酒兴放声高歌，歌声随风飘入森林。更阑夜深群星渐隐，兴致才减歌尽曲终。在这欲醉非醉舒畅快乐的时刻，我们都忘却了世间的巧诈烦扰。

【赏析】

这是一首描写暮色月夜与友人同归的田园诗。沿途青幽旖旎的山色，友人清风优雅的居所，以及到友人家受到的礼遇，使诗人在酣饮放歌时，陶醉在一种无拘无束、心情飘然的境况中。当时李白在长安供奉翰林，虽不能说春风得意，却也洒脱无拘无束。这首到终南山访友之诗，笔出自然，格调明快，简练准确，情景交融，自然景色与饮酒放歌的情景跃然字里行间，充满了浓郁的田园诗风味。

月下独酌

——李　白

花间一壶酒，独酌无相亲。
举杯邀明月，对影成三人①。
月既不解饮，影徒随我身。
暂伴月将影，行乐须及春。
我歌月徘徊，我舞影零乱。
醒时相交欢，醉后各分散。
永结无情游②，相期邈云汉③。

【注释】

①三人：即我、明月、身影。　②无情：忘情、尽情的意思。　③相期：相约。邈：高远。云汉：天河，这里指天上。

【译文】

我在花丛中安排下一壶好酒，自斟自饮没有一个知音。举杯邀请明月同我共饮，对着明月，对着自己的影子，就相当于三个人。月亮本来不会饮酒，影子也不过枉然跟随在身前身后。暂且以明月和影子相伴，借这美景及时行乐。我唱起歌月亮在空中徘徊不定。我起身狂舞，影子跟着飘前飘后。清醒时我们共同欢乐，酒醉后各自离散。但愿能永远尽情漫游，相约重逢在无垠的太空。

【赏析】

这首诗写诗人由政治失意而产生的一种孤寂忧愁的情怀。

李白虽在长安供奉翰林，随着时间推移，对这有名无实之职，不被重用的位置已不感兴趣。诗人就是在以内心彷徨苦闷的心情下写这首诗的。诗人运用丰富的遐想，由于孤独而邀月、影为伴，时而同饮，时而歌舞，孤独的场面被诗人想象成热热闹闹、轻歌欢快的气氛。然而诗人毕竟是“暂伴月将影”，而“行乐及春”“永结无情”才是其内心深处的追求。

春　思

——李　白

燕草如碧丝①，秦桑低绿枝②。
当君怀归日，是妾断肠时③。
春风不相识，何事如罗帏④。

【注释】

①燕：地名，今河北北部、辽宁西南部。②秦：地名，今陕西。③妾：古代妇女的自称。④罗帏：用丝织的帘帏。

【译文】

北国的小草还像碧丝般青绿，秦地的桑树已低垂着浓绿的枝叶。当你怀念家园盼归之日，我早就因思念你而愁肠百结。素不相识的春风啊，为什么悄悄吹进了我红罗的帷帐，激荡起我的愁怅之情？

【赏析】

在这首描写思妇内心独白的诗中，诗人一语双关，用自然界的春天景色，喻男女之间的爱慕之情，同时以丝（思）、枝（知）谐音，连接异地男妇之间的思念情怀。居住秦中的少妇，丈夫远在北方戍边，春天的到来激起了她对丈夫忠贞不二的痴情；同时远方的丈夫也和自己一样盼望早日团聚。诗的主题明快清新，落笔自然，是诗人描写男女情长之诗中比较著名的一首。

【杜　甫】（712—770），字子美，巩县人。审言之孙，兖州司马闲之子。玄宗时，献三大礼赋，授京兆兵曹参军。禄山乱，肃宗即位灵武，甫自京师西谒行在，拜左拾遗。房琯兵败，贬官，甫救之，出为华州司功参军，客秦州。严武表为参谋工部员外郎。武卒，游东蜀，往依高适。后终于耒阳聂令署中。严沧浪论杜诗云：“宪章汉魏，取材六朝，至其自得之妙，先辈所谓集大成者也。”杜甫身际乱离，负薪拾橡，而其为国爱君，感时伤乱，忧黎元，希稷契，生平种种抱负，无不流露于楮墨中，深得圣人事父事君之旨矣。子美诗学博才大，力充气盛，汪洋涵浑，无所不包。昔人谓之“诗圣”。其感时陈事，语长心重，世称“诗史”，元微之谓：诗人以来，无如子美者。右丞七律风骨最高，复饶远韵，允为唐代正宗。子美以涵浑雄健出之，正复驾乎其上，李诗以高胜，杜诗以大胜。

望　岳

——杜　甫

岱宗夫如何①？齐鲁青未了②。
造化钟神秀③，阴阳割昏晓④。
荡胸生层云⑤，决眦入归鸟⑥。
会当凌绝顶⑦，一览众山小。

【注释】

①岱宗：泰山别名岱，因其居五岳之首，故尊称为岱宗。　②齐鲁：春秋时两个国家，在今山东境内。齐在泰山北，鲁在泰山南。未了：无边无际之意。③造化：指天、地，大自然。钟：赋予，汇聚。　④阴阳：山北阳光照不到的地方为阴，山南阳光能照到的地方为阳。割：分划。　⑤荡胸：云层叠起，心胸爽朗，如同云气在胸间波荡。　⑥决眦（zì）：眼睛睁得几乎裂开。眦：眼眶。　⑦会当：一定要。凌：直上。

【译文】

五岳之首的泰山啊，你青青的山色覆盖了辽阔的齐鲁大地。造化万物的大自然，使你汇聚了天地间的神奇和俊秀。横亘的山峦，使南北晨光暮色截然分明。蒸腾的云气重重叠叠，令人心胸激荡、开阔。极目眺望，蓝天归鸟翩飞。总有一天我要登上你的最高峰，看群山匍匐在你的脚边。

【赏析】

开元二十三年（735），23 岁的杜甫在洛阳应试落第后，探其父杜闲于兖州司马任上，过“裘马清狂”的游历生活。到天宝四年（745）这十年间，杜甫多次游历山东，饱览了齐鲁之邦的名山大川，并对泰山情有独钟。此诗是在游历赵、齐（今河南、河北、山东）等地时所作。诗从“望”字上着意，从远望、近观、细看的不同角度概括了泰山的雄伟险峻的气势，表达了诗人敢于攀登绝顶，俯视一切的雄心、报负和气概，字里行间洋溢着诗人青春年少所特有的方刚气魄。杜甫曾作过三首《望岳》诗，分咏东岳泰山、南岳衡山、西岳华山。这首诗被认为是杜甫现存的诗词年代最早的一首。此诗意境开阔、新颖，被人们奉为绝句。

赠卫八处士[①]

——杜 甫

人生不相见，动如参与商[②]。
今夕复何夕，共此灯烛光。
少壮能几时，鬓发各已苍[③]。
访旧半为鬼，惊呼热中肠[④]。
焉知二十载，重上君子堂[⑤]。
昔别君未婚，儿女忽成行。
怡然敬父执[⑥]，问我来何方。
问答乃未已，驱儿罗酒浆[⑦]。
夜雨翦春韭，新炊间黄粱[⑧]。
主称会面难，一举累十觞[⑨]。
十觞亦不醉，感子故意长[⑩]。
明日隔山岳，世事两茫茫。

【注释】

①卫八处士：人名，生卒不详。古时称有德才隐居不仕的人为处士。 ②参（shēn）与商：即参星和商星，二十八宿星名。参星在西方，商星在东方，当一个上升地面时，另一个下沉地平线下，永远不得相见。 ③苍：白色。 ④热中肠：内心激动悲怆。 ⑤君子：指卫八处士。 ⑥父执：父辈的真挚朋友。 ⑦驱：差遣，安排。罗：张罗，摆设。 ⑧黄粱：黄米。 ⑨累：接连。觞：酒杯。 ⑩故意：故交的情意。

【译文】

朋友之间的相聚，就像参星和商星，实在难得有机遇。今夜是什么吉日良辰，让我们共同享有一盏灯烛之光。青春的岁月能有多少，转瞬间你我都已两鬓如霜。寻访昔日的亲朋旧友，他们多半已经死亡。我内心激荡，不得不连声哀叹悲怆。谁能想到，二十载风雨过后的今天，我又亲临你家的厅堂。相别时你还是一位少年，如今却已儿女成行。他们欢悦地礼待父亲的老友，热情询问我来自何乡。没有说尽所有的往事，孩子们已摆好菜馔酒浆。夜雨中剪来了新鲜的韭菜，散发着扑鼻的清香，又呈上新煮的黄米饭让我品尝。主人称见面艰难，频频劝酒一觞又一觞。一连十杯还没有醉倒，令我感动的是你对老友的情意依旧深长。明日分别后，华山将把我们阻隔，相见又不知将在何年，在什么地方。

【赏析】

肃宗乾元元年（758），杜甫被贬华州司功参军，冬末赴洛阳。翌年春又由洛阳返华州，途中遇故旧卫八处士，有感而作此诗。当时正是安史之乱，叛军猖獗，局势动荡不安，加上荒年，杜甫能在途中遇友，并受到礼遇，悲喜交集，既感到莫大的欣慰又生发出无限感慨。诗人用自然浑朴的语言，抒发出心中蕴积的情感，字字真情，句句实意。读后使人倍感亲切，又流露无限悲哀、伤感之情。

佳　人

——杜　甫

绝代有佳人，幽居在空谷①。自云良家子②，零落依草木③。
关中昔丧乱④，兄弟遭杀戮。官高何足论，不得收骨肉。
世情恶衰歇⑤，万事随转烛⑥。夫婿轻薄儿⑦，新人美如玉。
合昏尚知时⑧，鸳鸯不独宿⑨。但见新人笑，那闻旧人哭。
在山泉水清，出山泉水浊。侍婢卖珠回，牵萝补茅屋。
摘花不插发，采柏动盈掬⑩。天寒翠袖薄，日暮倚修竹。

【注释】

①幽居：隐居。空谷：山间峡谷。　②子：古时女子也叫子。　③零落：飘零沦落。　④关中：指长安。　⑤衰歇：因衰败而遭到嫌弃。　⑥转烛：烛光随风转动，喻指世事变幻不定。　⑦夫婿：古代妇女称丈夫为婿。　⑧合昏：植物名，即夜合花，其花朝开夜合。　⑨鸳鸯：一种水鸟，雌雄相伴不散。　⑩动：动辄，往往之意。盈：满。掬：双手合捧。

【译文】

一位容貌绝尘的美人，孤独地住在幽深的山谷之中。她说自己出身名门，家道中落才漂泊到此，依傍着这里的山川草木。当年关中一带战火连天，自己的兄弟也遭到杀戮。官位高又有什么用处，连骸骨都没能收进坟墓。世态险恶变化无常，万事就像那风中摇曳的烛光。薄情寡义的丈夫，见我遭逢不幸，他竟另觅新欢，爱上貌美如玉的新人。合欢花尚且知道花开花合，鸳鸯鸟也双栖从不只身独宿。我那势利的丈夫，他却比不上禽鸟草木。他满眼只看见新人的笑容，哪里听得到我的悲伤啼哭。泉水在山里清澈明亮，出山后就染上污浊。侍女变卖珍珠回来，牵起藤萝修补简陋的茅屋。我不去采摘鲜花来装饰鬓发，时常采一把柏籽充饥。寒风吹动我薄薄的衣衫，日落黄昏，我斜倚着高高的青竹，排解哀怨的心情，打发时光。

【赏析】

诗的主人公是一位在战乱中遭遇家道中落又遭丈夫遗弃，流落到山中安家的女子。社会动乱，世态炎凉，命运对这位遭此不幸的女子更加不平。然而主人公坚强不屈，没有被不幸所压倒，将寂寞孤独、冷暖哀怨积压于内心深处，在清贫困窘中顽强地生活着。诗人以青柏的崇高、翠竹的劲拔、泉水的清白比喻空谷佳人的高尚品格。因这首诗作于乾元二年（759），当时杜甫已辞去华州司功参军之职，携眷属寄居秦州（今甘肃天水），生活十分困难。诗人抒发慨叹，在这首诗上投上了自己的影子，故写得真实生动、亲切感人，读后令人荡气回肠。

梦李白（二首）

——杜　甫

其　一

死别已吞声[①]，生别常恻恻[②]。
江南瘴疠地[③]，逐客无消息[④]。
故人入我梦，明我长相忆。
君今在罗网，何以有羽翼。
恐非平生魂，路远不可测。
魂来枫林青，魂返关塞黑[⑤]。
落月满屋梁，犹疑照颜色[⑥]。
水深波浪阔，无使蛟龙得[⑦]。

【注释】

①吞声：泣不成声。 ②恻恻：内心悲痛不已。 ③瘴疠：山林间易致人病的湿热之气。 ④逐客：被朝廷流放的人，与下句“故人”都指李白。 ⑤关塞：指杜甫旅居的秦州。 ⑥颜色：容貌。 ⑦蛟龙：古代传说中能兴风作浪、发洪水的龙。这里喻指恶人。

【译文】

死别虽令人哀痛，但那绝望的痛苦终会消失，而生离的悲伤，使人永久地挂念悲伤。你被流放的地方瘴疠肆虐，我的挚友啊，你至今没一点消息。你一定知道我在苦苦把你思念，你终于来到梦中和我相见。你现在被流放身不由己，怎么还能够自由地飞翔？看来你没有当年的风采，路途遥远，梦中朦胧。你来时要飞越南方葱茏的枫树林，你去时要飘渡昏黑险要的秦州关塞。梦醒时月光洒满了我的屋梁，朦胧中我仿佛看到了你憔悴的容颜。水深波涌，浪大江阔，归去的魂魄呵，千万别碰上蛟龙，被那恶兽所伤！

其　二

浮云终日行，游子久不至。
三夜频梦君，情亲见君意。
告归常局促[①]，苦道来不易。

江湖多风波，舟楫恐失坠。
出门搔白首，若负平生志。
冠盖满京华②，斯人独憔悴③！
孰云网恢恢④，将老身反累⑤。
千秋万岁名，寂寞身后事。

【注释】

①局促：不安的样子。 ②冠盖：指冠冕和车盖，这里指京城的达官显贵。满：壅塞。 ③斯人：指李白。 ④网恢恢：《老子》：“天网恢恢，疏而不漏。”天网：天理。恢恢：宽广。意思是苍天如网，网孔虽宽疏，却无漏失。 ⑤将老：已近老年，当时李白五十九岁（比杜甫大十一岁）。

【译文】

天上的浮云整日里飘来飘去，远游的故人却久去不归。连续几个夜晚我都多次梦到你，可知你对我的深情厚意。每次匆匆离去时，都说能来相见是多么不易。江湖上风波险恶，我担心你的船只被掀翻沉没。出门时搔着满头白发，好像在为辜负自己平生之志而悔恨。高车丽服的显贵塞满了京城，却容不下才华盖世的你，使你容颜困苦憔悴。谁说天理公道无欺，迟暮之年却无辜受累。即使有了流芳千秋的美名，也难以补偿在世时受到的冷落悲戚。

【赏析】

李白因永璘王案被牵连，先囚于浔阳（今江西九江），乾元元年（758）流放夜郎（治所在今贵州正安西北）。第二年春，在巫山途中遇赦。当时杜甫飘零秦州，得知李白流放夜郎，日夜怀念，以致积思成梦，而有此诗。李杜交宜深厚，在杜诗中有十多首诗咏李白，对李白的才能和生平给予了很高的评价。因此，当杜甫得知李白的不幸时，以梦的寄托追述了他对李白的同情、怀念，同时对李白的无辜受牵连发出无限愤慨。

【王　维】(701—761)字摩诘，河东人。开元九年，擢进士第一，官给事中，两都陷，为贼所得，服药佯喑。贼平定罪，以凝碧池诗闻于行在，特宥之。官至尚书右丞。右丞诗清而弥腴，淡而自远，诸体无不大雅春容、安详合度，李、杜外，固应自成一家。东坡云："摩诘诗中有画。"唐人诗惟右丞最为自然，如"倚杖柴门外，临风听暮蝉"，深得渊明之妙。

送綦毋潜落第还乡①

——王　维

圣代无隐者②，英灵尽来归③。
遂令东山客④，不得顾采薇⑤。
既至君门远⑥，孰云吾道非。
江淮度寒食⑦，京洛缝春衣⑧。
置酒临长道，同心与我违⑨。
行当浮桂棹⑩，未几拂荆扉⑪。
远树带行客，孤村当落晖。
吾谋适不用⑫，勿谓知音稀⑬。

【注释】

①綦毋潜：綦毋为复姓，潜为名，字季通，荆南人（治所在今湖北江南），开元中进士，先任宜寿尉，后人为集贤待制，迁右拾遗，终著作郎。后兵祸起，社会动乱，辞官归隐江东别业。②圣代：政治开明、社会安定的时代。③英灵：有德行、有才干的人。④东山客：东晋谢安曾隐居会稽东山。借指綦毋潜。⑤采薇：商末周初，伯夷、叔齐兄弟隐于首阳山，采薇而食，后世遂以采薇指隐居生活。⑥金门：即金马门，汉代宫门名。汉武帝曾令学士在此待召。远：指未得中第而不能待诏帝侧。⑦寒食：寒食节。⑧京洛：河南洛阳，天宝初为东京。⑨违：离别。⑩桂棹：桂木做的船桨，借指船。⑪未几：不久。⑫"吾谋"句：《左传》记载："士曾行，绕朝赠之以策（马鞭）曰：'子无谓秦无人，吾谋适不用也。'"适，偶然的意思。"吾谋"句说綦毋潜此次落第是偶然失败。⑬知音稀：语出《古诗十九首》："不惜歌者苦，但伤知音稀。"

【译文】

清明盛世还能有什么隐者，杰出人才都在为国家效力。那些幽居山林的世外高人，都抛弃清贫走出寂寞。既然落第不能等待召见，谁说是我国的主张不行。你启程赴考时，江淮正度寒食节，现在东京洛阳，家家户户赶着缝制春衣。在长安的郊外，我置酒把盏为你饯行。知心的朋友啊，你就要踏上归家的路程。浮舟江海，不久你就要叩开自家的柴门。你将越走越远，消隐在远方的山林，落日的余辉斜照着这孤零零的古城。我们的谋略一时没有得到赏识，请千万别以为人世间缺少知音。

【赏析】

兴致勃勃地赴考，一心想春风得意、金榜题名，结果名落孙山而返乡，心情难免有些伤感沉重。这首送别友人的诗，给落第之人以慰藉、劝勉，有一种鼓励和振奋的作用。诗意明晰动人，语言质朴真实，充满了诗人对友人的信任和期望。

送　别

——王　维

下马饮君酒，问君何所之[①]？
君言不得意，归卧南山陲[②]。
但去莫复问，白云无尽时。

【注释】

①之：往，到。　②南山：即终南山，主峰位于陕西西安市南。陲：边。

【译文】

我下马为你置酒，问你去向何方。你说你郁郁不得志，打算归去隐居在终南山旁。我理解你内心的悲怆，也不必过多地寻问。我知道那山中飘浮不定的白云，会驱散你内心的愁闷，给你带来无限欢愉。

【赏析】

诗人虽仕途得意，开元中进士，政治上也有抱负，但社会现实使他无法施展才干。这次友人仕途受挫而归隐终南山，相送饯别时，诗人在抒发感叹的同时，对友人的归隐产生羡慕和向往之情。此诗语句简炼而意味无穷。

青　　溪[1]

——王　维

言入黄花川[2]，每逐青溪水[3]。

随山将万转，趣途无百里[4]。

声喧乱石中，色静深松里。

漾漾泛菱荇[5]，澄澄映葭苇[6]。

我心素已闲，清川澹如此[7]。

请留盘石上，垂钓将已矣。

【注释】

①青溪：位于陕西勉县。　②黄花川：位于今陕西凤县东北。　③逐：追逐，循、沿之意。　④趣：通“趋”。　⑤菱荇：水生植物，菱角和荇菜，根生水底，叶子浮出水面。　⑥葭苇：芦苇。　⑦澹：平静，安静。

【译文】

进走黄花川，每每追逐着清清的溪水。溪水随着山千回万转，流程还不到百里，流过山间乱石，湍急的水势发出喧响轰鸣，在静谧的山林里缓缓流淌，又是那样温顺娴静。荡漾的清波，漂浮着嫩绿的菱角和荇菜，碧澄如镜的深潭，倒映着随风摇曳的芦苇。我的心向来淡泊闲静，像那平静的清溪。我愿将余生寄托在巨石上，垂钓取乐安度一生。

【赏析】

王维因在安禄山反叛时受牵累，政治上受挫折，四十岁后就隐居蓝田辋川，寄情于山水、书画之间。晚年所写的山水诗，体现出其作品的特色。一条溪流，一道山林，一片云彩，在他的笔下浓墨重彩，动则喧腾，静则安详幽深，具有鲜明的个性，在当时的诗坛上开创了自己的艺术天地，形成了一个流派。

这首山水诗作于归隐之后。诗的每一句都可以独立成为一幅优美的画面，全诗又可组合成一组绚丽多姿的画卷。溪流随山势蜿蜒，在乱石中奔腾咆哮，在松林里静静流淌，水面微波荡漾，各种水生植物随波浮动，溪边的巨石上，垂钓老翁消闲自在。诗句自然清淡，绘声绘色，静中有动，画中有诗，诗中有画，托物寄情，具有无穷的韵味。

渭川田家[1]

——王　维

斜阳照墟落[2]，穷巷牛羊归[3]。
野老念牧童，倚杖候荆扉。
雉雊麦苗秀[4]，蚕眠桑叶稀。
田夫荷锄至，相见语依依。
即此羡闲逸，怅然吟式微[5]。

【注释】

①渭川：即渭水。田家：农家。　②墟落：村落。　③穷巷：深巷。　④雉：野鸡。雊（gòu）鸣叫。　⑤式微：《诗经·邶风·式微》中有“式微、式微，胡不归”句。此处取“胡不归”意，叹惜自己未能归隐。

【译文】

斜阳照在村墟篱落，牛羊吃完草回到了深深的小巷。村中一位老翁，拄着拐杖倚靠在柴门前，等候放牧晚归的牧童。吐穗的麦地里，传来野鸡的阵阵鸣叫声。桑树上桑叶稀疏，蚕儿就要吐丝。从田里归来的农夫扛着锄头，相见时打着招呼，絮语依依。此情此景，怎能不让人羡慕安详的隐居生活。吟咏着《式微》的诗章，意欲归隐而不能如愿，心绪不免惆怅。

【赏析】

这是一首比较有名的田园诗。诗人当时还在朝廷为官，张九龄被排挤贬谪，王维深感政治上将失去依靠，进退两难。诗描写一个极为普通的乡村春末夏初的黄昏景象，刻画了农家自由、宁静的生活。诗人将自己的感情入到田园牧歌式的生活中，由此产生向往之情。此诗从侧面反映了诗人在宦海浮沉中的苦闷和彷徨。

西施咏①

——王　维

艳色天下重，西施宁久微。
朝为越溪女②，暮作吴宫妃。
贱日岂殊众，贵来方悟稀。
邀人傅脂粉③，不自著罗衣④。
君宠益娇态，君怜无是非。
当时浣纱伴⑤，莫得同车归。
持谢邻家子⑥，效颦安可希⑦。

【注释】

①西施：也称西子，春秋时越国美女，越王勾践将其选送吴王夫差，颇受宠爱。后吴国被越国所灭。　②越溪：指若耶溪，在今浙江绍兴东南，传说西施曾在此浣纱。　③傅：同“敷”，擦。　④罗衣：用丝绸织的衣服。　⑤浣：洗涤。⑥持谢：奉劝的意思。子：女子。　⑦效颦：效，仿效；颦，皱眉头。《庄子·天运》里说：西施因胸部疼痛，经常在人们面前捂着胸部皱着眉头。邻居一个丑女见了，认为很好看，学着在人们面前捂胸皱眉，人们见了都避开。

【译文】

美丽的容颜天下人都会看重，貌若天仙的西施岂能长久贫贱。早晨还在越溪边浣纱，夜晚就被选入吴宫成了宠妃。贫贱时她与一般浣纱女没有什么区别，尊贵后才明白自己是稀世珍宝。梳妆施粉有婢女服侍，穿衣起居也用不着自己动手。君王的宠爱更使她娇态万分，君王爱怜她哪还管什么是非！当年同她一道浣纱的同伴，没有谁能和她同车共荣。奉劝邻家的女子，不必枉费心机去效颦邀宠。

【赏析】

这首诗借西施的故事，感慨世事无常，贫贱尊贵发生在朝夕之间：早上还是一个贫家女子，晚上被送入君王侧，成了宠妃，就身价不凡。极富穿透力地讥讽那些由于偶然机遇而受到君王恩宠就趾高气扬、不可一世的才士，同时劝勉世人，不要为了博取别人赏识而模仿他人，弄巧成拙。

【孟浩然】（689—740）本名浩，字浩然，襄阳人。早年隐居鹿门山。其诗与王维齐名，并称“王孟”。王维过郢州，画孟山人吟诗图于刺史亭，名浩然亭，后更曰孟亭。王维学陶而得其清腴，浩然学陶而得其闲远。襄阳诗每无意求工而清超越俗，正复出人意表，清闲浅淡中，自有泉流石上、风来松下之音。王阮亭谓其“未能免俗”，正未必然也。

秋登兰山寄张五①

——孟浩然

北山白云里，隐者自怡悦②。
相望试登高，心随雁飞灭。
愁因薄暮起，兴是清秋发。
时见归村人，沙行渡头歇。
天边树若荠③，江畔洲如月。
何当载酒来，共醉重阳节④。

【注释】

①秋登兰山寄张五：诗题有作《九月九日岘山寄张子容》，又作《秋登万山寄张文儃》。兰山：应为万山，在湖北襄阳，诗人的园庐在岘山附近，距万山不远，诗人在此度过了大半生。张五：名子容，排行第五，隐居襄阳岘山南的白鹤山。②“北山”二句：从晋陶宏景“山中何所有，岭上多白云。只可自怡悦，不堪持赠君”诗句引申而来。北山：当指万山。　③荠：荠菜，一年或多年生草本植物。④重阳节：民间有古历九月初九登高习俗。

【译文】

你住在兰山的白云深处，享受着怡然自得的悠然乐趣。想看一看你居住的地方，登上高高的山岭，心随鸿雁消逝在遥远的天际。日落西山，我心头泛起相思的忧愁，清秋佳节，又使我格外兴奋勃发。时时望见收工的人们，走过沙滩在渡头歇息。远望天边的树木，像荠菜一样细小；江畔中的沙洲，如一轮弯弯的明月。什么时候你带来琼浆玉液，与我共同欢度重阳佳节。

【赏析】

前人说，盛唐诗人，李（白）杜（甫）之处，当推王（维）孟（浩然），孟浩然的山水田园诗，有其风格飘逸、情感真挚、情景清淡优美、语言淳朴隽永的特色。这首诗名为寄，实为隔山遥望而不能见，以清秋登高眺望遥寄来抒发诗人对朋友的思念之情，希望朋友重阳佳节携酒登高。语意亲切自然，寄托了诗人对朋友真挚的怀念之情。

夏日南亭怀辛大①

——孟浩然

山光忽西落，池月渐东上。
散发乘夕凉②，开轩卧闲敞③。
荷风送香气，竹露滴清响。
欲取鸣琴弹，恨无知音赏。
感此怀故人，中宵劳梦想。

【注释】

①辛大：诗人的朋友，名不详。大，排行第一。孟诗中有几首说到辛大，其中一首描写辛大和张七到南亭来与诗人同饮共醉。 ②散发：古人平时都束发戴帽，散发以示休闲自在。 ③轩：指窗。卧闲敞：清闲自在地躺在宽敞的地方。

【译文】

山后的夕阳不知不觉中忽然西落，池塘上的月亮渐渐从东方升起。我披散着头发，在这幽静的傍晚尽享清凉。推开窗户，我悠闲地躺在宽敞的地方。微风送来荷花清香，竹叶上的露水滴在水池中，发出清脆的声响。想要取出鸣琴来弹奏，可惜又没有知音来欣赏。感叹啊，如此良辰美景，怎么不思念我的老友；从夜晚到天明，我都在梦中把他想念。

【赏析】

这是一首怀念友人的诗。诗人“遇景入咏，不拘奇抉异”（皮日休语），随手拈起夏日乘凉、日落月升、清风送爽、露珠下滴这些自然景观，巧妙地过渡到思念老友上来，可见他对老友的深厚情谊。诗人在描写自己所处的境况时，感到自己生活的闲适、自在、随意，但也流露出一丝孤独寂寞和淡淡哀愁。

宿业师山房待丁大不至[①]

——孟浩然

夕阳度西岭，群壑倏已暝[②]。
松月生夜凉，风泉满清听。
樵人归欲尽，烟鸟栖初定[③]。
之子期宿来，孤琴候萝径[④]。

【注释】

①业师：法名业的僧人。山房：僧人居所。 ②暝：昏暗。 ③烟鸟：夜暮降临，小鸟刚刚回巢歇息。 ④萝径：藤萝遍布的小路。

【译文】

夕阳已经越过西岭，群山忽地一片昏黄。月上松枝，夜色泛着微微的寒意。风吹动泉水，不断传来阵阵波涛声。樵夫都已回去，雾霭中归鸟也入巢栖息。我独自抱着琴，等候在长满藤蔓的小路上，等待他早些归来。

【赏析】

与人相约，久等不至，不免有些心躁惆怅。然而诗人夜宿僧舍等待友人，友人未到，独白中，却没有半点这种心情。在等的过程中，时间从夕阳西下、群山昏暗到松月夜凉进行推移，诗人耐心地静候，何等闲适，对待朋友是何等信任。

【王昌龄】（698—757）字少伯，京兆长安（今陕西西安）人，开元十五年进士，曾任江宁丞、龙标尉。少伯擅长七言绝句，有“七绝圣手”之称。

同从弟南斋玩月忆山阴崔少府①

——孟浩然

高卧南斋时，开帷月初吐②。
清辉澹水木③，演漾在窗户④。
荏苒几盈虚⑤，澄澄变今古。
美人清江畔⑥，是夜越吟苦⑦。
千里共如何，微风吹兰杜⑧。

【注释】

①从弟：堂弟。斋：书斋，书室。山阴：今浙江绍兴。少府：官名，秦置，为九卿之一，次于县令。唐代科第出身的士子也任其职。 ②帷：窗幕。 ③澹：水缓缓地流。 ④演漾：水流摇荡。 ⑤荏苒：岁月流逝得很快。几盈虚：月亮圆缺反复多次。 ⑥美人：自己思念的人，这里指崔少府。 ⑦越吟：越人庄舄，在楚国为官，曾唱越歌以寄托乡思。 ⑧兰杜：兰花和杜若，都能散发芳香。

【译文】

悠闲地躺卧在南斋，拉开帷帘见明月初上。在它清辉的沐浴下，树影随着水波轻轻摇晃，水月的清光映照在窗户上，不住地徘徊荡漾，岁月流逝，月亮圆缺不知经过了多少反复；世间几度沧桑巨变，它仍然像原来那样清亮澄澈。日夜思念的人啊，你远在清江河畔，值此良宵一定伤感地吟唱思乡之曲。两地相隔千山万水，我们却共享明月的光辉。你远播的名声，如同兰花、杜若吐露的清香，千里之外也会随风吹来。

【赏析】

赏月是墨客骚人生活中的一大乐事，边赏月边吟诗，由此产生出许多名篇佳句，千古流传。这首由赏月而引发思念好友的诗，通过月圆月缺古今不变的常理，联想到人世间聚散离别无常，抒发对友人的思念和感慨。诗中对友人的品德进行赞扬和称颂，从中可看出诗人对友人的敬仰之情。

【丘　为】（694—789）嘉兴（今属浙江）人。屡试不第，归山攻读数年，天宝初年，进士及第，累官至太子右庶子，与王维、刘长卿等相友善，互有唱和。其诗工五言，为盛唐山水田园诗派的作者之一

寻西山隐者不遇

——丘　为

绝顶一茅茨[①]，直上三十里。
扣关无僮仆[②]，窥室唯案几。
若非巾柴车[③]，应是钓秋水。
差池不相见[④]，黾勉空仰止[⑤]。
草色新雨中，松声晚窗里。
及兹契幽绝[⑥]，自足荡心耳[⑦]。
虽无宾主意，颇得清净理。
兴尽方下山[⑧]，何必待之子[⑨]。

【注释】

①茅茨：茅屋。　②扣关：敲门。　③巾柴车：意指乘小车出游。巾作动词用，覆盖。柴车，粗劣的车子。　④差池：参差不齐，这里是指此来彼往而错过之意。　⑤黾勉：勉力，这里意为殷勤。仰止，仰望。止，语助词。　⑥“及兹”句：来此后对着这幽静的景色，感到很惬意。契，惬意。　⑦荡心耳：荡涤心胸。⑧兴尽：《世说新语》记载：晋王徽之曾雪夜访友人戴逵，临门不入而返。人问其故，他说：“本乘兴而来，兴尽而返，何必见安道耶？”　⑨之子：这个人，指西山隐者。

【译文】

我径直攀上三十里之遥的山顶，寻访一位在这里结茅而居的隐士。

久叩柴门也没听到童仆答应，从壁缝中往屋里窥看，只有桌椅而无人踪影。他不是驾柴车外出云游，就是到秋水渊潭垂钓去了。我们是如此无缘，彼此错过没有相见。我踟蹰在茅屋前，空负了我对他的满腔热情。雨后草色青翠嫩绿，松涛声声此起彼伏。这清幽的景色使我多么惬意，心胸和耳目顿时旷达欢畅。虽然没有领受到主人待客的厚意，但却得到了一种清净高雅的情趣。乘兴而来，兴致已得到满足，兴尽了离开，何必要等到与他相见呢？

【赏析】

这首诗具有新颖别致、标新立异的特色。诗人满怀殷勤，气喘吁吁地攀上三十里高峰拜访友人，一心想得到主人的热情款待，哪知扑了空，心里难免有些尴尬和惆怅。但友人居所的自然环境优雅，使诗人感到别有情趣，而获得一种意外收获，心里得到一种满足。诗末两句用典故点明主题，起到画龙点睛之效。

【綦毋潜】（691—756），字孝通，一作季通，綦毋为复姓。虔州（今江西赣县）人。开元十四年（726）进士，授宜寿县尉，历官集贤院待制、右拾遗、校书郎、著作郎。后以位卑，挂冠隐居，与张九龄、储光羲、王维、李颀、卢象、韦应物等交游唱和。其诗工写幽寂之景，多有方外之情，为盛唐田园、山水诗代表人物之一。

春泛若耶溪[1]

——綦毋潜

幽意无断绝[2]，此去随所偶[3]。
晚风吹行舟，花路入溪口。
际夜转西壑[4]，隔山望南斗[5]。
潭烟飞溶溶[6]，林月低向后。
生事且弥漫，愿为持竿叟[7]。

【注释】

①泛：漂浮，泛舟。若耶溪：在今浙江绍兴东南。相传西施入宫前曾在此浣纱。 ②幽意：寻幽的心意。 ③偶：通“遇”。 ④际夜：至夜。壑：沟谷。⑤南斗：星名，即斗宿。夏夜位于南方上空。 ⑥溶溶：水汽浓密。 ⑦持竿叟：持竿垂钓的老翁。

【译文】

寻幽探奇的心意不曾断绝，驱使我随溪水漂流而去。晚风吹着小船缓缓而行，驶入春花夹岸的溪口。入夜后转到西边的山谷，隔着高高的山崖仰望天上的南斗。清潭上雾霭朦胧，小船慢慢地漂行，将月亮和两岸的树木抛在身后。人生世事如弥漫的烟雾，看不到头，望不到边，我宁愿做临渊垂钓的老翁，逍遥自在，无拘无束。

【赏析】

这首诗记录了诗人在一个春风和煦的傍晚，乘小船随风漂入溪口，然后信马由缰地随溪水漂流，极其自然地描绘了一幅生动形象的春江花月夜泛舟图。所过之处，花路、沟谷、潭烟、林月等景色，都给诗人一种优美的情趣感受。诗人以自然景象比喻人生："生事且弥漫，愿为持竿叟。"诗人虽曾为仕，但却一心向往清幽、远离纷争的隐居生活。此诗作于诗人归隐之后。

【常　建】（708—765），祖籍邢州（根据墓碑记载），可能是长安（今陕西西安）人。开元十五年（727），与王昌龄同榜进士。曾任盱眙尉，仕途颇不如意，后招王昌龄、张偾同隐于鄂渚（今湖北武昌附近）。其诗长于五言，多写山林、寺观，意趣清幽。时人对他评价很高，殷璠《河岳英灵集》推常建为首，并推崇道："其旨远，其兴僻。佳句辄来，唯论意表。"

宿王昌龄隐居

——常　建

清溪深不测，隐处唯孤云。
松际露微月，清光犹为君。
茅亭宿花影①，药院滋苔纹②。
余亦谢时去③，西山鸾鹤群④。

【注释】

①宿：喻夜静时花影亦如睡去。　②药院：种着芍药的庭院。滋，繁衍。③谢时：辞去世俗的牵累。　④鸾鹤群：与鸾、鹤为伍。古人认为鸾、鹤是仙人的禽鸟。

【译文】

清溪远流望不到尽头，隐居之处只有孤云飘浮。松叶间明月悄悄升起，看见了清光犹如看到了你。茅亭台前花影如眠，种药的庭院长满了青苔。我将远离纷繁的世俗，到西山与成群的鸾、鹤相伴。

【赏析】

诗人与王昌龄是开元十五年（727）同科进士及第的挚友，在宦海中诗人只做过县尉，不久便辞官归隐西山，王昌龄却出仕入相。这首诗作于辞官归隐途中，绕道而去王昌龄入仕前的居所。诗人触景生情，以物喻人，以孤云、茅亭形容其清贫；以清光、松象征主人品格高洁；以花影、药院说明主人栽种花草，隐居而不觉得孤独；并以“滋苔纹”点出主人离家多时。诗人在赞美王昌龄居所幽静，水清月明、青松掩映，含蓄微妙地暗示王昌龄归隐。

【岑　参】（715—770），荆州江陵（今湖北江陵）人，少孤贫，博览经史。天宝五年（746）进士及第，任右内率府兵曹参军。天宝八年（749）赴安西（今新疆库车）充节度使府掌书记。天宝十三年（754），赴北庭（今新疆吉木萨尔），任安西北庭节度判官。肃宗时历官右补阙、起居舍人、虢州长史。大历二年（767），任嘉州刺史，世称岑嘉州。后客死成都。岑参为盛唐著名的边塞诗人，与高适齐名。其诗雄健奔放，想象奇特，色彩瑰丽，尤长于七言古诗，陆游称其“太白、子美之后一人而已”。

与高适薛据同登慈恩寺浮图[1]

——岑　参

塔势如涌出[2]，孤高耸天宫。
登临出世界[3]，磴道盘虚空[4]。
突兀压神州[5]，峥嵘如鬼工[6]。
四角碍白日，七层摩苍穹[7]。
下窥指高鸟，俯听闻惊风。
连山若波涛，奔凑似朝东。
青槐夹驰道[8]，宫馆何玲珑。
秋色从西来，苍然满关中。
五陵北原上[9]，万古青濛濛。
净理了可悟[10]，胜因夙所宗[11]。
誓将挂冠去[12]，觉道资无穷[13]。

【注释】

①薛据：河中宝鼎人，官至水部郎中。慈恩寺：在今西安市南郊。浮图：指佛塔。慈恩寺塔又名大雁塔，为唐高宗永徽三年（652）高僧玄奘所建。 ②涌出：《妙法莲花经·宝塔品》："尔时佛前有七宝塔……从地涌出。" ③出世界：高出于人间世界之上。 ④蹬道：塔内盘旋的梯道。 ⑤突兀：高耸的样子。神州：中国古称赤县神州。 ⑥峥嵘：高耸的样子。鬼工：鬼斧神工。 ⑦苍穹：天空。 ⑧驰道：供车马驰行的大道。 ⑨五陵：长安城西北有汉代五位皇帝的陵墓：汉高祖长陵，惠帝安陵，景帝阳陵，武帝茂陵，昭帝平陵。 ⑩净理：佛教的教义。了：了然。悟：觉悟。 ⑪胜因：善缘。夙：素来。宗：信仰。 ⑫挂冠：辞去官职。 ⑬觉道：佛教的道理。梵文中"佛"的原意为"觉者"。资：应用。

【译文】

拔地而起的宝塔，高耸入云直指天宫。随着盘旋的石级向上攀登，就像登临广阔的天空，超脱了世俗的烦扰。塔身雄伟挺拔，塔势高峻神奇出自鬼斧神工。四角仿佛阻碍了太阳的运转，七层的塔峰可与青天相摩

擦。往下看，小鸟在脚下飞翔，俯身听，呼啸的山风擦塔而过。起伏连绵的群山如大海的波涛，一浪推一浪向东逝去。辇车驰道两旁长满了青青的槐树，宫室楼台建造得何等精巧细致。秋色随风从西面飘来，苍茫弥漫了整个关中。北原上的汉代五陵，一直以来就是那样迷茫。明白了清净的佛理，我素来信奉善因必有善果。一定要挂冠辞官而去，皈依佛道修行，终身将受用不尽。

【赏析】

这首诗作于天宝十一年（752）秋。当时同登慈恩寺的还有杜甫、储光羲等，皆作有诗。沈德潜认为：登慈恩寺塔，少陵（杜甫）下应推此作。诗在描绘登塔四面眺望时，各有胜景特色，东面群峰连绵，南面宫观玲珑，西面秋色满关，北面五陵青。身临这种苍莽的景色，又登的是佛塔，自然使人领悟到佛理，甚至想辞官皈依佛门。这不过是诗人突发奇想，借题发挥而已。

【元　结】（719—772），字次山，号猗玗子、浪士、漫郎、漫叟、聱叟等，鲁山（今河南鲁山县）人。少豪纵不羁，17 岁始折节从学。天宝十二年（753）进士。安史乱中，任山南东道节度参谋，组织义军，颇有战功。后历任道州、容州（治所在今广西北流）刺史，政绩显著，官至容管经略使。元结诗文兼擅，为中唐古文运动和新乐府运动的先导者。其诗多针砭时弊、反映民间疾苦之作，极力反对“拘限声病，喜尚形似”的形式主义诗风，但流于极端，平生不做近体诗，古诗也平直单调，缺乏文采。

贼退示官吏

——元　结

癸卯岁，西原贼入道州[①]，焚烧杀掠，几尽而去。明年，贼又攻永破邵[②]，不犯此州边鄙而退[③]。岂力能制敌与？盖蒙其伤怜而已。诸使何为忍苦征敛，故作诗一篇以示官吏。

昔年逢太平，山林二十年。
泉源在庭户，洞壑当门前。
井税有常期[④]，日晏犹得眠。

忽然遭世变[5]，数岁亲戎旃[6]。
今来典斯郡[7]，山夷又纷然。
城小贼不屠，人贫伤可怜。
是以陷邻境，此州独见全。
使臣将王命[8]，岂不如贼焉。
今彼征敛者，迫之如火煎。
谁能绝人命，以作时世贤。
思欲委符节[9]，引竿自刺船[10]。
将家就鱼麦，归老江湖边。

【注释】

①西原：今广西扶南县西南。道州：今湖南道县。 ②永：即永州，今湖南零陵。邵：即邵州，今湖南邵阳。两州与道州相邻。 ③边鄙：就是边境。 ④井税：这里指赋税。 ⑤世变：安史之乱带来的社会动荡。 ⑥戎旃（zhān）：军帐。 ⑦典：镇守，治理。斯郡：指道州。 ⑧使臣：朝廷派到各地催征各种赋税的官员。将：奉的意思。 ⑨委符节：委是放弃。符节：做官的印信。 ⑩刺船：撑船。

【译文】

代宗广德元年（763），广西境内有贼人攻入道州城，烧杀虏掠，几乎把城池洗劫一空后退去。第二年，他们又攻破永州和邵州，但却没有侵犯道州边境反而退去。这不是因为道州加强了防御能克制他们，可能是他们可怜这个小城而已。各位使臣为何能昧着良心，苦心地追逼征敛。因此，赋诗一篇，官吏们看后，感慨很多。

过去欣逢世道太平，山林中隐居二十年。庭院中泉水涓涓，门前高山峡谷幽深。政府收取赋税有规定限度，百姓安居乐业日夜过得安宁。世事突然骤变，战乱烽烟四起，我在军旅中参谋军事数年，现在来治理这个州郡，居住在山中的蛮夷纷纷作乱。城小得连他们都不忍来屠掠，同情哀怜这里贫穷。所以邻近的州郡被攻陷，这个地方却有幸免遭劫难。使臣们奉令收取租税，还不如盗贼有恻隐之心。交纳租税的百姓，被逼迫得如在火上煎熬。怎能断绝人们的生路，以换取贤臣的美名。思前想后，不如辞去官职，自己撑船离开这个地方。带着家眷，移居他乡，在江河渊潭边独享晚年。

【赏析】

这首诗的中心思想，可一言以蔽之：苛政猛于盗贼。这种说法其实在此诗的序中已说得明明白白了："岂力能制敌与？盖蒙其伤怜而已。"盗贼与官府相比，倒显得"有道"了！这岂止是讥讽，简直是血泪控诉了！"使臣将王命，岂不如贼焉。"

这虽然是诘问，但答案是明摆着的：这些横征暴敛的使臣，就是不如盗贼！他们哪管百姓的水深火热呢？他们要的就是敲骨吸髓地榨取。

作为一个有良心的文人、官员，元结不想逼百姓上死路、而想归于田园，这种想法是可以理解的。但如果元结离去，来一位酷吏呢？

【韦应物】（737—792），京兆长安（今陕西西安）人。出身关西望族。15 岁即以门荫入官为三卫郎，过着任侠使气、裘马清狂的生活。后入太学，折节读书，历官洛阳丞、京兆府功曹、鄠县令、栎阳令、尚书礼部员外郎、滁州刺史、江州刺史、左司郎中、苏州刺史，后卒于苏州。世称韦左司、韦江州、韦苏州。其性高洁，其诗高雅闲淡，所作山水田园诗较多，人比之陶潜。

郡斋雨中与诸文士燕集①

——韦应物

兵为森画戟②，燕寝凝清香③。
海上风雨至，逍遥池阁凉。
烦疴近消散④，嘉宾复满堂。
自惭居处崇，未睹斯民康。
理会是非遣⑤，性达形迹忘⑥。
鲜肥属时禁，蔬果幸见尝。
俯饮一杯酒，仰聆金玉章⑦。
神欢体自轻，意欲凌风翔。
吴中盛文史⑧，群彦今汪洋⑨。
方知大藩地⑩，岂曰财赋强。

【注释】

①郡斋：指苏州刺史官署斋舍。当时韦应物任苏州刺史。燕：通“宴”，宴会。②森：森列。戟：古代一种兵器。 ③燕寝：私室，内室。燕，通“宴”，意为休息。④烦疴：闷热烦躁。 ⑤理会：通达事物的道理。 ⑥达：旷达。 ⑦金玉章：客人的文章像敲击金玉发出铿锵的声音。 ⑧吴中：苏州。 ⑨群彦：群英。汪洋：众多。 ⑩藩：原指藩王的封地。大藩：这里指大都市。

【译文】

手持画戟的卫兵排列像森林，内室凝集着焚香散发的芬芳。海上的风雨飘然而至，池边阁房顿时清凉。烦闷燥热立即消散，宾客又聚满整个厅堂。官署的豪华使我感到惭愧，居深宫看不见百姓是否安康。通晓事物之理就能分清是非，天性旷达就可忘掉一切。盛夏禁食鲜鱼肥肉，多把蔬菜水果品尝。俯首喝杯美酒，抬头恭听诸君优雅华章。神情舒畅身体也感到轻盈，真想凌风飞上广阔的天空。苏州汇聚了众多的才子，才学之士如群星灿烂。我终于知道都市为什么繁荣兴盛，不是物产丰富，而是聚集了天下人才。

【赏析】

此诗作于韦应物任苏州刺史时。

这是描写韦应物平时生活的诗。在仪仗森严的官署里，刺史休息的屋子里弥漫着清香之气。刚刚下过一场雨，官署中一片凉爽。与客人一起尝时鲜蔬果、饮酒，听朋友诗作。作为刺史，虽然心里牵挂着百姓，但目前宴饮赋诗的清雅场面使韦应物“神欢体自轻”，甚至有飘飘欲仙的感觉。在燕集过程中，他也进一步认识到苏州一带是文化发达、文人众多的地方，愈发感觉到唐朝不但经济发达，而且文化繁荣。作为刺史，韦应物是有得意之情的。

此诗的“兵卫森画戟，燕寝凝清香”两句被历代诗人所赞扬，谓其气象森严中有闲适，用词凝练准确。

初发扬子寄元大校书①

——韦应物

凄凄去亲爱，泛泛入烟雾。
归棹洛阳人②，残钟广陵树③。
今朝此为别，何处还相遇。
世事波上舟，沿洄安得住④。

【注释】

①扬子：扬子江边一渡口，在今江苏江都县南。元大：不详，大，是排行第一。校书：校书郎，官名，掌校勘书籍。 ②棹：船桨，这里指船。 ③广陵：今江苏扬州。 ④沿：顺流而下。洄：水流回旋。

【译文】

凄然地辞别好友，泛舟在烟雾弥漫的江上。在这乘船返回洛阳之际，仍传来遥远的钟声，远远还可看见广陵的树木，这勾起了我无限惜别之情。今朝在此离别，以后不知在什么地方才能相逢。世间的事如同浪里行舟，不是顺流直下，就是回旋逆转。

【赏析】

离别之作免不了凄恻之情，然而此“情”的表达深浅有异。韦应物是深情之人，离好友而去的情感被他写得真挚动人。

“凄凄”二字即是他辞别朋友的情感基调。自己乘舟向洛阳归去，已满怀离别之情；舟行渐远，钟响渐微，只有余音，但广陵树色犹可望见。想到友人也许正在目送，更难禁离思。“归棹洛阳人，残钟广陵树”，衬托出多少离情！两句虽不在字面上言情而情自现。

诗的后半首慨叹离别容易会面困难。“今朝此为别，何处还相遇”两句，既是对“归棹洛阳人，残钟广陵树”的情感补充，又是别情难禁的思绪延续，这是离别时人们普遍会想到的问题，虽然普遍，但都会令人惆怅。更何况世事飘浮不定犹如波上之舟，前途未卜呢？因而对这一次离别格外伤感。

此诗的动人之处在于以景衬情。如果说“凄凄去亲爱”还是述情的话，“泛泛入烟雾”“残钟广陵树”则是以离别者眼中愁惨的风景来衬托、补充离别之情的。

寄全椒山中道士[①]

——韦应物

今朝郡斋冷[②]，忽念山中客。

涧底束荆薪，归来煮白石[③]。

欲持一瓢酒，远慰风雨夕。

落叶满空山，何处寻行迹。

【注释】

①全椒：县名。今安徽全椒县，唐属滁州。 ②郡斋：滁州刺史官署的斋舍。 ③煮白石：葛洪《神仙传》记白石先生“常煮白石为粮，因就白石山居，时人故号曰白石先生”。这里喻指全椒道士清苦。

【译文】

今天斋舍受到寒冷侵袭，忽然想念起山中的友人。也许他在涧底打柴，回来煮白石为粮修炼成仙。在这凄风冷雨的季节，我应带一壶佳酿，探慰远山的友人。萧萧落叶覆盖了山林，飘浮无定的友人啊，叫我到哪里去寻找你的踪迹。

【赏析】

韦应物早年宿卫内廷，生活颇为放浪。安史乱后，折节读书，变为沉静清雅的读书人，与道士之流来往密切。这首《寄全椒山中道士》一诗，最能看出他抱

散守淡的情怀。

在一个秋风秋雨、官署冷寂的夜里，诗人忽然想念起与自己有交往的山中道士来。继而想象道士涧底束薪、白石作饭的隐居修炼生活。之后，诗人想念之情愈切，进而想在这风雨之夜持酒探访山中道士了。但秋风萧瑟，秋雨绵绵，山中落叶铺地，何处去找道士呢？

诗的第三、四句写道士生活极为幽寂，表现出诗人对这种生活的向往；诗的后四句则透出诗人对道士生活的感怀，语含凄情，“落叶满空山，何处寻行迹”二句更像空谷足音，袅袅不绝，无限思念尽在不言之中。韦应物创造出了这样一种冷寂的诗境。

长安遇冯著[1]

——韦应物

客从东方来，衣上灞陵雨[2]。
问客何为来，采山因买斧[3]。
冥冥花正开，飏飏燕新乳。
昨别今已春，鬓丝生几缕。

【注释】

①冯著：河间人，曾应广州刺史李勉之邀入幕为录事。《全唐书》收录冯著的诗四首。韦应物赠冯著诗今存四首。 ②灞陵：古地名，又作霸陵。旧址在今

陕西西安市东。《文选·王粲·七哀诗》:“南登霸陵岸,回首望长安。” ③采山:辟山开地。意指隐居山林。

【译文】

友人自东方来,衣衫上还滞留有灞陵的雨水。问客人有什么事到京城来,客人说:“因为要买开山种地的斧子。”沐浴了春风的繁花正在盛开,刚哺育了幼雏的燕子欢快地飞翔。就像昨天才离别,今天却已过了一年,岁月变迁,他的两鬓又新增了几缕白发。

【赏析】

在一个春暖花开、乳燕纷飞的日子里,诗人见到朋友冯著。冯著是诗人的好友,韦应物曾数次写诗给他。如今冯著要隐居山中了,他是为了伐木之需而入长安买斧的,衣上似还沾着灞陵的春雨。

韦应物显然是惦记着已经隐逸的冯著的。“冥冥”二句,表面是写春景,实则也写出了韦应物碰见老友的欣喜之情,诗人对冯著很关切:好像昨日才分别,转眼又是一年春了,你的头发又白了几缕呢?这中间也夹杂了韦应物对时光易逝的感慨。

夕次盱眙县①

——韦应物

落帆逗淮镇②,停舫临孤驿。

浩浩风起波,冥冥日沉夕。

人归山郭暗③,雁下芦洲白④。

独夜忆秦关⑤,听钟未眠客。

【注释】

①次:外出远行时停留的处所。盱眙县:唐属临淮郡,今属江苏,地处淮水南岸。 ②淮镇:淮水边上的一个小镇。 ③山郭暗:日落后山峦昏暗。 ④芦洲:芦苇丛生的水泽。 ⑤秦关:指长安。忆秦关,韦应物是长安人,这里指思乡。

【译文】

落下风帆,船只停留在淮水边上的一个小镇,这里临近一家孤独的旅舍。长风掀起波浪,浩浩荡荡,残阳西沉,大地昏暗。人归家舍,山峦静寂,飞雁栖宿,芦洲在月光照耀下银光泛白。在这孤独冷清的夜晚,无法入睡的人听着浑厚的钟声,思念着故乡。

【赏析】

这是一首抒发羁旅之愁的诗。

诗人傍晚泊舟在小镇的驿站旁。驿之“孤”，不仅写出了实景，也写出了诗人的孤单。

这时候起风了，河面漾起波纹，太阳慢慢下山了，诗人更加孤单，因为眼前可见的，只有荒寂无人的山郭和飞着要入芦苇丛休息的大雁；黄昏中，芦苇的白花更给周围平添了一种落寞。这是一幅怎样萧瑟的秋景啊！眼看着夜幕渐临，诗人辗转难眠，听着远处传来的钟声，思念着自己的故乡。

此诗以眼前所见的萧瑟秋景自然地衬托羁愁，并以景物加深羁愁，写出了诗人孤独的情思。

东　　郊

——韦应物

吏舍跼终年[1]，出郊旷清曙。
杨柳散和风，青山澹吾虑[2]。
依丛适自憩，缘涧还复去[3]。
微雨霭芳原，春鸠鸣何处。
乐幽心屡止，遵事迹犹遽。
终罢斯结庐[4]，慕陶直可庶[5]。

【注释】

①跼：拘束的意思。　②澹：澄静。虑：思绪。　③缘：通沿。还复去：往来徘徊。　④庐：茅庐，草屋。　⑤庶：差不多。

【译文】

整月整年被局限在官署衙门，怎不令人厌倦烦躁。出去在郊外漫游，在清幽的曙色中心旷神怡。和风轻拂垂柳，青山静谧寂然，使我忘却了官场中繁冗的事务。靠着树丛歇息，我感到非常舒适和宁静。沿着山涧小道徘徊，不肯离去。昨夜一场喜雨，滋润了清新的原野，处处散发出沁人心脾的芳香。斑鸠咕咕鸣叫，却不知从哪里传来。如此幽静的胜景，使我心驰神往，乐而忘返。很想在此长住，每次都是公务紧迫而不能如愿。总有一天，我将辞去官职，到山林深处，搭建一间茅屋，像陶渊明那样，自在潇洒地隐居。

【赏析】

韦应物晚年对陶渊明极为向往，不但作诗“效陶体”，而且生活上也“慕陶”。此诗就是韦应物羡慕陶渊明隐居生活的创作。

韦应物不想在局促的官署里度日，清晨来到了清旷的郊外。但见春风吹拂柳条，青山能荡涤自己的俗虑，又有微雨芳原、春鸠鸣野，于是心中为之清爽。走倦了歇歇，歇完了再沿溪边散漫行走。但毕竟他是个做官的人，心中时时要冒出公务之念，因此想以后若能摆脱官职束缚，结庐此地，过像陶渊明一样的田园生活。

此诗写春天山野之景很清新，显示出诗人写景的才能。但韦应物不是陶渊明：陶渊明“复得返自然”后能躬耕田里，兴来作诗赞田园风景，农村景象处处可入诗，处处写得自然生动；韦应物工于赏景，想以清旷之景涤荡尘埃，对自然之美体味得没有陶渊明那样深刻细致。陶渊明之诗自然舒卷，而韦应物不免锤炼，如此诗中的“霭”字。韦应物写景，在唐朝还是能卓然自成一家的。

送杨氏女

——韦应物

永日方戚戚[①]，出行复悠悠[②]。
女子今有行[③]，大江溯轻舟。
尔辈况无恃[④]，抚念益慈柔。
幼为长所育，两别泣不休。
对此结中肠，义往复难留。
自小阙内训[⑤]，事姑贻我忧。
赖兹托令门[⑥]，仁恤庶无尤[⑦]。
贫俭诚所尚，资从岂待周。
孝恭遵妇道，容止顺其猷[⑧]。
别离在今晨，见尔当何秋。
居闲始自遣，临感忽难收。
归来视幼女，零泪缘缨流[⑨]。

【注释】

①戚戚：悲伤忧愁。　②悠悠：遥远。　③行：出嫁。《诗经·邶风·泉水》：“女子有行，远父母兄弟。”　④无恃：幼时无母。作者自注：“幼女为杨氏所抚育。”　⑤阙：通“缺”。内训：母亲的训导。　⑥令门：好的人家。这里指女儿的夫家。　⑦尤：过失。　⑧猷：规矩礼节。　⑨缘：通“沿”。缨：帽子的带子，系在下巴下。

【译文】

整日哀伤，出门远行路途遥远。女儿今天出嫁，轻舟溯江而去。你自幼痛失母亲，抚育你时益发倾注了我心中的慈爱。幼小的妹妹依靠姐姐抚育，分别时姐妹哭泣不止。她们相互倾吐衷肠，女大当嫁自不能把你挽留。你自小没有得到母亲的训导，侍奉公婆不能不使我担忧。令人欣慰的是你托身贤德人家，会得到他们的信任和体恤。家道清贫，节俭、诚信为我们所崇尚，嫁妆哪能备办得周全。孝顺恭敬长幼，恪守妇德规范，容貌举动要合乎礼节。父女离别就在今晨，以后相见却不知要等到什么时候。闲居时还能自我解遣悲愁，临别时的伤感真是难收。回来看到留在身边的小女儿，禁不住又流下眼泪。

【赏析】

诗人的大女儿要出嫁，他的心情异常复杂，遂写了此诗。

开头点明女儿将出嫁之事：女儿要嫁往的夫家路途遥远。念及女儿幼年丧母，自己一身兼父母之慈爱，当此离别之际，心中甚为不忍。

然而女大当嫁是天经地义的事。诗人忍痛告诫女儿到了夫家要遵从礼仪、孝道，要勤俭持家，这是对女儿的殷殷期望。

诗人终究不能摆脱离别的愁绪：女儿此番远行，何时能再见面啊！平时闲暇时还能自我安慰别女的痛苦，临到女儿出门时，泪水再也止不住了！尤其是嫁女儿出门，归来看到女儿原先房中空空，回视幼小的女儿的眼神，那种凄恻、那种离别的伤感，怎能用语言来表达呢？我们可以想见诗人想痛哭一场的情感。

嫁女本是喜事，可是“可怜天下父母心”，毕竟“心头之肉”就要离己而去，且路途遥远会面不易啊！

这是一幅令人肠断的“嫁女图”！恬淡的诗人有多少真挚的不舍之情啊！

【柳宗元】（773—819），字子厚。河东（今山西永济县）人，世称柳河东。贞元九年（793）进士。贞元八年登博学宏词科，授集贤殿正字。调蓝田县尉，擢监察御史里行，与刘禹锡等积极参与王叔文政治集团的革新运动，官礼部员外郎。革新失败后，被贬为永州司马。十年后，迁柳州刺史，故世又称柳柳州。其诗多抒写贬谪之后的抑郁悲愤、思乡怀友之情，幽峭峻郁，自成一格。最为世人称道者，是那些情深意远、疏淡峻洁的山水闲适之作。苏东坡称誉道："所贵乎枯淡者，谓其外枯而中膏，似淡而实美，渊明、子厚之流是也。"

晨诣超师院读禅经[1]

——柳宗元

汲井漱寒齿，清心拂尘服。
闲持贝叶书[2]，步出东斋读。
真源了无取[3]，妄迹世所逐。
遗言冀可冥，缮性何由熟[4]。
道院庭宇静，苔色连深竹。
日出雾露余，青松如膏沐。
澹然离言说[5]，悟悦心自足。

【注释】

①诣：到。超师：僧人。禅经：释家典籍。 ②贝叶书：即佛经。古印度没有纸时，常用贝多树叶写经文。 ③真源：真正的本意。了：了然，明白。 ④缮性：修养本性。 ⑤澹：宁静。

【译文】

汲取清明透亮的井水洗漱口齿，再拂去沾在衣衫上的尘埃。内清心外洁净，我才捧着经书，走出书斋逐字逐句诵读。真正的本意不被人们领悟。荒诞虚妄却被人们乐道追寻。经书劝善修行积德，来生必有好报；修养本性怎能会熟知这样的道理。僧人的庭院静寂幽雅，青苔蔓延到竹林深处。太阳徐徐升起。晨雾还未散尽，晓露映着日光，葱郁的青松仿佛刚刚用油脂沐浴过。我心宁静得难以言说，能领悟到这种境地，我已心满意足。

【赏析】

佛教传入中国后，不少文人加入信佛的队伍；也正是他们的加入，才使得佛教在中国得以宏扬。

但很少有顺境中的文人皈依佛门的。文人信佛，往往是在生活中遇到大挫折以后，万念俱灰，遁入空门。然而当他们口诵佛号、消释烦恼时，他们原有的儒家的人生观又会时时出现在脑海中，他们会自觉或不自觉地拿佛教与儒家哲学作比较。柳宗元就是这样一个例子。

尽管他“闲持贝叶书，步出东斋读”，一副笃诚信佛的样子，但“缮性何由熟”一语仍表现出了他的心事——他是忘不了“经国济世”的平生之愿的。

这首诗有点类似东晋南朝的“玄言诗”，玄言诗是阐述玄理的，而柳宗元此诗想以寂静之境来印证佛理，诗人是想在此环境、心境中暂时忘却尘世的烦扰和苦闷。

溪　居

——柳宗元

久为簪组累[①]，幸此南夷谪[②]。
闲依农圃邻，偶似山林客。
晓耕翻露草，夜榜响溪石[③]。
来往不逢人，长歌楚天碧[④]。

【注释】

①簪组：古代官吏的冠饰。　②谪：流放，放逐。　③榜：船桨。这里指放船。　④楚天：永州原属楚地。

【译文】

长久地为做官所羁累，庆幸贬谪到南方这荒夷之地。闲居时与农田菜圃相邻，有时就像山林隐士。天将拂晓，踏着朝露披着晨雾，耕田除草；日暮降临，放舟漂流青山绿水间。来去都遇不到行人，我放声高唱，歌声久久地在沟谷碧空中回响。

【赏析】

就柳宗元而言，他对被贬谪肯定有满腹的牢骚的，此诗中他说“幸此南夷谪”是自我宽慰语。但就后世读者而言，正是因为柳宗元被谪南夷，才使他写出了像《永州八记》那样的不朽之文和像此诗那样的写景闲散之作。柳宗元此诗中的闲散不同于那些在仕途上春风得意、爱慕荣华富贵的人发的雅兴——他们的雅兴是暂时的、转瞬即逝的，而柳宗元身处“蛮荒之地”，与老农为邻，久居山中，面目黧黑，也像一位老农了。因此，他对山中傍溪而居的生活就不再是一时兴起，而是心安理得的了，没有那种高山民一等、“俯视”山中人生活的感觉。他的“闲依农圃邻，偶似山林客”的情感应该说是真实的。

此诗第三联的“晓耕翻露草”似陶渊明的诗句；“夜榜响溪石”又像谢灵运的诗句；“来往不逢人”一联则似孟浩然的诗句。可见，柳宗元的师承是比较广泛的。广泛地汲取，又形成个人风格，是柳宗元南谪后的山水诗每每被人赞扬的原因。

五言乐府

塞上曲

——王昌龄

蝉鸣空桑林，八月萧关道①。
出塞入塞寒，处处黄芦草。
从来幽并客②，皆共沙尘老。
莫学游侠儿③，矜夸紫骝好④。

【注释】

①萧关道：在今甘肃固原县东南。为关中四关之一。②幽并：幽州和并州，今湖北、山西以及陕西一部分。③游侠儿：自恃勇武、讲义气的人。④矜（jīn）：高傲地自夸。紫骝：俊马名。杨炯《紫骝马》：“侠客重周游，金鞭控紫骝。”

【译文】

桑叶凋零，寒蝉悲鸣，八月后的萧关大道，一队队威武的戍兵行走着。塞内塞外秋风秋色，透着阵阵寒气，茫茫原野，处处被枯黄的芦草覆盖。来自幽州并州的英勇军士，都在边疆沙场征战到老。切莫学游侠骑士，高傲地自夸座骑如何好。

【赏析】

王昌龄的边塞诗，大多写得意气昂扬，可与岑参的边塞诗媲美。

初秋时分，知了在树叶快要凋零殆尽的桑林里鸣叫着，萧关道上苇叶已经枯萎，征人来往频繁。这是一个收获的季节，北方少数民族常在此时举兵，致使塞上形势非常紧张。

但居住在幽州、并州的健儿，为了保卫国家，历来习于征战，在沙尘、战尘中度过了一生，他们不以此为苦，而是意气风发，作好御敌的准备。国家正是因为有了他们，才得以安全。无疑，诗人对他们是满怀敬意的。一句“从来幽并客，皆共沙尘老”，说出了战士的辛苦，也写出了他们的豪情。

诗人对那些只夸耀自己骏马的游侠，则提出了委婉地批评：应以报国为志啊！

塞　下　曲

——王昌龄

饮马渡秋水，水寒风似刀。
平沙日未没[①]，黯黯见临洮[②]。
昔日长城战，咸言意气高。
黄尘足今古[③]，白骨乱蓬蒿。

【注释】

①平沙：大沙漠。　②临洮：今甘肃岷县境内，地临洮水而得名，秦长城西起点。　③足：充塞。

【译文】

给战马喝足水喂饱料，渡过秋水开赴边塞。水寒入骨，疾风如刀。茫茫沙漠，西沉的夕阳还没有隐没，暮色中远望临洮朦朦胧胧。昔日长城争战频繁，将士斗气高昂可歌可泣。从古至今，黄沙滚滚弥漫长城内外，遍地遗骸，荒草丛中处处杂陈。

【赏析】

王昌龄赞赏边塞健儿保家卫国的精神，但对于无谓的战争、好大喜功的杀伐持有异议。

王昌龄在这首诗里写了一次战事：唐将薛讷、王晙带领兵马，饮马北方河边，转战北方疆场。“水寒风似刀”写出了征战生活异常艰辛。他们在大漠尘沙中出生入死，攻下了临洮。“黯黯”二字可见战后临洮的肃杀之气。

凯旋的将士们都意气风发，充满着胜利的喜悦。但是，大家可曾知道，自古至今，黄尘堆里、蓬蒿丛中，有多少战死者的白骨啊！

“一将功成万骨枯。”有些将领，好大喜功，无视战士血肉，大肆攻掠，这种做法是该褒赞还是该贬斥的呢？

诗人不一定实指那场战争而予以批评，但诗意是很明白的：他不赞成那些无谓的征战、无谓的杀伐。

关　山　月

——李　白

明月出天山[①]，苍茫云海间。
长风几万里，吹度玉门关[②]。

汉下白登道[3]，胡窥青海湾[4]。

由来征战地，不见有人还。

戍客望边邑，思归多苦颜。

高楼当此夜，叹息未应闲。

【注释】

①天山：甘肃西北部的祁连山。匈奴称“天”为“祁连”。戍守将士驻扎在天山之西，所看到的明月自然是从天山上升起。 ②玉门关：在今甘肃敦煌市阳关西北，是古代通往西域之要冲。 ③白登：山名，位于山西大同东面。汉高祖刘邦曾率兵与匈奴交战，被匈奴冒顿率精兵四十万围困于山上七日之久。 ④胡：指吐蕃。青海：湖名，在青海西宁附近。初为吐谷浑所占，后为吐蕃所并。唐与吐蕃的战争多发生在这一带。

【译文】

巍巍天山，苍茫云海，一轮明月倾泻银光一片。浩荡长风，掠过几万里关山，来到戍边将士驻守的边关。汉高祖出兵白登山征战匈奴。吐蕃觊觎青海大片河山。这些历代征战之地，很少看见有人能幸运地生还。戍守的将士仰望边城，思归家乡之情凝结成愁眉苦颜。当此皓月之夜，高楼上望月思夫的妻子，同样也在频频哀叹，远方的亲人呵，你几时能卸装洗尘归来！

【赏析】

唐朝国力强盛，但边尘未曾肃清过。李白此诗，就是叹息将士征战之苦和后方家人的思念的。

诗的前四句是典型的李白诗风，它们显现出玉门关附近广袤肃杀的战场。战场上空有苍茫的云海，云海之中有明亮的月亮，月亮之下是一片荒芜的战场。战场上北风呼啸……

开辟战场是迫不得已的事情。从来征战之地少见有将士活着回来。那些戍边的将士在前方打仗，他们的妻子则日夜思念着他们。诗人猜想那些思妇登楼北眺，少不了会有长长的叹息之声。

当此月明之夜，有此两地相思，李白对此是很同情的。

子夜吴歌

——李　白

长安一片月，万户捣衣声[1]。

秋风吹不尽，总是玉关情[2]。

何日平胡虏，良人罢远征。

【注释】

①捣衣：将要洗的衣服放石砧上捶打。 ②玉关：即玉门关。

【译文】

长安城里皓月当空，千家万户忙忙碌碌捶捣布帛。秋月秋风送砧声，传到边关递深情。哪日才能荡平敌寇，亲人从此不再远征。

【赏析】

前一首诗写征战之人对妻子的想念，并设想她会在高楼叹息等待自己归去。这首诗则正面写思妇的思念和愿望：

在一个凄清的秋夜里，长安城被明亮的月光笼罩着。但长安城里此刻并不平静，家家户户都在捣衣。秋风起了，长安城里已有寒意，何况北地边塞呢？那里大概已寒风刺骨了吧！这些思妇的思念之情，犹如长驱千里的秋风，无穷无尽，更何况这秋风就是从北边、从他们戍边的地方吹来的呢！念及此，她们更加想念起玉门关外的他们了。但是这战争这样无休止地进行下去，何时才能平息北方游牧民族的侵扰，她们的男人何时才能回到长安与她们团聚呢？

这是一个朴素、迫切的愿望。这个愿望不仅仅是这些思妇的，也是诗人李白的。

长干行①

——李 白

妾发初覆额②，折花门前剧。
郎骑竹马来，绕床弄青梅。
同居长干里，两小无嫌猜。

十四为君妇，羞颜未尝开。
低头向暗壁，千唤不一回。
十五始展眉[3]，愿同尘与灰。
常存抱柱信[4]，岂上望夫台[5]。
十六君远行，瞿塘滟滪堆[6]。
五月不可触，猿声天上哀。
门前迟行迹，一一生绿苔。
苔深不能扫，落叶秋风早。
八月胡蝶黄，双飞西园草。
感此伤妾心，坐愁红颜老。
早晚下三巴[7]，预将书报家。
相迎不道远，直至长风沙[8]。

【注释】

①长干：地名，江苏南京秦淮河南。 ②妾：古代妇女的自称。 ③展眉：舒展蹙皱的双眉，表示高兴。 ④抱柱：《庄子·盗跖》：一个叫尾生的人与一女子约会于桥下，女子未来，潮水却至，尾生表示诚信，抱住桥柱而被水淹死。 ⑤望夫台：丈夫久出不归，妻子便登台远眺，久而久之化作一块石头。 ⑥瞿塘：瞿塘峡，长江三峡之一，四川奉节县东。滟滪堆：瞿塘峡口的大礁石，五月水涨淹没，船只易触而沉。冬日水退，露出百余尺。舟人有：“滟滪大如马，瞿塘不可下；瞿塘大如袱，瞿塘不可触”之歌谣。 ⑦三巴：巴郡、巴东、巴西，在今四川东部。 ⑧长风沙：地名，在今安徽省安庆东的长江边上，距南京五百里。

【译文】

还在头发刚覆盖额头的童年，我们就玩折枝、攀花的游戏。你跨着竹竿当马骑，相互投掷青梅逗弄嬉戏。同住在一个地方，两颗天真幼稚的心灵，几乎没有半点嫌隙。十四岁懵懂与你结为夫妻，羞涩时时泛上脸庞。面壁而坐低头不语，任你千呼万唤，也不回眸看你一眼。十五岁才晓事不再羞涩，眉宇间展现浓情的微笑，一心想与你同生共死。我常存美好的愿望，夫唱妇随长相厮守；你不会久别不归，我也不会登上那让人心碎的望夫台。我十六岁正值青春，你却离家远行，来去都要渡过那险滩瞿塘峡、滟滪堆。五月春水高涨且湍急，我不得不为你的船只安全担心。峡江两岸的猿啼，声声哀切响入云霄。家门前你留下的踪迹，处处都长满了青苔。青苔又深又厚，简直无法清除。落叶纷纷，今年的秋风来得特别早。进入八月，蝴蝶双双在西园草丛中欢快飞舞，触到了我的伤心处，孤寂地空等红颜慢慢衰老。你要出巴地回家时，会先写书信告诉家里。哪怕路途千万里，就是跋山涉水到长风沙，我也要把你迎回家。

【赏析】

这是一个动人的爱情故事。

青梅竹马、两小无猜的两个人结合了。这位女子对爱情很专一，愿意忠贞不渝地守着丈夫。但丈夫出了远门，到三峡一带去了。女子思念着丈夫，设想丈夫在三峡孤苦危险的生活。门前零落了，石阶生苔了，秋风又起了，可是丈夫还没有回来。女子目睹成双成对的飞蝶暗自神伤，原来姣好的容貌如今已渐渐憔悴枯槁。丈夫何时能来家信呢？如果他要回来了，就是到千里之外去迎接，她也不会嫌路途遥远。

不光是思念，其实这位女子也有了怨恨：为什么你一去就杳无音信，不再惦记我了呢？

诗歌从女子自小写起，一直到苦苦地思念远行之人，写得婉转动人。诗歌富于南朝乐府民歌气息。

【孟郊】（751—814），字东野，湖州武康（今浙江德清）人，早年隐于河南嵩山。贞元十二年（796）进士，年已 46 岁。贞元十六年任溧阳尉，后辞官。元和元年（806）复任水陆转运从事，试协律郎。元和九年（814）迁为兴元军参谋，卒于赴任途中。友人张籍等私谥为贞曜先生。其诗主要为自述一己之穷苦情怀，多有不平之鸣。长于五古和乐府。用字造句力避平庸，追求古拙奇险，诗风冷峭，为著名的苦吟诗人，与韩愈齐名，为韩孟诗派的开创者。又与贾岛相类似，世有“郊寒岛瘦”之说。

列 女 操

——孟 郊

梧桐相待老，鸳鸯会双死。
贞女贵殉夫，舍身亦如此。
波澜誓不起，妾心古井水。

【译文】

像那古老的梧桐树，彼此相守到枯老。像那河中的鸳鸯，成双成对厮守终身。贞节妇女的美德，是嫁夫以死相随，舍弃自己的生命理应如此。我的心静如古井里的水，风再大也掀不起任何波澜。

【赏析】

这是一首陈腐的说教诗。

在封建社会里，女人出嫁后必须“从夫”，丈夫死后女子必须守节，要是女子守节的事迹“卓著”，皇帝还会给予褒奖，树贞节牌坊。这一套封建礼教曾使多少妇女在落寞痛苦中死去，她们为了所谓的“贞节”付出了多么巨大的代价啊。

这首诗就是宣扬这种礼教的：丧夫之妇心如古井之水。她们有痛苦，但谁能理解呢？她们敢表露痛苦的心情吗？

游　子　吟

——孟　郊

慈母手中线，游子身上衣。
临行密密缝，意恐迟迟归。
谁言寸草心[①]，报得三春晖[②]。

【注释】

①寸草：小草。　②三春晖：春天的阳光。

【译文】

慈母飞针走线，为即将远行的儿子缝制衣服。临别时一针一线缝得细密均匀，担心儿子归来得晚，缝制不牢破绽难看。作为儿子，何时才能报答母亲的养育之恩呢？就像细微的小草报答春天阳光给予它的温暖一样。

【赏析】

天下最博大、最无私的爱就是母爱。

这首诗选取了一个细节来写，即儿子要出远门了，母亲满怀着慈爱的心替儿子缝衣，一针一线之中融入了母亲多少的爱和惦念牵挂呀！儿子出了远门，何时能归来呢？在儿子出门的日子里，母亲哪一天不在牵挂呢？远游的儿子知道母亲将每日倚在门口、盼望着儿子归来吗？儿子怎样才能报答这一片比海还深的恩情呢？母亲难道需要儿子报答吗？要知道，天下最无私的爱就是母爱呀！

“谁言寸草心，报得三春晖”说出了做子女的对母恩的感念、对母爱的铭记，而子女的这片心意，与母爱相比，显得多么微不足道啊！

此诗写出了伟大的母爱，写出了游子对母爱的铭记，因此广为流传。古今人情相同，天下做儿女的，谁不感念母恩呢？

七言古诗

【陈子昂】（661—702），字伯玉，梓州射洪（今属四川）人。少任侠，18岁始专心读书。文明元年（684）进士，授麟台正字，后升右拾遗，故世称陈拾遗。曾随武攸宜东征契丹，任参谋，颇不如意。圣历元年（698）辞职归乡，后为武三思指使射洪县令段简陷害，卒于狱中。陈子昂是唐诗革新的先驱者，极力反对“彩丽竞繁，而兴寄都绝”的齐梁诗风，提倡“汉魏风骨”。诗的代表作为《感遇》38首，旨在抨击时弊，抒写情怀。风格慷慨苍劲，蕴藉深微。

登幽州台歌[1]

——陈子昂

前不见古人，后不见来者。
念天地之悠悠，独怆然而涕下[2]。

【注释】

①幽州台：即蓟北楼，故址在今北京市西南。 ②怆然：悲伤凄凉。

【译文】

前看，看不见古之贤君；后望，望不见当今明主。感念天地之广阔，时间之悠久；唯有我内心孤独、悲伤、凄凉。这寂寞苦闷的境遇使我涕泪横流。

【赏析】

万岁通天元年（696），武则天派武攸宜征契丹，陈子昂以右拾遗参谋军事。武攸宜不懂军事，又不采纳陈子昂所献的计策，陈子昂泫然流泪而作此诗。

幽州台是古代的建筑物，战国时燕国的中兴之主燕昭王曾置金于台上，在此延请天下之士。陈子昂的时代，距燕昭王已很遥

远，但燕昭王礼贤下士的情景，仿佛还能使陈子昂想见。于是陈子昂慨然而歌：像燕昭王这样的贤君，我来不及见到；今后或许会有明君，但我现在见不着；眼前唯见空旷的天宇和原野。天地是如此悠久绵远，但人生短暂，个人之于天地，是何等渺小！作者泫然泪下，是因为自己怀才不遇、明主难逢，短暂的一生难道就这样碌碌无为地过去吗？

此诗意兴苍茫，倏忽而来，倏忽而去，令人感叹不已。

【李　颀】（690—751），籍贯不详。开元二十三年（735）中进士，曾任新乡县尉。因久不升迁，愤而辞职，复隐于颍阳。之后，醉心于炼丹求仙。与王维、高适、王昌龄等著名诗人皆有来往，诗名颇高。其诗内容涉及面较广，尤以边塞诗、音乐诗获誉于世。擅长五、七言歌行体；气势奔放、跌宕多姿。七律虽存世不多，然颇为人所推崇。

古　意

——李　颀

男儿事长征①，少小幽燕客②。
赌胜马蹄下，由来轻七尺③。
杀人莫敢前，须如猬毛磔④。
黄云陇底白云飞，未得报恩不得归。
辽东小妇年十五，惯弹琵琶解歌舞。
今为羌笛出塞声，使我三军泪如雨。

【注释】

①事长征：从军远征。　②幽燕：幽，幽州；燕，古国名，在今河北、辽宁一带。　③七尺：泛指一般成年男人的高度。　④猬毛磔（zhé）：猬，刺猬。毛磔，毛张开。形容人的胡须短、多、硬而稠密。《晋书·桓温传》：桓温姿貌甚伟，“眼如紫石棱，须作猬毛磔”。

【译文】

有志气的男儿应当远征戍边，少年勇武的幽燕健儿，更应报效祖国驰骋沙场。打赌胜负，战场上分高下，从来都将生死置之度外。陷阵杀敌锐不可当，威武刚烈须髯怒张。昏暗的云层笼盖原野，将士们骑着白云般的战马，遥望远方的家乡，不报答国恩誓不返回。一位年方十五的辽东少妇，善于弹奏琵琶，又擅长歌唱、跳舞。一曲凄凉婉转的出塞曲，掀动了三军将士的心，人人顿时泪下，如同大雨滂沱。

【赏析】

盛唐国力强盛，北方民族未敢窥边。征戍之士的豪气也绝非衰微之朝的军队可比拟的。在这首诗里，诗人就这样赞颂戍边战士的豪气：他们从小在幽燕之地为客；在战场上从来就是不怕牺牲、视死如归的；他们挥剑杀敌，使得敌人胆寒；他们怒须蜷曲，如同猬毛怒张。他们在塞外严寒之地征战，不消灭敌人誓不归家。诗人只用寥寥数语，就写出了一群英勇的战士形象。

但豪杰也有柔情之时。当听到女子弹出的琵琶里充满出塞作战的乐声时，英雄们纷纷落泪。为何？毕竟离家太远、离家太久了啊！征战之事他们无所畏惧，但思乡之情使他们黯然落泪。

诗语浑厚，诗境苍凉，我们仿佛看到英勇善战的战士们遥望南天的动人景象。

送陈章甫[①]

——李　颀

四月南风大麦黄，枣花未落桐阴长。
青山朝别暮还见，嘶马出门思旧乡。
陈侯立身何坦荡，虬须虎眉仍大颡[②]。
腹中贮书一万卷，不肯低头在草莽[③]。
东门酤酒饮我曹[④]，心轻万事如鸿毛。
醉卧不知白日暮，有时空望孤云高。
长河头连天黑，津口停舟渡不得[⑤]。
郑国游人未及家[⑥]，洛阳行子空叹息。
闻道故林相识多[⑦]，罢官昨日今如何。

【注释】

①陈章甫：江陵（今湖北省江陵县）人，开元进士。文中的陈侯是尊称。②虬须：卷曲的胡子。颡（sǎng）：前额。　③草莽：《孟子·万章下》：“在野曰草莽之臣。”　④东门：指洛阳东门。酤：通“沽”，买。我曹，即我辈。⑤津口：渡口。　⑥郑国：诗人幼时曾居住颍阳，当时任新乡县尉，两地古时都属郑国。　⑦故林：故乡。

【译文】

四月的南风，吹得田野里的大麦金黄。枣花还未凋谢，梧桐叶已长得又密又长。早上辞别青山，到日暮黄昏依然还看得见。骑马出门与友人饯别，青山为伴，坐骑鸣叫，我多么思念我生长的故乡。陈侯心胸坦荡、性格豪放，前额宽广、仪表堂堂，满腹经纶、博览古今，怎肯屈身在草野。他从东门买来佳酿，与我们同饮共醉；心轻飘扬，人世间万事万物如同鸿毛。他有时醉卧不知白天黑夜，有时将内心的清高寄托于碧空中的孤云。长河风急浪高，天昏地暗一片，往来的船只已停止摆渡。郑国的游子我还未返家，洛阳的行客你却望空叹息。你故乡的熟人众多，罢官回去，他们对你不会有所不同。

【赏析】

作者的朋友陈章甫罢官回家，李颀作此诗送别。

诗歌先点明送别时间：正是四月，南风拂人，小麦已黄，枣花未落，桐叶成荫。然后诗人夸赞陈的为人：坦荡、相貌奇伟、胸有学识、心轻万事。醉歌豪情，仰望孤云。一个“孤”字，正可视作陈章甫孤高性情的写照。如今这样豪放、这样有才情的人要别诗人而去了，诗人不免感到惋惜。

就全篇而言，诗人以旷达的情怀、知己的情谊、艺术地概括、生动地描写表现出陈章甫的思想性格和遭遇，令人同情。而诗的笔调轻松，风格豪爽，不为失意作苦语，不因离别写愁思，在送别诗中别具一格。

琴　歌

——李　颀

主人有酒欢今夕，请奏鸣琴广陵客[①]。
月照城头乌半飞，霜凄万树风入衣。
铜炉华烛烛增辉，初弹渌水后楚妃[②]。
一声已动物皆静，四座无言星欲稀。
清淮奉使千余里[③]，敢告云山从此始。

【注释】

①广陵客：表面看是指客人，实际借指善弹琴的人。《广陵散》为琴曲名，晋嵇康独擅此曲，声调绝伦。　②《渌水》《楚妃》：都是琴曲名。《嵇康·琴赋》有“初涉渌水”句。　③清淮：李颀曾任新乡（今河南）县尉，新乡临近淮水。

【译文】

主人置备了上等的酒，宴请大家乐醉今宵。一位琴艺娴熟的人，拨动琴弦为酒宴助兴。明月已升上城头，未入巢的乌鸦到处乱飞。凄冷的寒霜使万木凋零，寒风侵衣心生寒意。铜炉中的炭火暖人，明亮的华烛为晚宴添辉增色。艺人先弹《渌水》后奏《楚妃》，曲曲美妙婉转动人。

【赏析】

这是一首写听琴的诗歌。

听琴的时间是夜里，弹奏的是像《广陵散》那样美妙的乐曲。未弹之前，月光凄清地照着城墙，乌鸦有的栖息了，有的还在乱飞：深秋的霜露已使树木凋零，凉风拂入人的衣襟。屋里有铜炉生暖，有红烛高照。弹奏的先是《渌水》，后是《楚妃》，四座之人屏息静听。最后，曲终人散，诗人已奉命要去一千里外的淮河，今晚听完这美妙的琴声，明天就要上路了。

此诗写听琴，但不写弹琴者的神态，不直接写琴声的美妙，而是先写出听琴的环境，烘染出听琴的氛围，再写听琴后的感受。至于琴声究竟如何，读者自可想象。

听董大弹胡笳弄兼寄语房给事[①]

——李　颀

蔡女昔造胡笳声[②]，一弹一十有八拍。
胡人落泪沾边草，汉使断肠对归客。

古戍苍苍烽火寒[3]，大荒沈沈飞雪白。
先拂商弦后角羽[4]，四郊秋叶惊摵摵[5]。
董夫子，通神明，深山窃听来妖精。
言迟更速皆应手，将往复旋如有情。
空山百鸟散还合，万里浮云阴且晴。
嘶酸雏雁失群夜，断绝胡儿恋母声[6]。
川为静其波，鸟亦罢其鸣。
乌珠部落家乡远[7]，逻娑沙尘哀怨生[8]。
幽音变调忽飘洒，长风吹林雨堕瓦。
迸泉飒飒飞木末，野鹿呦呦走堂下[9]。
长安城连东掖垣[10]，凤凰池对青琐门[11]。
高才脱略名与利[12]，日夕望君抱琴至。

【注释】

①董大：即董庭兰，善弹琴，为房琯（天宝时拜给事中，玄宗奔蜀时拜相门客。弄：一种乐曲体裁。 ②蔡女：蔡琰（文姬）。蔡曾为胡人所虏，作琴曲《胡笳十八拍》。 ③烽火：古时为边境报警燃起的大火。 ④商弦、角羽：琵琶四弦为官、角、商、羽，每弦七调，共可奏二十八调。古乐有五声音阶，即宫、商、角、徵、羽和七声音阶，即宫、商、角、变徵、徵、羽、变宫。 ⑤摵摵（sè）：落叶的声音。这里指琴声。 ⑥“断绝”句：蔡文姬欲回国，不忍与在匈奴出生的两个儿子诀别。这里指由琴声联想到这件事。 ⑦乌珠：即乌孙。据《汉书·西域传》：乌孙国王昆莫请与汉为婚，武帝以江都王刘建女细君为公主妻之。乌孙在今新疆伊犁河地区。 ⑧逻娑：唐时吐蕃国首府，即今西藏拉萨。唐曾将文成公主、金城公主嫁吐蕃王。 ⑨呦呦：鹿叫声。 ⑩东掖：房琯任给事中，属门下省。中书、门下两省在宫禁中为左右掖。 ⑪凤凰池：中书省所在地，因临近皇宫而得名。青琐门：南宫门。 ⑫脱略：不看重的意思。

【译文】

昔日蔡琰精通音律，翻笳调谱成了凄凉幽婉的《胡笳十八拍》琴曲。胡人听后涕泪横流，泪水浸湿了身边的野草，汉使看着归来的文姬，悲切得寸断肝肠。古老苍茫的边塞边城，熊熊的烽火也透着胡地的寒气。荒漠阴沉悲凉，大风起处飞雪狂舞。董君妙手拨动琴弦，琴声骤起，好似惊风吹落周围的木叶。他美妙的琴声，神灵为之感动，藏于深山的妖魔鬼怪也飘忽而至静静偷听。急弹慢奏，抑扬顿挫，皆能得心应手。脚中流淌的洋溢激情，凝聚在手指往复回旋之间。百鸟散尽的空山，琴声又把鸟儿召回；乌云笼罩的原野，琴声把乌云驱散，云开见日。沙哑的琴声，像雏雁离群，在漫漫的黑夜辛酸地哀鸣，像胡儿恋母，断断续续地哭泣。山川江河为之静寂，百鸟为之不再歌唱。琴声幽咽，唱出了乌孙公主思乡、文成公主远嫁的哀怨之情。琴声弹奏得深沉、凄婉，忽然变调就轻盈飘洒起来，如长风吹林，林涛怒吼，像急雨打屋，滴答清脆。时而如泉水喷射树稍飒飒地响，时而像野鹿在堂前呦呦鸣叫。长安城中，房给事的官署在宫廷东面，与天子的宫门相对。房公才高位重轻名利，但却赏识董君的琴艺，入夜只盼董君抱琴而至，为之奏上一曲以度良宵。

【赏析】

这是一首出色的听胡笳诗。

相传蔡文姬曾奏胡笳，作《胡笳十八拍》，她的弹奏，曾使胡人落泪、汉使断肠，她的弹奏也使古戍和大漠更加苍凉、长安郊区更加萧瑟。这一段叙述，为听董大弹胡笳作好了气氛的铺垫。

这董大弹奏胡笳，更是了得：连深山里的鬼神也来偷听了；他弹奏时左右逢源，得心应手；使得空山中散飞的百鸟聚集到一起凝神谛听，使得原本阴郁的天空也放了晴；这胡笳声像雏雁晚上失伴发出凄惨的叫声，也如呜呜咽咽的胡儿恋母声；河流因此平静，百鸟也很安宁……胡笳声高亢时，又如长风吹林，暴雨堕瓦，如迸泉，如鹿鸣。这一段直写听胡笳的效果，连用比喻，写得出神入化。然后归结于房给事的住处、房给事对董大的赏识。

听安万善吹觱篥歌①

——李　颀

南山截竹为觱篥，此乐本自龟兹出②。
流传汉地曲转奇，凉州胡人为我吹③。
傍邻闻者多叹息，远客思乡皆泪垂。
世人解听不解赏④，长飙风中自来往。
枯桑老柏寒飕飕，九雏鸣凤乱啾啾⑤。
龙吟虎啸一时发，万籁百泉相与秋。
忽然更作渔阳掺⑥，黄云萧条白日暗。
变调如闻杨柳春⑦，上林繁花照眼新⑧。
岁夜高堂列明烛⑨，美酒一杯声一曲。

【注释】

①安万善：凉州胡人。觱（bì）篥（lì）：古代管乐器，也作觱栗、筚篥，类似唢呐，以竹为管，以芦为嘴，汉代由西域传入。吹出的声音悲凄高昂。　②龟（qiū）兹（cí）：古代西域国名，在今新疆库车、沙雅二县一带。　③凉州：地

名，在今甘肃、宁夏、青海一带。西汉置，为武帝十三刺史部之一。 ④解：懂得。⑤“九雏”一句：《古乐府》：“凤凰鸣啾啾，一母将九雏。”喻指乐声低沉而嘈杂。⑥渔阳掺：鼓曲名，渔阳一带民间鼓曲。掺：击鼓的技法。 ⑦杨柳春：指古曲《折杨柳》，曲调欢快清新。 ⑧上林：上林苑，秦汉宫苑，这里泛指唐宫。 ⑨岁夜：除夕之夜。

【译文】

从南山采来一节青竹，做一支精美的觱篥。这种乐器原产龟兹，流传汉地后曲调高昂新奇。凉州友人为我吹奏乐曲，声调悲凄，邻居听之叹息不已；浪迹异地的游子，闻之思乡泪流不止。世人只知听曲，无法知晓其中的奥妙。出自觱篥的乐声，有时如狂风万里，在大地上翻卷而来；有时如枯桑老柏，在呼啸的寒风中哀吟战栗；有时如九只幼小的凤凰，低声细语争相鸣叫。乐声激昂如龙吟虎啸一起迸发，乐声低沉如万物寂静秋意萧条。忽然转调奏出悲壮的渔阳鼓曲，就像黄云压顶，大地一片昏暗。觱篥转而奏出轻快悠扬的乐曲，就像徐徐春风拂弄垂柳。宫苑里争相斗艳的繁花，使游人眼花缭乱。除夕之夜，高堂上明烛辉煌，听一支乐曲，饮一杯美酒；一杯一曲，一曲一杯，直到星稀、酒尽。

【赏析】

此诗是诗人听安万善吹觱篥后写的一首赞诗。诗先写制作觱篥的材料和产地。安万善吹的觱篥，能令邻人叹息、远客下泪。他吹奏的效果，如寒风吹动枯桑、老柏，飒飒作响，如雏凤啾啾的鸣叫声，如龙吟虎啸迸发。忽然，乐曲发出悲壮的音调，空中的黄云也显得萧条、白日也显得黯淡了。乐曲再度变为杨柳小调，听之如睹上林苑中繁盛的百花。

此诗写了乐曲的四次变化：悲凉——萧索——奋激——平和，每一次变化都用贴切的比喻来形容其效果。这种写法，被以后的韩愈、李贺、欧阳修、苏轼广泛运用，听音乐之诗遂成中国古代诗歌中的一个重要品种。

夜归鹿门歌[1]

——孟浩然

山寺钟鸣昼已昏，渔梁渡头争渡喧[2]。
人随沙岸向江村，余亦乘舟归鹿门。
鹿门月照开烟树，忽到庞公栖隐处[3]。
岩扉松径长寂寥[4]，惟有幽人自来去。

【注释】

①鹿门：山名，在湖北襄阳东南，作者曾隐居于此。《太平广记·神·苏岭庙》：“襄阳苏岭山庙，门有二石鹿夹之，故谓之鹿门山。” ②渔梁渡头：渡口名，在襄阳东，距鹿门很近。 ③庞公：庞德公，襄阳人，东汉隐士，躬耕田里。荆州刺史刘表请之为官，不愿屈从，后携妻登鹿门山采药，不返。 ④岩扉：岩穴为门。 ⑤幽人：幽居山林之人，这里指作者。

【译文】

掩映在山上的寺院，传来黄昏报时的钟声。渔梁渡口一片喧闹，人们争相摆渡晚归。他们踏着岸边沙石，走向自家的村落。我也乘一叶小舟，返回鹿门住地。月光高照鹿门，缭绕的烟雾，青翠的树色格外分明，原来这清幽的山宅，曾是庞公隐居的地方。清冷的山岩路，寂静的林间道，唯有我这山林之人自在来去。

【赏析】

孟浩然善于表现一种冷寂的境界，这首诗是一个显著的例子。

正是傍晚，山寺的钟声在空中回荡，渡口待渡的人很多。这本来是一个热闹喧哗的场面，但孟浩然将它冷处理了：人们沿着沙岸往家走，诗人也乘船回鹿门了——诗人是不大欣赏这热闹喧嚣的场面的。

鹿门山中，淡月静照，林中烟雾在月色中稍稍清晰了一些，诗人来到了庞德公曾经隐居过的地方。岩扉寂静，松径寂静，这里的一切似乎亘古以来就是那样寂静的，只有幽居之人孤零零地独自来往。

与鱼梁渡口闹哄哄的场面相比，这里显然是一处超凡脱俗的处所了。

孟浩然欣赏的就是这样一种境界。

庐山谣寄卢侍御虚舟[①]

——李　白

我本楚狂人[②]，凤歌笑孔丘[③]。
手持绿玉杖[④]，朝别黄鹤楼[⑤]。
五岳寻仙不辞远[⑥]，一生好入名山游。
庐山秀出南斗旁[⑦]，
屏风九叠云锦张[⑧]，影落明湖青黛光[⑨]。
金阙前开二峰长[⑩]，银河倒挂三石梁[⑪]。
香炉瀑布遥相望[⑫]，回崖沓嶂凌苍苍[⑬]。
翠影红霞映朝日，鸟飞不到吴天长[⑭]。
登高壮观天地间，大江茫茫去不还。
黄云万里动风色，白波九道流雪山[⑮]。
好为庐山谣，兴因庐山发。
闲窥石镜清我心[⑯]，谢公行处苍台没[⑰]。
早服还丹无世情[⑱]，琴心三叠道初成[⑲]。

遥见仙人彩云里，手把芙蓉朝玉京[20]。

先期汗漫九垓上[21]，愿接卢敖游太清[22]。

【注释】

①庐山：又名匡庐，或名匡山。在江西九江市南。谣：不合乐的歌。卢侍御虚舟：卢虚舟，范阳人（今北京大兴）。 ②楚狂人：春秋时楚人陆通，字接舆，因不满楚昭王的政治，佯狂不仕，时人谓之“楚狂”。 ③孔丘：即孔子，字仲尼，鲁国陬邑（今山东曲阜）人，春秋末期著名的教育家、思想家、政治家，儒家学说的创始人。 ④绿玉杖：神仙用的手杖。 ⑤黄鹤楼：原址在湖北武昌西皖山。《太平寰宇记·江南西道·鄂州》：昔费文祎登山，每乘黄鹤于此楼休憩，故号为黄鹤楼。 ⑥五岳：东岳泰山，南岳衡山，西岳华山，北岳恒山，中岳嵩山。这里泛指各地名山大川。 ⑦南斗：星名，即斗宿。六星列如斗勺形，因位于南方天空，故称南斗。古人常以天上星宿指配地上州域，庐山正好处在南斗的分野。⑧屏风九叠：指庐山三叠泉之东北的九叠屏，亦称屏风叠。层峦叠翠，形如屏风。云锦：云霞似锦。 ⑨明湖：湖水明亮如镜。指鄱阳湖，位于庐山东南。青黛：青黑色。 ⑩金阙：即金阙岩，也叫石门，在庐山西南，其形如双阙（门）。二峰：香炉峰的双剑峰。金阙、二峰为庐山胜景。 ⑪三石梁：庐山一胜景。 ⑫香炉瀑布：位于庐山西南，圆耸似香炉，旁有瀑布。 ⑬沓嶂：高而重叠的山峰。苍苍：这里指天空呈深蓝色。 ⑭吴天：春秋、三国时庐山属吴地。 ⑮九道：古称长沙流到浔阳（江西九江）分为九条支流。雪山：长江白浪翻滚，状如雪山。⑯石镜：庐山东石镜锋，有一圆石悬于崖上，明净如镜，可照见人影。 ⑰谢公：谢灵运，南朝宋诗人。苍苔：绿苔。 ⑱还丹：古时道家炼丹，先炼丹砂为水银，再炼水银为丹砂，所以叫“还丹”。传说服后能成仙。 ⑲琴心三叠：道家修炼术语。梁邱子注：琴，和也；叠，积也。意思是修炼的功夫精深，达到心和神悦的境界。 ⑳芙蓉：莲花。玉京：道教称原始天尊居住的地方。 ㉑汗漫：不可知。九垓：九天之外。喻指极高远。 ㉒接：偕，陪同。太清：三清之一，指天空最高处，元气清香。道家以玉清、上清、太清为三清，是神仙居住的地方。

【译文】

我原是楚国狂人接舆，笑唱凤歌嘲笑孔丘。手持绿玉装饰的手杖，早上辞别于黄鹤楼。踏遍五岳寻访神仙不怕路途遥远，漫游名山大川是我一生的爱好。秀丽的庐山显现在南斗旁，锦绣般的彩云形成九叠云屏。倒映在鄱阳湖里的山影，映射出青黑色。石门山前的香炉、双剑二峰高耸入云，三石梁的瀑布如银河倒挂垂直飞泻。它与香炉峰瀑布遥遥相望，重峦叠嶂，直指苍穹。山影青翠，红霞映日，鸟飞不到山顶，不能翱翔在广阔的天空。登临高峰环望天地之间，滚滚东去的长江永不复返。万里黄云飘浮，天色变幻瞬间；白浪翻卷，如一座座起伏连绵的雪山。我喜欢为庐山作歌谣，诗兴也因庐山被激发。悠闲地照着石镜，心情愉悦。谢灵运当年走过的险道，早已长满厚厚的绿苔。早点吞服仙丹摆脱世俗之情，潜心修道将有所成就。遥望天空，仙人手持莲花，驾着彩云飞向玉京。我已经同另一位神仙预约在九重天上，你如果有意，我愿偕你卢敖一同遨游仙境。

【赏析】

李白本有济世之志，然而他的这种志向始终未能实现，于是他就将郁闷的心情放逐于山水之间。

他以楚狂接舆自况："一生好入名山游"。但名山到了李白笔下，就沾上了一种仙气——李白是以想象来描写名山的。庐山景色秀丽：山影落入鄱阳湖中，是一种黛色的静影；又有瀑布飞溅、山崖险峻。登高四望，但见长江滔滔、黄云万里、白波九道，本来壮观的事物在豪气冲天的李白面前竟变得这样纤弱！

但李白不是为了写庐山秀色才写庐山的。诗的后半部分透出了他的心事：他要跟着炼丹的道士游览仙山，成为神仙，摆脱尘世的羁绊。

正是因为李白有无尽的愁闷，才会有这种摆脱尘世的愿望的。

梦游天姥吟留别[①]

——李　白

海客谈瀛洲[②]，烟涛微茫信难求。
越人语天姥[③]，云霞明灭或可睹。
天姥连天向天横，势拔五岳掩赤城[④]。
天台四万八千丈[⑤]，对此欲倒东南倾。
我欲因之梦吴越[⑥]，一夜飞渡镜湖月[⑦]。
湖月照我影，送我至剡溪[⑧]。
谢公宿处今尚在[⑨]，渌水荡漾清猿啼[⑩]。
脚著谢公屐[⑪]，身登青云梯[⑫]。
半壁见海日，空中闻天鸡[⑬]。
千岩万转路不定[⑭]，迷花倚石忽已暝。
熊咆龙吟殷岩泉[⑮]，栗深林兮惊层巅。
云青青兮欲雨，水澹澹兮生烟。
列缺霹雳[⑯]，丘峦崩摧。洞天石扉[⑰]，訇然中开[⑱]。
青冥浩荡不见底[⑲]，日月照耀金银台[⑳]。

霓为衣兮风为马[21]，云之君兮纷纷而来下[22]。

虎鼓瑟兮鸾回车[23]，仙之人兮列如麻。

忽魂悸以魄动，恍惊起而长嗟。

惟觉时之枕席，失向来之烟霞。

世间行乐亦如此，古来万事东流水。

别君去兮何时还，且放白鹿青崖间[24]，须行即骑访名山。

安能摧眉折腰事权贵[25]，使我不得开心颜！

【注释】

①天姥（mǔ）：山名，是越东灵秀之地，以奇绝著称。在今浙江省新昌县东。东接天台山，西连沃洲山，最高峰称拨云间。《太平寰宇记·江南东道·越州》："剡县有天姥山，传云登此山者或闻天姥歌谣之响。"吟：一种诗体的名称，内容多是吁嗟、慨叹悲爱、深思之类。 ②海客：海上往来的客人。瀛洲：相传东海有三座神山，即蓬莱、方丈、瀛洲，为神仙居所。 ③越：今浙江一代。天姥：唐朝时属越州。 ④拔：超越。五岳：东岳泰山、西岳华山、南岳衡山、北岳恒山、中岳嵩山。这里泛指所有名山。赤城：山名。在今浙江天台县北，为天台山余脉。 ⑤天台：即天台山。在今浙江天台县西北。四万八千丈：夸张说法，以此来抑五岳、赤城、天台，烘托天姥之高。 ⑥吴越：吴，江苏苏州一代；越，浙江。这里实指越。 ⑦镜湖：又称鉴湖，在今浙江省绍兴县南，为汉代修造的人工湖。 ⑧剡（shàn）溪：水名。在今浙江嵊县南，源于天台，为曹娥江上游。剡溪沿岸，名山奇秀，风景清幽，李白亦有"自爱名山入剡中"之愿。 ⑨谢公宿处：南朝宋诗人谢灵运，少博学，工书画，善诗文，好游山水名胜，善刻自然景物，开创文学史上山水诗一派。谢灵运游天姥，曾投宿剡溪。其诗有"暝投剡中宿，明登天姥岑"句。 ⑩渌水：河名。 ⑪谢公屐：《晋书·谢灵运传》：谢灵运"寻山涉岭，必造幽峻，岩障数十里，莫不备登。登蹑常着木屐，上山则去其前齿，下山则去其后齿。"穿着此木屐上山或下山，可使身体保持平衡，世人因此称谢公屐。 ⑫青云梯：山岭高峻陡峭。沿石级而上可入青云。 ⑬天鸡：《述异记·下》："东南有桃都山，上有大树曰桃都，枝相去三千里，上有天鸡，日初照此木，天鸡则鸣，天下之鸡则随之鸣。" ⑭路不定：山路曲折。 ⑮殷：震动。 ⑯列缺：闪电。 ⑰洞天：洞中别有天地，道家称神仙所居之地。 ⑱訇然：响声巨大。 ⑲青冥：天空。 ⑳金银台：神仙居住的地方。 ㉑霓：虹。 ㉒云之君：指云神，这里泛指众神仙。 ㉓鸾：古代指神仙的禽鸟。 ㉔白鹿：传说仙人常骑白鹿。 ㉕摧眉：低眉。事：侍候。

【译文】

海上来客谈起仙山瀛洲，无不说它云雾重重，烟波浩渺，难以寻找。越人描绘的天姥山更是奇峰异景：它在浮云彩霞中时隐时现，令世人可观。连接天际的天姥山，气势磅礴超过五岳，俊奇灵秀远盖仙山赤城。高耸入云的天台山，倾斜东南欲将拜倒在它足下。我因此希望梦游吴越，一睹仙境胜地。谁知梦想成真，天遂人愿，皓月之夜我飞渡镜湖。湖上的明月照着我的身影，飘然伴送我到剡溪。谢灵运当年歇宿的地方，渌水荡漾、清猿哀啼。我穿上谢公当年特制的木屐，登上蜿蜒入云中的石级。到半山时，红日从海上冉冉升起，半空中听到天鸡报晓。峰岩沟谷中石径蜿蜒，道路迂回曲折；花香醉人，身不由己地斜靠山石稍事休憩，不知不觉中暮色已经降临。熊的大声咆哮，龙的高声吼叫，响彻山谷林泉，使幽深的丛林因之战栗，重峦叠嶂的山峰也受到惊吓。乌云重重，大雨即将来临，水波荡漾，升起茫茫烟雾。电闪雷鸣，山丘峰峦顷刻崩裂；神仙居住的洞府石门，“轰隆”一声打开。洞天福地宽广辽阔，日月照在金银台上。神仙们披彩虹为衣裳，驾长风为骏马，纷纷到来，猛虎为之鼓瑟，鸾鸟效劳驾车，群仙列队密密麻麻，迎接我这凡人的到来。忽地觉得心惊胆颤；恍忽朦胧中起身长叹。梦醒后能感觉到的只是枕头和床席，神奇的梦境却倏然消失。在人世间寻求欢乐如同梦幻，从古至今万事如水东逝永不复返。今日别君，何时才能重逢；暂且将白鹿放之青崖岩隙间，出游时就骑上它去寻访名山众仙。我岂能屈身低眉去讨权贵欢心，使我不能开心舒颜。

【赏析】

天宝元年（742），李白应玄宗召入长安。李白满以为可以一展政治抱负，但李白在宫廷的待遇仅为供奉翰林、“倡优蓄之”而已。天宝三年（744）李白被唐玄宗打发还山了。次年，李白漫游吴越，此诗是他行前留赠朋友的作品。

所谓“梦游”，即想象之游。李白这一回真是梦游了——他开了一个不大不小的玩笑。在李白笔下，“天姥连天向天横，势拔五岳掩赤城”，五岳尚且不在话下，况区区天台山乎！在登山过程中，“半壁见海日，空中闻天鸡”，有千岩万壑，有熊咆龙吟，更有“霓为衣兮风为马”仙人，这里虎能鼓瑟，仙人如麻，其奇幻景象，绝非人间所有。——然而这是南柯一梦。李白所见景象，全是梦境！

李白真正要表达的意思乃是“安能摧眉折腰事权贵，使我不得开心颜”。他要自由自在地驰骋。他不是一个为五斗米折腰的人，而是一个可以位列仙班的人！

李白的奇诡想象，使天姥山声名鹊起。明末文人王思任慕名前往天姥山，结果大呼上当——天姥山原是李白寄托情志的载体，世上哪里真会有这样奇幻的仙山呢！

金陵酒肆留别[1]

——李　白

风吹柳花满店香，吴姬压酒唤客尝[2]。
金陵子弟来相送，欲行不行各尽觞[3]。
请君试问东流水，别意与之谁短长。

【注释】

①金陵：即今江苏南京。战国时楚置金陵邑。　②吴姬：金陵古属吴国，酒店的侍女故称吴姬。压酒：新酿的酒，压糟取汁。唐末文学家罗隐《江南行》有“夜槽压酒银船满”句。　③尽觞：饮尽杯中的酒。

【译文】

春风满店，柳絮轻扬；当垆红粉，捧出新压的美酒劝客品尝。一批相识的年轻人，闻讯起来饯别相送；将要启程和赶来送别的人，相互开怀畅饮诉说衷情。面对滚滚东流的长江水，试问诸君，别意离情与之相比，哪个短来哪个长？

【赏析】

这也是李白漫游吴越途中的作品。

李白在金陵稍作逗留，又马上要离开，金陵的年轻朋友为他送行。其时正当春天，春风骀荡，柳丝轻飏，酒店侍女殷勤地劝大家饮酒，而李白与朋友都因即将离别而惆怅，恋恋不舍。面对朋友的深情厚谊，李白是很感动的。他看着门前东流的江水，突然闪出一个念头：请你问问东流之水，我们的惜别之情长还是江水流得长？

宣州谢朓楼饯别校书叔云①

——李　白

弃我去者，昨日之日不可留；
乱我心者，今日之日多烦忧。
长风万里送秋雁，对此可以酣高楼。
蓬莱文章建安骨②，中间小谢又清发③。
俱怀逸兴壮思飞，欲上青天览明月④。
抽刀断水水更流，举杯消愁愁更愁。
人生在世不称意，明朝散发弄扁舟⑤。

【注释】

①宣州：今安徽宣城县。谢朓楼：南齐阳夏（今河南太康）诗人谢朓任宣州太守时所建，又名谢公楼、北楼。唐末改名叠峰楼。校书：官名，校对勘正图书中的错讹。叔云：李白族叔李云，曾在秘书省任校书郎。 ②蓬莱文章：东汉朝廷藏书东观，因此所藏都是幽径秘录，故冠以蓬莱仙山称之。建安骨：建安为汉献帝年号。当时曹操、曹植（曹操之子）、孔融、王粲、陈琳、徐干、刘桢、阮禹等善诗词歌赋之人的文学作品，反映了社会动乱和人民流离失所的痛苦，并对此表现出不满、抗争和对理想生活的追求，情调慷慨悲凉，风格苍劲刚健，后人称之为"建安风骨"。 ③小谢：谢惠莲。南朝宋诗人谢灵运与才思敏捷的族弟谢惠莲并称大小谢。这里以谢惠莲指称谢朓。谢朓以山水风景诗见长，后人将他与谢灵运并举，因他生于后，称为小谢。清发：清新秀发。 ④览：通"揽"，摘取意。 ⑤散发：古人束发戴冠，散发表示闲适自在。

【译文】

舍我而去的时光已无可挽留，扰乱我心的时光凭添几多忧愁。寥郭明净的天空，群群鸿雁乘万里长风，面对这壮丽景色，怎能不开怀畅饮醉卧高楼。校书郎的文章刚劲有力，我的华章可与清新俊秀的谢朓诗媲美。我们都怀有超群的凌云壮志，准备登上冥空摘取日月。抽出利刀断绝水流，哪知水更加湍急地流，举起酒杯借酒解愁，谁知却引发更多的忧愁。人生之旅如此坎坷不尽如人意，明天我们就披散头发，无拘无束地驾一叶小船，去尽兴漫游。

【赏析】

李白对谢朓一直很钦敬，当来到谢朓当过太守的宣城时，当在谢朓楼饯别族叔李云时，心中就有无数话要说。

时光易逝，只恨人生多烦忧。在此佳丽之地、秋空如洗之时，有大雁南归，望去尚能赏心悦目，足可以酣饮楼上、醉眠楼上。更何况李云文章有建安风骨，李白自忖也有谢朓之才。他们叔侄都有逸兴，欲做一番轰轰烈烈的事业。无奈不能如愿，心中无比愁闷。这愁闷就如流水，抽刀断之，须臾更流；以酒浇愁，愁就益甚。人生在世既然这样不得意，不如散发扁舟，去过隐居放浪的日子了。

李白似乎有发不完的牢骚。李白发牢骚的诗特别好看，因为诗风流利健朗，读者读后，心中的郁闷也能扫去许多。

走马川行奉送封大夫出师西征①

——岑　参

君不见走马川，雪海边②，平沙莽莽黄入天，
轮台九月风夜吼③，一川碎石大如斗，随风满地石乱走。
匈奴草黄马正肥④，金山西见烟尘飞⑤，汉家大将西出师⑥。
将军金甲夜不脱，半夜行军戈相拨⑦，风头如刀面如割。
马毛带雪汗气蒸，五花连钱旋作冰⑧，幕中草檄砚水凝⑨。
虏骑闻之应胆慑⑩，料知短兵不敢接⑪，车师西门伫献捷⑫。

【注释】

①走马川：河名，又名左末河。封大夫：即封常清，唐代大将，曾为安西四镇节度使高仙芝侍从，因颇有见识，被高仙之重用，屡立功，先后任安西北庭节度使、伊西节度使等，后参加征讨安禄山，兵败退守潼关，被监军边令诚所害。②雪海：指沙漠。　③轮台：地名，唐代北庭都护府属地，在今新疆米泉县境内。④匈奴：古代北方少数民族，主要活动在战国至魏晋南北朝时期。此处代指唐代时活动在西北广大地区的回纥人民。　⑤金山，即阿尔泰山，突厥语称“金”为“阿尔泰”，在今新疆北部和蒙古国西部，以产金矿而著名。烟尘：指边塞报警的烽烟和敌骑来犯扬起的尘埃。　⑥汉家：中原的代称，此处指唐朝。出师：出兵打仗。　⑦戈：指长兵器。拨：指士兵肩扛的长兵器互相摆动擦碰。　⑧五花连钱：即五花和连钱，均指名贵马匹的毛色。旋：立即。　⑨草：拟文，起草。檄（xí）：古代用于征召、讨伐的文书。　⑩慑（shè）：恐惧，害怕，也指收敛。　⑪短兵：刀剑之类的短兵器。“短兵接”即指使用刀剑砍杀的肉搏战。　⑫车师：地名，唐代安西都护府所在地，今新疆吐鲁番。伫（zhù）：长久站立，此处指站立等候。

【译文】

可曾见：那苍凉的走马川上，茫茫的雪海边，黄沙飞旋，蔽日遮天。才是九月的轮台啊，夜里已是狂风怒卷。河川里那斗大的乱石，被暴风吹得横行遍野。匈奴的马匹正长得体壮膘肥，在这秋高草黄的季节；烽火狼烟裹着

敌骑的尘埃飞扬，在金山的西面就能看见。汉家的大将就要率军出征了，向着那乱军出没的西边。将军报国尽忠，通宵铠甲在身，战士半夜疾行，只闻戈矛碰擦声。寒风扑面，阵阵疼痛如刀割。急驰的战马披满雪花，被汗气融化蒸发，霎时间又在毛皮上凝成了冰茬。在帐幕中起草讨敌的檄文，砚中的墨汁也会冻结。敌虏听到我军征伐的消息，一定心惊胆颤，可以断定他们绝不敢与我军面对面抵抗，让我们在这军营的西门站立，静候大军捷报凯旋。

【赏析】

这也是一首送别之作。但这首送别诗写得很奇特：

走马川附近是茫茫雪海，有莽莽黄沙；九月里北风劲吹，川中碎石乱飞——碎石足有斗大，这斗大的碎石竟能满地乱滚——这是怎样的狂风呀！

正在这时候，敌军要南犯了，唐将要西出抗之了。唐将全身胄甲，率军连夜行军，在寒风中奔驰。九月的北方已刺骨寒冷，马毛上的汗气会立即冻成冰，草檄的墨水都结成了冰。在这样恶劣的环境中，作战的艰苦可想而知。此中也包含了岑参对封常清的关怀。

有这样一支军队，敌军就不敢再南犯了。胜利是指日可待的。此中有岑参对封常清的鼓励。

此诗虽为送别之作，但丝毫不见别离的愁绪，全诗充满着对胜利的信心。三句一换韵，音调铿锵，以夸张之语渲染战争的艰苦，也表达出胜利来之不易。

轮台歌奉送封大夫出师西征

——岑　参

轮台城头夜吹角[①]，轮台城北旄头落[②]。
羽书昨夜过渠黎[③]，单于已在金山西[④]。
戍楼西望烟尘黑[⑤]，汉军屯在轮台北。
上将拥旄西出征，平明吹笛大军行[⑥]。
四边伐鼓雪海涌[⑦]，三军大呼阴山动[⑧]。
虏塞兵气连云屯[⑨]，战场白骨缠草根。
剑河风急云片阔[⑩]，沙口石冻马蹄脱[⑪]。
亚相勤王甘苦辛[⑫]，誓将报主静边尘。
古来青史谁不见[⑬]，今见功名胜古人。

【注释】

①角：古代乐器，出自我国西北地区游牧民族，形如兽角，后多用作军号。②旄（máo）头：星名，指二十八宿中的昴宿。　③羽书：插上鸟的羽毛以表示

紧急的军事文书。渠黎：一作渠犁，汉西域国名，在今新疆维吾尔自治区轮台县东南。 ④单于（chán yú）：汉时匈奴的君长称为单于。 ⑤戍（shù）楼：古代边防驻军的瞭望楼。 ⑥平明：天刚亮的时候。 ⑦伐鼓：击鼓。古代以击鼓作为进攻的信号，伐鼓即指出兵征伐。 ⑧阴山：山脉名，在今内蒙古自治区中部，河套以北、大漠以南诸山均属此山脉。 ⑨兵气：军队的气势。 ⑩剑河：借用带杀气的地名泛指战场。 ⑪沙口：地名，不详。与上文“剑河”一样，系借用来泛指战场，渲染飞沙走石、酷烈紧张的气氛。 ⑫亚相：指封常清。当时封常清以节度使职摄御史大夫事，而御史大夫在汉代时地位仅次于宰相，故称其为“亚相”。勤王：为君主效力。 ⑬青史：史书、史册。古代没有发明纸张时，是在竹片上书写记事，而竹片为青绿色，故称史书为“青史”。

【译文】

轮台城头的夜幕，被声声号角划破；轮台城北的天空，旄头星正在坠落。插着羽毛的紧急情报，昨夜刚从渠黎传过：单于率领的大军，已在金山以西出没。从戍楼上向西望去，黑色的烟尘滚滚升腾，我们中原的雄师，也已在轮台城北驻扎。手持旄节的大将，威风凛凛率军西征；黎明时分笛声响处，浩浩荡荡的大军起程。军阵的四边都擂动战鼓，莽莽雪海也涌起波涛；三军将士高声呐喊，巍巍阴山也为之动摇。敌军的营垒也非等闲，杀气腾腾直冲云天；古战场上凄凄惨惨，白骨累累被草根缠绕。那剑河上寒风急骤，吹裹着大片的雪花；那沙口边石头冻硬，马蹄踏上也会脱落。为了报效国家，亚相您甘愿挑战这困苦艰辛；决心报答君主，让边塞的尘沙永远宁静。自古以来，谁不知道彪炳史册的英雄？且看当今的人物，要创建超越古人的功勋。

【赏析】

此诗也是送别封常清的。

诗的开头叙述外族来犯，封常清因此西征。“四边伐鼓雪海涌，三军大呼阴山动”二句，极言唐军声势浩大；“虏塞兵气连云屯，战场白骨缠草根”则写消灭外族军队之多。白骨缠草根的战场，令人胆战心惊。但这就是战争！诗人对此没有丝毫怯懦之态。

诗的后半部分预想此次封常清西征可能会遇到的困难和辛苦，然而这一切都是为了报答君主之恩，为了报效国家，没有什么可以多说的，诗人希望封常清能立下赫赫战功，名垂青史。

全诗意气昂扬，不作凄苦之语，确是战场送别之作的本色。

白雪歌送武判官归京

——岑 参

北风卷地白草折，胡天八月即飞雪。
忽如一夜春风来，千树万树梨花开。
散入珠帘湿罗幕①，狐裘不暖锦衾薄②。
将军角弓不得控③，都护铁衣冷难著④。
瀚海阑干百丈冰⑤，愁云惨淡万里凝⑥。
中军置酒饮归客⑦，胡琴琵琶与羌笛。
纷纷暮雪下辕门⑧，风掣红旗冻不翻⑨。
轮台东门送君去，去时雪满天山路。
山回路转不见君，雪上空留马行处。

【注释】

①珠帘：用珠子缀串装饰的帘子。罗幕：用罗制的幕帐、幕帘。罗，一种稀疏、轻软的丝织品。此处泛指幕帐、幕帘。 ②狐裘：狐皮制的衣袍。锦衾：用锦做面的大被子。锦，有彩色花纹的丝织品。 ③角弓：用兽角装饰的弓。控：拉开弓。 ④都护：官名，意即总监，汉代设西域都护，为驻西域地区的最高长官。唐代设安西等六大都护府，负责管理辖境的边防、行政及各族事务。著（zhuó）：穿衣。 ⑤瀚海：泛指沙漠。阑干：纵横散乱状。 ⑥愁云：阴云。 ⑦中军：古代军队作战、行军时分左、中、右（或上、中、下）三军，主将处中军指挥。 ⑧辕门：军营大门。古代行军驻扎处，以战车车辕相对而置作为营门，故称辕门。 ⑨掣（chè）：牵、拉。

【译文】

北风呼啸，席卷大地，白草坚韧，也被吹折。仲秋八月的胡地天气，就已飘飘洒洒降下白雪。仿佛一夜之间，春风忽然而至，漫山遍野绽开了千树万树雪白的梨花。雪花飘飘飞入珠饰的帘笼，沾湿了轻软的帐幕。名贵的狐皮袍也难使人暖和，锦面的大被也会令人感到单薄。冻僵了手指，将军也拉不开坚硬的角弓；铠甲冰冷，都护也不想将它披挂穿着。无边的大漠沙丘，结成了百丈坚冰，昏暗惨淡的天空，凝聚着万里阴云。在中军大帐里摆下酒宴，为返回京师的旅人送行；演奏助兴的都是那边塞特有的琵琶、羌笛与胡琴。暮色沉沉，辕门外正大雪纷飞；营中的红旗冻住了，任狂风撕扯也不再翻卷。在这轮台城的东门外，我送你远行；临行的时刻，大雪铺满了天山的道路。山势回转，道路盘旋，我已看不见你的身影；只有那皑皑雪地上，留着你坐骑行走的印迹。

【赏析】

这首诗先是写北地白雪，然后再写雪中送别武判官时的景色：北风卷地，百草摧折，雪犹如一夜春风过后千树万树绽开的梨花。此为千古名句，为后人赞叹不已。在这雪天里，边地征战将领生活的环境更艰苦了：雪花飘入罗幕，打湿狐裘，致使弓箭都拉不开、铁甲再难上身了。冰有“百丈”，“愁云”“万里”，都在竭力烘托北地下雪天的恶劣情景。送别朋友时，雪还在下着，旌旗都被冻住，不能翻卷了。

这首诗以雪来衬托送别之情，全诗上下，都充满了雪意。

韦讽录事宅观曹将军画马图[1]

——杜　甫

国初已来画鞍马[2]，神妙独数江都王[3]。
将军得名三十载，人间又见真乘黄[4]。
曾貌先帝照夜白[5]，龙池十日飞霹雳[6]。
内府殷红玛瑙碗，婕妤传诏才人索[7]。
碗赐将军拜舞归[8]，轻纨细绮相追飞[9]。
贵戚权门得笔迹，始觉屏障生光辉[10]。
昔日太宗拳毛騧[11]，近时郭家狮子花[12]。
今之新图有二马，复令识者久叹嗟。
此皆骑战一敌万，缟素漠漠开风沙[13]。
其余七匹亦殊绝[14]，迥若寒空动烟雪[15]。
霜蹄蹴踏长楸间[16]，马官厮养森成列。
可怜九马争神骏[17]，顾视清高气深稳。
借问苦心爱者谁，后有韦讽前支遁[18]。
忆昔巡幸新丰宫[19]，翠华拂天来向东[20]。

腾骧磊落三万匹[21]，皆与此图筋骨同。

自从献宝朝河宗[22]，无复射蛟江水中[23]。

君不见金粟堆前松柏里[24]，龙媒去尽鸟呼风[25]。

【注释】

①韦讽：阆州（今四川阆中县一带）录事，家居成都。杜甫居成都时去过他家。录事：官名，掌监察。曹将军：即曹霸，唐玄宗时著名画家。善画马及人物，常被召入宫中画马及功臣，官至左武卫将军。 ②国初：开国初期，指唐朝初建之时。已：同“以”。 ③江都王：即唐太宗之侄李绪，画家，尤以画鞍马著名。 ④乘黄：传说中帝舜时的神马，其状如狐，背有角。 ⑤貌：描绘。先帝：指唐玄宗李隆基。照夜白：骏马名。唐玄宗时西域拔汗那（今乌兹别克斯坦一带）进献。 ⑥龙池：唐代皇宫内的湖泊，武则天时积水而成，水面数百亩，深数丈，常有云气飘浮于上，传说有黄龙从池中跃出腾飞。霹雳：强烈的雷电。传说龙飞舞时伴有雷鸣电闪。 ⑦婕妤（jié yú）：宫中女官名，汉代时职位相当于上卿。才人：唐代宫中女官名。索：取。 ⑧拜舞：下跪叩首后舞蹈而退，一种礼仪。 ⑨纨（wán）：细绢。绮（qǐ）：有花纹的丝织品。 ⑩屏障：屏风和帏幔，用于房屋中遮掩阻隔。 ⑪太宗：即唐太宗李世民。拳毛䯄（guā）：唐太宗最喜爱的六匹骏马之一，黄身黑嘴卷毛，曾身中九箭，其带箭像被刻于昭陵北阙。 ⑫郭家：指唐代名将郭子仪，历玄宗、肃宗、代宗三朝，治军严明，战功卓著。狮子花：骏马名。代宗御马，又名九花虬，后赐给郭子仪。 ⑬缟（gǎo）素：白色的画绢。 ⑭殊绝：极为特殊，与众不同。 ⑮迥（jiǒng）：遥远。 ⑯霜蹄：白色的马蹄。蹴（cù）：踩，踏，踢。长楸（qiū）：高大的楸树，古时在道旁种植楸树，故以长楸代指大道。⑰可怜：可爱。 ⑱支遁：东晋高僧，字道林，世称支公、林公。本姓关，早年隐居余杭山，二十五岁出家。喜欢养马。有人劝说他僧人不该养马，他回答：“贫道重其神骏。” ⑲巡幸：指帝王出巡到来某地。新丰宫：唐代宫苑名，在骊山下。⑳翠华：皇帝仪仗队伍中用翠鸟羽毛装饰的旗帜，这里指皇帝的车驾。 ㉑腾骧（xiāng）：腾跃奔驰。磊落：众多状。 ㉒献宝：喻帝王去世。 ㉓“无复”句：也是喻指玄宗去世。 ㉔金粟堆：玄宗陵寝。玄宗死后，葬于陕西奉先县东北之金粟山，称泰陵。 ㉕龙媒：《汉书·礼乐志》载《天马歌》：“天马来，龙之媒。”意谓天马来到，是神龙出现的征兆，故称骏马为龙媒。

【译文】

大唐开国到今朝，画马之人不知有多少，只有那皇侄江都王，画得可以算得上神奇美妙。曹霸将军擅长丹青，闻名天下已经三十春秋，看了他画马的图卷，庆幸人间再现了乘黄神骏。曾经为先帝玄宗描摹那“照夜白”龙驹，在宫中十天画成，仿佛龙池中又腾起霹雳。那珍贵的血红玛瑙盘，收藏在皇宫内府，先帝让女官传诏取来，要赐给技艺超群的画家。将军感恩不尽，叩谢而归，同时赏赐有精细丝绢，在他身后飘舞翻飞。贵族和高官们都渴求他的画啊，一旦得到将军的墨迹，顿时觉得屏障增色万分，厅堂辉煌无比。从前太宗骑过的一匹骏马，名字就叫“拳毛騧”；近世名将郭子仪深受恩宠，天子赐给御马“狮子花”。曹将军新作骏马图，就将它们入了画。真让那些见过真马的人们在画前赞叹不已，辨不出真假。这都是君王、大将的坐骑啊，征战疆场胜过万匹凡马，虽然那洁白的画绢寂然无声，仍然让人感到眼前飞扬起尘沙。画幅上还有另外七匹马，也都是与众不同、奇异非凡，远远望去有如轻烟和雪花，在清寒的空中飞动飘洒。雪白的马蹄在大道上腾踏，矫捷的身形在楸林间穿插；饲养它们的官吏役卒，屏息静气地排列成行。多么可爱的九匹神骏啊，争相显示它们的品格不同寻常，左看右看都是那么清新高雅，深沉稳健、气度不凡。请问古往今来有谁是真正苦心孤诣地爱马？后有当今的韦录事，前有东晋的支遁公。回想当年先皇巡游驾临新丰宫，仪仗队的翠华旗凌空飘舞，浩浩荡荡直奔向东。奔驰腾跃的三万匹骏马，都与这画上的神驹形貌相同。自从先皇随河伯仙逝，再不能见他在江中射杀蛟龙，如今你看那金粟山前的松柏林里，天马早已不见踪影，只有鸟儿在啼雨呼风。

【赏析】

曹霸曾数次为玄宗画御马和功臣，想来当是当时的丹青高手了。杜甫看了他画的马，作了此诗。

诗是在叙述和议论中展开的：曹霸是李绪以来画马最好的人，曾为玄宗的御马“照夜白”画过，由于画得逼真，龙池中的龙也要跟着马飞起来了。曹霸因此

得到玄宗的赏赐。

但杜甫作此诗的目的是为了咏曹霸的九马图。在写九马时，杜甫先突出了太宗、郭子仪的“骑战一敌万”的“拳毛弱”和“狮子花”这两匹，其次才说另外的七匹，然后又将九匹合叙，结束九马图。诗末忽然又将玄宗的“腾骧磊落三万匹”与九马联系起来，从画马说到真马，又从真马说到玄宗当年的巡游盛况，写得惟妙惟肖。

丹青引赠曹将军霸

——杜　甫

将军魏武之子孙[1]，于今为庶为清门[2]。
英雄割据虽已矣，文采风流今尚存[3]。
学书初学卫夫人[4]，但恨无过王右军[5]。
丹青不知老将至[6]，富贵于我如浮云。
开元之中常引见[7]，承恩数上南薰殿[8]。
凌烟功臣少颜色[9]，将军下笔开生面[10]
良相头上进贤冠[11]，猛将腰间大羽箭。
褒公鄂公毛头动[12]，英姿飒爽来酣战。
先帝御马玉花骢[13]，画工如山貌不同。
是日牵来赤墀下[14]，迥立阊阖生长风[15]。
诏谓将军拂绢素，意匠惨淡经营中。
斯须九重真龙出[16]，一洗万古凡马空。
玉花却在御榻上[17]，榻上庭前屹相向。
至尊含笑催赐金[18]，圉人太仆皆惆怅[19]。
弟子韩干早入室[20]，亦能画也穷殊相[21]。
干惟画肉不画骨，忍使骅骝气凋丧[22]。
将军画善盖有神，必逢佳士亦写真[23]。
即今漂泊干戈际[24]，屡貌寻常行路人。
途穷反遭俗眼白，世上未有如公贫。
但看古来盛名下[25]，终日坎壈缠其身[26]

【注释】

①将军：指曹霸，官至左武卫将军。魏武：指曹操，三国时封为魏王。其子曹丕称魏帝后，追尊为魏太祖武皇帝。子孙：曹霸为三国魏高贵乡公曹髦后裔，

而曹髦为曹丕孙，故称曹霸为“魏武子孙”。②庶：平民。清门：清塞贫苦的家庭。③文采：文学艺术方面的才华。④卫夫人：晋代汝阳太守李矩妻，名铄，字茂漪，著名书法家，曾教授王羲之书法。⑤恨：遗憾，不满意。王右军：即王羲之，晋代著名书法家，官至右军将军。⑥丹青：红色和青色颜料，借指绘画。⑦开元：唐代玄宗年号，从公元713年至741年。⑧南薰殿：唐代皇宫兴庆宫的主殿之一，在龙池南。⑨凌烟：即凌烟阁，在唐太极宫凝阴殿南。唐太宗贞观十七年，为表彰功臣，诏命画功臣像于阁内以记之。⑩生面：新的容貌。⑪进贤冠：黑布做的帽子，唐代百官上朝均戴进贤冠。⑫褒公：即段志玄，唐太宗时任辅国大将军、扬州都督，封为褒国忠壮公。鄂公：即尉迟敬德，唐太宗时任开府仪同三司，封鄂国公。⑬先帝：指唐玄宗。玉花骢（cōng）：唐玄宗所骑骏马名。骢，青白色相间的马。⑭赤墀（chí）：又称凡墀，宫殿的前阶。墀，台阶，皇帝宫殿前的台阶漆成红色，故称赤墀。⑮迥立：昂首挺立。阊（chāng）阖（hé）：传说中的天门。⑯斯须：一会儿，很短的时间。九重：古人认为天有九重，第九重最高，此处指皇宫。⑰榻（tà）：窄而低的床。⑱至尊：最尊贵的，指皇帝。⑲圉（yǔ）人：古代官名，掌管牧养马匹。太仆：内廷九卿之一，掌管皇帝的车马。惆怅：伤感、失意状。此处指惊叹、感慨。⑳韩干：唐代著名画家，官至太府寺丞。曾师从曹霸，后自成一家，也善于画鞍马人物，所画马多为肥壮形态。入室：指最优秀的弟子，得到老师真传者。㉑穷：穷尽，完结。此处指所有、各种。殊相：不凡的形态。㉒忍：竟然。骅骝：古骏马名，周穆王八骏之一。凋丧：凋零、丧失。㉓佳士：杰出的人物。写真：写生画。㉔干戈：战乱，指“安史之乱”。㉕盛名：崇高的名望。㉖坎壈（lǎn）：坎坷，不得志。

【译文】

将军本是那魏武皇帝的子孙，如今却成了平民，守着清寒贫苦的门庭。群雄并起，各霸一方，战功赫赫，虽然已经成为历史陈迹，曹氏的文采风流却得以传袭至今。初学书法时，你选择的是有名的卫夫人，却总是遗憾啊，不能超过她的学生王右军。后来沉浸在绘画生涯之中，任凭岁月流逝，富贵对于你来说算什么呢？不过是随风而去的浮云。在开元盛世，你经常被天子召见，接受皇上的恩宠，多次走上那辉煌的南薰殿。凌烟阁上的功臣画像，年深日久已颜色暗淡，你奉旨重新绘制，妙笔生花，画出新的容颜：从贤良文臣头上的进贤冠，到勇猛武将腰间的长杆羽箭；褒国公和鄂国公的毛发，仿佛在轻轻飘动，神态豪迈、英气逼人，就像要上战场挺身赴险。先皇有匹心爱的御马，名唤“玉花骢”，为它写生的画师有无数位，描绘的意态总难与之相同。那一天将它牵进宫门，来到大殿的台阶下，只见它昂首挺立、神气非凡，仿佛从天门吹来一股强风。先帝下诏给将军，让你展开雪白的画绢。你极力调动那奇妙的神思，沉浸在苦苦的思索之中。一眨眼，那九重霄上的飞龙，便出现在巍峨的皇宫，将那千秋万代的平凡马匹一扫而空。好像就站在御榻之上这神形兼备的玉花骢，与那殿前的神骏相对屹立，谁能分得出真假神龙？天子微笑着连连催促，快快赏给你黄金。那些掌管御马的官吏，一个个惊叹感慨，如痴如醉。你的入室弟子韩干，可算是得了你的真传，他也能描绘出骏马各种各样的形体情状。可惜他只能画出马的膘肉，却不能画出神气筋骨，竟然使那些著名的骏马，精神凋零、风韵丧失。将军你的画的妙处，正在于刻划精神气韵，遇到杰出的人物，你也愿为之写生。如今战乱不宁，你只好四处漂泊，为了养家糊口，不得不为普通路人画像。沦落到如此田地，反而遭到世俗人们的白眼。人间可能再没有谁像你现今这样穷困。不过你仔细想想：从古至今名望崇高的人，哪一个不是身世坎坷，厄运伴随终生。

【赏析】

这是一首题画诗中的著名作品，是写赠曹霸的。

全诗共分五段，每段八句。第一段叙曹霸的家世和他对书画的专注：曹霸是曹操后裔，他淡泊富贵，专注于丹青。第二段写曹霸曾奉诏在凌烟阁画功臣像，画得栩栩如生。第三段写曹霸为玄宗御马画像，技压众多画工。第四段可谓是对曹霸画马的细节写真了：真马与画上之马，难辨真假。且与曹霸弟子韩干之画相较，指出韩画马只能画肉，曹霸能画出马的神韵，因此，马的精神也被画出来了。最后一段写曹霸晚年落魄。“但看古来盛名下，终日坎壈缠其身”是为曹霸惋惜，也是杜老情感的寄托。

全诗四十句，回环往复，一气呵成，不仅写出了曹霸画技之高超，还写出了才人不遇的悲哀。

寄韩谏议注

——杜　甫

今我不乐思岳阳①，身欲奋飞病在床②。
美人娟娟隔秋水③，濯足洞庭望八荒④。
鸿飞冥冥日月白⑤，青枫叶赤天雨霜。
玉京群帝集北斗⑥，或骑麒麟翳凤凰⑦。
芙蓉旌旗烟雾落⑧，影动倒景摇潇湘⑨。
星宫之君醉琼浆⑩，羽人稀少不在旁⑪。
似闻昨者赤松子⑫，恐是汉代韩张良⑬。
昔随刘氏定长安⑭，帷幄未改神惨伤⑮。
国家成败吾岂敢，色难腥腐餐枫香。
周南留滞古所惜⑯，南极老人应寿昌⑰。
美人胡为隔秋水，焉得置之贡玉堂⑱。

【注释】

①岳阳：地名，在今湘南省东北部，长江之南，洞庭湖边。是此诗所寄韩谏议归隐之处。②奋飞：鸟类振翅飞翔。③美人：古诗中多用以指作者思念的人。娟娟：美好的样子。秋水：秋天清澈的水面。④濯（zhuó）：洗涤。洞庭：即洞庭湖，在今湖南省北部，长江南面，古代湖面广阔，号称“八百里洞庭”。八荒：八方荒远之地，古代比“四海”更广大辽远的地域概念。⑤鸿：即鸿雁，候鸟。冥冥：也作“溟溟”，指高远的天空。⑥玉京群帝：道教认为天上有三十二天，各有一位天帝，这些天帝都居住在玉京。北斗：即北斗七星，古人以它为人君之象，号令诸天。⑦麒麟：古代传说中的一种神兽，多作为吉祥的象征。翳（yì）：通“翼”驱使。⑧芙蓉旌旗：有莲花图案的旗帜。⑨潇湘：指潇水和湘水，为湘江上游，在今湖南省境内。⑩琼浆：美酒。⑪羽人：神话中的飞仙。因道教认为经过修炼可以飞升成仙，故也有以羽人作为道士的别称。⑫赤松子：传说中的神仙。⑬韩张良：即张良，字子房，辅佐刘邦统一天下，建立汉朝，封留文成侯，后弃功名从赤松子游。张良为韩国人，其祖与父相继为韩昭侯、宣惠王等五世之相。此处称之韩张良，以应韩谏议的姓。⑭刘氏：指刘邦，汉朝开国皇帝。⑮帷幄：军中帐幕。⑯周南留滞：据《史记》载：汉武帝继位后，登泰山封禅，太史公司马谈被留在周南，不得随行，因而气愤而亡。指不得重用。周南即洛阳。⑰南极老人：星名，又称老人星。⑱玉堂：汉代宫殿名，此处指朝廷。

【译文】

我的心悒郁不悦，不由得思念起岳阳——你所在的地方，想要腾身飞去，无奈我辗转在病床。远隔着澄碧的秋水，我怀念的人品貌端庄，洞庭洪波为你洗去脚上的尘土，宇宙八荒在你眼前铺展：苍穹高邈，鸿雁飞翔，日月皎皎，放射光芒，枫叶已经涂抹成红色，秋天开始降下了寒霜。居住在玉京的天帝们，一齐到北斗星宫会聚，驮着他们飘然而至的，是那吉祥的麒麟和凤凰。绘绣莲花的面面旌旗，在轻烟雾霭中飞扬，这天上的胜景啊，倒映在波光摇曳的潇湘。星宫里的帝君们开怀畅饮，在玉液琼浆中陶醉，随逝的飞仙羽人却缺少了谁？你正遨游在远方。据说你早已退隐山林，追随那仙人赤松子，难道你就是那汉朝的开国元勋，韩国良相的后代张良。从前曾辅佐那刘氏，成就帝业，定都长安，运筹决胜的初衷未改，位高禄厚却让你黯然神伤：国家的兴衰成败，我怎敢不闻不问？只是不愿与腐臭污浊同流，还是退居山林去领受红枫的清香。当年太史公留滞洛阳的故事，自古以来为人们所痛惜，都希望天空出现南极老人之星，让世间一片太平安康。你有着美好的品行和功业，却为何要远隔秋水避世隐居？怎样才能重返朝廷，为君王贡献肝胆、治国安邦。

【赏析】

虽然我们不知韩注的生平，但从杜甫此诗中可以推测出韩注曾运筹帷幄，随从肃宗定长安，立过大功，后来辞官归居岳阳。

杜甫显然很钦佩韩注，想去岳阳看望他，但苦于自己卧病在床，望穿双眼也见不着老朋友。杜甫也钦佩韩注为避祸而引退。现今皇帝身边聚集着群臣，犹如群帝聚集在玉京的天王周围，他们尸位素餐，而韩注已去位，皇帝身边再也没有贤臣了。韩注有汉代张良那样运筹帷幄的才能，功成身退以后也不忘忧国，因此杜甫希望他能重回朝廷为治理好国家作出贡献。

此诗大约作于大历元年（766），杜甫正流落夔州时。杜甫真可谓是一位忧国忧民的诗人了——自己的前途尚且茫茫，心中感念的却全是忧国忧民之事。他对人民、国家，只能用“苦恋”二字来形容。他忧国忧民是这样辛苦！

古　柏　行

——杜　甫

孔明庙前有老柏[1]，柯如青铜根如石[2]。
霜皮溜雨四十围[3]，黛色参天二千尺[4]。
君臣已与时际会[5]，树木犹为人爱惜。
云来气接巫峡长[6]，月出寒通雪山白[7]。

忆昨路绕锦亭东[8]，先主武侯同閟宫[9]。
崔嵬枝干郊原古[10]，窈窕丹青户牖空[11]。
落落盘踞虽得地，冥冥孤高多烈风。
扶持自是神明力[12]，正直原因造化功[13]。
大厦如倾要梁栋，万牛回首丘山重。
不露文章世已惊，未辞翦伐谁能送[14]？
苦心岂免容蝼蚁[15]，香叶终经宿鸾凤[16]。
志士幽人莫怨嗟，古来材大难为用。

【注释】

①孔明庙：指夔州（今四川奉节）孔明庙，为纪念三国时蜀国丞相诸葛亮而建。 ②柯：树干。石：指磐石，硕大而坚硬。 ③霜皮：指树皮上斑斑点点，如披霜花。溜雨：指树皮润滑。围：古代计量圆周的单位。 ④黛色：青黑色。参天：指树木高耸在天空。 ⑤与时：正当时，时机正好。际会：机遇。 ⑥巫峡：长江三峡之一，为三峡中最长、最壮观的，自四川巫山县至湖北巴东县间，长达一百六十里。 ⑦寒通：指寒冷清凉之气相通。雪山：指岷山，在成都平原西面，峰顶终年积雪，长江支流岷江发源于此。 ⑧锦亭：杜甫在成都时所居草堂之亭，临锦江而立，故名。 ⑨先主：三国时指蜀汉昭烈帝刘备。武侯：指诸葛亮，曾封为武乡侯。閟（bì）宫：原指周的先祖姜嫄的庙，后用来泛指祠堂。 ⑩崔嵬（cuī wéi）：高大雄伟。郊原：郊野平原。 ⑪窈窕（yǎo tiǎo）指宫室、山水幽深。丹青：此处指先主庙、武侯祠内建筑的彩绘。户牖（yǒu）：门和窗。 ⑫神明：天地神灵。 ⑬造化：指大自然。 ⑭未辞：不辞，不逃避。剪伐：削除，砍伐。送：运送。 ⑮苦心：柏树味苦，此处暗喻诸葛亮辅佐刘备的一片苦心。蝼蚁：蝼蛄和蚂蚁，小昆虫，暗喻卑贱鄙陋的小人。 ⑯鸾凤：鸾鸟和凤凰，传说中的神鸟。常用来比喻贤俊之士。

【译文】

在那孔明庙前，有一棵古老的柏树，树干坚挺如青铜锻铸，树根深埋如磐石坚固。滑润的树皮如披秋霜，包裹着四十围的精壮树干，青黑的树叶连接浮云，看上去足有两千尺高。当年的君臣遇合，实在是时逢良机，而今这庙前的树木，还被人们珍惜爱护。云雾从那长长的三峡升起，与这古柏的灵气相连。月光将那皑皑的雪山照映，与这古树的清寒相通。回想起我在成都草堂，绕道往锦亭的东边，那里有一座祠堂，将先主和武侯一同供奉。祠堂前的柏树高大雄健，在荒郊原野上显得那么久远，祠堂内院落幽深，彩绘的门窗沉寂。这夔州庙前孤独的古柏虽然占据着优越的地势，独立高耸于苍穹，却要抗击不断吹袭的大风。它能挺立至今，当然是天地神灵的护佑，它的正直禀性，本是大自然的功力无穷。支撑将要倾颓的大厦，正需要如此的栋梁啊。这古柏如山丘一样沉重，一万头牛来拉它也会累死。即使它的文采深藏不露，也足以让世人惊叹，虽然它甘愿被刀削斧劈，又有谁肯将它运送？一片苦心啊，又怎能免遭蝼蚁们的咬食，那清香的枝叶啊，却曾为鸾凤蔽雨遮风。气节高尚的志士仁人啊，也不必为此怨愤嗟叹，自古以来的伟大人才，总是难得被重用！

【赏析】

杜甫有着“致君尧舜上，再使风俗淳”的抱负，但他始终没有实现这种宏图，哪怕是一丁点儿。他对刘备与诸葛亮的君臣际会的往事自然是十分向往的。毋宁说，杜甫说诸葛亮能为刘备所重用是十分羡慕的，因为杜甫始终没有这种机会。

此诗是从写夔州诸葛亮庙前的古柏切入的。这棵古柏，干如青铜根如石，高大峻拔，好像是当时刘备与诸葛亮风云际会的见证者，因此至今为人所珍爱。杜甫自然就更看重它了。古柏之气与东面巫山的云相接。古柏之寒与西面雪山的月出相通。古柏是孤高的，是正直的，因此也招来烈风的摧折，犹如才大之人会招来小人妒嫉一样。虽然古柏“不露文章”即不显露出文采，不以花叶之美炫人，但它本身希望成为栋梁之才，能为世人用而不辞剪伐之苦。柏树心苦，因有蚂蚁蛀蚀；柏叶气香，终得凤凰青睐。这一切是写古柏，更是杜甫自况。一句“古来材大难为用”说出杜甫心中多少辛酸——他满怀匡时佐君之愿，也自忖有此大才，但却从来没被重用过！这里有牢骚，更有怨愤。

观公孙大娘弟子舞剑器行（并序）

——杜 甫

大历二年十月十九日①，夔府别驾元持宅②，见临颍李十二娘舞剑器③，壮其蔚跂④。问其所师，曰："余公孙大娘弟子也⑤。"开元三载⑥，余尚童稚，记于郾城观公孙氏舞剑器浑脱⑦，浏漓顿挫⑧，独出冠时，自高头宜春梨园二伎坊内人⑨洎外供奉⑩，晓是舞者，圣文神武皇帝初⑪，公孙一人而已。玉貌锦衣，况余白首，今兹弟子，亦匪盛颜⑫。既辨其由来，知波澜莫二⑬，抚事慷慨，聊为《剑器行》。昔者吴人张旭⑭，善草书贴，数常于邺县见公孙大娘舞西河剑器⑮，自此草书长进，豪荡感激⑯，即公孙可知矣。

昔有佳人公孙氏，一舞剑器动四方。

观者如山色沮丧⑰，天地为之久低昂。

霍如羿射九日落⑱，矫如群帝骖龙翔⑲。

来如雷霆收震怒，罢如江海凝清光。

绛唇珠袖两寂寞⑳，晚有弟子传芬芳。

临颍美人在白帝㉑，妙舞此曲神扬扬。

与余问答既有以㉒，感时抚事增惋伤㉓。

先帝侍女八千人，公孙剑器初第一。

五十年间似反掌，风尘澒洞昏王室㉔。

梨园弟子散如烟，女乐余姿映寒日㉕。

金粟堆南木已拱㉖，瞿塘石城草萧瑟㉗。

玳筵急管曲复终㉘，乐极哀来月东出。

老夫不知其所往，足茧荒山转愁疾㉙。

【注释】

①大历二年：即公元767年。大历为唐代宗李豫年号。 ②夔府：即夔州府，辖今四川奉节、巫山、云阳一带，府治在奉节。别驾：官名，州官的助手。元持：人名，生平不详。 ③临颍：地名，在今河南临颍。剑器：舞蹈名，唐代舞蹈分健舞与软舞两大类，剑器舞属健舞类，舞者执剑或旗帜，着戎装，舞姿刚劲，节奏鲜明。 ④蔚跂（wèi qí）：雄浑矫捷，光彩照人。 ⑤公孙大娘：唐代著名舞蹈艺人，尤擅长剑器舞。 ⑥开元三载：公元715年。开元为唐玄宗李隆基年号。⑦郾（yǎn）城：地名，在今河南郾城县。剑器浑脱：剑器舞与浑脱舞结合成的一种舞蹈。浑脱，据《资治通鉴》载：唐中宗景龙三年，"上数与近臣学士宴集，

令各效伎艺以为乐。将作大臣宗恶卿舞《浑脱》。” ⑧浏漓：急迫，酣畅。顿挫：停顿转折，指节奏鲜明。 ⑨高头：指皇帝、内官。伎仿：又称教坊，唐玄宗好乐舞，设教坊训练歌舞艺人。宜春、梨园均为教坊名。内人：宫中舞女。 ⑩洎(jì)：及。外供奉：不属教坊、不居宫中而随时应召人宫表演的歌舞艺人。 ⑪圣文神武皇帝：唐玄宗尊号。 ⑫匪：非。盛颜：壮年时的容貌。 ⑬波澜莫二：源济同一。 ⑭张旭：唐代著名书法家，善写草书，有草圣之称。《新唐书·文艺传》：“旭，苏州人，嗜酒，每大醉，呼叫狂走，乃下笔，或以头濡墨而书，既醒，自视，以为神。” ⑮邺县：地名，在今河南省临章县西。西河剑器：剑器舞的一种。 ⑯豪荡感激：指书法与舞姿一样豪迈奔放，激昂飞动。 ⑰沮丧：惊诧失色。 ⑱羿射九日：古代神话，《淮南子·本经训》：“尧之时十日并出，焦禾稼，杀草木，尧乃使羿上射十日，万民皆喜。” ⑲群帝：天帝，神话传说天有三十二，各有一帝。骖（cān）：古代驾在车两旁的马。此处指驾驭。 ⑳绛唇：红的嘴唇，喻指歌咏。珠袖：珍珠装饰的舞袖，喻指舞蹈。寂寞：暗喻人已去世。 ㉑白帝：白帝城，在今四川奉节白帝山上，此处用以指夔州府所在地。 ㉒既有以：即序中“辨其由来”之意。 ㉓感时：感慨时事。抚事：追思往事。 ㉔澒洞（hòng tóng）：弥漫无际。 ㉕余姿：过去流传下来的舞姿。 ㉖金粟堆：即金粟山，唐玄宗死后葬于此。木已拱：指死者葬埋多年，墓前生长的树木已粗至合抱。双手合抱曰拱。 ㉗瞿塘：瞿塘峡，长江三峡之一，西起四川奉节白帝城，东至巫山县大宁河口。石城：即白帝城。 ㉘玳筵：华丽筵席。急管：节奏急促的管乐曲，此处泛指酒宴伴奏乐曲。 ㉙转：反而。疾：快速。

【译文】

大历二年十月十九日，在夔州别驾元持的府邸，看到临颍李十二娘作《剑器》之舞，对她那矫健敏捷、光彩照人的舞姿感佩不已。问她的老师是谁，她答道：“我是公孙大娘的弟子。”开元三载我还是个孩童，记得当时在郾城观赏过公孙大娘的剑器浑脱舞蹈，其急骤酣畅、节奏鲜明的舞姿，在当时首屈一指，技压群芳。从皇帝御前的宜春、梨园二教坊的宫内舞伎，到宫外供奉的应召艺人，熟习这种舞蹈的，在玄宗先帝即位之初，唯有公孙大娘一人而已。当年她还是容颜秀美，衣裳华丽。如今我已是白发老人，她的弟子也不再是盛年的容貌。既然明白了她们的师承关系，就知道了她们的技艺风格是一致的。追思往事，无限感慨，于是为之写下这篇《剑器行》。早年有吴郡人张旭，擅长草书写贴，曾多次在邺县观看公孙大娘舞蹈西河剑器，因此草书大为长进，有一种豪迈奔放、激越飞动的意趣。公孙大娘的舞蹈艺术何等高超，也就可想而知了。

从前有一位美丽的艺人，复姓公孙，她善舞剑器的名声，震动了四面八方。观众如山似海，人人惊讶失色，天地也为之倾倒。舞姿光焰闪动，仿佛后羿射落了九个太阳；舞姿娇健轻盈，好像天帝们驾着龙车翱翔。登场亮相时，犹如轰鸣的雷霆戛然而止，舞罢时，又像翻腾的江海风浪平息，波光清亮。她那美妙的歌喉、舞姿，在人间久已绝迹，幸有弟子承继才艺，传播这枝奇葩的芬芳。那就是临颍美人李十二娘，如今漂泊到白帝城，她那剑器舞的神妙舞姿，一如公孙大娘神采飞扬。同她的一番问答，得知技艺的师传，感慨时势，追思往事，平添了无限惋惜和哀伤。先帝的歌伎、舞女曾有八千，公孙大娘的剑器舞从来就是第一。五十年光阴飞逝，如反掌之间一样短暂，战乱的风尘铺天盖地，王室宫廷一片昏暗。那曾经花团锦簇的梨园弟子，如轻烟一般四处飞散，今天却得见盛世女乐的风采，与冬日残阳的余光映照。金粟山先帝的陵墓前，树木已长粗长高，瞿塘峡口这座白帝石城，草木萧瑟一片凄凉。珍贵的筵席和急促的乐舞最终停息了，极度欢乐之后哀愁涌来，冷月升起在东方。我这老头子四顾茫然，一时竟不知要何往，长满老茧的双足在山道上踟蹰，心情沉重，反而怨它走得快。

【赏析】

此诗写观舞后之感，并由此产生对身世、家国的感慨。

杜甫童年时曾见过公孙大娘舞剑器，如今垂老之年杜甫在夔州复见其弟子舞剑器。公孙大娘的剑器之舞，其剑光明亮闪烁好像后羿射落九日，舞姿矫健轻盈犹如群神驾龙飞翔。始舞时，鼓声暂歇，好像雷霆停止了震怒；罢舞时，手中的剑影，犹如江海上平静下来的波光。公孙既逝，幸有李氏犹存其技，杜甫与李氏攀谈之后，才得知一些情况。五十年的时光匆匆过去了，国家也由开元盛世转为安史之乱后衰微局面，原来的梨园子弟如今烟消云散，只有李氏的舞蹈尚有一些开元盛世留下来的风姿。玄宗去世已多年、墓木已长粗，杜甫和李氏如今一起沦落在萧瑟荒凉的夔州城里。原来满怀宏图的杜甫如今垂垂老矣，见到李氏犹如见到故人，忍不住发出对人生、家国的感慨。杜甫自言足生厚茧，迟行荒山，不禁百感交集。

此诗写公孙氏舞剑之语固然俊逸，但重心显然是在对人生、国事变换的感慨上。

石鱼湖上醉歌（并序）[1]

——元　结

漫叟以公田米酿酒[2]，因休暇，则载酒于湖上，时取一醉。欢醉中，据湖岸引臂向鱼取酒[3]，使舫载之[4]，遍饮坐者。意疑倚巴丘酌于君山之上[5]，诸子环洞庭而坐，酒舫泛泛然触波涛而往来者，乃作歌以长之[6]。

石鱼湖，似洞庭，夏水欲满君山青。

山为樽[⑦]，水为沼[⑧]，酒徒历历坐洲岛。

长风连日作大浪，不能废人运酒舫[⑨]。

我持长瓢坐巴丘，酌饮四坐以散愁。

【注释】

①石鱼湖：湖泊名。 ②漫叟：元结自号。公田：归封建朝廷、官府控制所有的土地。 ③据：依靠；引；伸。鱼：指石鱼湖中的“石鱼”，元结将其凹处修之以贮酒。 ④舫（fǎng）：小船。 ⑤巴丘：山名，在湖南岳阳。传说后羿杀巴蛇于此，蛇骨堆积如丘，故名。酌：舀取。君山：岛名，在洞庭湖中。 ⑥长（zhǎng）：增加。此处指助兴。 ⑦樽（zūn）：酒器。 ⑧沼：酒池。 ⑨废：阻止。

【译文】

我漫叟用公田产的米酿好了酒，趁休闲的时候带着这酒来到湖上，随时可得一醉。在欢乐迷醉时，靠着湖岸伸手向那石鱼舀得酒来，用小船装着，请所有在座的人喝。感觉中就像是神仙斜靠着洞庭湖边的巴丘山，而从君山岛上舀酒，诸位仙友环绕洞庭湖坐着，载酒的船只悠悠然乘着波涛来往，于是作这首歌以助兴。

这小小的石鱼湖，就好像是烟波浩渺的洞庭，夏日里的湖水将要齐岸，湖中的君山岛山色青青。把山作为酒杯啊，让湖变成酒池，咱们饮酒的人啊，一个个坐在沙洲和岛屿上。任凭连日来强风掀起大浪，休想挡住咱们的运酒船。我坐在巴丘山，手持长瓢去舀来美酒，与诸位共饮，来驱散心头的烦愁。

【赏析】

元结曾一度“修耕钓以自资”，对山水田园风光当有会心处。此诗作于元结任道州刺史时。诗序中所写的那种生活，是很悠闲的。闲暇时他与朋友载酒湖上，饮酒观鱼，若倚洞庭湖边的巴丘山，又如在湖中的君山附近荡舟，石鱼湖的风光是很美丽的。诗里写道：他们在风光似洞庭湖的石鱼湖里泛舟饮酒，直把山谷当酒杯、湖泊当酒池，饮酒者一个一个列坐在洲岛上；即使湖风作浪，也照样能载酒泛湖。

看起来这种生活十分逍遥自

在，有魏晋时“竹林七贤”的遗风。但其实不然。诗末一个“愁”字引出了元结等人不是快快乐乐地泛舟饮酒的，而是因为心中郁闷，想借酒浇愁才这样做的。

那么，为什么有这样的愁呢？诗人没有说出。但我们以前读过他同样作于道州的《贼退示官吏》一诗，就可知此愁的来源了。

【韩愈】（768—824），字退之。河南河阳（今湖南孟县）人，郡望昌黎，世称韩昌黎。三岁即孤，由兄嫂抚养成人。贞元八年（792）中进士。授宣武军节度府观察推官，累迁四门博士、监察御史。贞元十九年（803），因上书言关中旱灾，触怒德宗，贬为阳山令。后改任江陵府法曹参军。元和元年（806），召为国子博士。后历任河南令、职方员外郎、史馆修撰、中书舍人等职。元和十二年（817），以行军司马从裴度讨淮西吴元济有功，升任刑部侍郎。元和十四年上表谏宪宗迎佛骨，险遭杀身之祸，经裴度等营救，贬为潮州刺史。同年冬，即改任袁州刺史。第二年召为国子祭酒。历官兵部侍郎、京兆尹，官终吏部侍郎，世称韩吏部。卒后，赠礼部尚书，谥曰文，世又称韩文公。韩愈诗笔力道劲，气势雄浑，力求新奇，纠正了大历以来的平庸诗风，形成了奇崛宏伟的独特风格。尤其是他敢于以文为诗，即以古文的章法句式为诗，以大量的议论入诗，更给人耳目一新的感觉，对宋诗的散文化、议论化影响甚大，后人对其诗的褒贬，也主要着眼于此。

山　石

——韩　愈

山石荦确行径微[①]，黄昏到寺蝙蝠飞。
升堂坐阶新雨足[②]，芭蕉叶大栀子肥[③]。
僧言古壁佛画好，以火来照所见稀。
铺床拂席置羹饭，疏粝亦足饱我饥[④]。
夜深静卧百虫绝，清月出岭光入扉[⑤]。
天明独去无道路，出入高下穷烟霏[⑥]。

山红涧碧纷烂漫。时见松枥皆十围⑦。
当流赤足踏涧石，水声激激风吹衣。
人生如此自可乐，岂必局束为人鞿⑧。
嗟哉吾党二三子⑨，安得至老不更归。

【注释】

①荦（luò）确：石大貌。微：细，窄。②升堂：登上殿堂或厅堂。③栀子：植物名，春夏开白花，极香。④粝（lì）：粗米。⑤扉（fēi）：门扇或窗扇。⑥霏（fēi）：指雨雪或烟云很盛、很密的样子。⑦枥（lì）：即柞树，一种乔木。⑧局束：局促。鞿（jī）：马缰绳。⑨党：指同行者。

【译文】

踏着狭窄的山径，越过险峻的山石，来到这寺院已是黄昏，只见蝙蝠在暮色中翻飞。登堂见过寺僧，坐在台阶上小憩，刚下了一场透雨，芭蕉叶更绿更大，栀子花更香更美。僧人来殷勤相告：这寺中古壁上佛画甚好。点上烛火去观赏，见到的只是一片模糊不清。主人为我们铺床扫席，端上了饭菜，尽管粗糙，也足以让我充饥。夜深了，我静静地躺下，各种虫声也都停息，清朗的月儿从岭后升起，寒光照进了窗扉。晨雾弥漫，我独自出游，脚下的道路还难以看清，摸索着时高时低时上时下，直到浓密的云烟散尽。阳光照，雨露润，山花红，涧水绿，色彩斑斓，交相辉映，还有那十围粗的古松老柞，在山间挺立将我迎候。我踏上涧中石块，任涧水亲吻我赤裸的双足，水声激扬悦耳，清风鼓动我的衣襟。能够如此在山水间漫游，就是人生的欢愉和乐趣，为什么一定要跟随人后，被人牵系？唉！与我同行的二三好友，咱们怎样才能留在这里到老，不再归去。

【赏析】

韩愈诗歌的特色是以文为诗，这首《山石》是一个很好的例子。

此诗先写登山经历。到山寺之后，“升堂”两句写寺中景象向为人称道。“僧言古壁佛画好，以火来照所见稀”二语，便露出了以文为诗的痕迹来。再写夜宿古寺：古寺静寂，清朗的月亮升上山岭，月光洒入户内。早晨游山，任意走去，不择道路。山中红花盛开，碧溪潺潺，红碧相映，十分绚烂，“时见松枥皆十围”又是一句散文化的句法。韩愈他们见此清澈之水，十分欢快地脱掉鞋袜，把脚伸进溪水里，水声清越，清风似从衣间生出。平时他们在朝廷中衣冠楚楚，回归自然以后才能尽情欢娱，不复计较是否合乎礼仪了。因此，韩愈等人自然而然地生出“人生如此自可乐”的想法，愿意在此终老了。

此诗写山寺初夏景观、山中幽邃风景与游赏者愉快心情，都栩栩如生似在眼前。诗中散文化的句式，给全诗增添一种别致的情调。

八月十五夜赠张功曹[1]

——韩　愈

纤云四卷天无河[2]，清风吹空月舒波。
沙平水息声影绝，一杯相属君当歌[3]。
君歌声酸辞正苦，不能听终泪如雨。
洞庭连天九疑高[4]，蛟龙出没猩鼯号[5]。
十生九死到官所，幽居默默如藏逃。
下床畏蛇食畏药，海气湿蛰熏腥臊[6]。
昨者州前捶大鼓，嗣皇继圣登夔皋[7]。
赦书一日行万里[8]，罪从大辟皆除死[9]。
迁者追回流者还[10]，涤瑕荡垢清朝班[11]。
州家申名使家抑[12]，坎坷只得移荆蛮[13]。
判司卑官不堪说[14]，未免捶楚尘埃间[15]。
同时辈流多上道，天路幽险难追攀。
君歌且休听我歌，我歌今与君殊科[16]。
一年明月今宵多，人生由命非由他。
有酒不饮奈明何。

【注释】

①张功曹：张署与韩愈同为临察御史，德宗贞元十九年（803）天下大旱，韩、张劝谏德宗减免关中徭赋，得罪权贵，被贬往南山，韩愈任阳山（今广东阳山）令，张署任临武（今湖南临武）令。805年，宪宗即位，大赦天下。韩愈改任江陵府（今湖北江陵）法曹参军，张署改任江陵府功曹参军。　②纤云：细柔的云彩。河：指银河。　③属（zhǔ）：此处指敬酒。　④九疑：山名，亦称九嶷。在今湖南宁远南。　⑤猩鼯：猩猩和鼯鼠，泛指山林中的野兽。　⑥海气：指阴湿的气息。⑦嗣皇：新继位的皇帝。继圣：继承皇位。夔皋：舜帝的乐官和刑官，古代名臣。⑧赦书：新皇继位，都要发布大赦天下的文书，即赦书。　⑨大辟：死刑。　⑩迁：贬谪，古代一种行政处罚，将被惩官吏降职调往边远地区。流：流放，古代一种刑罚，将犯人遣送到边远地方服劳役。　⑪朝班：朝官排列的位次。　⑫州家：指刺史，管辖一州的主官。使家：指观察使，地位仅次于节度使，辖一道或数州。⑬荆蛮：对楚地的贬称。江陵地处楚地，故称“移荆蛮”。　⑭判司：唐代州郡长官属下的判官。　⑮捶楚：杖刑，用杖或板子打。　⑯殊科：不一样。

【译文】

天际有几缕纤细的柔云，深邃的天宇竟看不见银河，爽爽秋风在天庭吹拂，朗朗明月洒播着光波。平展的沙滩宁静的江水，没有了声音和形影，我敬你一杯美酒，请你放声高歌。你的歌啊，曲调酸楚、词句凄苦，不等你唱完，我已泪雨滂沱。洞庭湖水远接天边，九疑山高耸入云，水中但见蛟龙出没，山间只听野兽哀号。一路之上九死一生，方才来到谪居之所，我关门闭户敛声屏息，就像罪犯隐藏潜逃。下床走动害怕有毒蛇，拿起碗筷又惧被下毒，阴湿的气息潮润难忍，腥臊的气味熏蒸难熬。前日里州署门前擂响大鼓，新帝即位又擢用了贤臣。大赦天下的文书，一日飞送万里，判了死罪的人，也得以保住残生。被贬谪、流放的人们，都被召回任用，像清除污秽尘垢后，重新整理朝廷的位序。刺史为我申报了姓名，观察使却有意压制不予奏请，坎坷辗转的我啊，只被移往这荆蛮之境。身为判司官职微贱，对人只能忍气吞声，就这样也难免杖责之辱，俯首低眉在这污浊的尘世。同时遭贬的人们，都已上路回京，那朝天的路途遥远险峻，我已无法追赶。你请暂且停下，听听我的歌吧，我的歌同你的歌完全不一样：一年中有多少明月夜，只有今夜月光最皎洁；人生一世不听别的，都要听从命运安排；要是面对美酒不能畅饮，岂不辜负了这风清月白！

【赏析】

八月十五中秋节，是团圆的日子。但韩愈等人因李实的谗害，同时被贬官到南方。在他乡见此明月，更兼自己身受贬谪，韩愈心中是很凄凉愤懑的。这首诗，抒发的就是这种凄凉愤懑。

这一夜的月光十分皎洁，韩愈与张功曹等人把酒望月，张功曹作歌，歌声凄凉，歌词凄苦。张功曹与韩愈等人一起被贬到湖水连天的洞庭和九疑山以南地区，这里蛟龙出没，猩猩和鼯鼠在林间悲号，被贬到这里的人，十个有九个死在路途上。到了贬所，这里有瘴疠之气，蛇虫横行，环境十分恶劣。后来遇到大赦，刺史提了贬谪者的名，却被观察使压制，只能到荆楚一带任小官，这小官难免被上司训斥鞭挞，苦不堪言，真羡慕别人否极泰来，能再次进身朝廷。

韩愈听了张功曹之歌，劝他："一年中只有今天月亮最好，人生由命，先饮此酒赏此月吧。"韩愈的这种达观是无可奈何的达观，张功曹的歌词恰恰就是韩愈自己想表达的凄凉与愤懑。有一点韩愈不说，读者自明——他们是忠而被谤，才落至如此境地的！

谒衡岳庙遂宿岳寺题门楼[1]

——韩　愈

五岳祭秩皆三公[2]，四方环镇嵩当中[3]。
火维地荒足妖怪[4]，天假神柄专其雄。
喷云泄雾藏半腹，虽有绝顶谁能穷？
我来正逢秋雨节，阴气晦昧无清风。
潜心默祷若有应，岂非正直能感通！
须臾静扫众峰出，仰见突兀撑青空[5]。
紫盖连延接天柱，石廪腾掷堆祝融[6]。
森然魄动下马拜，松柏一径趋灵宫[7]。
粉墙丹柱动光彩，鬼物图画填青红。
升阶伛偻荐脯酒[8]，欲以菲薄明其衷。
庙令老人识神意，睢盱侦伺能鞠躬。
手持杯珓导我掷[9]，云此最吉余难同。
窜逐蛮荒幸不死，衣食才足甘长终。
侯王将相望久绝，神纵欲福难为功。
夜投佛寺上高阁，星月掩映云曈昽[10]。
猿鸣钟动不知曙，杲杲寒日生于东[11]。

【注释】

①衡岳庙：为祀南岳衡山而建的庙。岳寺：衡山上的寺院。　②五岳：我国五大名山的总称。即东岳泰山、西岳华山、北岳恒山、南岳衡山、中岳嵩山。传

说为群神所居，历代帝王多往祭祀，唐玄宗时曾封五岳为王。祭秩：祭祀的等级。三公：汉代官制以大司徒、大司马、大司空为三公，是最高爵位。 ③嵩：指中岳嵩山，今河南登封内。 ④火维：衡山在五岳中居南方，南方在五行中属火。火维即火方。《南岳记》：“下踞离宫，统摄火帅，故号南岳。赤帝馆其巅，祝融宅其阳。”足：多。 ⑤突兀：高耸。 ⑥紫盖、天柱、石廪、祝融：皆衡山峰名。腾掷：腾跃起伏。 ⑦灵宫：祭祀神灵的殿堂，即衡岳庙。 ⑧升：登。伛偻（yǔ lǚ）：腰背弯曲。荐：献祭。脯：干肉。 ⑨杯珓（jiào）：占卜用具。用两片蚌壳（或以竹、木制成蚌壳形）投空掷于地，视其俯仰，以定凶吉。 ⑩曈昽（tóng lóng）：昏暗不明。 ⑪杲杲（gǎo gǎo）：很明亮的样子。

【译文】

巍巍五岳享受着帝王的祭礼，礼仪规格等同爵位最高的三公，东西南北四岳环列各方镇守，嵩山高耸雄踞正中。五行属火的南方啊，地僻天荒妖怪众多，天帝特地授权衡岳神君，让它镇守此地独显其雄，看它山腰腹地，不时喷泄着云雾，虽然得见山顶，有谁能够登高凌空？如今我来到这衡岳山脚，正赶上秋雨连绵的时节，天昏云暗，阴晦压抑，没有一丝清凉之风。我在心底默默祝祷，这份虔诚似乎得到效验，莫不是正直的衡岳神君与我的心感应沟通。霎那间风扫阴云，群峰一一排列在眼前，抬头看那险峻的山峰，如巨柱般撑起了晴空。紫盖峰绵延伸展，与天柱峰紧紧相连，石廪峰起伏腾跃，同祝融峰亲密相拥。险峰峻岭肃然而立，令人心惊魄动，我满怀敬畏下马揖拜，又沿着松柏夹峙的山路，直奔神君的灵宫。雪白的墙壁，朱红的大柱，在我眼前光彩浮动，壁画中的妖魔鬼怪，涂抹得青绿绛红。登上殿前的石阶，我深深地弯腰，献上肉干和美酒，想借这点菲薄的祭品表达我的一片虔诚。掌管神庙的老人一定了解神明的意向，他瞪大眼睛仔细观察，又向我回礼鞠躬。然后拿出占卜凶吉的杯珓，教给我如何投掷，他说我的卦象是最吉的征兆，其他人绝难与我相同。我被放逐到蛮荒之地，幸而大难不死，衣食刚能温饱，就甘心如此度过余生。王侯将相对我来说，实在是早已断绝的奢望，即便神明有意赐福，看来也难以成功。夜晚我投宿佛寺，独自登上高高的楼阁，云雾掩盖了月色星光，看上去只见一片迷濛。山猿啼鸣，寺院钟鸣，不知不觉中曙光初露，明亮的秋阳升起来，将东方的寒空映红。

【赏析】

此诗作于韩愈遇

大赦改官江陵府法曹参军途经衡山谒庙时。

唐时五岳之神都封王号，衡山也在其中。诗的前六句叙衡岳的地势和位置——上帝给了南岳神大权，要它雄镇南荒。韩愈到衡岳时，正值秋雨绵绵之时，衡山开始的晦昧阴暗，韩愈潜心默祷之后，似能通灵，云散雨停日出，见到了突兀地刺向天空的雄峻的衡岳，“紫盖”二句写衡岳的高峻。韩愈下拜，并入庙祭神。他进献祭品、祭拜岳神的目的是为了向神倾诉自己无处可诉的忧愤情怀：他忠而遭谗言所害，谪居南方蛮荒之地，幸而不死；他已绝了出将入相、荣华富贵的念头，只求能有衣食，就甘心这样下去。诗末叙述投宿佛寺，结出题意。

显然，除了写衡岳的高峻，韩愈把重心放到了抒发愤懑上了。此诗在写作上仍然体现了以文为诗的特色，“云此最吉余难同”“杲杲寒日生于东”等语，足以当“横空硬语”之评。

石鼓歌

——韩　愈

张生手持石鼓文[①]，劝我试作石鼓歌。
少陵无人谪仙死[②]，才薄将奈石鼓何。
周纲凌迟四海沸[③]，宣王愤起挥天戈[④]。
大开明堂受朝贺[⑤]，诸侯剑佩鸣相磨。
蒐于岐阳骋雄俊[⑥]，万里禽兽皆遮罗[⑦]。
镌功勒成告万世[⑧]，凿石作鼓隳嵯峨[⑨]。
从臣才艺咸第一，拣选撰刻留山阿[⑩]。
雨淋日炙野火燎，鬼物守护烦㧑呵[⑪]。
公从何处得纸本，毫发尽备无差讹。
辞严义密读难晓，字体不类隶与蝌[⑫]。
年深岂免有缺画，快剑斫断生蛟鼍[⑬]。
鸾翔凤翥众仙下[⑭]，珊瑚碧树交枝柯。
金绳铁索锁钮壮，古鼎跃水龙腾梭[⑮]。
陋儒编诗不收入，二雅褊迫无委蛇[⑯]。
孔子西行不到秦，掎摭星宿遗羲娥[⑰]。
嗟余好古生苦晚，对此涕泪双滂沱。
忆昔初蒙博士征，其年始改称元和。
故人从军在右辅，为我度量掘臼科[⑱]。

濯冠沐浴告祭酒，如此至宝存岂多。
毡包席裹可立致，十鼓只载数骆驼。
荐诸太庙比郜鼎⑲，光价岂止百倍过。
圣恩若许留太学，诸生讲解得切磋。
观经鸿都尚填咽⑳，坐见举国来奔波。
剜苔剔藓露节角，安置妥贴平不颇。
大厦深檐与盖覆，经历久远期无佗。
中朝大官老于事，讵肯感激徒媕婀㉑。
牧童敲火牛砺角，谁复著手为摩挲。
日销月铄就埋没，六年西顾空吟哦。
羲之俗书趁姿媚，数纸尚可博白鹅㉒。
继周八代争战罢，无人收拾理则那。
方今太平日无事，柄任儒术崇丘轲。
安能以此上论列，愿借辩口如悬河。
石鼓之歌止于此，呜呼吾意其蹉跎。

【注释】

①张生：张籍，字文昌，原籍吴郡（今江苏苏州）。唐代贞元进士，历任太常寺太祝、水部员外郎、国子司业等职，著名诗人。石鼓文：《元和郡县志》载："关内道凤翔府天兴县：石鼓文在县南二十里许，石形如鼓，其数有十。盖纪周宣王畋猎之事，其文即史籀之迹也。"石鼓文是我国现存最早的刻石文字，因记君王游猎事，也称"猎碣"。近人研究，认为是秦刻石。石鼓现存故宫博物馆。②少陵：指杜甫。谪仙：指李白。 ③纲：纲纪。陵迟：衰败。 ④宣王：指周宣王，曾极力中兴西周，采取了一些改革措施，并不断对邻族用兵。天戈：帝王的军队。 ⑤明堂：古帝王宣明政教的场所，国家大典多在此举行。 ⑥蒐（sōu）：春天行猎。岐阳：岐山南麓。 ⑦遮罗：被阻拦、网罗。 ⑧镌（juān）：凿、刻。勒：雕刻。 ⑨隳（huī）：毁坏。嵯峨：山势高峻状。 ⑩山阿（ē）：山湾，山谷。⑪㧑（huī）呵：指挥，呵斥。 ⑫隶：指古隶书体。蝌：指蝌蚪书。古代以漆书于竹木简上，笔划多上粗下细，状如蝌蚪，故名。 ⑬"快剑"句：形容石鼓文字形笔势，盘曲者如被锋利的宝剑斩断的龙蛇，在痛苦地扭曲颤抖。鼍（tuó）：即扬子鳄。 ⑭"鸾翔"句：形容石鼓文字形状，飘逸、清扬者如诸神仙乘鸾凤飞翔而至。翥（zhù）：飞举。 ⑮"古鼎"句：形容石鼓文字体深奥，不可捉摸，如古鼎出水复没，神龙变化莫测一般。《水经注》载：周显王四十二年，代表国家的九鼎沉没于泗渊。秦始皇时鼎现，使数千人下水取之，将出，有龙咬断系绳，鼎再次沉没。《晋书·陶侃传》载：陶侃少年时在雷泽打鱼，得到一只梭子，挂

在壁上，过了一阵来了雷雨，那梭竟化为龙飞去。 ⑯二雅：指《大雅》《小雅》，《诗经》篇目。褊（biǎn）迫：狭窄。委蛇（yí）：同“委佗”，庄重而从容状。 ⑰掎摭（jǐ zhí）：拾取。羲娥：羲和和嫦娥，传说羲和御日，嫦娥居月中，因而用以代指日和月。 ⑱臼科：即臼窠，指石鼓出土的洞穴。 ⑲郜（gào）鼎：春秋时郜国的鼎。 ⑳“观经”句：《后汉书·灵帝纪》：“熹平四年，蔡邕等请正定六经文字。邕自书丹于碑，使工镌刻，立于太学门外，观者、摹者云集，东乘日千辆，填街塞路。”鸿都：东汉官门名，太学在其内。填咽：指交通阻塞如填塞咽喉。 ㉑媕娿（ān ē）：无主见。 ㉒“羲之”二句：《晋书·王羲之传》载：羲之性爱鹅。山阴一道士有好鹅，羲之往观，甚悦，固求之。道士请写《道德经》，写毕，笼鹅而归。

【译文】

张籍手捧着石鼓文拓本，劝我试着作一首石鼓歌。杜甫诗圣已不在人间，谪仙李白也告别尘世，如此才智浅薄的我，怎能完成这石鼓之歌。当周朝的纲纪崩颓衰落，天下纷乱如热汤开锅，宣王继位图强愤起，挥师征伐大动干戈。中兴大业已成，天子大开明堂接受四方朝贺，诸侯们簇拥而来，宝剑佩玉叮当作响相碰相磨。周天子在春日里出猎于岐山之阳，以夸耀他的威武和才智，万里之内都布下了罗网，飞禽走兽都无法逃脱。下令将他的功绩刻石记载，让后代永远敬仰尊崇，于是凿山取石制成石鼓，高峻的山头也被削落。宣王的从臣们才艺非凡，堪称天下第一，他们选好石鼓刻上文字，将它们长留在山谷。一年年，一代代，石鼓饱受日晒雨淋、野火燎烤，鬼神们将它们牢牢守护，不厌其烦地驱赶斥喝。先生从哪里得来这拓本？文字清晰完整，没有丝毫差错。它的辞义严密深奥，实在难以弄懂；它的字体稀奇古怪，不像隶书和古文蝌蚪。年代久远，怎能避免缺笔少划。字形多么生动：有的像利剑斩断的蛟鼍，有的像鸾凤载群仙飞临，珊瑚与玉树枝干交错，金绳和铁索缠绕，古鼎出没，龙腾飞梭。鄙陋的儒者编辑诗文，却未将石鼓文收入其中，《大雅》《小雅》篇章狭小，怎容得石鼓文这宏篇巨作。周游列国的孔子，没能西行入秦邦，他拾取了点点星辰，却丢掉了月亮和太阳。可叹我热爱古代文化，出生得太晚，面对这石鼓文，我伤心得涕泪滂沱。回想我当初被征召，做了国子监博士，那一年刚改年号，选了吉祥的元和。我的老朋友正担任军职，随军驻扎在长安西边的右扶风，他为我探测文物，掘出了这石鼓藏身的穴窠。我虔诚地沐浴净身，穿戴清洁的衣帽，隆重地报告国子监祭酒——那主管我们的上司：像这样极为珍贵的国宝，留存至今的能有几多？用毡席将石鼓包裹，这可以立刻做到，将它们运来京都，也只需几匹骆驼。把石鼓献入太庙，就像当年对待郜国之鼎，但石鼓的光彩和价值，胜过它何止百倍？如果皇帝恩惠，将石鼓留在太学，让所有的学生，参与学习，讲解切磋。汉朝时到鸿都门观摹经文的人，尚且填街塞路，云集蜂拥，今天要是展出石鼓，可以想象全国都要为它长途奔波。我们要剔除鼓上的苔藓，使它显露出原有的棱角，还要将石鼓安放妥贴，稳当平实，不偏不颇。再建造高大的房屋深长的屋檐，将这宝物遮盖，这样即便年深日久，想来也不会有什么损坏。可是朝中的大官们都老于世故，对此盛事竟然毫不动心，只是哼哼哈哈，态度冷漠。想到石鼓还呆在那山野，任牧童在上面打火，牛羊在上面磨角，有谁肯将它爱护，把它的累累伤痕抚摸。我真担心它被一天天地销磨毁坏，不久就要彻底埋没，六年以来我都在翘首西望，却只能暗自慨叹吟哦。王羲之的书法俗不可耐，却以姿态妖媚投合世人，就凭那几张字纸，居然可以换得一笼白鹅。周朝至今已历八代，天下一统战乱平息，可是石鼓还在山野无人收拾，这还有什么道理可说。现在四海太平，要用儒术治国，因此崇尚孔子、孟轲。怎样才能将石鼓的事情，在朝堂上禀告论说，我愿借能言之士的嘴巴，雄辩滔滔如悬河。石鼓之歌啊，就到此结束吧！可叹我的一片心意竟然白白耽搁。

【赏析】

韩愈诗歌的特色——“以文为诗”的特征在此诗中表现得淋漓尽致。

此诗回溯了石鼓的由来：周朝纲纪渐衰时，宣王奋起中兴，为了刻石记录功绩昭告后来万世，开采了巨大的山石凿成石鼓。石鼓经受几千年的雨淋日晒野火烧烤，而留存至今。然后写了韩愈所见的张籍的石鼓文拓片：字体既不像隶书，又不像蝌蚪古文，却十分生动。并惋惜古代儒者编辑诗文，没有把石鼓文收在其中。再回想韩愈任国子监博士时，他的老朋友曾在右扶风为他挖掘出石鼓，韩愈郑重其事地向朝廷报告发现了珍贵的文物，要是能给予重视、好好保存石鼓，其价值不可限量。但朝中的大官不肯采纳这个建议，致使石鼓仍遭日晒雨淋，牧童在石鼓上打石取火，牛羊在石鼓上磨擦双角，这样下去，石鼓就会一天天毁坏。然而韩愈只能叹息吟哦：王羲之的书法与石鼓文简直不能比，但如今竟然没有人肯收拾石鼓！

韩愈以散体文入诗，以议论入诗，把枯燥的“金石学”写得生动，气势宏大。也为后来以学术内容写诗的人，开了先河。

渔　翁

——柳宗元

渔翁夜傍西岩宿[1]，晓汲清湘燃楚竹。
烟销日出不见人，欸乃一声山水绿[2]。
回看天际下中流，岩上无心云相逐。

【注释】

①西岩：今湖南永州、东安、祁阳和广西全州、灌阳一带。柳宗元曾写下著名散文《永州八记》，其中《始得西山宴游记》中的西山就是此处的西岩。②欸(ǎi)乃：摇橹声。

【译文】

那渔翁昨夜里歇息在西山脚下，清早起来，他取来清清的湘江水，又点燃楚地的竹枝。烟雾消散、日出东方之时，却不见了他的身影，只有青山绿水之间，响着咿呀的摇橹声。回头看去，那船儿已行至中流漂向天边，这西山上的白云，也漫无目的地将它追寻。

【赏析】

柳宗元被贬永州后，写出了流传千载的山水散文名篇，也写出了足以比肩王、孟的山水诗。此诗可视作他的山水诗的代表作。

湘江上的渔翁晚上在西山下泊舟休息，早上打起清澈的湘江之水做饭。开始时湘江上烟雾濛濛，待太阳出来之后，清秀的山水朗然在眼前，但却找不到渔翁，只能面对此清寂的山水了。正当渔翁信舟荡漾在这秀丽的山水中时，摇橹声欸乃，再看近水远山，但见一片葱郁。渔翁驾舟向中流行去，回看天际，发现岩上缭绕的白云仿佛追随着渔舟。

这是一幅恬淡的山水画，画中的渔翁的生活是那样随意，山水与他的结合是那样融洽。柳宗元描绘了这样一幅清秀的山水画，并将自己苦闷的心情寄托在山水中，以山水之美释之。因此，这首诗就不是纯然的写景之作了。

有人说，去掉此诗的五、六两句，诗歌就言有尽而意无穷了。此说是有一定的道理的。

【白居易】（772—846），字乐天。下邽（今陕西渭南县）人，祖籍大原（今山西太原）。德宗贞元十六年（800）进士，后又登书判拔萃科，授秘书省校书郎。历官翰林学士，左拾遗，太子左赞善大夫。元和十年（815）宰相武元衡被刺身死，上疏请缉凶手，以越职言事罪被贬为江州（今江西九江）司马。自此远祸避嫌，不复直言。后历任忠州（今四川内）刺史、主客郎中知制诰、杭州刺史、苏州刺史、秘书监、刑部侍郎等职。在杭、苏期间兴修水利，体恤百姓，颇受民众爱戴。大和三年（829）为太子宾客，分司东都，从此定居洛阳。后升任太子少傅，进封冯翊县侯。会昌二年（842），以刑部尚书致仕。白居易晚年好佛，诗酒自娱。自号香山居士，又号醉吟先生。白居易是中唐新乐府运动的主要倡导者，主张“文章合为时而著，歌诗合为事而作”。并将这一主张付诸自己的诗歌创作实践。他的早期政治讽谕诗广泛而深刻地反映了当时的社会矛盾，寄予了对人民苦难的深切同情。用辞尖锐，主题鲜明，其代表作《秦中吟》十首、《新乐府》五十首影响尤大。以《长恨歌》《琵琶行》为代表的长篇叙事诗，叙事曲折宛转，首尾相互照应，人物鲜明生动，声调流畅和谐，语言优美易懂，被称为“元和体”，又被称为“千字律诗”，在当时流传甚广，形成“童子解吟《长恨》曲，胡儿能唱《琵琶》篇”的盛况，被后人推为“古今长歌第一人”。白居易的诗歌成就还体现在一些寓情于景、活泼洒脱的杂律诗里，如《钱塘湖春行》《问刘十九》等，今存诗近三千首，为唐代诗人存诗量之最。

长　恨　歌

——白居易

汉皇重色思倾国[①]，御宇多年求不得[②]。
杨家有女初长成，养在深闺人未识。
天生丽质难自弃，一朝选在君王侧[③]。
回眸一笑百媚生，六宫粉黛无颜色[④]。

春寒赐浴华清池[5]，温泉水滑洗凝脂[6]。
侍儿扶起娇无力，始是新承恩泽时。
云鬓花颜金步摇[7]，芙蓉帐暖度春宵。
春宵苦短日高起，从此君王不早朝。
承欢侍宴无闲暇，春从春游夜专夜。
后宫佳丽三千人[8]，三千宠爱在一身。
金屋妆成娇侍夜[9]，玉楼宴罢醉和春[10]。
姊妹弟兄皆列土[11]，可怜光彩生门户。
遂令天下父母心，不重生男重生女。
骊宫高处入青云[12]，仙乐风飘处处闻。
缓歌慢舞凝丝竹[13]，尽日君王看不足。
渔阳鼙鼓动地来[14]，惊破霓裳羽衣曲[15]。
九重城阙烟尘生[16]，千乘万骑西南行。
翠华摇摇行复止[17]，西出都门百余里。
六军不发无奈何[18]。宛转蛾眉马前死[19]。
花钿委地无人收，翠翘金雀玉搔头[20]。
君王掩面救不得，回看血泪相和流。
黄埃散漫风萧索，云栈萦纡登剑阁[21]。
峨嵋山下少人行[22]，旌旗无光日色薄。
蜀江水碧蜀山青，圣主朝朝暮暮情。
行宫见月伤心色，夜雨闻铃肠断声。
天旋地转回龙驭[23]，到此踌躇不能去[24]。
马嵬坡下泥土中[25]，不见玉颜空死处。
君臣相顾尽沾衣，东望都门信马归。
归来池苑皆依旧，太液芙蓉未央柳[26]。
芙蓉如面柳如眉，对此如何不泪垂。
春风桃李花开日，秋雨梧桐叶落时。
西宫南内多秋草[27]，落叶满阶红不扫。
梨园弟子白发新[28]，椒房阿监青娥老[29]。
夕殿萤飞思悄然，孤灯挑尽未成眠。
迟迟钟鼓初长夜[30]，耿耿星河欲曙天[31]。
鸳鸯瓦冷霜华重[32]，翡翠衾寒谁与共[33]。

悠悠生死别经年，魂魄不曾来入梦。
临邛道士鸿都客[34]，能以精诚致魂魄。
为感君王展转思，遂教方士殷勤觅[35]。
排云驭气奔如电，升天入地求之遍。
上穷碧落下黄泉[36]，两处茫茫皆不见。
忽闻海上有仙山，山在虚无缥渺间。
楼阁玲珑五云起，其中绰约多仙子[37]。
中有一人字太真[38]，雪肤花貌参差是[39]。
金阙西厢叩玉扃[40]，转教小玉报双成[41]。
闻道汉家天子使，九华帐里梦魂惊[42]。
揽衣推枕起徘徊，珠箔银屏迤逦开[43]。
云髻半偏新睡觉，花冠不整下堂来。
风吹仙袂飘飘举[44]，犹似霓裳羽衣舞。
玉容寂寞泪阑干[45]，梨花一枝春带雨。
含情凝睇谢君王[46]，一别音容两渺茫。
昭阳殿里恩爱绝[47]，蓬莱宫中日月长[48]。
回头下望人寰处，不见长安见尘雾。
惟将旧物表深情，钿合金钗寄将去[49]。
钗留一股合一扇，钗擘黄金合分钿[50]。
但教心似金钿坚，天上人间会相见。
临别殷勤重寄词，词中有誓两心知。
七月七日长生殿[51]，夜半无人私语时。
在天愿作比翼鸟，在地愿为连理枝[52]。
天长地久有时尽，此恨绵绵无绝期！

【注释】

①“汉皇”句：唐人诗中多以汉武帝指唐玄宗。倾国：指妇女美色足以使一国为之倾倒。 ②御宇：指治理天下。御，驾驭。 ③“杨家”四句：杨贵妃，小字玉环，蒲州永乐（今山西永济）人，幼时由叔父杨玄珪抚养，本为玄宗子寿王李瑁妃。玄宗宠妾武惠妃死，便叫杨玉环出家当女道士，然后于天宝四载（755年）封为贵妃。 ④六宫：原专指皇后寝宫，后泛指妃嫔居处。粉黛：原指妇女敷面描眉的化妆品，也用以称妇女。 ⑤华清池：指唐代华清宫内的温泉，在骊山（今陕西临潼南）上，唐玄宗常往避寒，辟浴池十余处。 ⑥凝脂：形容肌肤白嫩柔滑。 ⑦金步摇：妇女首饰，钗的一种，金制，缀珠玉而垂下，随行步而摇动。 ⑧后宫：

指后妃所居宫室。佳丽：美貌女子。 ⑨金屋：汉武帝幼时，曾对其姑母长公主说："若得阿娇（长公主之女）作妇，当作金屋贮之。"后用以指宠妾所居之屋。⑩醉和春：醉意和着春情。 ⑪"姊妹"句：杨玉环封为贵妃后，其兄弟皆封爵，姐妹封为国夫人。列土，分封领地，封侯。 ⑫骊宫：即骊山华清宫。因骊山温泉而建，原为汤泉宫，天宝年间扩建，改称华清宫。 ⑬凝丝竹：指歌舞与音乐相扣。丝竹，弦乐器和管乐器，泛指乐队或音乐。 ⑭"渔阳"句：借汉代彭宠据渔阳叛乱史事，代指安禄山叛乱。渔阳，唐代郡名。在今北京大兴县，当时归范阳节度使节制，而安禄山兼范阳、平卢、河东三节度使。鼙（pí）鼓：军鼓、战鼓。 ⑮霓裳羽衣曲：舞曲名，本西域舞乐《婆罗门曲》，由西凉节度使杨敬述依曲记声，进呈宫廷，又经玄宗改编，更名为《霓裳羽衣曲》。 ⑯九重城阙：指京城长安。阙，宫门前的望楼。 ⑰翠华：皇帝仪仗队中用翠鸟羽毛装饰的旗帜，代指皇帝的车驾。 ⑱六军：周制，王有六军，此处泛指皇帝的扈从军队。⑲宛转：哀婉委屈状。马前死：指杨贵妃死于兵乱之中。 ⑳"花钿"二句：指杨玉环死后，首饰散落无人收拾，花钿，金玉等嵌制的花形首饰；翠翘，形如翠鸟羽毛的首饰；金雀，钗名；玉搔头，玉簪，据载汉武帝曾取李夫人玉簪搔头，因此得名。 ㉑栈：栈道。在悬崖峭壁上凿孔支木架桥连成的一种道路。萦纡（yíng yū）：曲折盘旋。剑阁：地名，在今四川剑阁县东北大、小剑山之间，险峻难行，三国时诸葛亮令凿山建栈道三十里，名剑阁道，成为古代川陕间的主要通道。 ㉒峨嵋山：在今四川，此处泛指蜀中之山。 ㉓"天旋"句：指肃宗至德二载十二月，大局转变，玄宗由成都返回长安。龙驭：皇帝的车驾。 ㉔踌躇（chóu chú）：犹豫。 ㉕马嵬（wéi）坡：地名，今陕西兴平西。 ㉖太液：皇宫中的大池。汉时建于建章宫北，遗址在今陕西长安西；唐时建于大明宫内，遗址在今长安北。未央：汉代宫名，遗址在今西安西北，此处指唐宫苑。 ㉗"西宫"句：玄宗返京后，初居南内，即兴庆宫，因地近街市，恐他与外界接触，乃强迁玄宗于西内，即太极宫。内，即垒官之内。 ㉘梨园弟子：指玄宗时在教坊内学习技艺者。 ㉙椒房：汉代皇后妃嫔居室以椒末和泥涂壁，故称椒房。阿监：宫中女官。青娥：原指少女，此处指青春容貌。 ㉚"迟迟"句：长夜刚刚开始，钟鼓缓慢地报更要响到什么时候。形容长夜难眠的心情。 ㉛耿耿：明亮。星河：银河。 ㉜鸳鸯瓦：嵌合成对的瓦片。霜华：霜花。 ㉝翡翠衾（qīn）：饰以金翠的被子。 ㉞临邛（qióng）：地名，今四川邛崃县。鸿都：东汉京城洛阳宫门名，此处代指长安。 ㉟方士：指道士。 ㊱碧落：道家称天界为碧落。黄泉：指地底、阴间，传说人死后命归黄泉。 ㊲绰约：形容姿态柔美。 ㊳太真：杨玉环当女道士时号为太真。 ㊴参差（cēn cī）：不一致。 ㊵金阙：金碧辉煌的仙宫。扃（jiōng）：门户。 ㊶小玉：传说为春秋时吴王夫差之女。双成：传说中西王母的侍女。此处均指杨玉环在仙山的侍女。 ㊷九华帐：鲜艳的花罗帐。 ㊸迤逦（yǐ lǐ）：曲折连绵。 ㊹袂（mèi）：衣袖。 ㊺寂寞：阴沉，暗淡。阑干：

纵横状。 ㊻凝睇：凝视。 ㊼昭阳殿：汉代宫室名，代指唐玄宗宫室。 ㊽蓬莱宫：传说中蓬莱仙山上的宫殿。 ㊾钿合金钗：指杨贵妃与唐玄宗生前定情的信物。钿合，镶金花的盒子。 ㊿擘（bò）：用手将物掰开。 ㉛长生殿：唐代华清宫中殿名，泛指皇帝后妃寝宫。 ㉜连理枝：不同根的草木，枝条连生在一起。

【译文】

威严的汉皇啊看重美色，想要得到那倾国之貌的绝世佳人，他统御天下已经多年，中意的人儿却始终未得。杨家有一个姑娘刚刚长大，养育在闺阁中还无人知晓，她天生美丽，决不甘心自我埋没，终于有一天被选入宫，来到了君王的身边。她只要回眸微微一笑，便生出百般妩媚，使后宫的所有妃嫔都黯然失色。春寒时节君王赐给汤沐，就在那金碧辉煌的华清池，温泉之水温润滑爽，为她洗濯柔嫩细腻的身躯。浴后的她娇柔无力，让宫女轻轻将她扶起，那是她生平头一回，承受到君王的恩泽。乌云一样的头发，鲜花一般的容貌，鬓边是珠光闪闪的金步摇，芙蓉帐里温馨，她与君王共度春宵。欢娱的春宵何其短暂，可恼的日头高挂在蓝天，从此君王再也不去上那百官议事的早朝。领受君王的欢爱，侍奉君王的酒宴，不见她有半点空闲，春日里陪伴君王去郊游，夜晚都是她一人侍寝。君王的后宫里有众多美女，对这些人的宠爱全都给了她一人。在那华丽非凡的宫室里，她精心妆饰打扮，用一派妩媚娇柔侍奉君王过夜；在那雕栏画栋的玉楼上，她陪君王欢饮，那醉后的姿态更加动人，像春风摇荡君王的心。于是她的兄弟姐妹们一个个都受到封赏，令人羡慕的光彩辉耀着她家的门楣。于是天下父母都不再看重生儿子，生女儿可以争得更多荣耀。那骊山上的华清宫，高大宏伟耸入云霄，宫中的音乐像来自仙境，随风飘散处处可闻。歌声舒缓，舞姿曼妙，乐队伴奏丝丝入扣，君王整天观赏也不感到厌烦。忽然间渔阳叛军擂响了战鼓，震天动地滚滚而来，惊破了霓裳羽衣曲中君王的美梦。城阙坚固的京城里，烟尘弥漫一片慌乱，千军万马拥着君王，直奔向西南的群山。君王

的车驾旌旗招摇，一会儿又停在路上，算来离开城门不过百余里路程。原来是君王的军队再也不肯前行，要求惩治杨氏，君王也奈何不得。这绝代美人被缢死在马前。她戴的翠翘金雀玉簪散落无人收拾。君王对面不能相救，只得掩面痛哭而走，不由得回头张望，血与泪交相横流。黄色的尘土弥漫飞散，萧瑟的秋风饱含凄凉，连云的栈道曲折盘旋，高耸的剑门迎来了君王。峨嵋山下行人稀少，旌旗晦暗，日光淡薄。蜀地的水清澈澄碧，蜀地的山苍翠青绿，每一个早晨，每一个黄昏，君王都对她满怀眷恋。行宫中望见凄清的明月，那是让人伤心的景色，夜雨里听到风摇檐铃，那是催人肠断的声音。天地旋转，时局改变，君王的车驾要返回京都，来到那佳人丧命的地方，他久久地犹豫徘徊。马嵬坡下这一片泥土，哪里去寻佳人的容颜，只有那一片旷野，是她惨死的场地。君王与侍臣默默对视，哀痛难忍，涕泪沾衣，有什么心情快鞭赶路，任车马慢慢走回都门。回到宫中只见那池沼和苑囿依旧，太液池里荷花灼灼，未央宫内柳枝依依。荷花就像她娇媚的面容，柳叶正如她弯弯的蛾眉。面对如此伤心的景物，叫人如何能忍住泪珠？每到春风和煦桃红李白的日子，每当秋雨凄凉梧桐叶落的时候，那一缕悠悠情思，萦绕在君王心头。皇城南北的宫院里长满了萋萋的秋草，宫殿的石阶上铺满了红叶，却不见有人打扫。梨园的艺人们已经生出了白发，后宫的女官也已红颜衰老。黄昏时宫殿里流萤飞动，来伴君王静静地沉思，深夜里孤灯燃尽，也不能安然入眠。报更的钟鼓声缓缓传来，难熬的长夜才刚刚开始；淡淡的银河星光将要逝去，拂晓终于又来临。鸳鸯瓦清冷冰凉，覆盖着浓重的秋霜，翡翠被寒透肌肤，有谁与我共暖？这长长的生离死别，过了一年又一年，那佳人的魂魄，却从未来到君王梦中。有一位客居京城的临邛道士，能以致诚之心感召死者的魂灵，被君王的绵绵情思所感动，为之殷勤寻觅。他腾空而去，驾驭清气如闪电般飞驰，要上天入地，把宇宙四方搜寻个遍。他上升到深深的碧空，又下降到幽隐的黄泉，天上地下一片苍茫，都不见她的一点踪迹。忽然听说海上有一座仙山，那山在虚无缥渺的地方。玲珑的楼阁缭绕着五彩祥云，里面住着许多美丽的仙女。其中有一位名号太真，雪白的肌肤、如花的容貌，依稀是君王思念的佳人。道士来到金碧辉煌的仙宫，去叩击殿堂西厢的玉门，辗转请求侍女小玉和双成，去向她们的主人禀报。听说是汉家天子派来的使者，她从华美的帷帐中惊醒，披上衣衫推开玉枕，她起身急步徘徊，重重珠帘和屏风打开了，招呼那使者快快进来。乌云般的发髻蓬松偏斜，看得出她刚刚醒来，花冠也没有来得及整饰，她急匆匆走下台阶。微风吹拂，她那仙衣的长袖轻轻飘飞，就像当年，和着霓裳羽衣曲起舞翩翩。看她的脸上神色暗淡，秀丽的面庞泪水横流，仿佛一枝洁白的梨花，被春雨沾湿略带娇羞。她含情脉脉目光炯炯，向使者表达对君王的谢意。自从那一次与君王分别，声音与容貌都变得遥远。当年昭阳殿内的万般恩爱，如今早已完全断绝，我只得在这蓬莱宫里，独自度过悠长的岁月。我有时回头向人间遥望，看不到长安城，只见烟尘滚滚迷雾蒙蒙。只有用旧日定情的物件，来表达我的满怀深情，这金花镶嵌的锦盒和金钗，请你带给我的君王。我已经将锦盒与金钗掰开，我与他钗各一股盒各半边。只要我们的爱像黄金一样坚定，哪怕天上人间也总会相见。临别时她又殷勤地请使者转达几句话，这话中有几句誓言，她与君王都心领神会。七月七日那天在长生殿，夜半无人我们窃窃私语："在天上愿化作比翼双飞的鸟儿，在地上愿变成连根并蒂的花枝。"高天大地再长久，也总有完结的时候，我们这生离死别的怨恨啊，绵绵不断永远没有终结。

【赏析】

本诗作于元和元年（806），当时作者正任县尉。诗成后，陈鸿作《长恨歌传》。诗中写的是流传已久的唐玄宗（李隆基）和杨贵妃（玉环）的悲剧故事。

这首诗，既有讽刺，又有同情、悲悼，诗人的情感是比较复杂的，我们应当能够辨别。

诗的前半部分对唐玄宗宠幸杨贵妃是持讽刺态度的。"汉皇，（借比玄宗）重色思倾国"就奠定了这种讽刺的基调——身为帝王，不思治理国家，而念倾国倾城的美女，这不是一个极大的讽刺吗？诗人对杨玉环得玄宗宠幸，"侍儿扶起娇无力，始是新承恩泽时"是持讽刺态度的。对唐玄宗耽于女色，"春宵苦短日高起，从此君王不早期"是持批评态度的。对于杨玉环一家因此"姊妹弟兄皆列士，可怜光彩生门户"也是持否定态度的。

诗的中间客观地叙述了安史乱起、唐室仓惶西逃、杨贵妃被迫缢死马嵬坡之事。

至于诗的后半部分写玄宗对杨贵妃的怀念，诗人是持同情态度的。"夕殿萤飞思悄然，孤灯挑尽未成眠""悠悠生死别经年，魂魄不曾来入梦""在天愿作比翼鸟，在地愿为连理枝。天长地久有时尽，此恨绵绵无绝期"等语句，缠绵悱恻，令人潸然泪下。诗人显然对玄宗和杨贵妃的生离死别寄予了无限同情。

全诗语言明白晓畅，一气舒卷，该讽则讽，该褒则褒，叙事脉络清晰，讥讽语语语带刺，同情语又满含感情。除了欣赏这个动人的故事外，读者不也可以看到唐朝由盛及衰的痕迹吗？

琵琶行（并序）

——白居易

元和十年[①]，余左迁九江郡司马[②]。明年秋，送客湓浦口[③]，闻舟中夜弹琵琶者。听其音，铮铮然有京都声。问其人，本长安倡女[④]，尝学琵琶于穆、曹二善才[5]，年长色衰，委身为贾人妇[6]。遂命酒使快弹数曲，曲罢悯然。自叙少小时欢乐事，今漂沦憔悴，转徙于江湖间。余出官二年，恬然自安，感斯人言，是夕始觉有迁谪意。因为长句，歌以赠之，凡六百一十二言[7]，命曰《琵琶行》。

浔阳江头夜送客[8]，枫叶荻花秋瑟瑟[9]。
主人下马客在船，举酒欲饮无管弦。
醉不成欢惨将别，别时茫茫江浸月。
忽闻水上琵琶声，主人忘归客不发。
寻声暗问弹者谁，琵琶声停欲语迟。
移船相近邀相见，添酒回灯重开宴。
千呼万唤始出来，犹抱琵琶半遮面。
转轴拨弦三两声，未成曲调先有情。
弦弦掩抑声声思[10]，似诉平生不得志。
低眉信手续续弹[11]，说尽心中无限事。
轻拢慢捻抹复挑[12]，初为霓裳后六幺[13]。
大弦嘈嘈如急雨，小弦切切如私语。
嘈嘈切切错杂弹，大珠小珠落玉盘。
间关莺语花底滑[14]，幽咽泉流冰下难[15]。
冰泉冷涩弦凝绝，凝绝不通声暂歇。
别有幽愁暗恨生，此时无声胜有声。
银瓶乍破水浆迸[16]，铁骑突出刀枪鸣。
曲终收拨当心画，四弦一声如裂帛。
东船西舫悄无言[17]，唯见江心秋月白。
沉吟放拨插弦中，整顿衣裳起敛容。
自言本是京城女，家在虾蟆陵下住[18]。
十三学得琵琶成，名属教坊第一部[19]。
曲罢曾教善才服[20]，妆成每被秋娘妒[21]。
五陵年少争缠头[22]，一曲红绡不知数[23]。
钿头银篦击节碎，血色罗裙翻酒污。
今年欢笑复明年，秋月春风等闲度。
弟走从军阿姨死，暮去朝来颜色故。
门前冷落车马稀，老大嫁作商人妇。

商人重利轻别离，前月浮梁买茶去[24]。
去来江口守空船，绕船明月江水寒。
夜深忽梦少年事，梦啼妆泪红阑干[25]。
我闻琵琶已叹息，又闻此语重唧唧。
同是天涯沦落人，相逢何必曾相识！
我从去年辞帝京，谪居卧病浔阳城。
浔阳地僻无音乐，终岁不闻丝竹声。
住近湓江地低湿，黄庐苦竹绕宅生。
其间旦暮闻何物，杜鹃啼血猿哀鸣。
春江花朝秋月夜，往往取酒还独倾。
岂无山歌与村笛，呕哑嘲哳难为听[26]。
今夜闻君琵琶语，如听仙乐耳暂明。
莫辞更坐弹一曲，为君翻作琵琶行。
感我此言良久立，却坐促弦弦转急。
凄凄不似向前声，满座重闻皆掩泣。
座中泣下谁最多，江州司马青衫湿[27]。

【注释】

①元和十年：即公元 815 年，“元和”为唐宪宗李纯年号。 ②左迁：降职。古人以右为上、左为下，降职调用，故称左迁。九江郡：行政区域名，隋代郡名，唐代改江州、浔阳郡，今江西九江市德安、彭泽、湖口、都昌等县一带。司马：官名，唐代为州郡主官的佐吏，无实权。 ③湓（pén）浦口：地名，即湓口，在今江西九江西，湓江汇入长江处。 ④倡女：即歌女。倡，同“娼”。 ⑤善才：唐代对琵琶艺人及曲师的统称。 ⑥贾（gǔ）：买卖人，商人。 ⑦言：汉语中一字称一言。此诗实际为六百一十六字，故应为“六百一十六言”。 ⑧浔阳：地名，即今江西九江市。浔阳江：指长江流经浔阳的一段，在今九江市北。 ⑨荻（dí）：多年生草本植物，形如芦苇，长于水边。 ⑩掩抑：形容声音低沉。 ⑪信手：随手。 ⑫拢、捻、抹、挑：均为琵琶弹奏手法。拢：左手指按弦向里推，后世称“推”；捻（niǎn）：左手指揉弦，后世称“揉”或“吟”；抹：右手指向左拨弦，后世称“弹”；挑：右手指向右拨弦。后世仍称“挑”。 ⑬霓裳：指《霓裳羽衣曲》，见《长恨歌》注。六幺：唐代大曲，又称《绿要》《绿腰》《乐世》。⑭间关：指黄莺的叫声。滑：形容乐音流利轻快。 ⑮“幽咽”句：形容乐音如泉流冰下冷涩哽咽。 ⑯迸（bèng）：飞溅，喷射。 ⑰舫（fǎng）：小船。泛指船。 ⑱虾蟆（há má）陵：也称“下马陵”，唐代长安街道名，在城东南，是有名的娱乐区。在今西安和平门内西侧。 ⑲教坊：古代管理宫廷音乐的官署，

专管雅乐以外的音乐舞蹈、歌唱、百戏等事务。 ⑳服：佩服。㉑秋娘：唐代歌舞伎常用名，泛指歌伎。 ㉒五陵年少：即五陵少年。汉代高、惠、景、武、昭五位皇帝陵墓在长安西，后迁豪富之家居于这一地区，世人便称其子弟为“五陵少年”，后泛指富贵人家子弟。缠头：赠送歌舞伎的钱帛等物。唐代宦官鱼朝恩宴请郭子仪，以锦三十匹赏歌舞伎，歌舞伎将锦缠于头上致谢，故称缠头。 ㉓绡（xiāo）：生丝织成的绸。 ㉔浮梁：地名，在今江西景德镇北。 ㉕阑干：纵横散乱状。 ㉖呕哑嘲哳（zhā）：形容声音杂乱。呕哑：小儿语或鸟叫声。嘲哳：繁细嘈杂之声。 ㉗江州司马：即作者本人。青衫：唐代八、九品文官着青色官服，作者任江州司马，职位仅为从九品，故着青衫。

【译文】

元和十年，我被贬谪为九江郡司马。第二年秋天的一个晚上，我去湓浦口为朋友送行，听见一条船上有人在弹奏琵琶，听其乐声，铿锵有力，而且是京城流行的曲调。向那人询问，才知道她原来是长安的乐伎，曾经跟穆、曹二位著名琵琶乐师学艺，年纪大了，姿色衰退，只好嫁给了一个商人。于是我吩咐备酒，让她痛痛快快地弹几支曲子。弹奏完毕，她面带愁容。又叙说她青春年少时的欢乐情景，现在却漂泊沉沦，形容憔悴，在江湖上辗转奔波。我离开京城到此任职已有两年，一直是心情恬淡，宁静自得，今天晚上被她的一席话触动，才体会到被贬谪的意味。为此作了这首长诗赠送给她。全诗共六百一十二字（实际为 616 字），题名为《琵琶行》。

在这浔阳江畔的夜晚，我来为远去的朋友送行，枫叶赤红芦花雪白，秋风阵阵哀吟。我下了马，将朋友送上船，举起这杯别离酒，却没有音乐伴我们消忧解愁。忧伤沉闷中喝得几分醉意，心情惨淡就此分手告别，告别时江上茫茫一片，清冷的江水浸着一轮寒月。忽然听见那水上飘来一阵琵琶声，应回转的我忘了迈步，将远行的友人也不叫开船。我们寻找到传出乐声的那只船，在黑暗中询问是谁在弹奏。琵琶声虽然停下，却许久没有人回答。于是我们把船儿靠上去，请弹奏者出来相见，同时吩咐添上酒菜燃亮灯火，重新摆下酒宴。我们呼唤了不下千声万声，她才缓缓出现在我们面前，还用怀中的琵琶遮住半边脸。只见她轻轻拧动弦轴，试弹了三两个乐音，虽然没弹出曲调但已经饱含着激情。每一次拨弦都深沉压抑，每一声乐曲都充满忧思，就像在低声倾诉平生如何不得志。她垂下眉眼随手弹拨，让琵琶叙说自己的无限心事。手指在弦上轻推慢揉，忽而横拨又忽而反挑，先弹了有名的《霓裳羽衣曲》，又弹奏一曲流行的《绿腰》。大弦的乐音沉重悠长，仿佛一阵急骤的暴雨；小弦的乐声短促细碎，好像有人在窃窃私语。弦音轻重缓急高低快慢，任她随意地交错交换，犹如大大小小的珍珠，一粒粒坠入玉盘。一会儿像黄莺的鸣唱，在花丛中轻快流转；一会儿如冷泉呜咽，在冰层下滞涩地流淌。到后来仿佛泉水冰冻，冷滞之气在弦上凝结，凝聚不散流不畅，乐声渐息若断绝。别有一种深沉的忧愁，在其中暗暗萌生，此时这无声的意味，更胜过有声的情趣。突然间迸发出清越的乐音，如银瓶破碎水浆喷射，又转向铿锵雄壮，像铁骑冲锋刀枪齐鸣。乐曲结束时，她收回拨子当心一划，四根琴弦同时发声，就像撕裂绢帛一般干脆。左右停靠的船只都无声无息，只见皎洁的月亮，映照在冷冷的江心。她轻叹一声，将拨子插入弦中，整理好衣裳起身，现出庄重的神情。她说自己原是京城女子，家里住在虾蟆陵下。十三岁就学成了琵琶，名列教坊第一部。“我的技艺已十分精湛，一曲弹罢连曲师都心悦诚服；我的容貌也娇美动人，梳好妆往往被姐妹们嫉妒。那些家居五陵的富贵子弟，争着送给我各种财物，弹奏一曲得到的红绡，可以说不计其数。我用镶金片的发篦打拍子，敲碎了也不觉得可惜；血红色的罗裙泼上了酒，我也全不在意。年复一年地寻欢作乐，轻松随意地打发时光。弟弟去当了兵，阿姨也入了土。一天又一天过去，我的容颜也终于衰老，门前变得冷冷清清，来往的车马时有时无，年纪老大有什么办法，只好嫁个商人为妻。商人都只重财利，哪在乎夫妻别离，前月就去了浮梁，是为了茶叶生意。来来去去总让我在这江口守着空船，四周只有寒冷的江水和明月的清光。深

夜里忽然梦见少年时欢乐的往事，不由得从梦中哭醒，泪水和着脂粉满脸纵横。”我听了琵琶曲已伤感叹息，又听这一席话更慨叹不已。同样是流落在天涯的人啊，今天相遇又何必是曾经相识！我从去年离开京都，抱病贬谪到这浔阳城。这地方荒凉偏僻没有音乐，一年到头也听不到美妙的乐声。住的地方靠近湓江，地势低洼又十分潮湿，黄芦和苦竹密密匝匝，在我的宅边杂乱丛生，从早到晚，在那里能听到的声音，就是杜鹃声声啼血，猿猴声声哀鸣。每到春江花开的早晨和秋月凌空的夜晚，我往往取来浊酒，一个人闷闷酌饮。难道就没有当地人，唱唱山歌吹吹竹笛？不过那声音嘈杂嘶哑，实在让人难以入耳。今天夜里听了你弹奏的琵琶曲，真像仙乐入耳清朗明净。请你不要推辞，再坐下弹奏一曲，我要按那曲调，为你写一首《琵琶行》。我的话使她感动不已，她呆呆地站了好久，然后回到座位上，将弦调得更紧弹得更急。凑出哀婉的曲调，已不像先前的乐声，重新听乐的人们，全都忍不住掩面哭泣。在座的人中谁流泪最多？我这江州司马的青色袍服，已经被泪水浸湿。

【赏析】

和《长恨歌》一样，此诗是白居易叙事、抒情的又一名作。

诗歌述说了这样一个故事：在一个秋风吹动枫叶、荻花的晚上，诗人在浔阳江头送客。正为离别而愁时，听到江中船上有琵琶的弹奏声，诗人等人与琵琶女相见，琵琶女为他们弹奏了一支乐曲：“弦弦掩抑声声思，似诉平生不得志”，从琵琶声中可知此女的心事；“大弦嘈嘈”至“江心秋月白”，写该女弹奏技艺高超。

听完演奏，诗人细问此女来历，知此女系长安人，十三学艺，技艺高超，曾红遍京城，年龄大了嫁给商人。商人为利奔波在外，现在该女空船独守。

白居易先听到琵琶声，又听该女的倾诉，为该女感慨，也为自己的经历伤感，乃生“同是天涯沦落人，相逢何必曾相识”之叹。

此诗写琵琶演奏极为出色：写琵琶声急时，“嘈嘈切切错杂弹，大珠小珠落玉盘”；写琵琶声缓时，“间关莺语花底滑，幽咽泉流冰下难”；写琵琶声寂时，“冰泉冷涩弦凝绝，凝绝不通声暂歇。别有幽愁暗恨生，此时无声胜有声”；写琵琶声终时，“银瓶乍破水浆迸，铁骑突出刀枪鸣。曲终收拨当心画，四弦一声如裂帛”。此诗生动形象，是音乐诗中的佼佼者。

白居易当然不是单纯地写听琵琶。此诗是他贬谪江州的第二年秋天所作，此前，他遭谗言而被贬官，心中抑郁痛苦。此诗借琵琶女的演奏和她所道的身世，抒发自己心中抑塞已久的幽愤：“座中泣下谁最多？江州司马青衫湿！”白居易的泪水是为琵琶女而洒，更是为自己的遭遇而洒。

此诗正是以对音乐的出色描写和对人生境遇的慨叹以及流利婉转的诗句而享誉后代的。

【李商隐】（812—858），字义山，号玉谿生，又号樊南生，怀州河内（今河南沁阳县）人。文宗大和三年（824）谒天平军节度使令狐楚于洛阳。令狐楚爱其才，擢其为巡官，并使其子令狐绹等同学，亲授其骈文。开成二年（837），由令狐绹荐举，得中进士。第二年入泾原节度使王茂元幕下，茂元爱其才，以女嫁之。当时“牛李党争”非常激烈，李商隐先为牛党的令狐父子提拔，后来做了李党王茂元的女婿，故被牛党视为背恩之小人，加以压制。因此，李商隐仕途坎坷，历任秘书省校书郎、弘农尉、秘书省正字、周至尉，武宁军节度使判官、大学博士、东川节督使判官、盐铁推官等名位不显的官职，一生郁郁不得志，成为牛李党争的政治牺牲品。李商隐是晚唐著名诗人之一，与杜牧齐名，世称小李杜。其诗多忧心国运、感讽时事，亦多抒写怀才不遇、感慨身世。其诗工于近体，尤长七律，善用比兴，寄礼遥深，色彩瑰丽，精于用典，从而形成了缜密婉丽、旨趣深微的艺术风格。其所作《无题》二十余首尤其脍炙人口，只是旨意隐晦，难以理解，千百年来争议不休，众说纷纭。

韩　碑

——李商隐

元和天子神武姿[①]，彼何人哉轩和羲[②]。
誓将上雪列圣耻[③]，坐法宫中朝四夷[④]。
淮西有贼五十载[⑤]，封狼生貙貙生罴[⑥]。
不据山河据平地，长戈利矛日可麾[⑦]。
帝得圣相相曰度[⑧]，贼斫不死神扶持[⑨]。
腰悬相印作都统[⑩]，阴风惨澹天王旗[⑪]。
愬武古通作牙爪[⑫]，仪曹外郎载笔随[⑬]。
行军司马智且勇[⑭]，十四万众犹虎貔[⑮]。
入蔡缚贼献太庙[⑯]，功无与让恩不訾[⑰]。
帝曰汝度功第一，汝从事愈宜为辞[⑱]。
愈拜稽首蹈且舞[⑲]，金石刻画臣能为。

古者世称大手笔[20]，此事不系于职司[21]。
当仁自古有不让，言讫屡颔天子颐[22]。
公退斋戒坐小阁[23]，濡染大笔何淋漓。
点窜《尧典》《舜典》字[24]，涂改《清庙》《生民》诗[25]。
文成破体书在纸[26]，清晨再拜铺丹墀[27]。
表曰臣愈昧死上[28]，咏神圣功书之碑。
碑高三丈字如斗，负以灵鳌蟠以螭[29]，
句奇语重喻者少[30]，谗之天子言其私。
长绳百尺拽碑倒[31]，粗砂大石相磨治。
公之斯文若元气[32]，先时已入人肝脾。
汤盘孔鼎有述作[33]，今无其器存其辞。
呜呼圣王及圣相，相与烜赫流淳熙[34]。
公之斯文不示后，曷与三五相攀追[35]。
愿书万本诵万遍，口角流沫右手胝[36]。
传之七十有二代。以为封禅玉检明堂基[37]。

【注释】

①元和天子：指唐宪宗李纯，其年号元和。 ②轩：指轩辕氏，传说中的古圣王黄帝，战功显赫，后人尊之为中华民族的祖先。羲：指伏羲氏，传说中的古圣王太昊，曾创八卦。 ③列圣：指宪宗之前的几个皇帝。耻：指自玄宗到顺宗，因藩镇叛乱，京都不守，皇帝出奔等事。 ④法宫：君王处理政事的宫室正殿。四夷：泛指四方边远之地。 ⑤“淮西”句：指安史之后形成了藩镇割据局面，淮西节度使拥兵自重，自委官吏，自征赋税，甚至由后代或部将继承职位，完全不听朝廷安排。到吴元济时，更勾结藩将李师道、王承宗等，抗拒朝廷，四处劫掠。从唐代宗宝应元年(762年)任李忠臣为淮西十一州节度使，到宪宗元和十二年(817年)唐中央军扫平淮西，擒吴元济，历时五十余年。 ⑥封狼：天狼星。貙(chū)：古籍中记载的猛兽。 ⑦日可麾：《淮南子·览冥》载：鲁阳公与韩国打仗，正打得难分难解，天已黄昏，于是举戈指挥太阳，太阳竟为之回升。麾同“挥”。 ⑧度：即裴度。 ⑨“贼斫(zhuó)”句：裴度任御史中丞时主张征讨淮西，为藩镇忌恨。元和十年，节度使李师道派刺客伏击裴度，伤其首，刺中内衣，砍断其靴，堕沟中而未死。宪宗闻之大怒，三天后即任裴度为宰相。 ⑩都统：唐代后期为征讨藩镇，设诸道行营都统职，为统帅之任。当时裴度亲往淮西督战，除拜相外，兼彰义军节度使、淮西宣慰招讨处置使之职。裴度因韩弘已任淮西行营都统，便只称宣慰处置使，辞招讨之名，但实际上仍行统帅之权。故诗中说他“作都统”。 ⑪“阴风”句：据载，裴度赴淮西在阴历八月初三日，时值仲秋，故

说阴风惨淡。当时宪宗派神策军三百骑跟从护卫，并新临通化门慰勉，送行。天王旗，皇帝仪仗中的大旗。 ⑫愬（sù）：指邓随节度使李愬。武：淮西都统韩弘之子韩公武。古：鄂岳观察使李道古。通：寿州团练使李文通。四人皆裴度手下大将。牙爪，即爪牙，指得力部将，无今日之贬意。 ⑬仪曹外郎：指礼部员外郎李宗闵，当时任两使书记，随裴度征淮西。 ⑭行军司马：指太子右庶子韩愈，亦随裴度出征，任行军司马， ⑮貔（pí）：古籍中记载的一种猛兽。又称貔貅（xiū）。虎貔，喻指勇猛的将士。 ⑯"入蔡"句：元和十二年十月十五日，李愬雪夜袭蔡州，十七日，擒吴元济，献于长安太庙，后斩首。蔡州，在今河南汝南。太庙，皇家祠堂，每当国家大事，都要祭告太庙。 ⑰訾（zī）：同"赀"，计数，计算。 ⑱愈：即韩愈。宜为辞：指皇帝诏命韩愈撰《平淮西碑》以纪功。 ⑲稽（qǐ）首：叩头。 ⑳大手笔：指有关国家大事的文字，也指有名的作家或其作品。㉑"此事"句：指撰碑文之事与主掌文字的官吏们不相干。职司，指以文字为业的翰林。 ㉒讫（qì）：完毕。颔（hàn）；点头。颐（yí）：面颊。 ㉓斋戒：古人于祭祀前沐浴更衣。戒其嗜欲，以示敬意。此处指韩愈撰碑文时的严谨态度。㉔点窜：原意为修整字句，此处指参照运用。《尧典》《舜典》，均为《尚书》篇名。㉕涂改：此处亦指运用。《清庙》《生民》，皆《诗经》篇名，内容为记颂古帝王功业。 ㉖破体：行书中的一种。亦说指变更旧约文章体例。 ㉗再拜：先后拜两次，一种表示隆重的礼节。丹墀（chí）：古代宫殿前涂红的台阶。 ㉘昧死：冒死。古代臣子上书皇帝多用此语，以表示敬畏。 ㉙鳌（áo）：传说中的大海龟，此处指碑座雕刻的动物形装饰。实则应为赑屃（bì xì），传说中的龙子，好负重，形似龟。蟠（fán）：盘曲状。螭（chī）：传说中的无角龙。 ㉚喻：懂得。㉛拽（zhuài）：拉。 ㉜元气：指构成天地万物的原始物质。 ㉝汤盘：传说商朝帝王商汤沐浴之盆。孔鼎：指孔子祖先正考父之鼎。 ㉞煊（xuān）赫：名声或气势盛大、显耀。淳熙：强烈的光彩、光泽。 ㉟曷（hé）：怎么。三五：指三皇五帝。攀追：比较、承接。 ㊱胝（zhī）：即胼胝，老茧。 ㊲封禅：古代帝王宣扬功业的一种祭祀典礼，登泰山祭天为封，在泰山南梁甫山祭地为禅。玉检：封禅书的封套。明堂：古代帝王颁布政教、接见诸侯、举行祭祀的场所。

【译文】

宪宗皇帝年号元和，辉煌的功业、非凡的威仪，可与上古圣君媲美，就像轩辕和伏羲。对列祖列宗蒙受的耻辱，他发誓要统统雪洗，而后安然端坐在宫中，迎接四方八面的朝觐。那反叛的逆贼盘踞淮西，已经度过了五十个春秋，他们竟敢擅自父职子袭，像天狼生貙貙又生罴。山林江河的险僻处他们不占，专门霸占平原大地，仗恃着兵马强悍，气焰嚣张，挥动戈矛能驱赶太阳。皇帝求得了一位贤明的宰相，裴度就是他的姓名，曾经遭到叛贼刺杀而大难不死，因为他有神灵保佑扶持。他腰间挂着宰相金印，又受命讨贼督率大军。仲秋出师风紧云暗，天子送行旌旗招展。李愬、韩公武、李道古和李文道，一个个部将精悍勇武；礼部员外郎李宗闵，也追随帐下做他的文书。行军司马是韩愈，心怀锦绣有勇有谋。更有那十四万大军勇猛善战胜过虎豹貔貅。趁大雪我军袭破蔡州，生擒那贼首吴元济，将他押回京城献入太庙，隆重地向祖先告祭。天逆雪耻，裴宰相功劳无须推让；升官赐爵，天子的恩惠不可计量。皇帝说：“这一仗胜来不易，你裴度督师功居第一，我命你那下属韩愈，为之撰文纪功，刻碑永记。”韩公连连叩首谢恩：“为刻石纪功撰写文字，微臣我完全能够胜任，按照古例这种煌煌大作，却不能交给文墨官吏完成，但是又有当仁不让的古训，我愿承担这份神圣的重任。”天子听了这番话，连连点头，十分赞赏。韩公退朝后沐浴斋戒，凝神静心端坐小楼上，笔墨饱满、文采飞扬，言辞深切淋漓酣畅。借鉴了《尧典》和《舜典》那《尚书》庄严的体例，参考了《清庙》和《生民》那《诗经》典雅的篇章。碑文写好了，用变体行书誊正，清晨去朝拜天子，将文章铺展在殿前。又向皇帝上表称：巨斗胆冒死上呈，这歌颂神圣功业的文字，乞请天子诏令，将它镌刻成碑。”臣碑竖起三丈高，碑文字字大如斗，东海灵龟来负重，螭龙盘曲踞碑头。那碑文语句奇异深奥，能读懂的人实在很少，于是有人向天子进谗，说韩愈撰此文公私颠倒。扯起了百尺长绳，将巨碑翻身拽倒，又用那粗砂大石，把碑文统统磨掉。但韩公的洋洋碑文，如天地间浩然元气，它早已深入浸染在人

们的心肝肺脾。商汤的盘和孔丘的鼎，都有古人铭刻的文字；盘和鼎虽已荡然无存，铭文却得以流传万世。啊，圣明的君王，贤明的宰相，声威显赫，流光溢彩。要是韩公的碑文，不能昭示于后人，那么天子的功德，又如何同三皇五帝承接。我愿将那碑文抄写万卷，哪怕唇干舌燥口吐白沫，哪怕手酸臂痛磨出老茧。让韩公的这篇宏文，作天子封禅书的玉函，作皇帝明堂的基石，传给后世七十二代，直到永远！

【赏析】

说此诗前，必须先谈一谈作此诗的背景。

唐宪宗元和十二年（817），宰相裴度为削平藩镇，亲赴淮西指挥战斗，韩愈为行军司马。淮西平后，韩愈奉命作《平淮西碑》，碑文突出了裴度的决策统帅之功。节度使李愬则以为在淮西之役中，他雪夜入蔡州，生擒吴元济，应居首功。李愬妻是公主的女儿，出入宫禁，在宪宗前说此碑文不真实，宪宗命人推倒碑磨去韩文，命翰林学士段文昌重新撰文刻碑。平心而论，李愬之功虽著，但是为裴度作战计划中的一部分，韩愈在碑文突出裴度之功勋，是公平恰当的。李商隐此诗，咏的即是此事。诗的前十八句写的是藩镇割据，帝命裴度出征平乱，李愬、韩公武、李道古、李文通作为裴度的武将，胜利平淮西。诗的中间二十二句是写韩愈奉命作碑文，以及立碑、倒碑的经过。诗的第三部分则是李商隐对韩碑的评价：“公之斯文若元气”，可与“汤盘孔鼎”相媲美，足可以传之万代。

此诗在写作方法上，颇似韩愈之诗。以文为诗的特征在此诗中十分典型。更重要的是，李商隐代表众人，公平客观地评价了裴度之功、韩愈之文。

七言乐府

【高　适】（702—765），字达夫，郡望渤海蓨县（今河北景县）人。少家贫，二十岁游长安求仕未果，后客游梁、宋间，落拓失意。天宝八载（749）举有道科，授封丘尉，不久辞去。河西节度使哥舒翰荐其为左骁卫兵曹参军、掌书记。安史乱起，驻守潼关。关陷，面陈玄宗，甚得赏识，连升侍御史、谏议大夫。后历官淮南节度使、太子少詹事、彭州刺史、蜀州刺史、剑南西川节度使。广德二年（746）召还长安，为刑部侍郎、转左散骑常侍，进封渤海县侯，世称高常侍。高适为唐代著名的边塞诗人，与岑参并称“高岑”。其边塞诗40余首，歌颂了将士浴血奋战的精神，揭露了将军与士卒苦乐悬殊的深刻矛盾，表达了诗人以身报国、建功立业的抱负。笔力雄健，气势奔放，洋溢着盛唐时期所特有的奋发进取、蓬勃向上的时代精神。

燕歌行（并序）

——高　适

开元二十六年[①]，客有从御史大夫张公出塞而还者[②]，作《燕歌行》以示适[③]，感征戍之事[④]，因而和焉[⑤]。

汉家烟尘在东北[⑥]，汉将辞家破残贼。
男儿本自重横行[⑦]，天子非常赐颜色[⑧]。
摐金伐鼓下榆关[⑨]，旌旆逶迤碣石间[⑩]。
校尉羽书飞瀚海[⑪]，单于猎火照狼山[⑫]。
山川萧条极边土[⑬]，胡骑凭陵杂风雨[⑭]。
战士军前半死生，美人帐下犹歌舞。

大漠穷秋塞草衰[15]，孤城落日斗兵稀。
身当恩遇常轻敌[16]，力尽关山未解围。
铁衣远戍辛勤久，玉箸应啼别离后[17]。
少妇城南欲断肠，征人蓟北空回首[18]。
边庭飘摇那可度，绝域苍茫更何有[19]。
杀气三时作阵云[20]，寒声一夜传刁斗[21]。
相看白刃血纷纷，死节从来岂顾勋[22]。
君不见沙场征战苦，至今犹忆李将军[23]。

【注释】

①开元二十六年：公元 738 年。开元为唐玄宗年号。 ②出塞：外出到边塞。 ③行：古诗的一种体裁。适：即作者高适。 ④征戍（shù）：出征戍守。 ⑤和（hè）：依照别人的诗词题材和体裁作诗词相答。 ⑥汉家：中原代称，借以指唐朝。烟尘：烽烟与尘土相接，泛指边塞有警示。 ⑦横行：指驰骋疆场。 ⑧非常：不一般，破格，破例。赐颜色：即赏脸。此处指赏识、重视。 ⑨摐（chuāng）：击打。金：指钲（zhēng），古代军队中的乐器，形如钟而狭长，铜制。伐：击。下：指出兵。榆关：即渝关，山海关。 ⑩逶迤：（wēi yí）：蜿蜒不断。碣（jié）石：山名，在今河北昌黎县北。此处泛指山间海边。 ⑪校尉：位次于将军的武官，指边塞驻军的长官。羽书：紧急军事文书，上插鸟羽，以示加速传递。瀚海：指沙漠。 ⑫单（chán）于：古代匈奴首领的称号，此处指敌方首领。猎火：指军队的火炬。又，古人也以会猎喻战争，则猎火亦可指战火。狼山：在今内蒙古中部，为阴山山脉西段。此处泛指敌方活动的山地。 ⑬萧条：寂寞冷落，毫无生气。极边士：边境之地。 ⑭凭陵：仗势侵犯。 ⑮穷秋：秋天已尽。 ⑯当：受。恩遇：指受人恩惠和信任。 ⑰玉箸：指妇女的眼泪。 ⑱蓟（jì）北：蓟州之北。唐代蓟州在今天津蓟县和河北三河、玉田、遵化、丰润等县地。此处泛指东北边塞。 ⑲绝域：与中原隔绝的边远之地。 ⑳杀气：凶残险恶的气氛。三时：一指一天中的早、午、晚三时，一指一年中的春夏秋三时。 ㉑刁斗：古代军队中的用具，白天作炊，能容一斗，夜晚打更，铜制。 ㉒死节：为志节而死。勋：功勋。 ㉓李将军：指汉代名将李广，为右北平太守，匈奴畏之，号为飞将军，数年不敢侵犯边境。又能与士卒同甘共苦，深受将士爱戴。

【译文】

开元二十六年，有位朋友跟随御史大夫张守珪出征塞外归来，写了《燕歌行》给我看。我有感于征伐戍守的军役之事，因而作了这首诗与之相和。

在汉朝遥远的东北边关，烽烟飞扬，尘沙弥漫；汉家大将告别家乡，去塞外平乱。男子汉本应当看重纵横驰骋上疆场；汉天子又特别赏识，礼遇隆重恩惠深。大军起程鸣金击鼓，浩浩荡荡兵发榆关，面面旌旗迎风招展，蜿蜒盘绕在碣石山。边塞校尉的紧急文书，飞过浩瀚的大漠；敌酋燃起的战火，遍布狼山。边境之地，多么辽远，山川寂寞，荒无人烟；敌骑猖狂，恣意侵扰，挟风裹雨，挥刀舞剑。士兵们在前线拼杀，已经伤亡过半，将帅们在营帐里作乐，看美人歌舞正酣。秋天将尽的大漠上，边地的荒草一片枯黄；落日映照的孤城里，已经没有多少士兵可以作战。身受朝廷的恩惠和信任，哪会把敌人放在眼里，在关山督军死战，重重敌围未能冲破。身披铁甲的战士，长期戍边何等辛苦，家中的妻子怨恨别离，日日垂泪何其伤心。少妇在城南思念役夫，哀痛欲绝，肝肠寸断，出征的人在边塞枉自回头，望眼欲穿，何处是乡关。塞上寒风凛凛，哪能载我飞度这遥远的路途；边地辽远荒僻，莽莽苍苍一无所有。白日里列阵沙场，杀气腾腾天昏地暗；寒夜中传警军营，刁斗声声胆战心惊。你看那刀光剑影血雨纷纷，誓死报国哪曾想过得到功勋？谁不知沙场征战千辛万苦，人们至今还怀念那爱护士卒的李广将军。

【赏析】

这是一首借写北地征战以讽刺现实的诗。

诗序中所说“御史大夫张公”，指幽州节度使张守珪。开元年间张守珪以与契丹作战有功，拜辅国大将军兼御史大夫。其后部将败于契丹余部，张守珪非但不据实上报，反贿赂派去调查真相的牛仙童，为他掩盖败迹。高适从“客”处得悉实情，写了这首诗。诗的开头写边境不宁，天子遣将出击。“山川萧条极边土，

胡骑凭陵杂风雨”，可见战斗是很艰苦的。但是，“战士军前半死生，美人帐下犹歌舞”，一边是残酷的战斗，一边则是纸醉金迷，这是一种多么强烈的对比！正是在这种对比中，见出了诗人对这些不顾战争残酷、不顾战士之生命的将领的强烈讽刺。也正因为这些将领的腐败，致使“身当恩遇常轻敌，力尽关山未解围”。好些戍边的战士在边地辛勤征战，思念家乡，惦念妻子，但回首南望也是徒然；他们的妻子则在后方苦苦想念，愁肠欲断！这些战士在战斗中，“相看白刃血纷纷，死节从来岂顾勋”。为了国家的安宁，沙场损躯在所不辞。他们希望的只是有一位像汉代名将李广那样能爱护士兵的将军。诗的最后一句，是讽刺，更是愤怒地呐喊。

因此，这首诗与其说是一首咏叹边境征战的诗，倒不如说是一首讥讽前线将领醉生梦死之作，它当然不是仅仅讥讽张守珪的。

古从军行

——李　颀

白日登山望烽火，黄昏饮马傍交河①。

行人刁斗风沙暗②，公主琵琶幽怨多③。

野营万里无城郭，雨雪纷纷连大漠。

胡雁哀鸣夜夜飞，胡儿眼泪双双落。

闻道玉门犹被遮④，应将性命逐轻车⑤。

年年战骨埋荒外，空见蒲桃入汉家⑥。

【注释】

①交河：地名，汉代车师前国首府，在今新疆自治区吐鲁番西北，因河水分流环绕城下而得名。 ②“行人”句：指行人在风沙昏暗中夜行，只能根据刁斗的声音来判别方向。 ③“公主”句：汉武帝时以江都王刘建之女为公主，嫁乌孙国王，恐其途中烦闷思亲，让带琵琶以娱之。此处借指边地荒凉，戍人哀怨。④“闻道”句：汉武帝命李广利攻大宛，欲至贰师城取良马，战而不利。李广利请罢兵班师，武帝大怒，命遮玉门关，曰：“军有敢之，斩之！”遮：阻拦。⑤轻车：汉代有轻车将军，此处指将帅。 ⑥蒲桃：即葡萄，原产西域，汉武帝时引入中原。

【译文】

白天登上高山，去瞭望报警的烽火；傍晚时在交河岸边，饮我们的战马。在昏暗的风沙里行军，注意倾听军中刁斗声；琵琶声传出无限哀怨，仿佛乌孙公主远行。边地万里荒无人烟，只有这座大野孤营；雨纷纷弥漫天地，就像与大漠融成一气。胡地的鸿雁夜夜由此飞过，哀叫着投向南方；胡兵的眼泪一串又一串，洒落在这僻远关山。听说身后的玉门关啊，被朝廷派兵阻塞，只有舍身跟随主帅去血战。一年又一年，战士的尸骨埋在荒野，只不过换来那葡萄种子栽进了汉家宫苑。

【赏析】

战争，以牺牲生命作为代价。这首诗，写的就是征战之士的怨愤。

这些征战之士，白天要瞭望烽火，保持警惕；晚上又要到交河饮马。军中听到的声音，不是刁斗声，就是幽怨的琵琶声。边地的环境，是万里荒漠，雨雪纷纷，胡雁哀鸣，胡儿夜哭，极其荒凉凄惨，不忍目睹。但皇帝派人阻断了玉门关的路，不准罢兵，战士们只好拼着性命跟随将军继续打仗。

这种残酷的战争到底换来了什么呢？每年牺牲了那么多战士，所得的只是葡萄种进汉家宫苑罢了！

诗人将厌战之情淋漓尽致地表现在诗词之中了。

洛阳女儿行

——王　维

洛阳女儿对门居，才可容颜十五余①。
良人玉勒乘骢马②，侍女金盘脍鲤鱼③。
画阁朱楼尽相望，红桃绿柳垂檐向。
罗帏送上七香车④，宝扇迎归九华帐⑤。
狂夫富贵在青春⑥，意气骄奢剧季伦⑦。
自怜碧玉亲教舞⑧，不惜珊瑚持与人。
春窗曙灭九微火，九微片片飞花琐⑨。
戏罢曾无理曲时，妆成只是熏香坐⑩。
城中相识尽繁华，日夜经过赵李家⑪。
谁怜越女颜如玉⑫，贫贱江头自浣纱。

【注释】

①才可：恰可。 ②良人：古代妻对夫的尊称。勒：马衔的嚼子。骢（cōng）马：青白色相间的马。 ③脍（kuài）：切得很薄、很细的肉。 ④罗帷：丝织的帘帐。七香车：据认为是用七种香木做的马车。 ⑤宝扇：古代贵妇出行时用来遮蔽的用具，扇形，用鸟羽编制。九华帐：装饰花团图案的幕帐。 ⑥狂夫：狂放骄恣

的丈夫。 ⑦剧：戏弄。季伦：晋代石崇，字季伦，豪富骄奢，曾与贵戚王恺等比富，晋武帝赠王恺一株二尺高珊瑚，恺让石崇观赏，石崇竟用铁如意击碎，恺怒，崇命左右搬出自家的六七株珊瑚，高三四尺，枝形绝美，光彩夺目。 ⑧怜：爱怜。碧玉：据《乐府诗集》载，南朝宋汝南王侍妾名碧玉。泛指侍妾。 ⑨"春窗"二句：指通宵欢娱，直到天明才熄灭灯火。九微：指古代一种灯具。片片：指灯花。花琐：雕刻成连锁形的窗格。 ⑩熏香：用香料熏染衣服。 ⑪赵李家：泛指贵戚之家。对赵李所指，其说不一，《文选·注》引颜延之说，谓汉成帝皇后赵飞燕、汉武帝皇后李夫人家族。 ⑫越女：越地女子。越，古越国，在今浙江东部。

【译文】

在洛阳有一位女子，与我家对门居住，她容貌娇美，正当芳年十五六。她丈夫骑一匹青白相间的骏马，鞍辔上镶嵌着珠宝和美玉，侍女端来黄金的盘子，送上烹制精细的鲤鱼。宅中那雕梁画栋的楼阁，一幢幢遥遥相望，红桃绿柳在屋檐下，排列成行。她出行时乘坐七种香木制成的车子，上面挂着丝织的帷幔，归来时仆人们举起华丽的羽扇，把她送回花团锦绣的幕帐。她丈夫正是少年得志，有钱有势轻浮狂放，他性情骄恣奢华铺张，远胜过晋朝的石季伦。他亲自教授心爱的姬妾练习舞蹈，毫不吝惜地将名贵的珊瑚送给人。他们彻夜寻欢作乐，直到曙光临窗才熄灭灯火，那片片灯花碎屑飞落在雕花的窗格。她成天嬉戏玩耍，懒得去练习歌曲；打扮得整整齐齐，也只是坐等薰香把时光消磨。结交的都是城中的豪门大户，往来的也尽是贵戚之家。有谁去怜惜啊，那容颜如花似玉的越地女子，出身贫苦微贱，只能在江边浣洗棉纱。

【赏析】

这是王维少年时代的作品："洛阳女儿"，取自梁武帝萧衍《河中之水歌》中："洛阳女儿名莫愁。"这位贵族妇女过的是怎样的一种生活呢？她的丈夫骑着配有美玉装饰成马具的良马四处游逛；侍女用金盘端来脍鲤鱼供她享用；她住的地方是画阁朱楼。此女在出嫁时，极尽豪奢；出嫁后，她的丈夫意气骄奢，比石崇还要过分，生活奢靡放纵。该女子虽然身处富贵繁华之中，但内心空虚无聊："欢罢曾无理曲时，妆成只是熏香坐。"平时的相识和交往也都是贵戚之家，日夜往返，打发时间。倘若单写这位贵

妇人的这种奢靡生活，诗歌就与齐梁艳体毫无二致了。王维此诗的目的，是要将这种贵妇人与“颜如玉”但“贫贱江头自浣纱”的贫女相比。正因为前文绝大部分篇幅写贵妇，蓄足了力，更显得贫女无人怜爱的落寞。贫女和贵妇人，也象征着贤才和庸才，此诗的意义，就不再停留在对两种处境不同的女人的咏叹上了。

老 将 行

——王 维

少年十五二十时，步行夺得胡马骑①。
射杀山中白额虎②，肯数邺下黄须儿③。
一身转战三千里，一剑曾当百万师。
汉兵奋迅如霹雳，虏骑崩腾畏蒺藜④。
卫青不败由天幸⑤，李广无功缘数奇⑥。
自从弃置便衰朽⑦，世事蹉跎成白首⑧。
昔时飞箭无全目⑨，今日垂杨生左肘⑩。
路傍时卖故侯瓜⑪，门前学种先生柳⑫。
苍茫古木连穷巷⑬，寥落寒山对虚牖⑭。
誓令疏勒出飞泉⑮，不似颍川空使酒⑯。
贺兰山下阵如云⑰，羽檄交驰日夕闻⑱。
节使三河募年少⑲，诏书五道出将军⑳。
试拂铁衣如雪色，聊持宝剑动星文㉑。
愿得燕弓射大将㉒，耻令越甲鸣吴军㉓。
莫嫌旧日云中守㉔，犹堪一战取功勋。

【注释】

①“步行”句：汉代名将李广，曾为匈奴骑兵所擒，他当时已伤，押送途中见一胡兵骑骏马经过，便飞身上马，推下胡兵，夺马疾驰而归。 ②“射杀”句：李广任右北平太守时，多次入山射杀猛虎。白额虎，传说是虎中最凶猛的一种。③肯：岂可。数：算。邺下黄须儿：指曹操第二子曹彰，须黄，性刚猛，曾征乌桓，颇为曹操爱重，曾持其须曰：“黄须儿竟大奇也。”邺下，曹操封魏王时，都于邺，今河北临漳西。 ④虏骑：对敌骑的蔑称。蒺藜：植物名，其果皮有尖刺。此处指一种武器，铁制，四根尖刺，落地始终有一刺朝上，用于阻止敌军前进。⑤“卫青”句：卫青为汉代名将，汉武帝皇后之弟，因征匈奴有功而官至大将军。卫青外甥霍去病，亦汉之大将，曾六次出击匈奴，深入居胥山，从未受挫，故称

“天幸”。此处将卫、霍事迹混为一谈，实因古代常以卫、霍并称。 ⑥“李广”句：李广曾与匈奴作战七十余次，令匈奴敬畏，称之为“飞将军”，虽战功卓著，但终未封侯。元狩四年（前119年），李广随卫青出兵击匈奴，因迷失道路被处罚，自刎而亡。此处说李广无功，当指此事而言。缘：因为。数：命运。奇（jī）：不吉利。 ⑦弃置：抛在一边。指不为所用。 ⑧蹉跎：虚度，耽搁。 ⑨“昔日”句：此处指箭法精熟，箭发则鸟雀双目不全。 ⑩“今日”句：此处以垂杨代柳是诗的格律要求，而取肘生瘤之意，指臂肘已僵化不灵。 ⑪故：过去的。⑫先生柳：陶潜《五柳先生传》：“先生不知何许人也，亦不详其姓氏。宅边有五柳树，因以为号焉。” ⑬穷巷：深长的巷子。 ⑭虚牖（yǒu）：空寂的窗。⑮“誓令”句：东汉时耿恭与匈奴作战，驻军疏勒城，匈奴切断了城边水源，耿恭便率士卒在城中凿井，深十五丈而不出水。恭仰天长叹曰：“昔闻武师将军（李广利）拔佩刀刺山，飞泉涌出，今汉德神明，岂有穷哉？”又向井祈祷，一会儿，井中就涌出了泉水。疏勒：古西域国名，在今新疆喀什。 ⑯颍川空使酒：灌夫，汉代颍阴人，为人刚直不阿，受酗酒使性，后在武安侯座上骂临汝侯，招至灭族之祸。使酒，借酒逞强。 ⑰贺兰山：山名，在今宁夏中部，古战场。 ⑱羽檄：紧急军书，上插鸟羽，以示加速递送。 ⑲节使：持有朝廷符节的使者。三河，汉代称河东、河南、河内三郡为三河，相当于今之河南及山西、湖北各一部。募：征召，招募。⑳“诏书”句：指皇帝诏令众将军分道出兵。 ㉑星文：指剑上的星形装饰花纹 。㉒燕弓：指燕地出产的弓，以坚劲著名。燕，在今河北北部、辽宁西南部。 ㉓越甲：越国的甲兵。鸣：指惊动。 ㉔云中：汉代郡名，在今内蒙古。

【译文】

十五岁到二十岁是多么好的时光，我虽然徒步行走，也能夺取胡兵的战马。山中有最凶猛的白额虎，曾被我弯弓射死，那邺下最刚勇的黄须小儿，岂敢在我面前自夸！我曾孤身一个，辗转征战三千里，凭手中一柄剑，抵挡敌寇百万兵。我率领汉家子弟兵出击，奋勇迅疾如霹雳；敌骑兵慌忙奔蹿，害怕我布下的铁蒺藜。卫青数次出征不败，实在是老天的照应；李广未能建立功名，真是命运不济。自从被抛弃不用，便日见苍老衰朽，无所事事虚度岁月，很快就白了头。从前能一箭射中飞鸟的眼睛，如今左臂像长了瘤又僵又硬。只好像东陵侯那样，种了瓜到路旁叫卖；又像渊明先生那样，门前栽柳，把姓名隐埋。居住在深巷里，被苍茫的古树掩映；冷寂的门窗，面对寥落的清寒群山。但是我雄心不减，发誓要像耿恭戍守疏勒。让枯井涌出清泉。绝不学那颍川的灌夫，枉自借酒使性乱语胡言。如今贺兰山下，军阵如天上的云涛；紧急军书来去飞驰，从早到晚都在报送。天子派使臣到三河地区，去招募青年从军；将军们领受诏令，分兵五路向西行。我也准备应征，先把铠甲擦得雪亮洁净，又舞动尘封的宝剑，七星花纹闪耀着光。但愿得到燕北的强弓，去射杀敌军将领，让敌情惊动天子，实在是大丈夫的耻辱！请不要嫌弃我，就像往日的云中太守，还足以奋勇一战，为国家建立功勋！

【赏析】

本诗描写一个老将的经历：

这位老将少年时勇武过人，曾“转战三千里”，曾一剑挡“百万师”，但这位老将命运不济，竟未立功，只好以汉将李广自比——并非他的本领不行，全因运气不好。老将投闲置散后，身体逐渐衰老，武艺逐渐退步，只好在家像秦东陵侯一样种瓜，像陶渊明归居田园后一样在门前种柳。当边地烽火又起的时候，老将壮志复萌，仍想为国立功：他拿起旧日的宝剑，剑上的七星文闪闪发亮；他擦拭昔日的盔甲，盔甲被擦得像雪一样银白。他希望能为国靖边，虽然老了，“犹堪一战立功勋”。这是一位可敬的老将，王维是以十分诚挚的感情赞美这位老将的。虽然王维没有一语替老将抱不平，但是，统治者对将士的冷酷无情，不也使人一目了然了吗？

桃源行

——王　维

渔舟逐水爱山春，两岸桃花夹古津[1]。
坐看红树不知远，行尽青溪不见人[2]。
山口潜行始隈隩[3]，山开旷望旋平陆[4]。
遥看一处攒云树[5]，近入千家散花竹[6]。
樵客初传汉姓名[7]，居人未改秦衣服。
居人共住武陵源[8]，还从物外起田园[9]。
月明松下房栊静[10]，日出云中鸡犬喧。
惊闻俗客争来集[11]，竞引还家问都邑[12]。
平明闾巷扫花开[13]，薄暮渔樵乘水入。
初因避地去人间[14]，及至成仙遂不还。
峡里谁知有人事，世中遥望空云山[15]。
不疑灵境难闻见，尘心未尽思乡县。
出洞无论隔山水，辞家终拟长游衍[16]。
自谓经过旧不迷，安知峰壑今来变。
当时只记入山深，青溪几度到云林。

春来遍是桃花水[17]，不辨仙源何处寻。

【注释】

①津：渡口。 ②忽值人：不知不觉中见不到人烟。一作“不见人”。 ③隈隩（wēi yù）：山、水弯曲的地方。 ④旷望：指视野开阔。 ⑤攒（cuán）云树：云树相连。攒，聚集。 ⑥散花竹：指到处都有花和竹。 ⑦樵客：指渔人。古代渔、樵并称。汉姓名：指汉朝以来的各朝名字。 ⑧武陵源：此处指桃花源，相传在今湖南桃源县西南，晋代属武陵郡。 ⑨物外：世外。 ⑩房栊（lóng）：房屋的窗户。 ⑪俗客：指渔人。因桃花源中人以仙境自居，故指外来渔人为俗客。 ⑫都邑：指桃源人原来的家乡。 ⑬闾巷：街巷。开：指开门。 ⑭避地：迁移居住地以避祸患。去：离开。 ⑮“峡里”二句：谁知道这山谷里还有这些人和事，世上的人们也只见云山遥远。 ⑯游衍：流连不归，游乐。 ⑰桃花水：春水。桃花开时河流涨溢。

【译文】

因为喜爱这春天的山色，渔人荡轻舟溯流而上，两岸开遍了灼灼的桃花，古渡口掩映在一片春光下。坐在船上贪看红花满树，不知不觉划出好远好远，一直到这清溪的尽头，才发现已经不见人烟。他小心地迈步，穿过幽深弯曲的峡谷，山势开阔处放眼望去，竟出现一片旷野平陆。远方是高大的树木，缭绕着浮云轻雾；近处是千百人家，散落在繁花翠竹之间。渔人历数了自汉以来的朝代姓名；这里的居民，却还穿着秦代的衣服。他们一同住在这武陵源，在人世之外建起了田畴家园。夜晚，明月在松间映照，庭户清幽宁静；清晨，

红日升上云天，鸡犬争相喧鸣。惊喜地听说来了世俗的客人，居民们争先恐后聚拢在一起，都要邀渔人到家里，向他打听各自的故乡。黎明时清扫街巷的落花，家家都门户大开，黄昏时渔樵劳作的人们，悠悠然乘船回来。当初他们为躲避战乱，一起离开了凡世，到这里成了神仙，再也不想回到故园。有谁知道，这山谷里还有这些人和事；世上的人只看见这片云遮雾罩的远山。并不是不知道这仙境多么难以亲身体验，实在是尘世之心未尽，还思念自己的家园。渔人走出洞中仙界，又想不论怎样远隔山水，也要离开家门，再来这里漫游，流连不归。自认为经过的地方，重访不会迷路，哪知道今天又来，这山峰峡谷已经改变。当初只记得进山走了很远很远，沿着清溪不多久，就能到达那云中山林。如今遍地溪流，都已涨满了桃花春水，再不知那仙境桃源该到哪里去找寻。

【赏析】

此诗是王维十九岁时所作。

自从晋宋之交的陶渊明的《桃花源记》一出，桃花源便成了人人羡慕的和平安宁的乐土。此诗正是衍化桃源故事的，源于陶渊明的《桃花源记》。但王维的诗与陶渊明的文有一处显著不同。渊明笔下，桃源中人是为躲避秦朝暴政而来此的，他们在桃花源中耕作生活，与世隔绝，但他们是人而绝不是神仙，桃花源是陶渊明心目中的理想社会。而到了王维诗中，住在桃花源中的，是神而不是人了。你看，“月明松下房栊静，日出云中鸣犬喧”，飘浮着一种仙气；“初因避地去人间，更问神仙遂不还”，则直言其求为仙人矣。这样，桃花源就成了一种虚无缥缈的仙境，而不是陶渊明心目中可能会存在的一种理想社会了，无疑，王诗削弱了陶文的思想意义。但有一点值得注意：王维的“桃源”，充溢着一种静谧的气息；十九岁的诗人即向往这种世外桃源，可以证明王维的隐逸之志是由来已久的；此诗中的静谧气息也是与王维晚年诗歌的意境类似的。再者，此诗语言婉转流利，显示出少年王维杰出的才华。

蜀　道　难

——李　白

噫吁嚱[①]，危乎高哉！蜀道之难，难于上青天！
蚕丛及鱼凫[②]，开国何茫然！
尔来四万八千岁[③]，不与秦塞通人烟。
西当太白有鸟道[④]，可以横绝峨嵋巅。
地崩山摧壮士死[⑤]，然后天梯石栈相钩连。

上有六龙回日之高标[⑥]，下有冲波逆折之回川。
黄鹤之飞尚不得过，猿猱欲度愁攀缘[⑦]。
青泥何盘盘[⑧]，百步九折萦岩峦。
扪参历井仰胁息[⑨]，以手抚膺坐长叹。
问君西游何时还？畏途巉岩不可攀[⑩]。
但见悲鸟号古木，雄飞雌从绕林间。
又闻子规啼夜月，愁空山。
蜀道之难，难于上青天，使人听此凋朱颜。
连峰去天不盈尺，枯松倒挂倚绝壁。
飞湍瀑流争喧豗[⑪]，砯崖转石万壑雷[⑫]。
其险也若此，嗟尔远道之人胡为乎来哉。
剑阁峥嵘而崔嵬[⑬]，一夫当关，万夫莫开[⑭]。
所守或匪亲[⑮]，化为狼与豺。
朝避猛虎，夕避长蛇，磨牙吮血，杀人如麻。
锦城虽云乐[⑯]，不如早还家。
蜀道之难，难于上青天，侧身西望长咨嗟[⑰]。

【注释】

①噫吁嚱（yī xū xī）：感叹词。 ②蚕丛、鱼凫（fú）：传说中古蜀国的两个先王。 ③“尔来”二句：说蜀、秦两地长期隔绝。战国秦惠王灭蜀置郡，蜀地才与秦有来往。 ④太白：山名，在今陕西眉县东南一带。 ⑤“地崩”句：据《华阳国志·蜀志》所载，秦惠王许嫁五女子于蜀王。蜀王派五壮士去迎接，回到梓潼，一大蛇入洞，五壮士奋力抓住蛇尾往外拉，突然山崩地裂，压死五壮士。秦王也因此打通蜀地。 ⑥六龙：古代神话中替日神赶车的羲和，以六龙驾车在空中运行。回日：挡住日神的御车。高标：指蜀峰。标，指标帜者，引申为峰巅。 ⑦猿猱（náo）：善攀援的猕猴。 ⑧青泥：山岭名，在今陕西洛阳县西北，是古时的入蜀要道。 ⑨扪参（mén shēn）历井：参、井，星宿名，古人以天上星宿同地上州国相对应，分成若干界域，为“分野”。参之分野为蜀地，井之分野为秦地。“扪参历井”指由秦入蜀路途险峻，好似伸手可触摸到天空的星辰。 ⑩巉（chán）岩：山势高竣。 ⑪喧豗（huì）：喧嚣声。 ⑫砯（pīng）崖：砯，水击岩石声，此处用作动词，指急流冲击山崖。 ⑬剑阁：栈道名，在今四川剑阁县北，为四川与陕西的重要通道。 ⑭一夫当关，万夫莫开：形容地形险要，易守难攻。 ⑮匪亲：匪，同“非”。指不可信赖的人。 ⑯锦城：指锦官城，今成都。 ⑰咨（zī）嗟：叹息。

【译文】

啊！何其高峻，何其峭险！蜀道之艰难，难于上青天！蚕丛与鱼凫，古蜀国先王，开国的事迹久远渺茫。岁月漫漫又过去四万八千年，蜀道还未与秦通人烟。

唯有小鸟展翅飞，能从太白抵峨眉。山崩地裂，压死迎亲的五壮士，方才修成栈道，与陡峭的山路相接。上有入云的高峰，驾龙的日神也被挡回；下有湍急的河川，冲波倒流漩涡转。翱翔高飞的黄鹤尚不能越渡，攀援敏捷的猿猱更一愁莫展。纡曲盘桓的青泥河，走一百步就有九道弯。伸手可触星辰，快快屏住呼吸，坐下抚胸长叹息。请问你，西方游历何时归？险道峭岩怎么能攀登！只看见，古树枝头鸟哀号，雄雌相随林间绕。又听见，月夜里杜鹃声声啼，悲声回荡空山响，愁难消。蜀道之艰难，难于上青天，听此话，顿时憔悴变容颜！绵延的山峰离天不到一尺远，倒挂的枯松斜倚绝壁悬崖边。瀑布飞泻激流涌，争相喧嚣，冲山崖、转巨石，万山如同雷鸣响。蜀道这般艰险，叹你远方人为何来此地？剑阁关，高峻又险恶，一人把关，万人攻不破。守关人若信不过，即会变豺狼，酿成大灾祸。早上躲猛虎，晚间避长蛇。虎蛇磨牙吸人血，杀人好比斩乱麻。锦城中虽说能享乐，不如早回家。蜀道之艰难，艰于上青天！回身向西望，禁不住怅惘长叹。

【赏析】

此诗是天宝初年李白在长安所作，据说诗人贺知章读了此诗，惊呼李白是“谪仙人”。

全诗共分三段。“噫吁嚱”以下十九句，写蜀道的高峻及其开辟历史：蜀国开国以来，秦蜀间无路可通，太白山和峨嵋山之间只有飞鸟往还；五个力士被压死后，山也分为五岭，凿石架木方可通行。蜀山太高，连太阳神的车子遇到它也只好折回去，水波也被冲折倒流；山路纡曲，蜀道极高处，登者可以上扪星辰。“问君”以下十四句，写蜀道的奇险难行及途中的恐怖气氛。“剑阁”以下十四句，写蜀中地形险要及其在政治上的重要性。这首诗以雄奇奔放的笔调，采纳传说、民谚，夸写蜀道之艰难险峻，从一句中心句“蜀道之难，难于上青天”中，衍生出千奇百怪的意象，诗中反复咏叹“蜀道之难，难于上青天”，给诗歌营造出一种震撼人心的气氛来。为了营造这种气氛，李白的想象上天入地、搜古寻今，将惊人的想象与高度的夸张相结合，刻画出一幅奇险壮观的山川图来。诗句长短不拘，参差错落，语言汪洋恣肆。可视为李白浪漫主义诗风的代表作。

长相思（二首）

——李　白

其　一

长相思，在长安。
络纬秋啼金井阑①，微霜凄凄簟色寒②。
孤灯不明思欲绝，卷帷望月空长叹，美人如花隔云端。
上有青冥之高天③，下有渌水之波澜。
天长地远魂飞苦，梦魂不到关山难④。
长相思，摧心肝。

【注释】

①络纬：俗称纺织娘，昆虫类，黄褐色或绿色，头小。　②簟色寒：指竹席凉。　③青冥：高远得青天。　④关山难：关山难渡。

【译文】

我久久思念的美人，在那遥远的长安城。秋夜里，纺织娘在井边声声鸣叫，霜风凄凄凉透竹席。孤灯昏暗，恩情绵绵细肠断。卷起窗帘望明白，独自空长叹。美人娇艳如花，却远隔在云端。上有苍莽青天，下有碧波清水。天长地久，梦里魂魄苦寻求，怨只怨，梦魂难以度关山。悠悠相思久远长，伤我心肝痛断肠。

【赏析】

此诗李白沿用了乐府旧题的格式，写出一位女子对久戍不归的丈夫思念之情。

纺织娘在井栏边鸣叫，秋已深了，微霜凄凄，竹席生寒，这位女子对着孤灯不能成眠，望着月亮徒然长叹。她所思念的人在天长路远的地方，要见上一面多么困难！见面既难，只好梦中相见。无奈关山阻隔，月亮高高在天上，尚可望见，所思念的人则望而不见，连梦中也难相逢！此诗“梦魂不到关山难”一句构思新颖。

其　二

日色欲尽花含烟，月明如素愁不眠[①]。
赵瑟初停凤凰柱[②]，蜀琴欲奏鸳鸯弦[③]。
此曲有意无人传，愿随春风寄燕然[④]。
忆君迢迢隔青天，昔日横波目[⑤]，今作流泪泉。
不信妾肠断，归来看取明镜前。

【注释】

①素：指白色的绢。 ②赵瑟：瑟，弦乐器。相传古代赵国人善弹瑟。凤凰柱：雕饰有凤凰的瑟柱。 ③蜀琴：古人诗中常以蜀琴喻佳琴。鸳鸯弦：与凤凰柱对仗，一喻雌雄。 ④燕然：山名。今内蒙古杭爱山。 ⑤横波：眼波流盼。

【译文】

暮色里，轻烟袅袅绕花树，明月皎皎白如绢，我愁情满怀难成眠。才停下凤凰瑟，又拨响鸳鸯弦。乐曲缠绵情意深，可恨无人替我传。但愿乐曲随春风，为我带到燕然山。思念你啊，远在天边的郎君。从前如秋水的眼波，今已变成流淌的泪泉，若不信我柔肠断，归来请到明镜前，看看我憔悴的容颜。

【赏析】

此诗是写一位思妇的。

太阳快要下山了，黄昏时花色朦胧如含烟雾；到了晚上，月色如绢，思妇仍然难以成眠。她想弹琴奏瑟，因为琴瑟和谐本来是夫妻和美的代名词，但如今丈夫远在天边，怎能将此思念之情托春风传送给边境上的丈夫呢？她思念丈夫，但见不着丈夫，两人之隔犹如天壤。原来顾盼生辉的双目如今变成流不尽的泪泉了。要是戍边的丈夫不相信她为思念他愁肠欲断，那么，他回来后可以对着明镜看看她已憔悴成什么样子了！

此诗体味思妇之心准确细腻，思妇对出征丈夫的想念，被刻画得不胜哀怨。

行　路　难

——李　白

金樽清酒斗十千，玉盘珍羞直万钱。
停杯投箸不能食[①]，拔剑四顾心茫然。
欲渡黄河冰塞川，将登太行雪满山。
闲来垂钓碧溪上，忽复乘舟梦日边[②]。

行路难！行路难！多歧路，今安在？

长风破浪会有时，直挂云帆济沧海[③]。

【注释】

①箸（zhù）：筷子。 ②“闲来”二句：是说自己目前虽然隐退，但仍望有一天能回到朝庭。相传吕尚未遇周文王时，曾在磻溪（今陕西宝鸡市东南）垂钓。伊尹受聘商汤前，曾梦见乘舟路过日月边。合有用此两句典故，比喻人生无常。③“长风”二句：是说总有一天自己能有机会乘风破浪去实现理想。

【译文】

金杯盛着昂贵的美酒，玉盘装满价值万钱的佳肴。我停杯扔筷不想饮，拔出宝剑四下望，心里一片茫然。想渡黄河，冰冻封河川，想登太行，积雪堆满山。当年吕尚闲居，曾在溪边垂钓。伊尹受聘前，梦里乘舟路过太阳边。行路难啊，行路难！岔路何其多，我的路，今日在何处？总会有一天，我要乘长风，破巨浪，高挂云帆渡沧海，酬壮志。

【赏析】

《行路难》本乐府旧题。南朝宋诗人鲍照曾沿用此题写出一组抒发个人怀抱不得舒展因而“对案不能食，拔剑击柱长叹息”的感慨。李白此诗，明显地受到鲍诗的影响，又形成了自己的风格。

面对着价格昂贵的美酒和珍稀的菜肴，李白“停杯投箸不能食，拔剑四顾心茫然”，为什么？世上之路崎岖不平，自己抑郁感慨。当年吕尚未遇文王时，曾在渭水的磻溪垂钓；伊尹受汤聘前，曾梦见乘船经过日月旁边。最后他们都得到大展宏图的机会。如今李白一向所抱的“辅弼天下”的愿望，一直无法实现，因此，他要悲叹：“行路难！行路难！多歧路，今安在？”但与鲍照的一味悲愤不同，李白相信自己必然会有远大的前程，能像宗悫那样“乘长风破万里浪”，总有一天会施展自己的政治抱负。

诗的忧愤倏忽而来，倏忽而去，诗语的转折因此变幻莫测。较之鲍照之作，有更强的感染力。

将 进 酒

——李 白

君不见黄河之水天上来，奔流到海不复回。
君不见高堂明镜悲白发，朝如青丝暮成雪。
人生得意须尽欢，莫使金樽空对月。
天生我材必有用，千金散尽还复来。
烹羊宰牛且为乐，会须一饮三百杯。
岑夫子，丹丘生①，将进酒，杯莫停。
与君歌一曲，请君为我倾耳听。
钟鼓馔玉不足贵②，但愿长醉不复醒。
古来圣贤皆寂寞，惟有饮者留其名。
陈王昔时宴平乐③，斗酒十千恣欢谑④。
主人何为言少钱，径须沽取对君酌⑤。
五花马⑥，千金裘，呼儿将出换美酒，与尔同销万古愁⑦。

【注释】

①岑夫子，丹丘生：李白友人岑徵君、元丹丘。岑、元曾邀李白相聚，李白有《酬岑勋见寻就元丹丘对酒相待，以诗见招》诗纪实。 ②钟鼓馔（zhuàn）玉：钟鼓，富贵人家宴会中奏乐使用的乐器。馔玉，形容食物如玉一样精美。 ③陈王：指陈思王曹植。平乐：观名。在洛阳西门外，为汉代富豪显贵的娱乐场所。 ④恣：纵情。谑（xuè）：戏。 ⑤径须：只管。沽：买。 ⑥五花马：指名贵的马。一说毛色作五花纹，一说颈上长毛修剪成五瓣。 ⑦销：同“消”。

【译文】

你可看见，滔滔黄河水从天上流下来，奔腾向大海，一去不复回。你可看见，高堂明镜中，自己的苍苍白发，早上还黑如丝线，晚上已变得雪白，叫人怎能不悲切。人生得意时，尽情享欢乐，莫把酒杯空，枉然对明月。天让我成材，必定会有用，莫叹惜，千金用尽还会再来。煮羊宰牛，快快活活，一气喝它三百杯，不嫌多。岑夫子、丹丘生，快喝酒，莫停杯。我为各位唱一曲，你们侧耳仔细听。钟乐美食，这样的富贵不稀罕，但愿长醉酒不醒。圣者仁人，自古寂然悄无声，只有善饮者留美名。当年陈王平乐设酒宴，一斗美酒值万钱，他们开怀饮，纵情又尽兴。主人怎么说钱少，尽管打酒来，与你们对饮。管它是名贵的五花马，还是千金狐皮裘，统统拿出来换美酒，与你们同饮，消解万世愁。

【赏析】

此诗大约作于李白“赐金还山”后。李白当时胸中积郁很深，自己的政治抱负既不能伸展，岁月又很容易流逝，因此，此诗发出这样一种叹息：“黄河之水天上来，奔流到海不复回”；人生亦如之，岁月匆匆易过，悲愁能令人迅速衰老。既然人生在世不得意，那么就不如酩酊一醉，忘却烦忧。这是牢骚、悲慨语，但李白不是沉浸在悲愤中不能自拔的人，他立即又发出了“天生我材必有用，千金散尽还复来”这乐观自信的宣言。这是诗歌的第一段。

诗的以下部分，李白劝朋友多饮酒，在酒中寻找快乐、寄托情怀：钟鸣鼎食的富贵不足以羡慕，我们但愿长醉不愿醒！从古至今，只有善饮之人留名于后世，陈思王曹植不就是一个例子吗？不要说没有买酒钱，把五花马、千金裘统统拿出来换了钱打酒来饮吧！我与你们一醉方休，忘却那无边无际的愁吧！

一个“愁”字在诗中时隐时现。这愁，正是李白政治上怀才不遇的愁闷；这愁，可以借酒浇之，但醉时苦短醒时苦长；虽说“天生我材必有用”，但毕竟现在仍需借酩酊一醉来“与尔同销万古愁”啊！

此诗中，李白政治上怀才不遇的愁闷与乐观自信交织在一起，诗句如长江大河，滔滔不绝，倾泻而下，充分体现出李白放纵不羁的性格。

兵 车 行

——杜　甫

车辚辚，马萧萧，行人弓箭各在腰。
耶娘妻子走相送①，尘埃不见咸阳桥②。
牵衣顿足拦道哭，哭声直上干云霄③。
道旁过者问行人，行人但云点行频。
或从十五北防河，便至四十西营田④。
去时里正与裹头⑤，归来头白还戍边。
边庭流血成海水，武皇开边意未已⑥。
君不闻汉家山东二百州⑦，千村万落生荆杞。
纵有健妇把锄犁，禾生陇亩无东西。
况复秦兵耐苦战⑧，被驱不异犬与鸡。
长者虽有问，役夫敢申恨。
且如今年冬，未休关西卒⑨。

县官急索租，租税从何出？

信知生男恶，反是生女好。

生女犹得嫁比邻，生男埋没随百草。

君不见青海头，古来白骨无人收。

新鬼烦冤旧鬼哭，天阴雨湿声啾啾。

【注释】

①耶：同“爷”。 ②咸阳桥：即中渭桥，在今陕西咸阳县西南十里渭水之上。 ③干：冲上。 ④北防河、西营田：均泛指西北边防。为防吐蕃入侵，开元十五年（724年）曾召兵在黄河以西屯驻，地当西北一带。营田：屯田。⑤里正：里长。唐制百户为一里，设里正。 ⑥武皇：汉武帝。此借指唐玄宗。⑦山东：指华山以东。 ⑧秦兵：关中兵，关中为古秦地。 ⑨关西卒：即“秦”兵。函谷关以西称关西。

【译文】

车轮滚滚，战马嘶鸣，出征的青年弓箭挂在腰上。父母妻儿来相送，灰尘弥漫看不见咸阳桥。可怜老老小小阻塞道路，牵衣跺脚泪涟涟，哭声震天冲云霄。路旁行人问征夫，只答征兵太频繁。有人十五岁就到北方去驻防，四十还未回家去，又赴河西去营田。走时还年少，里长替他缠头巾；白了头发才回来，接着又要去戍边。

战士血洒边疆流成海，武皇开疆心愿仍未改。你难道没听说，华山东边二百州，千村万寨野草丛生田荒芜。纵有健壮妇人来耕种，田里庄稼东倒西歪不成行。即使关中兵能吃苦耐鏖战，被人驱遣与鸡狗无两样。老人家，你虽向我问，征夫哪敢诉苦吐怨恨。就说今年冬天事，征调关西兵不停止。县官急催租，租税从哪里出？都相信生儿不是好事情，不如生女有福气。生女还能嫁近邻，生儿战死埋在荒郊野草里。你可曾听见，青海湖边古来尸骨无人捡。过去和刚刚含冤而死的人在阴天冷雨中哭声一片。

【赏析】

这是一首反对唐朝黩武战争的诗。

唐朝战争十分频繁，抽丁拉夫、生离死别的情形是极为普遍的现象。杜甫此诗，选择了一个征夫即将告别家人的场面来展开。

车声辚辚，马鸣萧萧，形容人即将要远行，父母别子，妻子别夫，“牵衣顿足拦道哭，哭声直上干云霄”。这一幕是多么凄惨啊！因为，今日一别，不知何日才能相见，不知能不能再相见了啊！有的人十五岁被抽丁到黄河以北防守，四十岁时还在前线屯田。去时是一个少年，回来时连头发都白了。边境上战争频繁，士兵血流成河，多少年轻的生命就这样不在了，但皇帝用武力拓展疆土之心仍然不死，不知道又要葬送多少生命！壮年男丁尽赴前线打仗，后方的土地无人耕种，即使有体健的妇女勉力操持，庄稼仍然长得杂乱不堪、行列不整，饶是这样，还要交税租。这税租从哪里出呢？这些农民又有什么办法逃避抽丁和税租呢？“信知生男恶，反是生女好；生女犹得嫁比邻，生男埋没随百草”，是这些征夫的父母无可奈何、含着血泪的喟叹。“君不见青海头，古来白骨无人收。新鬼烦冤旧鬼哭，天阴雨湿声啾啾。”则是诗人对朝廷穷兵黩武的愤怒控诉！

丽人行

——杜　甫

三月三日天气新[①]，长安水边多丽人。
态浓意远淑且真，肌理细腻骨肉匀。
绣罗衣裳照暮春，蹙金孔雀银麒麟[②]。
头上何所有？翠微盍叶垂鬓唇[③]。
背后何所见？珠压腰衱稳称身[④]。
就中云幕椒房亲[⑤]，赐名大国虢与秦[⑥]。
紫驼之峰出翠釜[⑦]，水精之盘行素鳞[⑧]。
犀箸厌饫久未下[⑨]，鸾刀缕切空纷纶。
黄门飞鞚不动尘[⑩]，御厨络绎送八珍[⑪]。
箫鼓哀吟感鬼神，宾从杂遝实要津[⑫]。
后来鞍马何逡巡[⑬]，当轩马下入锦茵[⑭]。
杨花雪落覆白苹，青鸟飞去衔红巾[⑮]。
炙手可热势绝伦，慎莫近前丞相嗔[⑯]！

【注释】

①三月三日：农历三月三日，为上巳节。古有在水边踏青之俗。　②“蹙（cù）金”句：是说用金、银线在衣裳上绣孔雀和麒麟。蹙，用紧线刺绣使织物起绉。　③翠微盍叶：镶以翡翠的头花。唇：边。　④“珠压”句：齐腰的后襟上缀着珍珠，压垂下来，使衣服合体，腰身匀称。衱（jié）：衣后襟。　⑤云幕椒房亲：指外戚。云幕椒房为后妃居处。　⑥赐名：赐以封号。虢（guó）与秦：唐玄宗封杨贵妃的大姐为韩国夫人、三姐为虢国夫人、八姐为秦国夫人。　⑦紫驼：单峰骆驼，出自西域。驼峰肉为当时极名贵的食物。翠釜：华美的炊具。釜：锅。　⑧水精：即水晶。素鳞：白色的鱼。　⑨犀箸：用犀牛角制成的筷子，实指象牙筷。厌饫（yù）：吃腻了。饫，饱。　⑩黄门：即宦官。飞鞚（kòng）：飞驰的马。鞚：马笼头，此处指马。　⑪八珍：此泛指各种山珍海味。　⑫杂遝

(tá)：众多。 ⑬后来鞍马：最后骑马来的人，指杨国忠。逡（qūn）巡：徘徊。此处形容神态舒缓，大模大样。 ⑭锦茵：彩色锦绣的地毯。 ⑮青鸟：代指男女间的信使。红巾：妇女之饰，常用作定情物。 ⑯绝伦：无以伦比。丞相：指杨国忠。嗔：生气。

【译文】

三月三，春光明媚天气晴，曲江水畔丽人多，结伴去踏青。瞧她们，姿态美艳意高雅，端庄又娴静。肌肤白皙且细腻，身材亭亭玉立。绫罗绣衣上，金线孔雀银麒麟，暮春烟景中，光彩熠熠更鲜亮。头上何饰物？翡翠头花垂鬓脚。背后什么样？镶珠后襟正合体。丽人中，后妃的亲眷最显耀，虢国秦国两夫人，天子赐封号。翠玉锅煮紫色驼峰肉，水晶盘盛雪白鲜美鱼。纤纤手举象牙筷，久久不动盘中菜。山珍海味早厌腻，御厨细切精制枉空忙。太监骑飞马，轻车熟路稳又快，不把灰尘扬。皇家厨房制八珍。络绎不绝送进来。箫声和鼓乐，缠绵又美妙，令鬼伤感神动摇。宾客随从车马多，要道阻塞路不通。最后骑马来者，大模大样，趾高气扬。直到堂前才下马，脚踏锦毯入厅堂。杨花纷纷如飞雪，落入水中盖浮萍。青鸟衔红巾，匆匆来去忙，暗替情人传消息。他权大势又威，气焰灼人无人能相比。切莫走近大丞相，当心惹他发脾气。

【赏析】

天宝年间，玄宗宠爱杨贵妃，杨氏一家骤然显赫，杨贵妃之兄杨国忠于天宝十一年（752）十一月为右丞相。

诗的第一部分（从“三月三日”至“珠压腰衱稳称身”）泛写游春仕女的体态之美和服饰之盛。诗的第二部分（从“就中云幕”至“宾从杂遝实要津”）引出主角杨氏姐妹，描写她们宴饮的豪华及所得玄宗的宠幸。诗的第三部分写杨国忠的骄横。

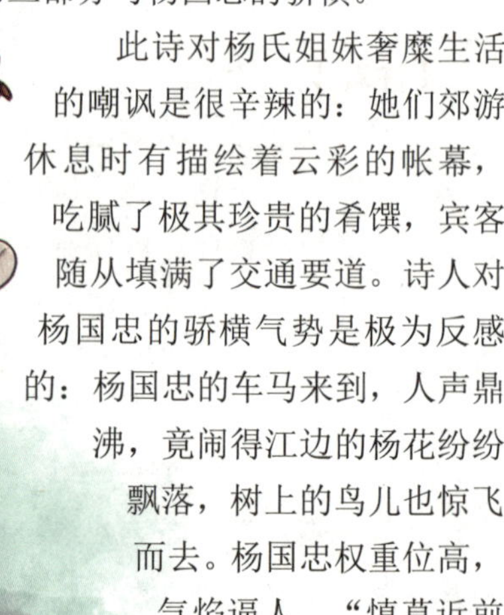

此诗对杨氏姐妹奢靡生活的嘲讽是很辛辣的：她们郊游休息时有描绘着云彩的帐幕，吃腻了极其珍贵的肴馔，宾客随从填满了交通要道。诗人对杨国忠的骄横气势是极为反感的：杨国忠的车马来到，人声鼎沸，竟闹得江边的杨花纷纷飘落，树上的鸟儿也惊飞而去。杨国忠权重位高，气焰逼人，“慎莫近前丞相嗔”，可见他平时是何等骄横！诗人对家国的忧虑清晰可见：既然皇帝宠爱、重用这些人，国家还能有希望吗？

哀江头

——杜　甫

少陵野老吞声哭[①]，春日潜行曲江曲[②]。
江头宫殿锁千门，细柳新蒲为谁绿？
忆昔霓旌下南苑[③]，苑中万物生颜色。
昭阳殿里第一人[④]，同辇随君侍君侧。
辇前才人带弓箭[⑤]，白马嚼啮黄金勒[⑥]。
翻身向天仰射云，一笑正坠双飞翼。
明眸皓齿今何在？血污游魂归不得[⑦]。
清渭东流剑阁深，去住彼此无消息[⑧]。
人生有情泪沾臆[⑨]，江水江花岂终极！
黄昏胡骑尘满城，欲往城南望城北[⑩]。

【注释】

①少陵野老：杜甫自称。杜甫曾在少陵北、杜陵西住过，故自称少陵野老。②曲江：苑名，即曲江池，在当时长安东南风景区。附近有慈恩寺、芙蓉苑、乐游园等。　③霓旌：皇帝仪仗中缀有五色羽毛的旌旗。南苑：即芙蓉苑，在曲江东南，故名。　④第一人：最得宠的人，此暗指杨贵妃。　⑤才人：宫中女官名。　⑥嚼啮（jué niè）：咬，衔。勒，马衔的嚼口。　⑦“明眸”两句：指杨贵妃已死于马嵬坡。明眸皓齿：明亮美丽的眼睛，洁白晶莹的牙齿，指杨贵妃。⑧“清渭”两句：马嵬南临渭水，是杨贵妃的死处，剑阁在蜀地，是唐玄宗入蜀经过的地方。借喻二人一生一死，不能再通消息。　⑨臆：即胸。　⑩“欲往”句：意为心里迷茫恍忽，认错方向。望：此为往、向的意思。

【译文】

春日里，独自悄悄到曲江湾，少陵野老我无声哭，泣涕泪涟涟。江头的宫殿万户千门紧闭锁。细柳条，嫩蒲草，为谁换绿装？想当年，天子驾临芙蓉苑。五色旌旗迎风展，苑中万物添光彩。昭阳殿受宠的第一人，与君同车，陪侍不离身。车前女官佩弓箭，白马衔着金马勒。女官翻身，向云天射一箭，双飞鸟落地，妃子笑开颜。明眸皓齿的杨贵妃，如今在哪里？血污的游魂不能回人间。清清的渭水向东流，幽深的剑阁在西头，阴阳两界，互不通消息。叹人生，动情泪沾衣。江水日日流，江花岁岁开，生生不已，哪会有终极？

日暮黄昏时，胡骑进城乱纷纷，马嘶人闹，尘土飞扬。我心思恍忽，要往城南，却走到城北方。

【赏析】

曲江是长安的游览胜地。安史之乱以前，玄宗、杨贵妃每年来此巡游，热闹至极；安史乱时，江头宫殿深锁，一片荒凉。杜甫睹此，不禁感慨万千。“吞声哭”一语，沉痛至极——杜老悲家国破败，想痛哭又不敢让人见到；游曲江而曰“潜行”（时安禄山军队尚满长安，杜甫只能偷偷前往），又见杜甫不忍再睹曲江今日之荒凉；不忍去而去了，是因为杜甫对国破家亡有太多的伤痛。回想当年，玄宗与杨妃从芙蓉苑中亲临曲江，何等辉煌热闹；但如今，宫殿深锁，细柳新蒲不知为谁而绿！

杜甫对杨贵妃缢死马嵬坡，对玄宗与杨贵妃生死相隔、两无消息一事，是持复杂态度的——有同情也有谴责。杜甫感到痛心的是一个本来强盛的国家现在变得满目疮痍了。

唐代皇宫在城北，黄昏时杜甫深情凝望，对故国的眷念之情真不知如何才能形容。

哀王孙

——杜 甫

长安城头头白乌[①]，夜飞延秋门上呼。
又向人家啄大屋，屋底达官走避胡。
金鞭断折九马死[②]，骨肉不得同驰驱。
腰下宝玦青珊瑚[③]，可怜王孙泣路隅。
问之不肯道姓名，但道困苦乞为奴。
已经百日窜荆棘，身上无有完肌肤。
高帝子孙尽隆准[④]，龙种自与常人殊。
豺狼在邑龙在野[⑤]，王孙善保千金躯。
不敢长语临交衢[⑥]，且为王孙立斯须[⑦]。
昨夜东风吹血腥，东来橐驼满旧都[⑧]。
朔方健儿好身手，昔何勇锐今何愚[⑨]。
窃闻天子已传位，圣德北服南单于[⑩]。
花门剺面请雪耻[⑪]，慎勿出口他人狙[⑫]。
哀哉王孙慎勿疏，五陵佳气无时无。

【注释】

①头白乌：白头乌鸦，旧时以乌鸦为不祥之物。 ②九马：九匹骏马，指皇帝御用之马。 ③玦：环形的玉佩。宝玦、珊瑚均为贵族的饰物。 ④隆准：高鼻。⑤“豺狼”句：指安史叛军盘踞在长安，唐皇反而流亡外地。 ⑥交衢：交通大道。⑦斯须：一会儿。 ⑧橐（tuó）驼：骆驼。 ⑨“朔方”两句：指哥舒翰守潼关的河陇、朔方军二十万，为安禄山大败事。昔日朔方兵御吐蕃号称精兵，今竟败于叛军，故说“昔何勇锐今何愚”。 ⑩“圣德”句；光武帝时，南匈奴王遣使称臣。这里指肃宗即位后，回纥曾遣使结好，愿助唐平乱。 ⑪花门剺面：花门指回纥。剺（lí）面：古匈奴俗以割面流血表示忠诚哀痛。一说回纥人宣誓的仪式。⑫狙（jū）：等候机会来攻击。

【译文】

长安城头落下白头鸦，夜飞延秋门，哀号叫呱呱。忽又飞向高楼顶，楼里达官已走空，纷纷往外逃，躲避胡叛军。折断多少金鞭，累死多少骏马，为了逃命赶路程，骨肉等不及同逃命。腰系玉玦青珊瑚，可怜王孙在路旁哭。问他是何人？不肯讲真姓名，只说家境贫困，愿替人当奴。荆棘丛中藏匿，逃窜百余日，身上披挂破，没有一块好肌肤。高帝子孙，个个高鼻梁，龙种尊贵，自然与常人不一样。豺狼高居在都城，蛟龙反而在野岭中，请王孙宝重贵体，来日方长，不敢在大路上，长久大声叙谈。与你一同站片刻，讲讲悄悄话，昨夜起东风，吹来血腥气，东来的骆驼堵塞旧都城。北方健儿武艺高，为何从前勇猛，今天这般痴愚。听说天子已传位，圣德降服南单于。回纥人割面把誓宣，请求报仇以雪耻。小心莫对他人言，恐漏消息遭敌袭。可怜的王孙你莫疏忽，五陵无论何时都有佳气出。

【赏析】

天宝十五年（756），潼关失守，玄宗同少数亲贵出延秋门西去，长安大乱。安禄山部将孙孝哲占领长安后，大肆搜捕百官，杀戮宗室。王孙们隐匿逃窜，十分狼狈凄惨。杜甫这首《哀王孙》，就是咏此事的。全诗可分三段：首段四句，中、末段各十二句。

首段写祸乱的征兆。首句以不祥之物“头白乌”与大唐京都“长安城头”连在一起，表示长安已为不祥之城。“夜飞”而呼，声势紧迫可见。“延秋门”暗点明皇从此出奔。达官的“大屋”如今已任鸟啄于其上，国都已沦于

敌手。中段着重写王孙被弃后狼狈之状。“骨肉不得同驰驱”一语，既隐含明皇失德致乱，子孙不保，又隐含统治者很残忍，弃骨肉如草芥之意。“王孙善保千金躯”一语，也有深意：生长帝王之家，无人保护，竟落到如此地步，只好善自保重了。这一句又引出第三段。

豺狼正满长安，诗人不敢在长街上与王孙多谈，“立斯须”也是冒了极大的危险的。诗人又以亲见的敌情密语告诉王孙，一是实写禄山之军的贪婪残暴，二是政治预测。安禄山败亡之日，指日可待。“哀哉”二句，遥应开头的“乌呼”。诗以祸乱征兆起，以中兴气象结，伤乱思治之情，跌宕起伏，其情真，其意切，令人感动。

五言律诗

【李隆基】（685—762），即唐玄宗，谥曰“明”，所以，世称唐明皇。祖籍陇西成纪（今甘肃秦安县）。睿宗第三子，始封楚王、后改封临淄郡王。后因诛韦后有功，册立为皇太子。先天元年（712）继位，在位四十五年。前期励精图治，先后用姚崇、宋璟、张九龄等为相，国运昌盛，形成历史上有名的开元盛世。后期昏庸腐化，奸相李林甫、杨国忠等先后执政，各种矛盾进一步激化，终于导致了安史之乱，被迫让位于太子李亨，被尊为毫无实权的太上皇。后因受肃宗监视，悒郁而终。玄宗多才艺，知音善书，工诗能文。

经鲁祭孔子而叹之

——李隆基

夫子何为者①，栖栖一代中②。
地犹鄹氏居③，宅即鲁王宫④。
叹凤嗟身否⑤，伤麟怨道穷⑥。
今看两楹奠，当与梦时同⑦。

【注释】

①夫子：此处指孔子。 ②栖栖：忙碌不安，指孔子周游列国传道讲学。③鄹（zōu）：春秋时鲁地，在今山东曲阜县东南。孔子父叔梁纥曾为鄹邑大夫，孔子在此出生。鄹氏邑：鄹人城邑。 ④“宅即”句：相传汉鲁恭王刘余（景帝子）曾坏孔子旧宅，以扩其宫室。 ⑤否（pǐ）：不通达，命运不好。 ⑥“伤麟”句：相传鲁哀公十四年西狩获麟，孔子叹曰：吾道穷矣。旧时也以麒麟为祥物。⑦“今看”两句：殷制人死后，灵柩停放两楹之间。两楹奠，喻祭祀的庄严隆重。孔子梦中坐奠于两楹之间。楹：堂前直柱。

【译文】

尊敬的孔夫子，你穷竟要做什么？一生奔走，劳碌不停息。你的住宅，曾被毁坏，改建为鲁王宫。凤鸟不至，你叹息命运不好。麒麟被伤，你哀怨道难实现。且看今日，你端坐堂前两楹间，被人祭奠。想必是你生前梦寐，正同此境。

【赏析】

孔子的一生，除聚徒讲学之外，为了实现他理想中“郁郁乎文哉”的西周社会，碌碌奔波于诸国之间，但最终未能实现他的理想。曾叹息说：“凤鸟不至，河不出图，吾已矣夫！”又曾见鲁国人猎获一只麒麟（孔子认为麒麟只有在乱世中才出现）而流泪叹息道：“麟也，麟出而死，吾道穷矣！”自此绝笔不著《春秋》。

李隆基贵为天子，到泰山行封禅大礼、顺道曲阜祭孔子之时，正是开元盛世。他当时是一位崇尚经术、摒弃浮华的皇帝，因此，对儒家之祖孔子的一生是深表同情的。此诗的前六句高度概括了孔子的一生，表达了对孔子深挚的悼念。诗句精练，诗语朴实，在帝王之作中是不多见的。

望月怀远

——张九龄

海上生明月，天涯共此时①。
情人怨遥夜，竟夕起相思②。
灭烛怜光满，披衣觉露滋。
不堪盈手赠③，还寝梦佳期④。

【注释】

①“天涯”句：此时与远离的亲人共望一轮明月。 ②竟夕：终夜。 ③不堪：不能。盈手：满手。

【译文】

一轮明月升起在海上，你我天各一方，共赏出海月亮。有情人怨恨夜长，彻夜不眠将你思念。灭烛灯，月光满屋令人怜爱。披衣起，露水沾湿衣衫。不能手捧银光赠给你，不如回到床上梦境中与你欢聚一堂。

【赏析】

这是一首望月思念远方亲人的诗。

一轮明月在海上冉冉升起，不久，它的清辉就洒遍了大地。诗人心里想：这时，远在天涯的亲人也许与我一样，正在仰头望月吧。虽然同沐清辉，却难以相见，诗人怀念着远方亲人，难以入睡，整夜都在思念。他熄灭灯烛，爱怜地看着这一地清辉；披衣出外，感到露水沾湿衣襟。户内户外，一进一出，见出诗人对远方之人的几多思念！这月光虽然可爱，却不能抓一把赠送给远方之人，诗人只好踱进户内，期望在卧室里寻一个美好的梦，在梦中与远方之人相见！

清风朗月之夜，最易牵动乡思，牵动对远方之人的思念。诗歌从“天涯共此时”的明月到“不堪盈手赠”的月光，以明月和月光作媒介，曲曲折折地道出了对远人的思念。

【王　勃】(650—676)，字子安，绛州龙门(今山西河津县)人。出身望族，隋末大儒王通之孙。少聪慧，世人目为神童。麟德三年(666)应制科，对策高第，拜朝散郎。后为沛王府修撰，因戏作《檄英王鸡文》，被斥出府。遂入四川漫游，闻虢州多药草，求为参军。又因匿杀官奴犯死罪，遇赦革职。上元二年(675)秋，赴交趾省，次年秋，溺海水，惊悸而卒。王勃对初唐沿袭六朝浮艳的诗风深感不满，有志于诗歌革新，与同时代人杨炯、卢照邻、骆宾王合称“初唐四杰”，共同为扭转绮靡诗风，扩大诗歌题材，使诗歌沿着健康的道路发展做出了不可磨灭的贡献。王勃诗多抒发个人情志，也有一些抨击时弊之作，工于五律、五绝，风格清新自然，初步实现了其诗歌革新的主张。

送杜少府之任蜀州①

——王　勃

城阙辅三秦②，风烟望五津③。

与君离别意，同是宦游人。

海内存知己④，天涯若比邻。

无为在歧路⑤，儿女共沾巾。

【注释】

①少府：唐时县尉。蜀州：蜀地。 ②城阙：都城长安。辅三秦，以三秦为畿辅。辅：护持。三秦：这里泛指长安附近的关中之地。项羽入长安，将此地分为雍、塞、翟三国，封秦将章邯等三人为王，号称三秦。 ③五津：岷江的五个渡口。蜀中从灌县至犍为一段。 ④海内：四海之内，即国境内。 ⑤歧路：岔路，指分手之处。

【译文】

三秦环绕长安城。风烟迷茫中，我眺望，你将远去的五个渡口。我俩同是离乡宦游人，别时更觉志同道合情意深。倘若是四海之内有知己，哪怕远在天边，心心相印，犹如在近邻。莫学小儿女，离别之时泪沾巾。

【赏析】

这是一首著名的送别诗。

王勃当时供职长安，他的杜姓朋友从长安外放到蜀州做县尉。诗的前两句，写诗人送别朋友的地点和朋友要去上任的地方。然后说，我游长安，君行入蜀，同是为了作官而奔走，彼此都是既去乡又别友，离别之情与朋友是一样的，这样就曲折地劝慰了为离别而伤感的朋友。“海内”一联，更进一步：四海之内还有知心的朋友存在，彼此虽然天各一方，也好像近在咫尺了。这是另一种劝慰方式，但这种方式显然比上一联中的“与君别离意，同是宦游人”更具说服力。这样，就自然而然地引出了诗的末联。

朋友离别是一件很伤心的事——

古时交通不便，长安与蜀郡相去千里，一别容易，相见则难。临别时儿女沾巾，是人之常情。但是王勃不，虽然王勃也依依难别友人，但“海内存知己，天涯若比邻”，荡去离愁，凸显出一种豪迈的情志，体现出一种昂扬的情调，敞开了诗人开阔的胸襟，从而使这首诗与一般的离别之作迥然有别。

【骆宾王】（约638—684），婺州义乌（今浙江义乌县）人。出身寒门，7岁能诗。初为道王府属，后历任奉礼郎、武功主簿、长安主簿。任侍御史时，因上疏言事下狱，遇赦获释。翌年任临海（今属浙江）县丞，复辞官而去。徐敬业起兵讨武则天，骆宾王为之草讨武檄文，快畅淋漓，传遍天下。敬业兵败，不知所终。其诗题材较为广泛，因才高位卑，愤激之情，时见纸上。诗工诸体，尤擅七言歌行，风格遒放，笔力雄健，为初唐四杰之一。

在狱咏蝉

——骆宾王

西陆蝉声唱[①]，南冠客思深[②]。
不堪玄鬓影[③]，来对白头吟。
露重飞难进，风多响易沉。
无人信高洁[④]，谁为表予心！

【注释】

①西陆：指秋天。《隋书·天文志》：“日循黄道东行……行西陆谓之秋。”②南冠：春秋时楚名冠，这里指囚徒。用《左传·成公九年》楚钟仪戴着南冠被囚于晋国之典。 ③玄鬓：指蝉的黑色翅膀，这里代指蝉。 ④高洁：指蝉，实是自喻。

【译文】

秋天里，寒蝉声声悲鸣。被囚之人思乡愁情深。哪能忍受蝉对我白发人哀吟。霜露重，蝉难举翅高飞。大风起，蝉鸣声易被掩没。无人相信蝉高洁，谁能为我表忠心。

【赏析】

唐高宗仪凤三年（678），骆宾王因上书议论政事，忤逆皇后武则天，被诬以赃罪，下狱，在狱中写了这首诗。

秋天的知了在树林间无休无止地鸣叫着，好像有多少冤屈要倾诉。而诗人正如当年南冠的钟仪，被关在牢狱之中。诗人忧心深重，愤懑难解，加上这秋蝉对着他悲鸣，使他不能忍受。为什么？秋季露重风多，寒蝉已不能远飞，其鸣叫声也比夏日虚弱许多。

骆宾王以蝉自喻——他在狱无翼难飞，有口难言，有冤难申。没有人相信蝉“饮露而不食”是高洁的象征，也没有人知道诗人的清白无辜。

这首诗，名为咏蝉，实则是自表心迹。但设喻恰当，句句咏蝉，也句句自表，二者了无穿凿之痕。

【杜审言】（约645—约708）字必简。祖籍襄阳（今湖北襄阳县），父迁居洛州巩县（今河南巩县）。咸亨元年（670）进士，授隰城尉，累转洛阳丞。圣历元年（698），左迁吉州司户参军。因与同僚不睦，被陷下狱。其子杜并，年方十六，刺杀仇家，杜并当时亦被杀。杜审言因此被武后召见，授著作佐郎，迁膳部员外郎，与张易之兄弟来往甚密。中宗复辟，被流放峰州，不久召还为国子监主簿，加修文馆直学士，其诗多为写景、唱和应制之作，工于五律，对近体诗之形成与发展颇有贡献。

和晋陵陆丞早春游望①

——杜审言

独有宦游人，偏惊物候新②。
云霞出海曙，梅柳渡江春。
淑气催黄鸟③，晴光转绿苹。
忽闻歌古调，归思欲沾巾。

【注释】

①和：指从诗相酬答。晋陵：地名，今江苏常州市。陆丞：陆元方，曾任晋陵县丞。 ②物候：景物随季节变化的征象。 ③淑气：温和的气候。

【译文】

只有那飘泊的宦游人，才会被时令节物触动惊心。黎明时彩霞伴日，海

上出，春光里梅树柳树绿江北。风和日暖，催黄莺啼鸣，阳光明媚，照亮绿草萍。你唱古歌调，引起我归思之心，泪沾巾。

【赏析】

晋陵陆县丞写了一首《早春游望》，杜审言写了这首和诗。

诗里说：只身出外做官的人，对节气的改变特别敏感。天刚亮时，太阳从东海升起，云彩被朝阳照射，绚丽多彩；江南春早，梅、柳枝头已有春意。温暖的气候里，黄莺活跃起来；晴热的阳光下，水上浮萍渐渐转绿。忽然听到陆县丞格调近于古人的诗作，顿使我思乡而泪流满面，沾湿衣襟。

诗人用极为精练的笔墨，勾画出一幅早春图：清晨的绚烂阳光、梅条柳枝的绿意、春气感染下的黄莺、阳光照射下的浮萍，这些意象，组成了热闹中有安静的初春意境。

【沈佺期】（656—714），字云卿，相州内黄（今河南内黄县）人。上元二年（675）中进士。武后时，历官通事舍人、给事中、考功员外郎等。中宗复位，因贪污与谄附张易之，流驩州。遇赦得还，后以起居郎兼修文馆直学士，迁中书舍人，官终太子少詹事，世称沈詹事。沈佺期与宋之问同为当时著名的宫廷诗人，所作多为歌舞升平的应制诗，风格绮靡，不脱梁、陈宫体诗风。然沈、宋两人总结了六朝以来新体诗创作的经验，对律诗的成熟与定型贡献颇大。

杂　诗

——沈佺期

闻道黄龙戍[1]，频年不解兵。

可怜闺里月，长在汉家营。

少妇今春意，良人昨夜情。

谁能将旗鼓[2]，一为取龙城[3]。

【注释】

①黄龙戍：黄龙，地名，在今辽宁朝阳县，又名龙城。戍：驻边的防地。②将：持。　③龙城：匈奴祭天之处。这里泛指入侵者聚集地。

【译文】

听说黄龙城，战事频频无尽期。昔日家中共赏月，可怜今日隔千里，月亮久照汉家营。少妇我今怀相思意，恰如郎君别时情。谁能率兵挥大旗，一举克敌取龙城，征夫思妇永远不分离。

【赏析】

沈佳期的《杂诗》共三首，都是写闺中少妇和塞上征人相忆的。本篇原列第三首。

此诗可以归结为两点：闺中少妇与征人互相思念、厌恶无休止的战争并希望战争早日结束的心情。

诗的头二句就写出了少妇的怨情：远在东北的黄龙戍，一直没有撤兵。不撤兵就意味着少妇和征人一直要这样千里相隔、分离下去。那么，少妇的怨情、征人渴盼回家之情也就不言自明了。

诗的二、三两联写征夫与闺中少妇的相互思念之情：闺中少妇和营中征夫同在一轮明月的照耀下——这个昔日两人曾在闺中共同玩赏的月，如今不断地在营中照着他，好像怀着深情。面对此月，闺中少妇和营中良人两厢思念——“今春意”，其实是年年的意，“昨夜情”，其实是夜夜的愿望——这就是尾联中所写的希望有人能指挥军队，一举破敌，结束战争，结束两地之间的苦苦相思。

此诗的题材说不上新颖，但写法是很别致的，尤其是中间两联。

【宋之问】（656—712），字延清，一名少连，汾州西河（今山西汾阳县）人。上元二年（675）中进士。与杨炯并以学士分直习艺馆，后历官洛州参军、尚方监丞、左奉宸内供奉。神龙元年（705）因谄事张易之，被贬泷州参军，次年逃回匿张仲之家，后又令侄告发张仲之欲谋杀武三思事，擢鸿胪主簿。景龙年间，以户部员外郎兼修文馆直学士，再转考功员外郎。后因受贿贬越州长史。睿宗立，流于钦州，玄宗时赐死。诗与沈佺期齐名，所作多粉饰太平、颂扬功德之应制诗，靡丽精巧，尤善五律，对初唐律体之定型颇有贡献。

题大庾岭北驿①

——宋之问

阳月南飞雁②，传闻至此回。

我行殊未已，何日复归来。

江静潮初落，林昏瘴不开③。

明朝望乡处，应见陇头梅④。

【注释】

①大庾岭：山名，在今江西大庾县。驿：供邮传和官员旅宿的处所。 ②阳月：阴历十月。 ③瘴：指南方湿热天气山林间致病之气。 ④陇头梅：大庾岭山上的梅花。

【译文】

十月鸿雁往南飞，飞到此地即转回。我却行程无尽头，何日才能归？大潮退去江月静，瘴气缭绕山林暗。明早登高望故乡，摘枝梅花送亲人。

【赏析】

这首诗是作者被流放岭南时途中所作。

传说鸿雁南飞到大庾岭折回，但作者这次被流放，还要继续南行，北归无日，不能像南飞雁那样到这里就折回。人雁对比，人都不如雁了，可见作者内心凄苦。驿站前方，江水刚上过潮，此时江面很安静；深山密林中凝聚着瘴疠之气，作者此次所贬之地，是比眼前所见更为恶劣的环境，明天要是登高北望家乡，虽是十月也应见到陇头的梅花了。长安的梅花近春才开，此间的梅花十月即发，可见作者对被贬谪到路途遥远的岭南的忧虑。

宋之问被贬以后，有了较多的生活感受，诗歌也因此有了较为充实的内容。此诗无论抒情写景，都有感而发。

【王　湾】生卒年不详。洛阳（今河南洛阳市）人。开元元年（712）中进士，为荥阳（今河南荥阳）主簿。开元五年（716）参与编撰《群书四部录》，书成，调任洛阳尉，其后不详。王湾文名早著，为天下所称。《次北固山下》中名联“海日生残夜，江春入旧年”，被张说激赏，曾将其亲题于政事堂，以为能文之士的楷模。

次北固山下①

——王　湾

客路青山下，行舟绿水前。

潮平两岸阔②，风正一帆悬③。

海日生残夜，江春入旧年。

乡书何处达？归雁洛阳边。

【注释】

①次：停泊。北固山：在今江苏镇江市北，三面临水，倚江而立。　②“潮平”句：意为水涨及岸，与岸齐平，亦见水面宽阔。　③风正：顺风。

【译文】

离乡出游，来到北固山下，乘舟轻驾，顺碧水流。春潮上涨，水与岸齐，更觉江面宽。风平浪已静，孤帆独飘零。残夜还未尽，江上红日早升起。旧岁还未除，春意已到暖融融。写好的家书，我往何处投？北归的鸿雁，替我捎信到洛阳城。

【赏析】

冬末春初，作者舟泊北固山下，写长江两岸风景，并抒发乡思。行客（指作者自己）要走的路还远在青山之外，舟行驶在青山之间、绿水之上。春水初涨，原来很高的两岸变得和水面相平，以至于好像消失不见了；江面上正吹着风，但见

江面上船帆高悬，正飞快地行驶着。残夜未尽，太阳已经从东方海面升起；江南春早，还在旧年已经有春意了。作者家在洛阳，旧年将尽，思乡念切，因生托归雁传书之想。

此诗一开头就着眼于江南的青山绿水；诗的第二联寥寥十个字，写出了江南开阔的风景；第三联新颖，毫无雕琢之痕，其中寄寓着漂泊异乡的游子之情，并自然而然地引出了第四联。

题破山寺后禅院①

——常　建

清晨入古寺，初日照高林。
曲径通幽处，禅房花木深。
山光悦鸟性，潭影空人心②。
万籁此俱寂，惟闻钟磬音。

【注释】

①破山寺：即兴福寺，在今江苏常熟县虞山北。后禅院：即僧人居住的地方。②空人心：指去掉人的俗念。寺中旧有空心亭。

【译文】

清晨，我走进古老的禅寺。朝阳初升，照着高高的山林，小径弯弯曲曲，通向幽静的深处。禅房隐藏在茂密的花木丛中。山色美境，是小鸟喜爱的天地，潭中顾影，能去掉凡俗尘心。万物皆寂静，只听见钟磬声回荡在山林。

【赏析】

这首诗，不仅写出了佛教寺院的幽寂环境，还写出了诗人淡泊情志。清晨即去古寺而不是顺道游览古寺，可见诗人对古寺的幽寂向往已久；古寺在深林之中，清晨初升的太阳照着树梢，但树林茂密，寺院中仍然一派幽静；曲曲折折的小径把人引向更幽静的地方，禅房隐藏在花木丛中。山光使得鸟儿也怡然自得，得之于人心者也可想见；潭影更使人忘却心中一切杂念；这里万籁俱寂，只能听见钟、磬之声——以钟、磬之声作衬，此地的静谧更甚。

可以看出来，诗人写此诗除了要表现寺院附近的山景外，更想表现古寺之静；写古寺之静，为的是想表现自己的心之静。

寄左省杜拾遗[1]

——岑　参

联步趋丹陛，分曹限紫微[2]。
晓随天仗入，暮惹御香归[3]。
白发悲花落，青云羡鸟飞。
圣朝无阙事[4]，自觉谏书稀。

【注释】

①左省：门下省。唐高宗龙朔年间改称门下省为东台，东位居左手，故称“左省”。杜甫曾任左拾遗，属门下省。　②“分曹”句：右补阙属中书省，称右省，也称紫微省。岑参当时任右补阙。曹：官署。连上句，意为两人一起同趋，然后各归东西。　③惹御香：沾染御炉香。　④阙事：阙，通“缺”。补阙和拾遗都是谏官，阙事指讽谏弥补皇帝的缺失。

【译文】

我俩同走上殿前的红石阶，分隔在朝中东西两官署。清早随天子仪仗入朝，傍晚归来衣沾御炉香。花飞花落，哀叹我两鬓生霜。青天白云，羡慕小鸟自由飞翔。圣明的朝廷无过失，我上呈的谏书愈加稀少。

【赏析】

岑参当时任中书省右补阙，杜甫任左拾遗，此诗中写道，上朝时，他们两个小步快走，表示恭敬；但由于自己与杜甫所属官署不同，所以分班站立两边。早晨跟着皇帝上朝时的仪仗进入宫殿，傍晚退朝，衣襟上还有御炉之香缭绕。自己已满头白发，见落花而叹年华老，看到别人青云直上犹如飞鸟，不胜羡慕。作此诗时，岑参只有四十三岁，比杜甫小三岁，但岑参在右省不得意，杜甫在左省也很不得意，因此会生“悲”道“羡”，实际上，是对唐肃宗宠信宦官李辅国、朝廷纲纪不振的一种不满——正直有为之士被压制而不受重用。诗的末联说：如今皇帝圣明，没有什么缺失，所以谏书也就少了。皇帝果真圣明、谏官果真无事可做了吗？言外之意是了然的。

赠孟浩然

——李　白

吾爱孟夫子，风流天下闻。

红颜弃轩冕[①]，白首卧松云。
醉月频中圣[②]，迷花不事君。
高山安可仰，徒此揖清芬[③]。

【注释】

①轩冕：古代大夫以上的官才可乘轩服冕，这里泛指高官。轩：车。冕：冠。②中（zhòng）圣：指酒醉。《三国志·魏志·徐邈传》载，尚书郎徐邈酒醉，校事赵达来问事，邈说：“中圣人。”操听说后甚怒，鲜于辅说：“平日醉客谓酒清者为圣人，浊者为贤人。邈性修慎，偶醉言耳。” ③清芬：意为高洁。

【译文】

我敬爱孟夫子，他风雅潇洒闻名于世。少年时鄙弃高官荣华，老年后隐居林泉松山。望月畅饮酒，常常入醉乡。迷恋花与草，不走仕途不做官。巍巍高山挺立，自叹不可登攀。只有在此跪拜，恭敬赞美你的高洁。

【赏析】

开元二十七年（739），李白游襄阳，访孟浩然，本诗即作于此时。李白对年辈稍长的孟浩然是十分钦慕的。此诗第一联，以“风流”二字评价孟浩然。何谓“风流”？即第二、三联所述：孟夫子年轻时即蔑弃富贵荣华（按，孟浩然四十岁时才游长安），一辈子隐居襄阳，在“岩扉松径长寂寥”的山林间，孟浩然“隐者自怡悦”，其胸襟之散淡，为李白所钦羡；李白好饮喜月，孟浩然也常常赏月饮酒，李白“安能摧眉折腰事权贵，使我不得开心颜”，孟浩然则根本不出来做官，不必侍奉皇帝。这一切，构成了孟浩然高洁的人品，为李白所仰慕，至有“高山仰止”之慨。

诗歌只撷取了几样事物，寥寥几笔，即写出了孟浩然高洁的品格。李白不轻许人，其对孟浩然的钦羡如此！

渡荆门送别

——李　白

渡远荆门外[①]，来从楚国游。
山随平野尽，江入大荒流。
月下飞天镜，云生结海楼[②]。
仍怜故乡水，万里送行舟。

【注释】

①荆门：山名，在今湖北宜都县北，长江南面。战国时楚蜀交界处。 ②海楼：海市蜃楼。海上因空气变化，光线折射，空中变幻出像城楼街景似的景象。

【译文】

我乘舟远渡荆门外，到那古时的楚国游历，高山渐渐隐去，平野舒展开来。江水一片，仿佛流进广阔的莽原。波中月影，宛如天上飞来的明镜。空中彩云，结成绮丽的海市蜃楼。我还是爱故乡的江水，送我小舟行至万里。

【赏析】

此诗是李白二十五岁时离川漫游出夔门后渡荆门之作。

诗的前两句说明诗人将渡荆门游楚地。第二联写渡荆门所见：蜀地多崇山峻岭，一出荆门，东边乃是茫茫平野，山岭渐渐消失了；长江在广阔无际的原野上奔流着，滔滔东去。这两句写眼前所见境域广大，气势恢宏，与年轻的李白胸中所怀的大志正相同。夜里，月亮倒映在江心，好像天上飞下来一面镜子；江上变幻的云彩望去疑若海市蜃楼。如果说第二联之景是宏大的远景的话，则第三联可视为近景，云彩、月色、江水，构成一幅奇幻的画图。末联结于“送别”——从故乡蜀地流出来的长江水，正如故人的深情，送我舟行向东。李白出荆门，见景象气势宏大，他的心胸似乎也较以前更宽广了。“山随平野尽，江入大荒流”，这样壮观的景象、绝人的笔力只有李白诗中可以找到。

送 友 人

——李　白

青山横北郭[①]，白水绕东城。
此地一为别，孤蓬万里征。
浮云游子意，落日故人情。
挥手自兹去，萧萧班马鸣[②]！

【注释】

①郭：外城。古代城分内外。　②萧萧：马鸣声。班马：离别之马，班，离别。隐寓马有离群之感。

【译文】

苍山翠岭横卧北城外，清彻的河水环绕东城流淌。此地一分别，你将如蓬草孤独行万里。游子的行踪似天上浮云；落日难留，纵有深深情意。挥手告别，你我各奔东西。萧萧长鸣，马匹也怨别离。

【赏析】

这是一首送别友人之作。

诗的首联用了两个工整的对偶句，描绘出分别之地的自然景色：城外青山横亘，白水环绕。颔联叙明送别之事：在这里分别之后，你就要像孤飞的蓬草那样，随风飞卷到万里之外去了。颈联：飘忽不定的浮云像你的心情，依依不舍地下山的太阳如我不忍送别你的心情。尾联：挥一挥手，从此告别了，双方所骑的马也像不忍离别而萧萧长鸣。

李白天性豪放倜傥，送别友人时自然不会有儿女沾巾之态。但这不是说李白不重视朋友之情，孤蓬、游子、故人等词，把李白惜别友人之情表达得既含蓄、又深沉，却无伤感之情。

听蜀僧濬弹琴

——李　白

蜀僧抱绿绮[①]，西下峨嵋峰。
为我一挥手，如听万壑松。
客心洗流水[②]，余响入霜钟[③]。
不觉碧山暮，秋云暗几重。

【注释】

①绿绮：琴名。晋傅玄《琴赋序》：“司马相如有绿绮。”又：“蔡邕有绿绮琴，天下名器也。”　②流水：相传春秋时钟子期能听出俞伯牙琴中的曲意，时而是高山时而是流水，此处意为：听了“流水”的曲意，尘心犹为之一洗。③霜钟：钟声。《山海经》丰山“有几钟焉，是知霜鸣”。郭璞注：“霜降则钟鸣，故言知也。”

【译文】

峨眉山西，走来一位蜀地高僧，怀中包着绿绮琴。他挥手为我弹奏，我仿佛听见松涛声传遍千山万壑。“流水”一曲洗尘心，琴弦伴和晚钟鸣。不觉青山入暮色，秋空布满几重浓云。

【赏析】

李白的听琴诗，同样与人不同：写得潇洒流转，又令人一唱三叹。“蜀僧濬”即李白《赠宣州灵源寺仲濬公》一诗中所云濬公。他携琴下山，为李白弹奏。李白写蜀僧弹琴，毫不拘泥于其弹奏技巧，而只说“一挥手”，其技巧和神态的潇洒可知；李白写琴声，也不从正面描述，只云“如听万壑松”，其琴声的清朗神峻便可知；李白写听琴后的心理感受，只云听者的精神得到净化，琴的余音引起寺内钟的共鸣，可知听者心神散朗，得到了极大的美感享受。

“不觉碧山暮，秋云暗几重”二句，用听者听得入神、不知不觉间天就黑了来反衬琴声之美妙，写法也极为别致。对比前面我们读过的和我们将要读到的写音乐诗，我们会感到李白此诗写来毫不吃力、灵动感人。

夜泊牛渚怀古

——李　白

牛渚西江夜①，青天无片云。
登舟望秋月，空忆谢将军②。
余亦能高咏，斯人不可闻③。
明朝挂帆去，枫叶落纷纷。

【注释】

①牛渚（zhǔ）：山名，在今安徽当涂县西北。西江：今长江自南京至江西一段。②谢将军：东晋谢尚，官镇西将军。镇守牛渚时，秋夜泛舟赏月，遇袁宏诵诗，听后大加赞赏，邀其登舟长谈至天明，袁宏自此名声大振。　③“斯人”句：意为不能再听说有谢将军这样的人了。

【译文】

夜来泊船牛渚山下，天穹清明万里无云。登上轻舟望秋月，徒然想起谢将军。我虽还能高歌吟咏，却难遇当年的谢将军。明晨我将扬帆离去，秋风起，枫叶纷纷落地。

【赏析】

此诗当为李白离开长安、漂泊漫游时所作。

一个秋日的夜晚，空中没有一丝云彩，采石矶下的长江波涛不兴，默默东流。诗人在舟上仰头望着那一轮自己素来喜爱的明月，徒然想起晋镇西将军谢尚。当年谢尚舟行经牛渚，月夜闻客船上有人咏诗，叹赏不已，遣人询问，乃是袁宏自吟他的《咏史》诗，因此订交。我也能咏诗——其实李白之诗不知要胜出袁宏多少！——但遇不到像谢尚这样的知音，明朝我将扬帆而去，送别我的只有纷纷而落的枫叶罢了。

李白当然不是仅仅为了寻找一个知赏他诗歌的人，李白自认为有“为君谈笑静胡尘”的本领，但有何人能识得他的才能呢？古人中有一善即能知赏于人，李白慨叹的是自己空怀经天纬地之才而无从施展。

春　望

——杜　甫

国破山河在，城春草木深。
感时花溅泪，恨别鸟惊心。
烽火连三月[①]，家书抵万金。
白头搔更短，浑欲不胜簪[②]。

【注释】

①“烽火”句：指战火延续了整整一春。　②“白头”二句：白发越搔越少，连簪（zān）子也插不上了。簪，古代成年男子用以束发的饰物。

【译文】

国家残破，山河依旧如昔。春来临，荒城草木丛生一片凄凉。忧心伤感，见花反倒泪水涟涟。怨别离，鸟鸣令我心悸。战火硝烟三月不停息，家人书信异常珍贵。愁闷心烦白发越搔越少，简直插不上簪子了。

【赏析】

本篇作于唐肃宗至德二年（757）三月，时杜甫羁居沦陷的长安。

安史之乱后，山河依旧而国事全非，草木深密而人烟稀少。春天花开鸟鸣，原本应使人感到愉悦，但目前国家正遭丧乱，满目疮痍，家人流离分散，睹此春景，只能让人更加伤感，闻此鸟声，也只能使人愈添愁思。战火一直在延续，春天就这样过去了；家书难通，获得一封家信，真抵得上万两黄金。看看自己稀疏的白发，简直插不上发簪了。

安史之乱带给杜甫的伤痛是巨大的。国既残破，家亦不存，诗人把国事、家事书于一诗之中，思家心切，正是爱国情深；感家流离，正是哀国残破。全诗情景交融，意在言外。

月　夜

——杜　甫

今夜鄜州[①]月，闺中只独看。
遥怜小儿女，未解忆长安。
香雾云鬟湿，清辉玉臂寒。
何时倚虚幌[②]，双照泪痕干？

【注释】

①鄜（fū）州：今陕西富县。　②虚幌：薄幔。

【译文】

今夜鄜州月亮明亮，我的妻子独自在家中赏月。可惜幼小的儿女们，还不懂母亲心挂长安。雾气沾湿了她的头发，月光清冷令她双臂感到寒冷。何时能相倚在温馨的薄幔之下？月光照着拭去的泪痕，重逢的喜悦已将离愁融化。

【赏析】

天宝十五年(756)五月，杜甫从奉先移家至潼关以北的白水。六月，潼关失守，玄宗奔蜀，杜甫也携眷北行，至鄜州（今陕西省富县）暂住。七月，肃宗李亨即位于灵武（属今宁夏回族自治区），杜甫只身前去投奔，途中被叛军掳至长安。此诗就是八月在长安所作。

此诗的写法很特殊：明明是杜甫思念流羁鄜州的家人，不直接道出，而是句句“从对面写起”，即设想妻子在鄜州望月思念杜甫。妻子正在鄜州仰头望月、低头思夫。

孩子们不能理解母亲对月怀人的心事。在月下伫望时间长了，露水沾湿了妻子的头发，清辉使得妻子玉臂生寒。妻子在想：何时能够团圆、共同望月呢？

诗人本自思家，偏写家人思己；发湿臂寒，伫望思念之久可知；“双照泪痕干”之时，国家或许已经安宁了。杜甫盼望与家人团聚，又隐含对国家安宁的期冀。

春宿左省

——杜　甫

花隐掖垣暮[①]，啾啾栖鸟过。
星临万户动，月傍九霄多。
不寝听金钥，因风想玉珂[②]。
明朝有封事[③]，数问夜如何。

【注释】

①掖垣：因门下省和中书省在宫墙的两边。　②玉珂：上朝之马的勒饰，马行则响。　③封事：密奏。臣下上书奏事，为防泄漏，用黑色袋子密封，故名。

【译文】

暮色映照着门下省的墙垣，花草朦胧，依稀可见。小鸟啾啾鸣叫，急急忙忙飞回巢。夜空群星闪耀，千门万户在光亮中摇曳。至高的朝廷如在九霄，浩月清光比别处更亮。夜不眠，似听见钥匙开宫门；风铃响，好像百官上朝的马铃声。明早要上朝，呈奏章给天子，夜里几次惊醒，询问已是什么时辰。

【赏析】

此诗是唐肃宗乾元二年（759）杜甫任左拾遗时在长安所写。

这一夜杜甫值宿门下省。夜幕降临，宫墙内花光黯淡，投林入宿的鸟儿啾啾叫着，飞回巢中。夜深了，星星照着千门万户，闪闪浮动。宫殿高入云宵，接近月亮，所得的月光最多。夜更深了，杜甫还是没有睡着，静候着宫门开启时发出的声音，风吹檐铃，又使杜甫马上联想到马铃，联想到要骑马上朝。为什么诗人难以入睡呢？原来是第二天他要向皇帝呈上封事，因此心焦而难以入睡。

有人说此诗还没有摆脱初唐应制诗的诗风，大约是就杜诗中所写的宫禁景色而言的。杜甫写宫禁中的景色，绝非为写景而写景，而是故设“悬念”，引出尾联，表达出杜甫忠勤为国的赤诚，写法新，立意也不俗。

至德二载甫自京金光门出间道归凤翔乾元初从左拾遗移华州掾与亲故别因出此门有悲往事[1]

——杜　甫

此道昔归顺[2]，西郊胡正繁。
至今犹破胆，应有未招魂。
近得归京邑[3]，移官岂至尊。
无才日衰老，驻马望千门[4]。

【注释】

①金光门：长安外城三座门中间的一座叫金光门。华州：今陕西华县。掾（yuàn）：属官的通称，这里指降官为华州司功参军。 ②此道：指金光门。昔归顺：指至德二载投奔凤翔（在今陕西）。 ③京邑：指华州，距京城长安不远，系畿县。④千门：指宫中的门户。

【译文】

昔日我逃离金光门，投奔到凤翔，长安西郊胡兵横行。今日回想依旧心惊胆寒，想必至今还有未曾招归的惊魂。我回华州，移官降职岂是君王本意？想必是因我衰老无才能，我勒马停立凝望帝宫门。

【赏析】

杜甫于至德二载（757）春天从沦陷后的长安逃往凤翔经过金光门，乾元元年（758）六月因上疏救房琯事由左拾遗贬为华州司功参军又经过此门。两度经过，杜甫都有难言之痛。

诗里写道：这金光门我当时也曾经过（指逃离长安），那时候此门附近全是叛军；至今想来尚心惊胆战。现在我又一次经过此门、贬官外任，但这难道是天子的本意吗？我没有什么才能，年纪又一天天大起来，此行华州，何日才能回到长安？

因此，回望皇宫，依依不舍。

诗人第二次经过此门，心中有着巨大的愤慨。诗的后半部分句句是反语，表现出杜甫无可奈何的悲慨，也表达出杜甫虽被贬官但仍然十分关心朝政的痛苦心情。

月夜忆舍弟

——杜　甫

戍鼓断人行[①]，边秋一雁声。
露从今夜白[②]，月是故乡明。
有弟皆分散，无家问死生。
寄书长不达，况乃未休兵。

【注释】

①戍鼓：戍楼上的禁鼓。戍，驻防。 ②露：霜露。“露从今夜白”，一说这天或许是白露节。

【译文】

戍楼上更鼓咚咚响，道路上行人无踪影。边城荒芜秋风凉，只听见孤雁哀鸣。今夜霜露格外白，月亮还是故乡的明亮。兄弟离散各一方，家已残破，生死消息何处寻？书信久已不能抵达，何况战火还没有停息。

【赏析】

此诗是杜甫乾元二年（759）在秦州写的。

又是一个月夜，月光明亮之夜总是容易使人生出思亲之感。更何况是在战乱之夜睹此明月。戍楼上的禁鼓一声一声响着，因为战乱，秋夜的边塞没有行人，只有一二声大雁的鸣叫声。鸿雁据说可以传信，但杜甫的弟弟如今不知在何方，即使鸿雁真能传信，怎么能送达呢？时令已到白露，仰头望月，诗人觉得边塞的月色远没有故乡的月色明亮。

本来，月亮无处不明，但诗人思乡心切、思弟心切，因此心里就产生了“月是故乡明”这样一种幻觉。安史之乱后，杜甫的三个弟弟杜颖、杜观、杜丰都远在四方，彼此消息不通，故杜甫吟出“无家问死生”一语，此语沉痛已极！既已无家，寄信常不到，更何况当此战乱之际呢！

颠沛流离中的诗人杜甫，除了思念兄弟，也在诗中寄寓了国家破碎的沉痛心情。“露从今夜白，月是故乡明”一句，与其说是思念故乡，不如说是哀恸国家目前所面临的战乱。

天末怀李白

——杜　甫

凉风起天末，君子意如何。
鸿雁几时到，江湖秋水多。
文章憎命达，魑魅喜人过①。
应共冤魂语②，投诗赠汨罗③。

【注释】

①魑魅（chī mèi）：山神、精怪。“魑魅”句意为山精水怪等人经过，好吞食之。　②“应共”句：因屈原含冤而投江，与李白受冤遭贬有相同之处，故有共同语。　③汨（mì）罗：水名，位于湖南东北部。屈原自杀于此处。

【译文】

凉风飕飕从天边起，你的心境怎样，令我惦念不已。传信的鸿雁几时能飞到？只恐江湖秋水多风浪。好文章都是在命运艰难时才写出来的，山精水怪最喜吞食过路人。你与沉冤的屈原同命运，投诗汨罗江，诉说冤屈与不平。

【赏析】

此诗作于乾元二年（759）秋天。当时杜甫流寓秦州。李白在至德二年（757）

因永王璘（唐玄宗第十六子）幕府一案被捕入狱，乾元元年（758）流放夜郎（今贵州省桐梓县一带），次年中途赦还。但杜甫不知李白遇赦，怀念李白，遂成此诗。天末，形容边塞的遥远，这里指秦州。

天已凉了，杜甫不禁为被流放的李白担心：你的信几时才能来呀？江湖险恶、多风波，你在路上可要小心啊。你虽然有文采，但你的文章好像故意跟你的命运作对似的；那些奸邪小人，抓人过错，趁机迫害忠良，就像那山精水怪，喜人路过，可以吞噬饱餐。你流放夜郎，要经过长江、洞庭湖等地，你大概会与含恨投江的屈原叙谈并作诗投赠的吧。

此诗以凉风起兴，对景相思，表达了对李白的一片牵挂之情，并为他的悲惨遭遇愤慨不平。我国伟大的两位诗人，生在同一时代，且有深厚的友谊，真是中国文学的一大幸事。

奉济驿重送严公四韵

——杜　甫

远送从此别，青山空复情。
几时杯重把，昨夜月同行①。
列郡讴歌惜②，三朝出入荣③。
江村独归处，寂寞养残生。

【注释】

①“几时”两句：这是倒装句，意为昨夜还在月光下举杯送别，不知几时才能重聚。②列郡：指东西两川属邑。惜：惋惜严武离任。③三朝：指玄宗、肃宗、代宗三朝。出入荣：指严武三朝为官。

【译释】

远相送，此地就要与君别。山青青，枉留下依依恋情。昨夜同在月下饮酒，你这一走，不知何日才能举杯重聚？列郡的百姓歌颂你，为你的离去深感惋惜。你历任三朝高官，荣幸迭居重位。送别你后，我即忧忧独自回江村，寂寞孤凄度余生。

【赏析】

此诗是杜甫于宝应元年（762）七月在绵州写的。

严武曾两次任剑南节度使，对杜甫很关照，使杜甫在成都过了几年安定的生活。宝应元年七月，严武被召还京，杜甫从成都送他直到绵州才分手。故此诗第一句说：“远送从此别”。杜甫对严武是很感激的，所以这次分别使杜甫很伤心，连对人多情的青山在杜甫眼里也觉得是徒然的了。想起前一天诗人还与严武同行月下，如今分别，不知何时能再见、何时能把酒叙旧了。第三联写到严武的政绩，第四联杜甫慨叹将归去成都草堂，在寂寞中了此残生了。严武为人暴戾凶残，但对杜甫一直是珍惜的。诗人是一饭之恩不忘报，对于严武的离蜀是很忧伤的，送别严武之情也是很真挚的。

别房太尉墓[①]

——杜　甫

他乡复行役，驻马别孤坟。
近泪无干土，低空有断云。
对棋陪谢傅[②]，把剑觅徐君[③]。
唯见林花落，莺啼送客闻。

【注释】

①房太尉：房琯。　②“对棋”句：谢傅即晋代名将谢安。他在征讨符坚所率百万大军时，还在与谢玄下围棋，从容击退了敌兵。后破符坚兵，捷报送谢安处时，他还在与客下围棋，阅过便将捷报置于床上，不露喜色，十分镇定。③“把剑”句：春秋时吴季札带剑访问徐君，徐君好其剑，不敢言。季札心里明白，因要出使，未能赠剑。还复至徐，徐君已死，遂解剑挂于徐君墓树而去。这里把季札比自己，徐君比房琯，喻两人的交情生死如一。

【译文】

我又要启程远游他乡，独自驻马孤坟前，告别故去的房琯，泪水沾湿脚下的泥土，乌云在低空飘舞。昔日我与你下棋，如同陪潇洒的谢安。今我倘有季子的宝剑，又到何处去寻徐君？四野茫茫，只看见林花飞落，林间空空，

只听见送客的黄莺啼鸣。

【赏析】

杜甫曾为房琯上疏直言而遭贬官，他另作有《祭相国房公文》等，看得出来，杜甫对他受到房琯的知遇之恩是十分感念的。此诗是广德二年（764）杜甫在阆州（今四川阆中县）将回成都时所作（房琯墓在阆中县城外）。

诗人将别房墓时，心情是无限哀恸的：诗人又将回成都了，别故人之墓如别故人之面，何忍遽去！坟边之土尽为泪水沾湿，空中云彩也为之低沉。诗的第三联连用两个典故：一赞房琯的才能，二念房琯对自己的知遇之恩。将离别房琯之墓时，不见送客之人，惟见落花啼鸟，使人感到悲凄。

杜甫与房琯在政治上为同志，房琯遭贬、病故，对杜甫政治上的希望的打击是很巨大的。此诗在感念房琯的知遇之恩外，不也寄托着诗人政治上的失望之情吗？

旅夜书怀

——杜　甫

细草微风岸，危樯独夜舟[①]。
星垂平野阔，月涌大江流。
名岂文章著[②]？官应老病休。
飘飘何所似，天地一沙鸥。

【注释】

①危樯：船上的高桅杆。　②“名岂”句：意为自己哪是因文章而被世人所知呢？这样说是“反言以见意”，杜甫正是因文章而著名的。

【译文】

微风轻轻地吹拂着岸边的细草，高耸桅杆的小舟在静夜的江边停靠。天际的星星垂向广袤空旷的平野。山中的明月涌出奔流不息的大江。我的名气哪会是因为文章著名？解官撤职全是由于我衰老和病痛。我飘泊游荡像什么？恰似天地间一只小沙鸥。

【赏析】

唐太宗永泰元年（765）正月，杜甫辞去节度参谋职务，返居草堂。四月，严武死去，杜甫在成都失去依靠，遂决计离蜀东下。此诗作于舟经渝州（今重庆市）、忠州（今忠县）途中。

诗的前四句写夜晚舟中所见：微风吹拂着长满细草的堤岸，诗人乘坐的船孤独地泊在江中。茫茫的平原上，星点遥挂如垂；江水涌动，江中月影也起伏如涌。

这四句，一写近景，一写远景。尤其是第二联，气象雄浑阔大，是杜诗中写景名句，并寄寓着杜甫苍凉无托的心情。诗的后四句抒情：杜甫胸怀经世大志，所以说名岂以文章而著；官实因论事而罢，偏以老病自解。如今到处飘泊，正像飞翔于天地之间、无家可归的沙鸥！

胸怀经纶而落魄飘零如此，杜甫心中的悲凉该有多深啊！人们总将此诗的第二联看作写景名句，其实，杜甫心中的悲凉不正如大江、平野之苍茫吗？

登岳阳楼

——杜　甫

昔闻洞庭水，今上岳阳楼。
吴楚东南坼①，乾坤日夜浮。
亲朋无一字，老病有孤舟。
戎马关山北，凭轩涕泗流②。

【注释】

①“吴楚”句：吴在湖东、楚在湖西，洞庭湖似将两地分隔开。吴、楚是古代二国名，大致以今江西为界，故曰东南。坼（chè）：裂。　②轩：楼窗。

【译文】

早就知洞庭湖的盛名，今天终于登上岳阳楼。雄阔壮观的大湖，将吴、楚分隔在东南两域。翻滚浩荡的水波，吞吐日月昼夜不息。亲朋好友音信全无，我年老多病，乘孤舟四处漂流。北边的关山战火不停，我倚窗远望泪水涟涟。

【赏析】

此诗作于大历三年（768）春杜甫携眷自夔州出峡、暮冬流寓岳州（今湖南岳阳）时。

岳阳楼即岳阳城西门楼，下临烟波浩淼的洞庭湖。杜甫是闻楼名而来此登楼游览的。登楼一看，但见吴、楚之地好像被洞庭湖分做两半，天地日月如在洞庭湖中浮动。这两句，写出了八百里洞庭雄伟壮阔的气象，为自古以来写洞庭湖的警句。面对此烟波茫茫的洞庭湖，念及自己一生颠沛流离，诗人百感交集：亲戚朋友没有书信往来，垂老衰病之年只有旅居在这孤舟之内。边塞仍然战乱不息，念此家事国事，诗人怆然泪下。

热爱着国家、人民的诗人杜甫，无论何时何地，总是眷念着国计民生，即使在自己到处飘泊之时，也不曾放下家国之忧。此诗以登楼远眺的欣喜开始，以家国多难的悲哀结束；中间又以景象的气势恢宏和飘泊的痛苦互相映衬。诗人跳动着的赤诚之心，真令人凄悲万分！

辋川闲居赠裴秀才迪[1]

——王　维

寒山转苍翠，秋水日潺湲[2]。
倚杖柴门外，临风听暮蝉。
渡头余落日，墟里上孤烟[3]。
复值接舆醉[4]，狂歌五柳前[5]。

【注释】

①辋（wǎng）川：地名，在今陕西蓝田县。 ②潺湲（chán yuán）：水慢慢流动的样子。 ③墟里：村落。 ④接舆：春秋楚隐士，这里指裴迪。 ⑤五柳：陶渊明号五柳先生，这里指自己。

【译文】

秋日里，寒山苍翠更浓郁，溪水潺潺慢慢流淌。我倚着拐杖立在柴门外，临风细听那晚蝉鸣啼。渡口边落日西下，村落里升起寥落的炊烟。仿佛又遇到古时的接舆，酒醉疏狂，在五柳先生的门前放声高唱。

【赏析】

此诗着力表现的是秋日辋川恬静的风景。

秋日，原来苍翠的山色渐渐转为枯黄色了，山中的秋水潺潺流动着。山、水、秋树、秋叶、秋溪、秋水，辋川秋景渐出。

心境平静的诗人拄杖斜倚在柴门之外，静听着傍晚树林里的秋蝉鸣唱声。秋山本静，着一蝉声，更显其静。这种静谧正是王维所喜爱的。

夕阳西沉，挂在渡口西天边；村落里袅袅升起炊烟。这是一幅闲静的农村景象。两句诗，一句一景，几可与陶渊明的田园诗媲美。诗歌把裴迪比作接舆，把诗人比作陶渊明，可见，诗人对陶渊明是很仰慕的。

当然，此诗与陶渊明的田园诗是有别的。陶渊明写田园风景，满怀着对村舍草木的喜爱，而王维此诗所要表现的，是他见此风景而生出的闲情逸致。王维闲则闲矣，奈何不能达到陶渊明“真”的境界。

山居秋暝

——王　维

空山新雨后，天气晚来秋。

明月松间照，清泉石上流。
竹喧归浣女[①]，莲动下渔舟。
随意春芳歇，王孙自可留[②]。

【注释】

①浣（huàn）女：洗衣物的女子。　②“随意”二句：意为任随春光消歇，秋色令人流连，王孙自可留居山中。歇，消歇，凋谢。

【译文】

大雨刚刚过去，山谷格外空寂。夜晚悄悄来临，秋凉天气清新。明白皎皎，萤光洒满松林。山泉潺潺，清水在石上流淌。竹林传来阵阵喧闹，是洗衣女在归途中嬉笑。莲叶在水中轻轻摇动，是晚归的渔舟顺流而下。任随春光消逝芬芳，秋色美景仍可挽留人们。

【赏析】

这是一首写秋山风景的名诗。

诗的第一联点明诗人观赏这些风景的地点、时间。地点是空寂的山中；时间是秋天的一个傍晚，刚刚下过雨。雨后的空山空气格外澄澈，山色也被雨水洗得格外苍翠。明亮的月光静静地照到松林之中，给整座空山涂上一层洁白的颜色。清澈的泉水在空山中潺潺流动着。竹林里响起了一阵喧哗，但立即又安静下来了，这是浣纱的姑娘回家去了；水中的莲叶荡漾开来，那是渔舟下水了。虽是秋天，无复春天的繁盛，但睹此清秀之景，足可以令人想隐居山中。

这是一幅极其动人的山水画。王维不愧为丹青高手。他笔下的事物，色彩素雅：明月是皎洁的，泉石是清澈的；动静结合：竹喧、泉流、莲叶是动的，月色是静的；山水相映，明丽洁净。这样的山水自然值得诗人陶醉在其中了。

归嵩山作①

——王　维

清川带长薄②，车马去闲闲。
流水如有意，暮禽相与还。
荒城临古渡，落日满秋山。
迢递嵩高下③，归来且闭关。

【注释】

①嵩山：在河南登封县北，为五岳之一。②薄：草木密茂的地方。③迢递：远貌。

【译文】

清清的河川，穿进茂密的草木。我乘车马，缓缓地归去。流水啊，你若有情便伴我同归。暮色沉沉倦鸟啼，相随相依把家归。荒凉的城池临近古渡口，落日余晖将秋山染红。千里迢迢来到嵩山下，我要紧闭屋门不沾凡尘。

【赏析】

此诗写出了王维归隐山林的决心。

诗的前六句写景：一脉清流缓缓流动着，草木掩映着清流；王维身在马车上，欣赏着风景自得其乐。路旁的清流像是对诗人含情脉脉，欢迎他归隐山中；傍晚的禽鸟相继回家，似在陪伴诗人归去。荒芜的城市附近是一个古渡口。城市荒凉，渡口也很寂静；落日余晖洒满了重重叠叠的秋山，显得那么平和、安详。这样宁静的山林，隐居其中正合诗人好静的性格，因此诗人决计要去那遥远的嵩山归隐，不再关心尘世之事了。

此诗当为安史乱后，王维历经人生挫折之后所作。王维一家，受佛教影响很深，他早年的作品也显露出好静的倾向。历经人生挫折之后的诗人归隐之志益坚。此诗前六句写景实际上是为后二句作“理论基础”，诗人最终实现了他归隐的愿望。

终南山

——王　维

太乙近天都①，连山到海隅。
白云回望合，青霭入看无。
分野中峰变②，阴晴众壑殊。

欲投人处宿，隔水问樵夫。

【注释】

①太乙：即终南山。 ②分野：将天上星宿配地上州国，称“分野”。

【译文】

终南山高耸入云，与天都接近。山峦延绵不绝，遥遥伸向海边。回望山下白云滚滚连成一片，钻进青霭，眼前雾团杳然不见。终南山脉雄伟高大，中峰能分隔星宿州国。高山低谷千差万别，阴晴凉热殊异难同。我想寻人家投宿，隔着河川高声向樵夫问路。

【赏析】

此诗歌咏了终南山的雄伟。王维写景之作，一般取境不大，他往往在一种相对狭小的空间中描绘清秀宁静的事物。像这样的景色宏大之作在他的作品中是不多见的。

诗的第一联写终南山的高峻和广阔：主峰太乙接近天帝所居之处，其高峻可想而知；山峦连绵直到海边，其广阔可知。这两句极其夸张，写出了终南山的雄伟气势。诗的第二联承第一联而言：白云四望如一，见山之高；青云走近去就看不见了，见山之广。第三联又突出重点，写山的广阔：以终南山的中峰为标志，东西属于两个不同的星宿分野；在同一时间内，各个山谷之间的阴晴也不相同。这一联是从写其他事物侧面突出终南山的连绵宽广的。这么宽广的终南山，人烟稀少，在第四联中，作者想要找有人的地方去投宿，须隔着山溪问樵夫才可得知。

全诗从它的主峰开始写起，由点及面，层层叠叠铺展开来，有正面写，有侧面写，十分形象地把气势雄伟的终南山写出来了。如一幅泼墨山水画，不着笔于细节描写，反而满纸云烟，磅礴巍峨。

酬张少府

——王　维

晚年唯好静①，万事不关心。
自顾无长策②，空知返旧林③。
松风吹解带④，山月照弹琴③。
君问穷通理⑤，渔歌入浦深⑥。

【注释】

①晚年：年老之时。唯：亦写作“惟”，只。好：爱好。　②自顾：自念；自视。长策：良计。　③空：徒。旧林：故居。　④吹解带：风吹着诗人宽解衣带，表现出一种闲散的状态。　⑤君：一作“若”。穷：不能当官。通：能当官。理：道理。　⑥渔歌：隐士的歌。浦深：河岸的深处。

【译文】

晚年我独爱清静，万事全不挂在心。自知不能献良策，还不如返回旧居的山林。松林中吹来凉爽的风，我宽解衣带舒展轻松。明月从山间升起，月光照着我拨琴弦。你问世间有没有当官的学问，请听河浦深处的渔歌。

【赏析】

此诗是一首王维最直接地写他归隐辋川后的心态的作品。

诗的首联直述自己的性情、心态：晚年自己只喜欢宁静，对世上的人事再也不留意了。为什么？因为诗人自忖没有经国之策，只能返归以前住过的山林。王维本才华横溢，少年得志，但他的才华表现在艺术上，官场上的倾轧非他所长。几个回合下来，王维厌倦了在仕途上的奔波，而决意归隐。归隐与他的心态是很契合的：松林中的清风吹拂着他的衣襟，深山中的明月陪伴他弹琴长啸。这种生活无忧无虑，且使诗人丰神俊朗。因此张少府问穷通之理，王维无以解答，他欣赏的是“渔歌入浦深”的清幽境界。

此诗将述志和写景融为一体，有诗情，也充满了画意。

过香积寺①

——王　维

不知香积寺，数里入云峰。
古木无人径，深山何处钟。

泉声咽危石，日色冷青松。
薄暮空潭曲，安禅制毒龙[②]。

【注释】

①香积寺：故址在今陕西长安县南。 ②安禅：指身心安然入静境。毒龙：佛家比喻邪念妄想。《涅槃经》：“但我住处有一毒龙，其性暴急，恐相危害。”

【译文】

不知香积寺在何处，我行走了几里山路，终于登上入云的高峰。小径深藏在参天的古木中，看不见行人的踪迹。深山密林似有晚钟鸣，回声荡漾不知来自何方。

山泉流淌碰岩石，潺潺的水声含呜咽。太阳透进青松林，草深树密光影凉。春霭淡淡地缭绕山林，寺旁的空潭更显幽深。身心安然入静境，如制毒龙去妄心。

【赏析】

此诗写作者走访香积寺的所见所闻。

诗人原先不知有香积寺，路过山中听到寺院的钟声时，才顺道过访。“数里入云峰”，可见香积寺在深山密林之中，风景幽邃。正因为香积寺地处偏僻，因此，几乎没有一条可供人走的路去寺中，只听到悠扬的钟声在山林间荡漾。

清澈的泉水在高险的岩石间流动，似人的呜咽之声；日光照进浓荫蔽天的松林，也带有一丝寒意。这种境界是冷寂的，但也是正合王维之意的。直到傍晚，王维才到达香积寺，伫立潭边，毒龙无影，潭水澄清，足见寺僧禅理之高超。王维写清幽之境，以钟声来衬托，更见其静。泉声、日色，一声一色，写出了幽邃的山路。写寺院只用了两句，大部分篇幅在写登寺的过程，与诗题中的“过”字甚相贴切。

送梓州李使君[①]

——王　维

万壑树参天，千山响杜鹃。
山中一夜雨，树杪百重泉。
汉女输橦布[②]，巴人讼芋田[③]。
文翁翻教授[④]，不敢倚先贤。

【注释】

①梓（zǐ）州：治所在今四川三台县。使君：对刺史的尊称。 ②输橦布：蜀地妇女以橦布向官府缴税。橦布：橦木花织成的布。 ③讼芋田：因争芋田而

诉讼。蜀中产芋，为当地主粮之一。 ④文翁：汉景帝蜀郡太守，在蜀地建造学官，兴教化，使巴蜀日渐开化。

【译文】

千峰万壑古树参天，杜鹃鸣啼山野传遍。一夜风雨透山林，百道飞泉如挂树梢间。汉家女织橦花布，以纳税交官府。巴蜀人争芋田种，常引起诉讼。昔日文翁兴教化，巴蜀气象新。今当更努力，莫要依赖先贤不进取。

【赏析】

这首送别诗写得别致新颖。

诗的头四句是写送别的地点和时间，也可以视作独立写景之句，不露任何牵强的痕迹，且写景准确，向为评诗家赞赏：千山万壑古树参天，杜鹃鸟齐鸣，见出送别的地点在绵延广阔的山中。这两句对偶句使此诗“神采飞扬”，“山中一夜雨，树杪百重泉”这一“流水”对子，既写出了送别的时间是早晨，也准确地写出了雨后山中之景：山中下雨之后，雨水汇为泉流，远远望去，溪流好像不是在涧中、溪中奔流，而是挂在树梢。见过山中雨后实景的人会发现王维此句写景多么准确。久居山中的王维对这种景象烂熟于心，这一副流水对仿佛是在不经意中自然流泻而出的。

诗的后四句结于“送别”：李使君要去梓州做官，那里素来贫困，但愿李使君去了那里后能使教化一新。没有惜别的客套，叙来也自然流畅，与诗的前半首相合无间。

汉江临眺①

——王　维

楚塞三湘接②，荆门九派通③。
江流天地外，山色有无中。
郡邑浮前浦，波澜动远空。
襄阳好风日④，留醉与山翁⑤。

【注释】

①汉江：即汉水。临眺：登高望远。诗题一作《汉江临泛》。 ②楚塞，楚国的边界。三湘：潇湘、漓湘、蒸湘的总称。在今湖南境内。 ③九派：流入长江的九条支流。 ④襄阳：今属湖北，位于汉江中游。 ⑤山翁：指晋代山简，竹林七贤山涛之子，曾镇守襄阳，好饮酒，每饮必醉。

【译文】

三湘紧紧相连，伸向楚国边塞。汉江流入荆门，汇通长江九派。江水滚滚，奔流天地外。青山延绵，水雾中时隐时现。波涛汹涌，城郭仿佛飘在江上。大浪翻滚拍打两岸，远空好似在摇晃。襄阳风光这样美，愿与山翁留在此地，长醉不复归。

【赏析】

此诗是王维写汉江景色的诗作。

诗中先写了汉江的地理位置：汉江连接楚塞三湘，通荆门九派。然后写汉江的烟波浩渺：汉江绵延千里，极目而望，不辨首尾，似已流出天地之外；汉江两岸的山色缥缈，似有若无。这两联写景，境界开阔，气势宏大，写出了浩渺汉江的神韵，使后人赞叹不已。宋代诗人欧阳修曾经引用之，苏轼见了，大加称赞，还以为是欧阳修自己的诗句呢。诗的第三联继续写汉江的气势：因为水势浩大，远望郡邑好像浮在的水上；因水天相接，远处的天空好像在波涛中漂动。仍然是一种阔大的景观。汉江附近的襄阳风光无限美好，使得诗人想留下来步晋人山简的遗风在池头饮酒赏景了。

此诗气象雄伟，名句迭出，尤其是第二联，似乎只有画家王维才写得出来。

终南别业

——王　维

中岁颇好道，晚家南山陲，
兴来每独往，胜事空自知。
行到水穷处，坐看云起时。
偶然值林叟，谈笑无还期。

【译文】

中年我已存好道心，晚年迁家到南山底。兴致一来我必独自漫游，快意佳趣只有我自知。闲情漫步到水尽头，从下仰望白云飘浮。偶与林中老叟相遇，谈笑不停忘了归期。

【赏析】

此诗是写王维在辋川别业的悠闲生活的。

王维自叙自中年时代开始，非常喜欢佛理，晚年乃居于终南山边辋川别墅中。在辋川的生活是极其悠闲的：兴之所至，便独自外出寻幽，在寻幽过程中的快意之事只有自己知道，他人未必认为这是快事。譬如说，诗人独自信步来到溪水流尽的地方，择一地方闲坐，看云彩来去变幻。这些事外人看来也许会说平淡之至，但诗人欣赏的就是这份安谧恬淡，其中的乐趣不足为外人道也，只能“胜事空自知”。有时候诗人在林中遇见老人，就随意谈笑，不知不觉中时间就过去了。

诗人是超然物外的“林中高人”，尘世的一切都与他无关。但是，王维太高洁了，读者只能仰望，视他为不食人间烟火的仙人、高士，而不能平视他。终不及陶渊明带给人们的平和恬淡来得亲切。

望洞庭湖赠张丞相

——孟浩然

八月湖水平，涵虚混太清①。
气蒸云梦泽②，波撼岳阳城。
欲济无舟楫，端居耻圣明。
坐观垂钓者，徒有羡鱼情③。

【注释】

①涵虚：水气弥漫空中。太清：天空。　②云梦泽：在今湖北湖南两省境内。

古为二泽：云泽在长江北，梦泽在长江南。 ③“徒有”一句：取《淮南子·说林训》“临河而慕鱼，不如归家结网”之意。以“羡鱼情”比喻想出仕的愿望。

【译文】

八月洞庭涨秋水，湖波浩荡与岸齐。水气弥漫充塞虚空，湖天相连浑然一体。气雾蒸腾笼罩云梦泽，浪涛翻滚摇动岳阳城。想渡大湖又没有舟楫，闲居无事愧对盛世贤君。坐下观看垂钓者，怅惘空怀羡慕情。

【赏析】

此诗除写洞庭湖壮阔之景外，也表达了孟浩然希望在政治上得到张九龄的援引之意。

八月里秋雨绵绵，洞庭湖水上涨，湖水滔天，望去与岸齐平，澄澈的湖水与天空浑为一色，不辨彼此。水气弥漫蒸腾，笼罩着云梦泽；波澜翻滚，撼动着岳阳城。这两句写洞庭湖的宽广与滔天水势，堪与杜甫的“吴楚东南坼，乾坤日夜浮”相媲美。正因为第一联已有了洞庭湖浩大的气势，这第二联才显得与第一联相衬，写来也水到渠成。

此诗的后半首表达了孟浩然欲在仕途上有所作为之情。他借欲渡湖而无舟楫、闲处又有愧于当今圣明时代的说法，希望贤相张九龄能施以援手，使自己不至于徒有“羡鱼情”，亦能“归而结网”。

孟浩然本有隐逸之志，他之所以希望张九龄援引他出仕，一则因为张九龄任丞相时政治清明，二则因为亲老家贫。这无损于他高洁的品格。

与诸子登岘山[1]

——孟浩然

人事有代谢，往来成古今。
江山留胜迹，我辈复登临。
水落鱼梁浅[2]，天寒梦泽深。
羊公碑尚在[3]，读罢泪沾襟！

【注释】

①岘（xiàn）山：在今湖北襄阳县南。 ②鱼梁：地名，指鱼梁洲，其地也在襄阳。 ③羊公碑：襄阳百姓在岘山为晋羊祜所立的碑。

【译文】

人事变换，新旧常交替，春去秋来，往复延古今。江山各处保留的名胜古迹，而今我们又可以登攀亲临。水落石出，鱼梁洲清浅；天寒木落，云梦泽广袤无边。晋人羊祜纪念碑如今依然巍峨矗立，读罢碑文不由泪湿衣襟。

【赏析】

晋人羊祜镇守襄阳时，爱“襄阳好风日”，“每风景必造岘山置酒，言咏终日不倦”。孟浩然曾隐居鹿门山、岘山，对这里的一草一木一山一水自然钟情，也常与友人登岘山赏景。

在孟浩然作此诗以前，岘山的名字是与羊祜紧紧联系在一起的。因此，孟浩然与友人登岘山时，要咏出“人事有代谢，往来成古今”一语，古人曾经登临之处、今人复又登临，人世的更替就是这样。

孟浩然此次与友人登岘山是在秋末冬初。登山下瞰，但见水落之后，露出了鱼梁洲，寒冷的天气里云梦泽显得尤其清澈。

观景之后，孟浩然生发的是与羊祜一样的感慨。羊祜登岘山瞩望之后，曾潸然泪下而叹：“自有宇宙，便有此山，由来贤达圣士登此远望，如我与卿者多矣，皆湮没无闻，使人悲伤。”孟浩然如今抚碑而生的也正是江山风物依旧，而人事代谢，不能永远鉴赏此佳山胜水的悲慨。遂使此诗不止是登览写景之作，诗中也抒发了深沉的人生感慨。

宴梅道士山房

——孟浩然

林卧愁春尽，搴帷览物华①。
忽逢青鸟使，邀入赤松家②。
金灶初开火③，仙桃正落花。
童颜若可驻，何惜醉流霞④。

【注释】

①搴（qiān）：揭。 ②赤松：赤松子，传说中的仙人。此处也指梅道士。③金灶：道家炼丹的丹炉。 ④流霞：仙酒名。

【译文】

静卧在林中为春天即将远去而忧愁，揭开帐子欣赏山中的自然美景。忽然梅道士派人送来书信，邀我去他那里赴宴。房里炼丹炉刚刚点燃。屋外仙桃花飘落。如果说饮此酒能永葆青春，那我一定一醉方休。

【赏析】

以前我们说过，孟浩然与僧侣道士往来密切。这是因为这些人也与孟浩然一样，有高蹈之致，无俗世之情，甚相投合。

此诗写孟浩然正在赏览春景并为春天又将离去而愁情满怀时，被道士派来的人邀去。到了道士居所，见炼丹的炉灶才升起火、仙界的桃花正开。“青鸟使”“赤松家”“金灶”“仙桃”诸词，与道士身份十分贴切，可见孟浩然遣词造句之工。诗末说：假如说饮流霞酒能永葆童颜，那又何惜一醉呢？这两句既是诗人自己的愿望，又很贴切道家中人祈求长生的愿意。

岁暮归南山

——孟浩然

北阙休上书①，南山归敝庐。
不才明主弃，多病故人疏。
白发催年老，青阳逼岁除②。
永怀愁不寐，松月夜窗虚。

【注释】

①北阙：指帝宫。　②青阳：指春天。

【译文】

不必前往帝宫，再去呈上奏书。返归终南山，我那破旧的茅屋。没有才能，君主弃我不用。多染病痛，朋友与我离疏。白发如霜催人老，新春一到旧岁除。长忧短愁总不息，夜深人静更难眠。月夜松林透清光，洒进窗户添空寂。

【赏析】

孟浩然四十岁入长安，欲在政治上有所作为，然而事与愿违。这首诗写出了当时孟浩然的牢愁。

他无可奈何地说：不必向皇帝提出政治主张，还是回到故乡的敝庐中去吧。我没有才能，因而未得到圣主任用；年又渐老，身体多病，致使老朋友也疏远了我。头上白发渐多，似在催我老去；春天太阳朗照，如在逼旧年离去。诗人怀才不遇，愁苦得长夜不成眠；月亮从松间透进窗来，自己更感寂寞。

孟浩然入长安后，与王维等友人游处甚欢，以他的诗才，致使他在众文人中声名大振，但在仕途一无所获，孟浩然是很悲愤的，“不才明主弃，多病故人疏”两句尤然。怀才不遇的事实，无情地粉碎了孟浩然在政治上曾经抱有的幻想。此后，孟浩然断绝出仕之念，漫游吴越，归隐襄阳，以他的诗歌向后人展示了他的魅力——怀才不遇虽然痛苦，但诗名、人品岂是官位所能取代的？

过故人庄[①]

——孟浩然

故人具鸡黍[②]，邀我至田家[③]。
绿树村边合[④]，青山郭外斜[⑤]。
开轩面场圃[⑥]，把酒话桑麻[⑦]。
待到重阳日[⑧]，还来就菊花[⑨]。

【注释】

①过：拜访。故人庄：老朋友的田庄。庄，田庄。 ②具：准备，置办。鸡黍：指农家待客的丰盛饭食（字面指鸡和黄米饭）。黍（shǔ）：黄米饭，古代认为是上等粮食。 ③邀：邀请。至：到。 ④合：环绕。 ⑤郭：古代城墙有内外两重，内为城，外为郭。这里指村庄的外墙。斜：倾斜。 ⑥开：打开，开启。轩：窗户。面：面对。场圃：场，打谷场、稻场；圃，菜园。 ⑦把酒：端着酒具，指饮酒。把：拿起，端起。话桑麻：闲谈农事。桑麻：桑树和麻。这里泛指庄稼。⑧重阳日：指夏历的九月初九。古人在这一天有登高、饮菊花酒的习俗。 ⑨还（huán）：返，来。就菊花：指饮菊花酒，也是赏菊的意思。就，靠近，指去做某事。

【译文】

老朋友预备丰盛的饭菜，邀请我来到了好客的农家。翠绿的树林围绕村落，苍翠的山峦城外横卧。推开窗户，面对谷场菜圃；手举酒杯，闲谈采桑种麻。待到九月九日重阳节，再来赏菊花。

【赏析】

诗人的朋友准备了丰盛的饭菜，邀他去农家作客，诗人去了。到了农家一看，只见村庄四周是茂盛的绿树，远处是高高低低的青山，一派平和安宁的风光。来到朋友家中，打开窗户便是农家的禾场、菜园；与朋友饮酒时，谈论的是桑麻等农家之事。这首诗，文字平和，意境也与陶渊明的田园诗极为相似。第二联的“合”字、“斜”字，一见村边绿树之密，一见郭外青山之远，而丝毫不露雕琢痕迹。王维与孟浩然的诗中都写到过陶渊明，从他们的诗中表现出来的淡然风致来看，二人的创作的确受到了陶渊明的影响。

秦中寄远上人①

——孟浩然

一丘常欲卧，三径苦无资②。
北土非吾愿，东林怀我师③。
黄金燃桂尽④，壮志逐年衰。
日夕凉风至，闻蝉但益悲！

【注释】

①上人：对僧人的敬称。 ②三径：指归隐后所住的家园。西汉末，王莽专权，兖州刺史蒋翊辞官回乡，于院中辟三径，唯与求仲、羊仲来往。后陶潜《归去来兮辞》有“三径就荒，松菊犹存”句，后人遂以三径指退隐家园。 ③东林：指庐山东林寺。 ④燃桂：《战国策·楚策》：“楚国之食贵于玉，薪贵于桂。”后遂以燃桂喻处境窘困。

【译文】

我常想归隐山林，苦于无钱建家园。出仕西秦，并非我的心愿。东林寺里，有我仰慕的高僧。黄金用尽，我日陷窘困。雄心壮志，一年年衰减。日落天昏暗，凉风阵阵吹来。听寒蝉啼鸣，使我更觉悲哀。

【赏析】

孟浩然之所以四十岁入长安求在仕途上有所发展，原因之一可以在这首诗中找到。诗人本有“一丘常欲卧”，即希望隐居之愿，但“三径苦无资”，即苦于无钱维持隐居生活。北入长安求仕并非他所愿意做的，实有经济上困窘的原因，他是很怀想东晋高僧慧远在庐山的生活的。孟浩然的诗中也多次提到他欲出仕是因为家贫。在长安逗留的日子里，物价昂贵，盘缠将尽；原先的壮志因为这次碰壁、随着年岁的增长而衰减。因此傍晚时分听到暮蝉哀鸣时，心里就怆然增悲。诗末的这二语增强了全诗的悲愤气氛。

因为是写寄给出家人的诗，孟浩然此诗中的第四句一语双关，既怀想慧远，又代指怀想远上人，十分贴切巧妙。

宿桐庐江寄广陵旧游①

——孟浩然

山暝听猿愁，沧江急夜流。
风鸣两岸叶，月照一孤舟。
建德非吾土②，维扬忆旧游③。
还将两行泪，遥寄海西头④。

【注释】

①桐庐江：即桐江，在今浙江桐庐县。广陵：今江苏扬州。旧游：即故交。②建德：今属浙江，居桐江上游。 ③维扬：即扬州。 ④海西头：扬州近海，故曰海西头。

【译文】

深山幽暗猿哀啼，悲戚凄厉令人愁。夜来沧江水更寒，波涌浪急向东流，冷风嗖嗖鸣江岸，木叶潇潇随风掉。明月清光洒江水，照着孤舟独飘摇。建德不是我故乡，常念扬州旧时友。愿将两行相思泪，随江遥寄海西头。

【赏析】

此诗是孟浩然离开长安漫游吴越时所作。

诗人夜宿桐庐江，桐庐江风景秀美如画，南朝诗人吴均曾赞叹不已。诗人本是喜山水之人，然而他此时孤身一人，漂泊他乡，念及远方的朋友，心中十分忧伤，无心再观赏自然景色，诗情是很凄苦的：天已黑下来了，远远近近的山一派幽暗，猿声哀叫，江色苍苍，一片凄凉之景。晚风吹响两岸树林，明月照着江中孤零零的旅舟，诗人顿生羁愁。此地风景再好也不是故乡啊！在这孤凄之中，诗人想起了广陵的朋友，不禁热泪盈眶。诗人要把这两行热泪寄与广陵的朋友——他是多么思念他们！

孟浩然的诗，一般诗境清幽澹淡，很少有这样伤感的。但在独宿他乡、思乡念友之时，诗人心有不堪，出语悲凄。此诗从“急夜流”到“海西头”，从“听猿愁”到“两行泪”，景为情用，前后呼应，真切地写出了诗人的心情。

留别王维

——孟浩然

寂寂竟何待，朝朝空自归。
欲寻芳草去[①]，惜与故人违[②]。
当路谁相假[③]，知音世所稀。
只应守寂寞，还掩故园扉。

【注释】

①寻芳草：喻追求理想境界。 ②违：分离。 ③当路：当权者。假：宽容。

【译文】

这样寂寞还等待着什么？天天都是怀着失望而归。我想寻找幽静山林隐去，可惜又要与老朋友分离。当权者有谁肯援引我，知音在世间实在稀微。只应该寂寞了此一生，关闭上柴门与世隔离。

【赏析】

此诗是孟浩然将离长安之时赠别王维所作。

孟浩然曾于太学赋诗，“一座嗟服，无敢抗。张九龄、王维称道之”。但这次入长安竟然无功而返，诗人心中是很惆怅的。“不才明主弃，多病故人疏”是一时的牢骚，他与王维还是甚相合的。此诗中“寂寂竟何待，朝朝空自归”是不遇的叹息。孟浩然要回故乡隐居，但可惜要与王维分别了。朝廷中没有人帮助孟浩然，“知音世所稀”一语，表明孟浩然是视王维为知音的。既然求仕无望，孟浩然只能归去故乡，寂寞地度过余生了。

诗里有孟浩然对朝廷压抑人才的怨愤，有不忍远别知心朋友王维的心情，还有对自己怀才不遇的嗟叹。

早寒有怀

——孟浩然

木落雁南度，北风江上寒。
我家襄水曲[①]，遥隔楚云端。
乡泪客中尽，孤帆天际看。
迷津欲有问[②]，平海夕漫漫。

【注释】

①襄水：也叫襄河，在湖北襄阳西北。 ②迷津：迷失方向，找不到渡口，喻找不到出路。

【译文】

木叶飘落，大雁往南飞，北风呼啸，江水彻骨寒。我的家乡在那襄水湾，远隔此地，犹在楚天云端。思乡的泪水在客游中流尽。家人也在遥望天边的孤帆。迷茫中想寻问我的出路在何方，日落黄昏看不清齐岸的江水漫漫。

【赏析】

此诗也当是孟浩然漫游途中所作。

“木落雁南度，北风江上寒”两句出自鲍照“木落江渡寒”，但孟浩然之作如行云流水，更准确地写出了深秋的景象，化用成句而自成意境，为以下的思乡之情立下了基调。诗人在异乡遥望故乡，深深地眷恋襄阳、襄水，但故乡可望而不可即，只能垂下思乡之泪、遥看天际孤帆。这种漂零之感只有羁旅之人才能深切地体会到。诗人身在他乡，迷于津梁，无从觅路，眼前只见傍晚宽平如海的江面上无边无际的波涛。此诗的这末二句既实写当时情景，又隐喻诗人自己仕途失路的悲慨。

这首诗透露出来的仍然是孟浩然长安碰壁之后的牢骚和惘然，思乡之情和写景之句浑然一体，深沉蕴藉。“乡泪客中尽，孤帆天际看”二语，写尽天下游子共有的情怀。

【刘长卿】（约726—约786），字文房，河间（今河北献县）人，一说宣城（今安徽宣城）人。少时居嵩山读书，后居鄱阳，开元二十一年（733）中进士，任长州尉。后摄海盐令，因事下狱，贬南巴尉。大历初，以检校祠部员外郎为转运使判官，知淮西鄂岳转运留后。因忤鄂岳观察使吴仲孺，被贬为睦州司马。德宗即位后，擢为随州刺史，世称刘随州。刘长卿虽经历了盛唐时期，但大部分诗歌作于中唐前期，与钱起并称钱刘，为大历诗风的主要代表人物之一。其诗多写贬谪身世之叹和山水隐逸的闲情逸致。文笔简淡，意趣闲远，形成冲淡洗练之风格。专工近体，尤擅五律，曾自诩为“五言长城”。

秋日登吴公台上寺远眺①

——刘长卿

古台摇落后，秋日望乡心。
野寺人来少，云峰水隔深。
夕阳依旧垒，寒磬满空林。
惆怅南朝事，长江独至今。

【注释】

①吴公台：在今江苏省江都县。

【译文】

草木凋零树叶落，我独自登上吴公台。秋境萧疏令人悲，思乡愁绪涌上心头。荒野古寺来人少，云峰阻隔流水深。夕阳缓缓下沉，依傍着旧时壁垒。寒磬声声传响，在空寂的山林中回荡。南朝往事已化为陈迹，登临怀古我心中惆怅。唯有浩浩荡荡的长江，日夜奔流不停息。

【赏析】

在一个秋风摇落树木和百草的日子里，诗人登上南朝宋沈庆之攻竟陵王诞所筑的弩台上的寺庙中。寺庙已经荒凉，人踪稀少；远望山峦，皆在云罩雾缭之中。傍晚的太阳沿着旧日的堡垒缓缓下落，寺院中传出的钟磬之声慢慢向空林中弥散。秋风四起，这钟磬之声也似带有一种寒意。南朝故迹尚存，人早不在，空留长江之水，在秋日的夕阳中独自流淌。

这是一首咏怀古迹的诗。第二联一写近景，一写远景，第三联以夕阳衬旧垒，以寒磬衬空林，旧日辉煌的场所如今是衰草寒烟，十分凄凉。当时人争名夺利，但时光流逝，各归黄土，诗意外，有一种早知今日何必当初的慨叹。

此诗将凭吊古迹和写景、思乡融在一起，对古代兴废的咏叹苍凉深邃。

送李中丞归汉阳别业

——刘长卿

流落征南将，曾驱十万师。
罢归无旧业①，老去恋明时②。
独立三边静③，轻生一剑知。
茫茫江汉上，日暮欲何之。

【注释】

①旧业：在家乡的产业。 ②明时：对当时朝代的美称。 ③三边：指汉幽、并、凉三州，其地皆在边疆。此处泛指边疆。

【译文】

四处流落的征南将，你曾统领十万雄师。罢职归来产业全无，到老还留恋如今的盛世。你独立迎战，威镇边疆。你出生入死，只有随身的宝剑知道。在这茫茫的江水上，日落后你将去何方？

【赏析】

此诗四十个字与王维那首《老将行》的感慨是相同的。

诗人送别的这位李中丞曾经是功业赫赫的征南将军，当年他率十万雄师挥戈南下。罢官而归时，原籍并无田园庐舍，可见李中丞为官清廉；年纪渐大时，仍眷念政治清明的时代。当年李中丞在边塞，为国抗敌不怕牺牲，只有身上的佩剑知道。如今李中丞要归居汉阳别业，诗人在茫茫汉江边为他送行，不知道李中丞的前途如何。

此诗以李中丞的流落无依始，以流落无依终，中叙李中丞的赫赫战功，“明时”一词含有对当时的讽刺：既然是明时，战功卓著的老将为何还要被罢归呢？诗的末联写得悲凉苍茫，对李中丞的遭遇表示了深切的同情。

饯别王十一南游

——刘长卿

望君烟水阔，挥手泪沾巾。
飞鸟没何处，青山空向人。
长江一帆远，落日五湖春[①]。
谁见汀洲上[②]，相思愁白苹[③]。

【注释】

①五湖：指太湖。 ②汀洲：水边或水中平地。 ③白苹：水中浮草，花白色，故名。

【译文】

我遥望着你的小舟，在浩渺的水雾上漂浮。挥手向你告别，手巾已被泪水湿透。你像云中高飞的小鸟，我已望不见你的踪影。面对寥寂的青山，我枉然一片痴情，浩浩荡荡的长江，载着你的帆船远去。到那落日辉映的五湖，你可饱赏春日的美景。又有谁能看见，我孤孤单单伫立小洲上。眼望开着小花的水中浮草，心中充满相思的惆怅。

【赏析】

此诗也是一首送别之作，但纯从送别后的景和情处落笔。

友人之舟已向烟水迷漾的远方驶去，但诗人还在向他挥手送别，并洒下离别的热泪。渐渐地，见不着友人的旅舟了，江面上鸟在飞，不知它们要飞往何处；远处只有静默的青山对着诗人。朋友乘坐的船儿沿长江向远处去了，诗人在斜阳里伫立，想象着友人即将游五湖的情景。就这样离别了，谁知道诗人对朋友的思念之情呢？

诗人调动了眼前所见之物，为送别增悲，用“一切景语皆情语”来形容此诗是很恰当的。

寻南溪常道士

——刘长卿

一路经行处，莓苔见屐痕[①]。
白云依静渚[②]，芳草闭闲门。
过雨看松色，随山到水源。

溪花与禅意，相对亦忘言。

【注释】

①屐痕：一作“履痕”，古人游山多穿屐，此处指足迹。 ②渚（zhǔ）：水中的小洲。

【译文】

我寻他一路走去，莓苔中现出足迹。白云浮进水中的小洲，芳草遮住了紧闭的屋门。我观看雨后的苍松翠柏，又循山路走到水源头。溪边的花草通禅意，相对无言。

【赏析】

此诗写寻道士的过程，写这个过程其实也是写道士隐居处的清幽景色。

既然路上莓苔遍布、间有屐痕，可见这里是人迹罕至之处；悠悠白云缭绕在安静的沙洲，是远景；道士居住的地方门悠闲地关着，门外芳草萋萋，是近景。远景近景可用一个字来形容：“静”。诗人在寻找道士的过程中，饶有兴致地看着雨后松林之色。雨后的松林是什么样的颜色呢？诗人没有说明，读者自能领会。雨后，山中溪水潺潺，绕着山能找到溪水的源头。最后诗人找到了道士，溪水与道士，相对无言，又是一副安闲的景象。山林安闲，道士安闲，诗人也是安闲的。

在这首诗中，寻找道士是起因，诗人赏鉴道士的隐居环境是结果。诗的中间两联清新如画，显示出刘长卿的写景本领。

新　年　作

——刘长卿

乡心新岁切，天畔独潸然[1]。
老至居人下，春归在客先。
岭猿同旦暮，江柳共风烟。
已似长沙傅[2]，从今又几年。

【注释】

①潸（shān）然：流泪貌。 ②长沙傅：贾谊。西汉贾谊曾为大臣所忌，贬为长沙王太傅。

【译文】

新岁新年，思乡心更切，我独自在天涯，泣流伤心泪。年纪老大，还屈居人下，春又归来，我还不曾回家。山中猿猴，朝夕与我做伴。江边的柳树，与我同领水上的风烟。我就像当年的贾谊，不知还要淹沉多少年。

【赏析】

此诗是作者被贬为南巴尉时所作。

又是新年了，新年里诗人特别思念家乡，但他被贬在天边之地，距家遥远，欲归不得，只好独自潸然下泪。加上自己垂老之年官职卑微、居人之下，心情就更黯淡了。

人不能归家，新年的春风却已归家了，诗人不由得羡慕起春风来了。诗人悲叹自己在巴南，只能和岭猿同度日夜，和江柳同赏风烟，像这样的似贾谊贬谪长沙的日子不知还要多少年才能结束？

这首诗当然不仅仅是表达新年怀乡的。诗人以贾谊自比，对自身的遭遇是怀着愤慨之情的。诗的第三联，虽然不明说自己的悲苦孤独心境，但自身既然只能与岭猿、江柳相比拟，那么，这种孤独和悲苦不就不言而喻了。

【钱　起】（722—780），字仲文，吴兴（今浙江湖州）人。天宝十载（751）中进士，授秘书省校书郎。乾元初任蓝田县尉，与王维交往甚密。后人朝历任司勋员外郎、司封郎中、终考功郎中、太清宫使。钱起当时诗名很盛，为“大历十才子”之冠，其诗多为赠别应酬，流连光景、粉饰太平之作，与社会现实相距较远。然其诗具有较高的艺术水平，风格清空闲雅、流丽纤秀，尤长于写景，为大历诗风的杰出代表。

送僧归日本

——钱　起

上国随缘住[1]，来途若梦行。
浮天沧海远，去世法舟轻[2]。
水月通禅寂，鱼龙听梵声[3]。
惟怜一灯影[4]，万里眼中明。

【注释】

①上国：这里指中国。　②法舟：指僧人所乘的船。　③梵声：念经的声音。④灯：这里是双关语，以舟灯喻禅灯，暗指佛法。

【译文】

你随缘到中国，一路飘摇若在梦里行。小舟远游沧海，就像飘浮在天际。你端坐法舟里，离开尘世一身轻。水中的月影通晓寂灭的禅理。海里的鱼龙倾听你诵经的佛音。我独爱那一盏禅灯，光照万里，使我心亮眼明。

【赏析】

这是一首送日本僧回国的诗。

诗的前半部分写日僧从“浮天沧海远”之地而来，在“上国随缘住”；后半部分“去世法舟轻”写日僧归国。“浮天沧海”，可见日僧来华不易；“去世法舟轻”一语双关，一指日僧乘船渡海归国，一指佛法普渡众生；第三联又赞日僧品格清美，佛法崇高，渡海回国时能以经声感动鱼龙。诗的末联也一语双关，既言日僧之舟行于海上，灯照万里，又言佛法如灯，能照亮众生心灵。

此诗用了众多佛家语，以此表达日僧远行是十分贴切的。

谷口书斋寄杨补阙[1]

——钱　起

泉壑带茅茨[2]，云霞生薜帷[3]。
竹怜新雨后[4]，山爱夕阳时[5]。
闲鹭栖常早，秋花落更迟[6]。
家童扫萝径[7]，昨与故人期[8]。

【注释】

①谷口：古地名，在今陕西泾阳县西北。　②泉壑（hè）：这里指山水。茅茨：

原指用茅草盖的屋顶，此指茅屋。③薜帷：生长似帷帐的薜荔。④怜：可爱。新雨：刚下过的雨。⑤山：即谷口。⑥迟：晚。⑦家童：旧时对私家奴仆的统称。萝径：长满松萝的小路。⑧昨：先前。

【译文】

泉水绕着我的茅舍，霞光映照帷幔般的薜荔。新雨过后青竹更苍翠，夕阳晖中山色更秀美。悠闲的白鹭早早栖息，秋日的花朵迟迟不凋谢。家僮扫净满是松萝的小径，早与故人相约，只等他如期来临。

【赏析】

钱起擅长写景，这首《谷口书斋寄杨补阙》以写景清妙著称。

诗的大部分篇幅写了书斋及周围的幽美风景：书斋被围绕在谷口的泉壑之间；云霞从书斋外墙的薜帷间升起。可知书斋的幽静，书斋在山中高处。书斋附近，有浓密的竹林，雨后竹林青翠；傍晚时，山光万状。白鹭因闲着无事，常常很早就栖息了；花在高山中，谢得更迟些。这六句写出了书斋附近的清幽风景。那么，诗人为什么要作这样的渲染呢？原来他已与老朋友杨补阙约好，邀他来书斋赏景。这一笔犹如画龙点睛，前面六句的写景就不再是漫无边际的闲笔了。

淮上喜会梁州故人①

——韦应物

江汉曾为客，相逢每醉还。
浮云一别后，流水十年间。
欢笑情如旧，萧疏鬓已斑。
何因不归去？淮上有秋山。

【注释】

①淮：淮河。梁州：今河南开封。

【译文】

我俩曾一同客居在江汉，每次相逢定要喝酒畅谈，直到酣醉方才回去。自从离别后，你我四处飘游如浮云，转眼逝去已十年，岁月宛如大江流。今日相见，我们执手欢笑，友情依然如故。岁月催人老，我们已两鬓斑白、头发稀疏。你问我为何不回还？只因贪恋淮上的秋山。

【赏析】

诗人在淮上喜逢故人，而有此作。

诗人先是回忆了往昔与老朋友相处的情景：当初诗人客居江汉一带，常与这位老朋友相聚，相聚时总是一醉方休、醉后方归；分别后，他们的行踪像浮云一样飘忽不定，十年时光像流水一样迅速过去了。诗的后半部分写重聚之乐：他们重新聚首后，欢愉如昔，情谊如昔，但岁月无情，各自的两鬓都已染了霜华。朋友问诗人因何不回故乡长安，韦应物答因“淮上有秋山”，足堪逗留。实则淮上并无山，乃一片平原，此“秋山”可作一般的风景解。韦应物早年任侠使气，晚年闲静清雅，对河山丘壑能深刻领略。

赋得暮雨送李曹

——韦应物

楚江微雨里，建业暮钟时[①]。
漠漠帆来重，冥冥鸟去迟。
海门深不见[②]，浦树远含滋。
相送情无限，沾襟比散丝[③]。

【注释】

①建业：今南京市。 ②海门：今江苏省海门县。 ③散丝：指细雨，这里喻流泪。

【译文】

楚江上飘着绵绵细雨，建业城传来阵阵钟声。水气濛濛，船帆沉重，暮色冥冥，飞鸟迟行。海门悠遥望不见，远树湿润含水雾，送你离去心不舍，依依惜别，情意无限。清泪沾衣襟，就像飞洒的雨丝，无穷无尽。

【赏析】

这是一首送别之作。

诗人在今南京附近送别李曹，送别之时在傍晚，南京城里寺院中的钟声悠悠传来，诗人与友人站在江边，李曹要去的地方是长江的上游（属楚地，故称“楚江”）。远眺江面，因水气氤氲，布帆被雨沾湿而增加了重量，船行因此不快；鸟飞高空，因为飞远了，看起来好像飞行很慢。下眺长江下游，入海处幽暗难辨，水边的树远远地看起来如含着水气。诗的末联写惜别之情。

回过头来看此诗，我们可以发现，诗的前六句写景，其实是为送别制造一种气氛，因为惜别，诗中充满了愁黯的色彩，由于有了这种气氛、色彩作铺垫，水到渠成地结出了末联。

【韩　翃】生卒年不详。字君平，南阳（今河南南阳）人。天宝十三载（754）进士。宝应元年（762）在淄青节度使侯希逸幕府中任从事。永泰元年（765）侯希逸为部将所逐，翃亦随之返长安，闲居十年。大历九年（774）在汴宋节度使幕中任职，后因《寒食》诗见赏于德宗，擢为驾部郎中、知制诰，官至中书舍人。韩翃为大历十才子之一，其诗多为送别酬赠之作，题材较为狭窄，诗风华丽、技巧娴熟，为中唐名家。

酬程近秋夜即事见赠

——韩　翃

长簟迎风早①，空城澹月华②。
星河秋一雁，砧杵夜千家。
节候看应晚，心期卧亦赊③。
向来吟秀句，不觉已鸣鸦。

【注释】

①簟（diàn）：竹名。　②澹：荡漾貌。月华：月光。　③赊：迟。

【译文】

长竹迎着早来的秋风，空城荡漾着清丽的月光。一只鸿雁飞向银河，静夜传来千家捣衣的砧响。春去秋来时令已不早，两心相约互酬唱，我激动不已睡得迟。刚才吟诵你秀美的诗句，不觉天已拂晓鸦雀鸣啼。

【赏析】

这是一首酬答友人的诗。友人的诗题作《秋夜即事》，韩翃既以原题奉酬，因此，也从秋夜所见写起：挺拔的竹子首先感受到了秋风，明亮的月光洒遍了全城。银河耿耿，一雁横空而过；砧杵声声，千家都在捣衣。这第二联可以视作此诗的警句，不但对仗工整，写景也清切，尤其是秋夜空中一雁横空（要是有很多雁儿飞过，意境就大逊了），顿时写出了秋空的寥廓和寂寞，堪称“诗眼”。

下半部分落实到“酬”字上：季节已到秋天了，由于热切地思念程近，睡时已经很迟了；刚才晚上一直诵读着程近的佳句，致使难以成眠，不知不觉中天亮鸦鸣了。平心而论，此诗的后半部分落入了应酬的俗套中，无甚可称之处。

【刘昚虚】生卒年不详，洪州新吴（今江西奉新）人。开元二十一年（723）中进士，又登宏词科。仕途坎坷，年寿不长。与孟浩然、王昌龄等友善。其诗多写山水隐逸，殷璠《河岳英灵集》卷上评其诗云：“情幽兴远，思苦语奇。”工于五言。

阙　题

——刘昚虚

道由白云尽[①]，春与青溪长[②]。
时有落花至，远随流水香。
闲门向山路[③]，深柳读书堂[④]。
幽映每白日[⑤]，清辉照衣裳。

【注释】

①道：道路。由：因为。②春：春意，即诗中所说的花柳。③闲门：指门前清净，环境清幽，俗客不至的门。④深柳：即茂密的柳树。⑤幽映：指“深柳”在阳光映照下的浓阴。每：每当。

【译文】

蜿蜒的山路延伸到白云尽处，长长的溪水两边都是春天的美景。不时有落花随溪水飘流而至，远远地就可闻到水中的芳香。闲静的荆门面对蜿蜒的山路，读书堂掩藏在茂密的柳树林中。每当阳光穿过柳林，清幽的光辉便洒满我的衣裳。

【赏析】

这是一首写暮春山居的诗。

诗人的“读书堂”在深山之中，在去读书堂的路上，白云缭绕，仿佛封住去路，路旁的青溪很长，水源很远，而流水所至，落花的色和香也和它一同到来，因此，这是一条“春”和“溪”一路作伴的山路。诗人的读书堂门前清静，柳树掩映，白天人坐读书堂中，太阳透过柳枝照在衣裳上的是一片清幽的光辉。诗人在这里与山花、山溪朝夕相处，自然能心旷神怡、物我两忘了。

刘昚虚可归入王孟诗派中，他的诗歌诗境清淡，从这首《阙题》中，也可以见出诗人恬淡的性情。清人俞陛云评此诗：“此诗起、结皆不用偕律，弥见古雅。”风格与孟浩然诗很相近。

【戴叔伦】（732—789），字幼公，一作次公，润州金坛（今江苏金坛县）人。少时从萧颖士学，为门人之冠。安史乱起，避居鄱阳，闭门读书。大历初，由刘晏招至转运府中任职。后以监察御史里行出为东阳县令，复随李皋至江西，为江西节度使府留后。贞元元年（785）擢抚州刺史，又封谯县男，迁容州刺史兼御史中丞、本管经略使。世称戴容州。论诗主张“诗家之景，如蓝田日暖，良玉生烟，可望而不可置于眉睫之前”。其诗内容较为宽泛，各种体裁皆有所涉猎。

江乡故人偶集客舍

——戴叔伦

天秋月又满①，城阙夜千重②。
还作江南会③，翻疑梦里逢④。
风枝惊暗鹊⑤，露草覆寒蛩⑥。
羁旅长堪醉⑦，相留畏晓钟⑧。

【注释】

①天秋：谓天行秋肃之气；时令已值清秋。 ②城阙：宫城前两边的楼观，泛指城池。千重：千层，层层叠叠，形容夜色浓重。 ③会：聚会。 ④翻疑：反而怀疑。翻：义同“反”。 ⑤风枝：风吹拂下的树枝。惊暗鹊：一作“鸣散鹊”。⑤露草：沾露的草。寒蛩（qióng）：深秋的蟋蟀。 ⑦羁（jī）旅：指客居异乡的人。长：一作“常”。 ⑧相留：挽留。晓钟：报晓的钟声。

【译文】

秋夜又迎来一个满月，城楼沉浸在浓浓的夜中。我们不期而遇，相聚在江南，却令人怀疑，重逢在梦里。风吹树枝摇，惊飞栖息的小鸟。秋草霜露重，覆盖泣啼的寒虫。羁旅之人好喝酒，酒醉方能解乡愁。今夜留你开怀畅饮，真怕听到报晓的钟鸣。

【赏析】

此诗写作者羁旅之中与朋友偶集之事。

聚首的时间是在一个秋天明月之夜，聚首的地点在城中。老朋友们能在他乡聚会，使诗人怀疑这是不是在梦中。室内是老朋友们重逢场景，气氛热烈，时间过得很快；室外，秋风吹动树枝，惊飞栖息枝上的鸟鹊，露水打湿秋草，秋虫好像在草中哭泣。

诗人与朋友都在羁旅之中，都很留恋这次难得的聚会，唯恐天亮了又要分手。这首诗的中心是写“故人偶集”，但聚会的地点在客舍——大家都在外乡，因此，除了有重逢的喜悦外，更多的是对羁旅的嗟叹，诗的第三联，与其说是写景，不如说是在写诗人作客外乡的辛酸况味。一“惊”字、一“泣”字，充分传达出这种况味。

【卢　纶】（739—799），字允言，祖籍范阳（今河北涿县），后徙家蒲州（今山西永济县）。大历初屡试不第，经宰相元载、王缙荐举阌乡尉，迁集贤院学士，秘书省校书郎，后出任陕府户曹参军、河南密县令。建中初，任昭应令，朱泚叛乱，一度陷于贼中。翌年，浑瑊召为叛官，后随浑瑊去河中，任检校户部郎中，卒于河中军幕。其诗多为赠答唱和、送别陪宴之作。因后期长居军幕，所作边塞诗多慷慨雄壮之音，颇有名作传世。

送李端

——卢　纶

故关衰草遍[①]，离别正堪悲。
路出寒云外[②]，人归暮雪时。
少孤为客早[③]，多难识君迟。
掩泪空相向，风尘何所期[④]。

【注释】

①故关：故乡。衰草：冬草枯黄，故曰衰草。　②“路出”句：意为李端欲去的路伸向云天外，写其道路遥远漫长。　③少孤：少年丧父、丧母或父母双亡。④风尘：指社会动乱。

【译文】

故乡的路口，遍地是枯草，与你离别，我强忍伤悲。你上路远去，隐没寒云外，我独自归来，日落雪飞舞。我少小孤苦，早离家乡四处漂泊，时世多艰难，可惜与你相识太晚。望着你远去的方向，我怅然掩面泪流淌。世道纷乱风尘扰，重逢相聚又盼何日。

【赏析】

这是一首悲凄的送别诗。

作者送别李端之时，正是岁寒季节，衰草遍地。这种时节、这种景象，本来就令人有凄凉感，何况还要送别朋友！李端是经过高入寒云的山路离去的，作者送别回来正当日暮飞雪的时候，这种送别愈发使人愁绪万端。

作者联想自己的身世：年少时便死了父亲，很早就流落他乡；正值国家多难，所以很迟才结识李端。“多难识君迟”一语已含作者与李端性情相投之意。然而，在这种使人悲凄的季节送别朋友，作者不禁泪落沾巾，何况，在这种离乱的年代，一别之后，何时才能重逢呢？故关衰草、寒云暮雪的阴郁笼罩全诗，衬得离别之情凄切。

【李　益】（748—827），字君虞，陇西姑臧（今甘肃武威县）人。大历四年（769）中进士，授华州郑县尉。两年后中讽谏主文科，擢郑县主簿。因职不称意，遂弃官北游河朔，先后入臧希让、李怀光、杜希全、张献甫、刘济等幕中，处军旅中长达26年。后为宪宗召入朝中，为秘书少监、集贤殿学士，屡迁太子宾客、右散骑常侍等职，以礼部尚书致仕。其诗以边塞诗最为杰出，内容多写士卒久戍思乡之情，感伤气氛较浓，并兼及塞外风光。晚年入朝为官。兼擅众体，尤以七绝见长。所作七绝凝练含蓄、韵味绵长，音律和畅，甚得世誉。

喜见外弟又言别[1]

——李　益

十年离乱后[2]，长大一相逢，
问姓惊初见，称名忆旧容。
别来沧海事[3]，语罢暮天钟[4]。
明日巴陵道[5]，秋山又几重。

【注释】

①外弟：姑母的儿子。　②十年离乱：在社会大动乱中离别了十年。　③别来：指分别十年以来。来，后也。沧海事：比喻世事的巨大变化，犹如沧海变桑田，桑田变沧海那样。　④语罢：谈话停止。暮天钟：黄昏寺院的鸣钟。　⑤巴陵：唐郡名，治所在今湖南岳阳市。

【译文】

战乱纷纷，一去十年整。离别时我们还年少，今相逢却已长大成人。询问你的姓氏，好像初识的朋友，道出你的名字，才回忆起旧日的面容。千言万语，谈不完别后的变故，不知不觉，已传来寺庙的晚钟。明日你就要踏上巴陵道，重重的秋山，又将我们隔断。

【赏析】

此诗以朴实的语言写出了悲欢离合之情。

国家动荡不宁，诗人与表弟流离失所，十年之后重新相逢；久别初见，两人仿佛已不相识，称名道姓之后，始能追忆旧日容貌。两人各叙别来情事，直至深夜时分。明天他们又要分别了，秋山万重，不知何日方能会面。

社会的动荡给诗人、给诗人表弟乃至全体百姓带来了深重的灾难，“问姓惊初见，称名忆旧容”两句，形象地写出了动荡的年月里百姓流离失所的情形。诗的末联不写离情，然而余音袅袅，离情尽现。

【司空曙】（720—790），字文明，广平（今河北鸡泽东南）人。大历初，任洛阳主簿，后为右拾遗。建中年间，被贬为长林县丞。复被剑南节度使韦皋招至幕中，任检校水部郎中。其诗多为赠别酬答、羁旅行役之作。长于近体，尤工五律，诗风闲雅疏淡，为大历十才子之一。

云阳馆与韩绅宿别[1]

——司空曙

故人江海别，几度隔山川。
乍见翻疑梦，相悲各问年。
孤灯寒照雨，深竹暗浮烟。
更有明朝恨，离杯惜共传[2]。

【注释】

①云阳：今陕西省三原县。宿别：同宿后又分别。　②共传：互相举杯。

【译文】

与你江海一别，远隔千山万水，一去多少年月。今日意外相见，反倒疑是在梦里面。相对悲叹，互问各自庚年。孤灯照冷雨，竹林幽深烟雾起。明日将分手，离别更难受。我们共举杯，痛饮这惜别酒。

【赏析】

此诗写动荡岁月中故友重逢的喜悲。

诗人与朋友江海一别，现在好不容易才见面。多年不见，忽然重逢，不以为真，反以为梦；人事沧桑，匆匆过去了许多年，都记不得彼此的年龄了，所以在悲叹中互相询问。老友重逢，有说不完的话，在客舍中，孤灯寒照，各叙平生；客舍外竹林深邃：淡烟迷茫，为此次重逢增添一种凄凉，也似在为明天又要离别增添一种悲伤。诗人与朋友非常珍惜这次重逢，互相传杯劝酒。在“大历十才子”中，司空曙的才力较高。此诗的第二联，朴挚直率，写出了老友重逢的喜悦，也写出了对动乱年代相见之难的感慨，为后人所传诵，也增强了此诗末联惜别之情的效果。

喜见外弟卢纶见宿[①]

——司空曙

静夜四无邻，荒居旧业贫。
雨中黄叶树，灯下白头人。
以我独沈久，愧君相见频。
平生自有分[②]，况是霍家亲[③]。

【注释】

①卢纶：作者表弟，与作者同属“大历十才子”。见宿：留下住宿。见：一作“访”。　②分（fèn）：情谊。　③霍家亲：一作“蔡家亲”。晋羊祜为蔡邕外孙，这里借指两家是表亲。

【译文】

夜来静悄悄，我独居无四邻。家住荒郊外，产业衰败家道贫。雨中望秋树，黄叶落纷纷。孤灯微光昏，照我白头人。我已久沉沦，独自守寂寞。烦劳常来探望，愧对你的殷勤。我们素来有情谊，何况是表亲。

【赏析】

此诗前半写自己荒居之苦，后半写外弟见宿之乐。

诗人自叹家道衰落，旧业无多，因而穷居无邻：在雨打黄叶的夜里，只有孤独的、头发已白的诗人。“雨中黄叶树”承“荒居旧业贫”，“灯下白头人”承“静夜四无邻”。外弟卢纶来访，使诗人十分高兴：以我这个长久沉沦的人，多次蒙你来看望，我怎不感到惭愧！然而你我原是至交，自有缘分，何况彼此还是表亲！

在这首诗中，诗人把几样客观事物不露痕迹地组织在一起，让它们互相烘托而又联合，营造出一种氛围，“雨中黄叶树，灯下白头人”一联，因此受到人们的赞赏——这些事物不是靠有力的动词来联系，而只由“中”“下”等字轻轻淡淡地搭线，来增添这种氛围的效果。

贼平后送人北归[1]

——司空曙

世乱同南去，时清独北还[2]。
他乡生白发，旧国见青山[3]。
晓月过残垒[4]，繁星宿故关。
寒禽与衰草，处处伴愁颜。

【注释】

①贼平：指安史之乱已平。 ②时清：指时局已安定。 ③旧国：指故乡。 ④残垒：战争留下的军事壁垒。

【译文】

乱世之中，我们一同南去，时局安定，你就要北归。飘流他乡，心忧早生白发，回到故地，青山依旧如昔。晓月初照，你正走过残垒，繁星当空，你已留宿故乡山中。塞禽哀鸣，衰草凄凄，一路伴随你憔悴的愁颜。

【赏析】

安史之乱持续八年，致使百姓流离失所。此诗当是安史之乱结束不久时的作品。乱平后，诗人送友人北归。诗人回忆安史乱起的情景道：当时乱起时，他与友人一起逃往南方。乱平后友人一人北归。在这长长的岁月里，大家都在辗转他乡的过程中头生白发，现在朋友一人回故乡去。战后故乡当残破不堪，恐怕只有青山依旧了。诗的后半部分设想朋友北归路上的情景：你将在天还未亮、月仍在空的时候早起，要在繁星满天的夜里才能休息，早行晚宿，经残垒过故关；你将独自一人，无人作伴，一路所见，处处都是使人添愁的塞外禽鸟与衰草罢了。

诗人写出了惜别友人之情，也写出了诗人独留他乡的愁绪，并曲折地表达了对故国残破的悲痛。

【刘禹锡】（772—842），字梦得，洛阳（今河南洛阳市）人。贞元九年（793）中进士，又登博学鸿词科。贞元十一年（795）授太子校书，累官至监察御史，后参与“永贞革新”，为王叔文集团的核心人物之一，升任屯田员外郎，判度支盐铁案。革新失败后，贬为朗州司马。十年后召入京城，又因作诗讽刺新贵，被排挤出京任连州刺史，后历任夔州、和州刺史。文宗初，复召入朝，任主客、礼部郎中，兼集贤殿学士。不久又出为苏州、汝州、同州刺史。开成元年（836）迁太子宾客，分司东都，世称刘宾客，官终检校礼部尚书。其诗涉猎题材广泛，所作政治讽刺诗，辛辣尖锐，痛快淋漓；所作怀古诗，沉郁苍凉，语浅意深；所作仿民歌诗，清新爽朗，别开生面。诗兼众体，尤擅七言，多有名篇、名句流传于世。

蜀先主庙①

——刘禹锡

天地英雄气②，千秋尚凛然。
势分三足鼎③，业复五铢钱④。
得相能开国⑤，生儿不象贤⑥。
凄凉蜀故妓，来舞魏宫前⑦。

【注释】

①蜀先主庙：在今四川奉节县。先主：指刘备。 ②英雄气：《三国志·蜀志·先主传》记曹操对刘备说：“今天下英雄，惟使君与操耳。” ③“势分”句：魏、蜀、吴三分天下，势如鼎足。 ④“业复”句：王莽代汉时，曾废五铢钱，至光武帝时，又重铸五铢钱。这里比喻刘备想复兴汉室。 ⑤“得相”句：指得诸葛亮以丞相辅佐才建立蜀汉。 ⑥“生儿”句指刘备之子后主刘禅平庸无能，不能继承刘备的事业。 ⑦“凄凉”两问：蜀汉降魏后，刘禅迁至洛阳，被封安乐县公。一日，魏太尉司马昭与之宴，并让蜀国乐伎歌舞于刘禅前，旁人皆为他感伤，他却嬉笑自若。

【译文】

先主的英雄气，充塞天地贯山河；千秋长存，后人崇敬。想当年，三分天下，势成鼎足，汉室复兴，建立大业。求得贤相诸葛亮，把蜀汉国邦开创。生下儿郎无贤才，未能酬先王壮志。蜀国故妓歌舞魏宫前，后主坐观嘻笑无愧颜，只可叹，国家沦丧实在凄凉。

【赏析】

这是作者经过蜀先主（刘备）庙吊古的诗。庙在夔州，作者曾在夔州做刺史。

诗人对刘备是很敬仰的。当年，曹操与刘备“煮酒论英雄”，说：“今天下英雄，惟使君与操耳。”刘备的这种英雄气概，千载之后还能令人肃然起敬。诗的第二联概括刘备一生的事业：刘备建立蜀汉，与吴、魏三分天下，成“鼎足”之势。刘备自称是汉中山靖王之后，要兴复汉室。“五铢钱”是汉武帝以来的钱币，王莽篡汉后，废止不用。这里用“复五铢钱”代指复汉。诗的第五句说刘备得到丞相诸葛亮的辅佐，所以能开建蜀国；第六句叹惜后主刘禅不能守父业。末两句感叹后主亡国。

此诗对刘备的赞扬很公允，对刘备后继无人终致亡国寄予无限感慨。首联气势不凡，末联感慨深沉，是一首出色的吊古诗。

【张　籍】（766—830），字文昌，祖籍吴郡（今江苏苏州市），后移居和州（今安徽和县）。出身贫寒，贞元十五年（799）中进士，历任太常寺太祝、国子助教、国子博士、水部员外郎、主客郎中、国子司业，世称张水部、张司业。曾从学于韩愈，世称韩门弟子。工于乐府，与王建同为中唐新乐府运动的主要代表人物，并称“张王”。所作乐府诗或沿用旧题，或即事名篇自创新词，较为深刻和广泛地反映了当时不同社会层面的人们的生活，揭露了当时的各种不合理的现象，尤其是反映了人民所受的苦难，并寄予了极大的同情。其诗所用语言，明白晓畅，多为口语，但却精警凝练。王安石评其乐府诗说：“看似寻常最奇崛，成如容易却艰辛。”

没蕃故人①

——张　籍

前年戍月支②，城下没全师。
蕃汉断消息，死生长别离。
无人收废帐③，归马识残旗。
欲祭疑君在，天涯哭此时。

【注释】

①没：陷身。　②月支：一作月氏（zhī）：汉西域国名，借指土蕃。　③废帐：指战败后遗留的营帐。

【译文】

前年你出征月支，全师覆没，城池破。吐蕃汉地消息已断绝，你与我作生死长离别。战场上，一片荒凉，无人收废弃的营帐。幸存的战马往回逃，还认得残破的旗帜。想祭奠你的亡灵，心期望你仍健在。生死难知，令人怅惘，遥望天边，我痛哭断肠。

【赏析】

唐军战败陷落在蕃地，诗人的朋友也在军中，此诗为没蕃故人生死难明而作。诗歌先叙缘由：前年戍守边境的军队在月支一战，唐军全军覆没，蕃汉断绝了消息，内地之人与戍边之军生死长别离。没有人去收拾废弃的行军帐幕，大概战马还认得残破的军旗。诗的第三联设想战场的凄凉。诗人的朋友生死未明。诗人想要祭奠朋友，却希望朋友还活着，只能吞声而哭，哭不知是生是死、在天涯何处的朋友。

诗的末联语意沉痛之极。诗人明白友人肯定也已战死，但存一线微弱的希望，明知这希望不能成为现实，但仍然这样希望着。巨大的悲恸就以这种曲折的希望、无望的希望表达出来。

草①

——白居易

离离原上草，一岁一枯荣。
野火烧不尽，春风吹又生。
远芳侵古道，晴翠接荒城。
又送王孙去，萋萋②满别情。

【注释】

①本诗又题《赋得古原草送别》。 ②萋萋：草茂盛的样子。

【译文】

原野上青草郁郁葱葱，鲜活又茂盛。年年岁岁，枯萎了又茂盛，野火再猛也烧不尽，春风一吹，青草复生。遥远的古道，弥漫着芳草的馨香，在阳光的照耀下，碧绿一片连接边远的城镇。又送友人踏上古道，眼望着萋萋芳草满怀别情。

【赏析】

这是一首咏草之作。

绵密的原上草每年一荣一枯。草枯黄之时即遭野火焚烧。但草是烧不尽的，春天一到，原上之草就又碧绿茂盛了。草的生长速度极快：不仅原上，就连古道荒城也无处不生。当此春草茂密之时，诗人又要送朋友远去，心中凄然，满怀离别之情。

此诗写出了草的顽强的生命力，也写出了草的芳香——“远芳侵古道”，还写出了草的色彩——“晴翠接荒城”，而惜别之情也如春草。全诗借景喻事，意义就不局限于草了。诗的用字准确洁净，“侵”字、“接”字生动传神地刻画出春草蔓延、绿野广阔的景象。

【杜　牧】（803—852），字牧之，京兆万年（今陕西西安市）人，祖居长安下杜樊乡（今陕西长安县），世称杜樊川。大和二年（828）中进士，复登贤良方正能直言极谏科，任弘文馆校书郎，同年被辟为江西团练巡官。后为淮南节度使牛僧孺掌书记，居扬州。大和九年（835）入朝为监察御史，不久分司东都。后出任宣州团练判官。开成四年（839）复回长安，历任左补阙、史馆修撰、膳部员外郎等职。会昌二年（842）出为黄州刺史，后迁池州、睦州刺史。大中二年（848）入朝为司勋员外郎、史馆修撰、转吏部员外郎。后历官湖州刺史、考功郎中、知制诰，官终中书舍人。杜牧有抱负，善论兵，曾注《孙子兵法》，并著文《陈藩镇之祸》与《用兵之策》，其诗多指陈时局之作，怀古诗融入史论，对后世影响颇大，其抒情写景之作也多有名篇传世。工于近体，尤长于七绝。其诗风俊爽雄丽，为晚唐杰出的诗人，为同杜甫有所区别，称“小杜”，与李商隐并称“小李杜”。

旅　　宿

——杜　牧

旅馆无良伴①，凝情自悄然②。
寒灯思旧事③，断雁警愁眠④。
远梦归侵晓⑤，家书到隔年。
沧江好烟月⑥，门系钓鱼船⑦。

【注释】

①良伴：好朋友。　②凝情：凝神沉思。悄然：忧伤的样子。这里是忧郁的意思。　③寒灯：昏冷的灯火。这里指倚在寒灯下面。思旧事：思念往事。　④断雁：失群的鸿雁。警：叫醒。　⑤侵晓：破晓。　⑥沧江：泛指江，一作"湘江"。好烟月：指隔年初春的美好风景。　⑦门：门前。

【译文】

旅馆里，没有知心同伴，我独自静思，心中怅然。面对着寒灯一盏，默默追忆往昔。那孤雁哀哀的叫声，惊醒我愁绕的魂梦。故乡之途甚遥远，梦到拂晓才得归。亲人的书信更难盼，要等来年才能收到。故乡的沧江月色朦胧，烟雾缭绕。我家的门前，系着那晚归的钓鱼船。

【赏析】

此诗写在旅馆热切思念家乡的情怀。

诗的开头两句开门见山，道出了诗人的羁旅之愁：独宿旅馆，无人作伴，只能在寂静之中想一些东西。此时正是夜里，荧荧一灯虽明，然而好像给人带来一种寒意，诗人就在灯下想着往事。断断续续的归雁鸣叫声，惊醒了于思绪黯然中睡去的诗人。因离家太远，梦魂归家也要在侵晓时才能到达；至于家书送到旅馆，就更是隔年之事了。既睡不着觉，诗人出门见到江上烟波茫茫，月色朦胧，门口江畔静静地停泊着钓鱼船——这一切并非不美，并非不宁静，只可惜诗人身在他乡，即使有此烟月相伴，仍然不能摆脱羁愁。

诗的后半部分借他乡事物，更曲折地表达出诗人思乡之情。

【许　浑】(约791—约858),字用晦,一字仲晦,祖籍安陆(今湖北安陆县),后迁居京口(今江苏镇江市)丁卯涧,故世称许丁卯。大和六年(832)中进士,先后任当涂、太平县令,擢监察御史,后因病辞官,居京口。后起任润州司马,历官虞部员外郎、郢、陆州刺史。其诗长于律体,不作古诗。所作以登临怀古、山水田园为佳,格调清新、律法娴熟。因诗中用“水”字甚多,人称“许浑千首湿”。

秋日赴阙题潼关驿楼[1]

——许　浑

红叶晚萧萧,长亭酒一瓢。
残云归太华[2],疏雨过中条[3]。
树色随山迥[4],河声入海遥。
帝乡明日到,犹自梦渔樵。

【注释】

①阙:指长安。潼关:在今陕西省潼关县。　②太华:太华山,即西岳华山,在今陕西省华阴县。　③中条:中条山,在今山西省永济县东南。　④迥:远。

【译文】

晚风吹,红叶萧萧落下,长亭里,饮下别酒一瓢。天上的残云飞回大华山,稀疏的细雨越过中条岭。树色苍莽,随城关远去,河水涛涛流进遥远的海洋。明日就要抵都城,我仍在做那渔人樵夫梦。

【赏析】

作者赴长安途中,于潼关驿楼休息,作了这首诗。此诗一开始便从潼关驿楼所见景象着笔:驿楼附近,红叶在夕阳之中萧萧作响,诗人在驿站休息,饮酒观赏红叶和其他风景:空中残留的云向华山慢慢飘去,疏疏落落的雨点下在中条山上。山势绵延千里,远望之下,树色也越来越远、越来越幽暗;黄河之水滔滔东去,波涛之声也由近而远。明天就能到长安了,但诗人还在眷念着回故乡去过渔樵生活。

此诗气象壮阔,笔力雄健,中间二联纯从大处下笔,云雨声色,尽情地展现出关中山岳河流的浩大气势。末联则流露出作者出仕和归隐的矛盾心情。

早　秋

——许　浑

遥夜泛清瑟，西风生翠萝。
残萤栖玉露，早雁拂金河[①]。
高树晓还密，远山晴更多。
淮南一叶下[②]，自觉洞庭波[③]。

【注释】

①金河：秋天的银河。古代五行说以秋为金。 ②“淮南”句：典出《淮南子·说山训》：“以小明大，见一叶落而知岁之将暮。” ③洞庭波：典出《楚辞·九歌·湘夫人》“洞庭兮木叶下”意。

【译文】

长夜里传来琴声阵阵，西风起，吹拂翠萝依依。残存的萤火虫栖息在沾满白露的草丛。早飞的鸿雁，掠过银河闪烁的天空。曙光初照，高树碧绿枝叶繁茂。晴空万里，远山重重没有尽头。见淮南一片黄叶飘落，我仿佛感到，秋风掀起了洞庭波。

【赏析】

此诗是写早秋景象的。

在长夜中弹奏清瑟，瑟曲连同秋风一起漾过青萝。夏夜萤火虫到处飞舞，到了早秋，则栖息在微寒的露草中；大雁南归，似在银河中飞翔。这两句，一写微景，一写全景；一俯视，一仰视，声（雁声）色（萤光）结合得很和谐。因是早秋，又兼在早上雾中看树，所以觉得树叶还很茂密；在晴朗的早晨远望山色，山色也仍浓绿。这两句也一写小景，一写全景。诗末点题：古人说“一叶落而知天下秋”，如今淮南一叶飘零，自然地知道秋天就要到了，令人想起“袅袅兮秋风，洞庭波兮木叶下”的名句。

此诗紧紧围绕早秋风景来写，无论是写实景还是用典故，都与“早秋”非常贴切。

蝉

——李商隐

本以高难饱[1]，徒劳恨费声[2]。

五更疏欲断[3]，一树碧无情[4]。

薄宦梗犹泛[5]，故园芜已平[6]。

烦君最相警[7]，我亦举家清[8]。

【注释】

①以：因。薄宦：指官职卑微。高难饱：古人认为蝉栖于高处，餐风饮露，故说“高难饱”。 ②恨费声：因恨而连声悲鸣。费，徒然。 ③五更：中国古代把夜晚分成五个时段，用鼓打更报时，所以叫“五更”。疏欲断：指蝉声稀疏，接近断绝。 ④碧：绿。 ⑤薄宦：官职卑微。梗犹泛：典出《战国策·齐策》，后以梗泛比喻漂泊不定，孤苦无依。梗，指树木的枝条。 ⑥故园：对往日家园的称呼，故乡。芜已平：荒草已经平齐，覆盖田地。芜，荒草。平，指杂草长得齐平。⑦君：指蝉。警：提醒。 ⑧亦：也。举家清：全家清贫。举，全。清，清贫，清高。

【译文】

你生来就栖身高处，餐风饮露，难以饱腹。纵然声声哀诉也是枉然。可怜你啼鸣到五更，声音嘶哑，似要断绝。大树依旧碧绿茂盛，冷眼旁观，甚是无情。我职卑禄薄，到处漂泊，故乡的家园，早已荒芜，真凄凉。多谢蝉鸣来提醒，我也要全家守清贫。

【赏析】

此诗名为咏蝉，实则咏诗人自家情怀。

诗的第一联写出了蝉因处高洁而难以饱腹，虽悲鸣寄恨也无人同情。第三句极言蝉通夜哀鸣，到天晓力竭声疏，承上文的“恨”字；第四句承上文的“恨”字：蝉栖息在树上，抱枝哀鸣，而树却“无情”自“碧”。诗人的比喻是很明显的：诗人以蝉自比，以树比他所期望的援助者。

诗的第三联直写诗人漂泊不定的遭遇：官职微小，年年漂泊他乡，故园荒芜，还是早点辞官归去吧。第四联诗人将自己的遭遇与蝉联系起来：多蒙蝉声使诗人警惕，诗人也正与蝉一样清高、清苦。这样，就使全诗首尾相应，写出了诗人的不平和牢骚，也写出了诗人高洁的志向。

风　雨

——李商隐

凄凉宝剑篇[①]，羁泊欲穷年。
黄叶仍风雨，青楼自管弦。
新知遭薄俗，旧好隔良缘。
心断新丰酒[②]，销愁又几千[③]。

【注释】

①宝剑篇：初唐将领郭震，向武则天呈《宝剑篇》。诗结尾云：“何言中路遭弃捐，零落漂沦古狱边。虽复尘埋无所用，犹能夜夜气冲天。”故谓“凄凉宝剑篇”。武则天大为赞赏。　②新丰酒：新丰产的美酒。新丰，故址在今陕西临潼县东。③又：一作“斗”。

【译文】

昔日有人献《宝剑篇》，诗虽凄凉，但诗人受赏。我却终年漂泊，羁旅异乡。我像秋天的黄叶，任风吹雨打。高楼上奏响管弦，是富人在作乐寻欢。新交的朋友，受鄙俗恶言，恐也难长久。旧日的知己，两地分隔，实难相聚。心绝望，借酒浇愁，哪去寻找新丰美酒？纵然有，不知几千才能买一斗。

【赏析】

此诗也是李商隐自伤怀才不遇、写交游冷落的苦闷之情的。

诗人以《宝剑篇》喻自己的才华，但自己虽有才华，却遭际凄凉：到处漂泊，终年无处可以寄托。自己身世飘零，犹如黄叶更加上风吹雨打，而朱门达官纸醉金迷、寻欢作乐。诗的第二联中的“仍”字、“自”字，透出诗人的多少不平之慨！此二字杜甫喜用，李商隐用了，也自成格调。李商隐身处牛李党争的夹缝中，“新知”“旧好”们或碰上凉薄的世风，或没有好的机会，各自飘零，致使李商隐受冷落。在无可奈何之中，诗人只好以酒浇愁，即使酒价昂贵，也不惜沽饮几杯了。

此诗设喻贴切，喟叹深沉，表达的是诗人无尽的愁思。题作“风雨”，可见诗人心中有多少飘零之感！

落　　花

——李商隐

高阁客竟去[①]，小园花乱飞。
参差连曲陌[②]，迢递送斜晖[③]。
肠断未忍扫，眼穿仍欲归[④]。
芳心向春尽[⑤]，所得是沾衣[⑥]。

【注释】

①客竟去：客人竟然都离去了。 ②参差：错落不齐的样子。曲陌：曲折的小径。 ③迢递：高远。此处指落花飞舞之高远者。 ④仍欲归：仍然希望其能归还枝头。 ⑤芳心：这里既指花的精神灵魂，又指怜爱花的人的心境。 ⑥沾衣：这里既指落花沾在人的衣服之上，又指怜爱花的人伤心而抛洒的泪滴。

【译文】

高阁里的客人都已离去，小园中的落花随风乱飞。纷纷扬扬盖满曲折的小径，飘飘洒洒送走斜阳的余晖。痛惜落花，不忍扫除。两眼望穿，春又要归去。赏花的心境已随春归散尽。留给我的仅有沾衣的花絮。

【赏析】

此诗也是借咏落花喻自己身世发出感慨的。

客人去后，喧闹的小园顿时平静、冷寂下来，园中落花乱飞，零落成泥。风送落花，漫天飞舞，落到弯曲的田间小路上，落到斜阳将沉的地方。诗人睹此伤情，不忍扫去落花，希望春天能永驻，园中花儿也能永放。然而天公无情，诗人对春天的希望望眼欲穿，但春天仍无情地归去了。花因春尽而落，诗人的心也因花落而悲，但这种悲伤也是徒劳的，诗人所得到的，无非是沾衣之泪而已。

所谓“落花有情，流水无意，春光无意”，诗人的身世不正像落花一样吗？欲展才华，奈何无门；徒惜才华，奈何流年易逝。诗人念及此，就无怪乎会伤感断肠了。

凉　思

——李商隐

客去波平槛[①]，蝉休露满枝。
永怀当此节，倚立自移时。
北斗兼春远[②]，南陵寓使迟[③]。
天涯占梦数，疑误有新知。

【注释】

①槛：栏杆。　②北斗：指客所在之地。　③南陵：今安徽南陵县。指作者怀客之地。寓使：指传书的使者。

【译文】

客人离去时，秋水高涨齐栏杆。蝉鸣停息，白露挂满树枝。这时节我长久凝思，凭栏远眺，独自捱过多少时辰。在高位如北斗，同春光一样远走。我独居在南陵，信使迟迟无信送达。可怜我天涯沦落人，多次占卜问梦境，莫非客人有新知己，竟将旧情全忘记。

【赏析】

这首诗是作者在南陵时所作。客居甚寂寞，思念自己的亲友情更切，末二句描写用占卜问梦境，忧虑对方已把自己忘记，细腻真切。

北　青　萝[①]

——李商隐

残阳西入崦[②]，茅屋访孤僧。
落叶人何在，寒云路几层。
独敲初夜磬，闲倚一枝藤。
世界微尘里，吾宁爱与憎[③]。

【注释】

①青萝：指山。 ②崦（yān）：即“崦嵫（zī）”，山名，指日落的地方。③“世界”两句：佛教认为三千大千世界全在微尘之中，人在世间，更微乎其微，何必拘于憎爱而苦此心呢。

【译文】

残阳渐渐西沉，隐没在崦嵫山里。我前去寻访，住茅屋的孤僧。只见落叶飘舞，不知人在何处。寒云缭绕小径，曲折又幽深。夜幕初降，独有磬声响，唯见孤僧斜倚青藤杖。大千世界皆在微尘，我何必还纠缠于爱憎。

【赏析】

诗人在暮色中去寻访一位山中的孤僧，通过体味山中疏淡清丽的景色和孤僧恬静闲适的生活，诗人领悟到“大千世界，全在微尘”的佛家境界。这只是李商隐失意之时的感慨，并非他的基本思想。

【温庭筠】（812—870），本名岐，字飞卿。才思敏捷，每入试，未尝起草，叉手八次而成八韵，时称“温八叉”。但因生性傲岸，放荡不羁，讥讽权贵，为时所憎，故屡试不中。仅任过隋县尉、方城尉、国子助教等微小的官职。诗与李商隐齐名，时称“温李”。其诗多写个人沦落之感慨和青楼狎妓之艳情，风格浓艳香软，尤以其乐府诗为最。

送人东游

——温庭筠

荒戍落黄叶①，浩然离故关②。
高风汉阳渡③，初日郢门山④。
江上几人在⑤，天涯孤棹还⑥。
何当重相见⑦，樽酒慰离颜⑧。

【注释】

①荒戍：荒废的边塞营垒。 ②浩然：意气充沛、豪迈坚定的样子，指远游之志甚坚。 ③汉阳渡：湖北汉阳的长江渡口。 ④郢门山：位于今湖北宜都县西北长江南岸，即荆门山。 ⑤江：指长江。几人：犹言谁人。 ⑥孤棹：孤舟。

五言律诗

棹：原指划船的一种工具，后引申为船。 ⑦何当：何时。 ⑧樽酒：杯酒。樽：古代盛酒的器具。离颜：离别的愁颜。

【译文】

废弃的营垒一片荒凉，草木凋零落叶黄。你胸怀大志浩然离故乡。汉阳渡口大风紧，日出即到郢门山。不知江东，还有几位故人在，正盼着，天涯孤舟归来。咱们何日能重相见，举杯同饮美酒，消去这离别愁颜。

【赏析】

这是一首送人东游的诗。

首联点明送别的时间和地点：荒废的哨所黄叶飘零，已是深秋了。友人决意要离开旧关东游。第二、三联设想友人东游路途上的情景：在汉阳渡口，秋风萧萧，郢门山头，秋日初升。浩渺的江上人影稀少，友人的孤舟要到东边天涯（东部近海）去了。什么时候才能再次相见，把酒重叙，以慰离情呢？

诗的内容与一般的送别诗毫无二致，但第二联以名词牵合，犹如司空曙的“雨中黄叶树，灯下白头人”，营造出友人旅程上的萧瑟景象。第三联也高雄俊逸，不愧其才名。

【马　戴】(799—869)，字虞臣，曲阳(今江苏东海县西南)人。屡试不第，客留关中。会昌四年(844)中进士，为太原幕府掌书记，后贬为龙阳县尉，官终国子博士。长于五律，内容多为身世之叹和羁旅行愁。

灞上秋居

——马　戴

灞原风雨定[①]，晚见雁行频。
落叶他乡树，寒灯独夜人。
空园白露滴，孤壁野僧邻。
寄卧郊扉久[②]，何门致此身[③]。

【注释】

①灞原：即灞上，在今陕西省西安市东。 ②郊扉：犹郊居。扉，本指门。③致此身：以此身为国君尽力。致，尽。

【译文】

灞原上风住雨停，暮色中大雁频频飞过，黄叶随风飘落，这不是故乡的树。静夜黑沉沉，寒灯伴我孤独的一个人。园林是这般空寂，只听见白露点点往下滴。四壁是如此孤清，只有出家的僧侣相邻。久居这荒郊野岭，何日才能为君主尽力。

【赏析】

这首诗抒发羁旅他乡、进身无路的悲凉境遇。前六句通过秋天的萧瑟景物，制造了浓烈的客愁氛围，但结句太直白。

楚江怀古（其一）

——马　戴

露气寒光集，微阳下楚丘[①]。
猿啼洞庭树，人在木兰舟[②]。
广泽生明月[③]，苍山夹乱流。
云中君不见[④]，竟夕自悲秋[⑤]。

【注释】

①微阳：落日余晖。楚丘：泛指湖南的山岭。　②木兰舟：船的美称。木兰是一种美丽的树木，高大的树干可以做船。　③广泽：指青草湖，周长二百六十五里，与洞庭湖相连，是古代云梦泽的遗迹。　④云中君：云神。屈原《九歌》有《云中君》篇，此处亦兼指屈原。　⑤竟夕：整个晚上。

【译文】

霜露凝聚着寒光，夕阳西下楚山岗。洞庭树丛里，清猿声声哀啼。乘驾木兰舟顺水飘游。浩翰的湖面明月冉冉升起。苍莽的青山，夹着喧闹的水流，我望不见云神，彻夜难眠，怀古悼往独悲愁。

【赏析】

诗人因直言被贬，心有郁结，诗题怀古，实是抒发自己的感情。诗中描写泛舟洞庭所见景色，凄迷的景物引发他对屈原的怀想（“云中君”是屈原《九歌》的篇名），因“云中君不见”而“竟夕自悲秋”，实则是对自己怀才不遇的悲叹。

【张　乔】生卒年不详，字伯达，池州（今安徽贵池县）人。懿宗咸通年间，与许棠、喻坦之、任涛、郑谷等合称“咸通十哲”。曾四处漫游，黄巢兵起，隐于池州九华山。其诗多为旅游题咏、送友赠别之作。长于五律。

书　边　事

——张　乔

调角断清秋，征人倚戍楼。
春风对青冢①，白日落梁州②。
大漠无兵阻，穷边有客游③。
蕃情似此水，长愿向南流④。

【注释】

①青冢（zhǒng）：指昭君墓，在今内蒙古呼和浩特市西南。传说塞外草白，昭君墓上草色独青。　②梁州：即凉州，在今甘肃省内。　③穷边：即绝塞。④蕃：指吐蕃。此二句喻蕃人之长欲南附。

【译文】

角声悠扬，占尽了金秋的风光。守边将士，倚靠在防城望楼上。昭君墓青草依依，似有春风相随。夕阳缓缓下沉，落入边城梁州。浩翰的大漠没有兵戈阻拦。遥远的绝塞仍有旅客游玩。但愿土蕃民意如同这里的江水，永远朝南方流去。

【赏析】

此诗是作者游边塞，见边塞平安无事，心中畅然所作。

秋天，边境的军人用号角断断续续地吹着乐曲，出征的战士闲闲地靠在戍楼之上；王昭君的墓上、墓边芳草依然青青，如在春天；太阳缓缓地落到边塞的山后。大漠边关没有士兵阻扰游人，因此作者得以到边关畅游。作者睹此情景，心中十分欣慰，并发出但愿外族的民心像这条水一样永远向着大唐的愿望。写边塞平静安宁，且风光宜人，在唐人中是不多见的。

【崔　涂】生卒年不详，字礼山，江南人。光启四年（888）进士，终生漂泊不定，行踪遍巴蜀、吴楚、河南、秦陇之地。其诗多写羁旅行愁、失意落魄之感，格调苍凉低沉。

除夜有怀

——崔　涂

迢递三巴路，羁危万里身①。
乱山残雪夜，孤烛异乡人②。
渐与骨肉远，转于僮仆亲③。
那堪正飘泊④，明日岁华新⑤。

【注释】

①迢递：遥远的样子。三巴：指巴郡、巴东、巴西，在今四川东部。羁危：在艰险中羁旅漂泊。　②“烛”：一作“独”。人：一作“春”。　③转于：反与。僮仆：随行小奴。　④飘：一作“漂”。　⑤明日：指新年。岁华：岁月，年华。

【译文】

三巴的道路悠远绵长，我行走在万里险途上。黑夜中，乱山重重残雪冷。烛光闪，照我孤独的异乡人。骨肉至亲渐渐疏远，反与僮仆亲密无间。怎能忍受这漂泊的生涯，明日又迎来一个新的年华。

【赏析】

这首诗写诗人身在异乡，又值除夕，更感羁旅之愁。“乱山”一联寄情于景，将此种苦情层层推进。五、六句写因不能与亲人相聚，反与僮仆分外亲，抒情细腻，质朴亲切。

孤　雁

——崔　涂

几行归塞尽，念尔独何之①。
暮雨相呼失②，寒塘欲下迟。
渚云低暗度③，关月冷相随。
未必逢矰缴④，孤飞自可疑。

【注释】

①之：往。 ②失：失群。 ③渚（zhǔ）：水中的小洲。 ④矰（zēng）缴：猎取飞鸟的工具。缴：系箭的丝绳。

【译文】

一行行鸿雁都已飞回塞边。可怜你孤零零，要飞往哪里。暮雨凄冷，呼唤失散的同伴。寒塘幽深，迟疑着在天上盘桓。穿过小洲上低浮的浓云，跟随边关外清寂的冷月。行程中纵然不会遭箭袭，孤飞毕竟心疑惧。

【赏析】

这是一首以孤雁象征诗人流落且怀才不遇的诗。

雁飞大都成行，诗人见此雁孤飞，便问：你要到哪里去呢？在傍晚的雨中，孤雁因失群独飞而悲鸣，欲栖息在清冷的寒塘边，又迟疑不决。孤雁飞越小洲上的云雾，飞越关塞冷冷的月色。即使不一定遭到矰缴的暗射而失偶，但它的孤飞是事出有因的啊。

此诗中孤雁孤飞是十分凄凉的："暮雨"一联，尽显孤雁的凄凉寂寞，"渚云低"，"关月冷"，加上"暮雨""寒塘"，诗境的凄凉也到了极致。而所有这些写孤雁之语，正好也象征了在兵乱流离中的诗人的身世之感。崔涂久在巴、蜀、湘、鄂、秦、陇等地作客，多羁愁别恨之作，诗歌的调子多似此诗——抑郁低沉，能深深地打动人。

【杜荀鹤】（846—907），字彦之，号九华山人，池州石埭（今安徽石台县）人。早有诗名，屡试不中，隐于山中。大顺二年（891）年已 46 岁，方中进士，宣州节度使田頵辟为从事。后朱温奏为翰林学士，数日后而卒。杜荀鹤上承杜甫、白居易等现实主义传统，论诗主张“诗旨未能忘救物”。其诗多反映当时的社会黑暗和民生疾苦。专攻律绝，尤善七律。语言浅近易懂，描写不事雕琢，在唐代律诗中独具一格。

春　宫　怨

——杜荀鹤

早被婵娟误[1]，欲妆临镜慵[2]。
承恩不在貌，教妾若为容[3]。
风暖鸟声碎，日高花影重。
年年越溪女[4]，相忆采芙蓉[5]。

【注释】

①婵娟：姿容美好。　②慵：懒。　③若为容：又叫我怎样饰容取宠呢？④越溪女：指西施浣纱时的女伴。　⑤芙蓉：指荷花。

【译文】

早年貌美选入宫，却被冷落青春误。想要梳妆饰美容，坐到镜前心倦慵。君王宠爱不在貌，叫我为谁去饰容。春风温暖柔似水，小鸟啼鸣声细碎。日头高照花树丛，枝叶繁茂影重重。越溪女伴重友情，年年将我挂心中。回忆当年好时光，邀约一同采芙蓉。

【赏析】

此诗写春日宫女的怨恨。

诗的第一联写这位宫女因貌美而陷入宫中，现在既知美貌误人，所以懒得照镜子梳妆。第二联更进一步：既然得宠并不在乎容貌，那么自己该怎样打扮呢？第三联写宫中的鸟声花影，显得春光和暖，反衬出宫女心情凄寂。诗的末联写这位宫女入宫后十分苦闷，使她想起年年采芙蓉的旧伴来：那时候她们自由自在，无拘无束！此诗的第三联极为世人称赏。宋胡仔《苕溪渔隐丛话·前集》卷二十三：“谚云：‘杜诗三百首，唯在一联中’。‘风暖鸟声碎，日高花影重’

是也。”这首诗写的当然不仅仅是宫女幽寂苦闷的生活，也寄托了作者自己不遇知音的怨怅。

【韦　庄】(836—910)，字端己，京兆杜陵(今陕西长安县)人，少孤贫，勤于学，屡试不中，曾长期流落江南。乾宁元年(894)进士，授校书郎。李询奉诏入蜀，召为判官。后归朝任左补阙。天复元年(901)复入蜀为王建掌书记，自此终身仕蜀。天祐四年(907)劝王建称帝，以功拜吏部侍郎兼平章事。卒后谥文靖，故世称韦文靖。其诗多为怀古、伤时、旅愁之作，基调感伤低沉。尤长于七绝，风格清丽自然。所作《秦妇吟》对黄巢起义前后的现实有一定的反映，为唐代最长的诗歌之一。

章台夜思①

——韦　庄

清瑟怨遥夜，绕弦风雨哀。
孤灯闻楚角②，残月下章台。
芳草已云暮，故人殊未来。
乡书不可寄，秋雁又南回。

【注释】

①章台：官名，战国时建，在今陕西省西安市。　②楚角：楚地音调的角声，形容角声悲凉。

【译文】

忧怨的琴声在长夜中回荡，弦音悲切，似有凄风苦雨缭绕。孤灯下，又听见楚角声哀，清冷的残月徐徐沉下章台。芳草渐渐枯萎，已到生命尽头。亲人故友，从未来此地。鸿雁已往南飞，家书不能寄回。

【赏析】

这是一首身在外地思念家乡的诗。

诗人大概羁旅在楚地。夜里，弹起瑟来，瑟声清越，在静谧的夜里余音袅袅，像风雨那样哀怨。瑟声的哀怨当然与作者的心情有关：孤灯之下，诗人听到的是楚地的角声，残月从章台上落下。一切都是外乡风景，勾起诗人的思乡情绪。“残月下章台”一句，可知诗人彻夜未眠。诗的第三联借写芳草迟暮喻指自己的美好时光已成过去，但老朋友一直未来。这样一个人羁旅他乡，因时局动荡，家书难寄，眼看着秋雁又南飞，诗人只好望雁兴叹，不能托它传信了。

从此诗的末句来看，诗人待在楚地的时间已很久，思乡之情就更浓了。但诗作在写法上似未见出色之处。韦庄以词闻名，诗则稍为逊色一些，此论确然。

【皎　然】（约720—约803），僧人，俗姓谢，名昼，字清昼。吴兴长城（今浙江长兴）人，为谢灵运十世孙，出家为僧，久居吴兴杼山妙喜寺，在当时颇有盛名。其诗清丽闲淡，多为赠答送别、山水游赏之作。

寻陆鸿渐不遇①

——皎　然

移家虽带郭②，野径入桑麻。
近种篱边菊③，秋来未著花④。
扣门无犬吠⑤，欲去问西家。
报道山中去⑥，归来每日斜⑦。

【注释】

①陆鸿渐：即茶圣陆羽。　②带：近。郭：泛指城墙。　③篱边菊：语出陶渊明《饮酒》诗：“采菊东篱下，悠然见南山。”　④著花：开花。　⑤扣门：叩门。⑥报道：回答道，报，回报，回答。　⑦日斜：日将落山，暮时也。

【译文】

你的新居虽在城墙边，原野小径却伸进桑林麻田。房前屋后，种满篱边菊，秋日来临，怎不见花开？叩门听不见狗叫，有心去问西邻人家。说是你去了山中，每日归来已是夕阳西下。

【赏析】

被后人奉为“茶神”的陆羽，是一位隐逸之士。此诗是皎然寻访陆羽而不遇的题诗。

诗中写道：陆羽迁家到外城旁，但他的居所附近的小路两旁，长满了桑麻，一派田园风光。陆羽家门口篱笆边上种了许多菊花，但还未开花。陶渊明爱菊，后代的隐士起而效之，宅边也多种菊花。诗的第二联写实见之景，同时也点出了陆羽的隐士身份。皎然上前扣门，但无人应，也无犬吠，一问陆羽邻家，方知陆羽进山去了，而且，陆羽每次进山，总是到傍晚日斜时才回来。

这样一首访友未遇诗，被皎然写来，有声有色，语言明白自然，且不必正面刻画陆羽，读者也自然知道陆羽的品格了。

七言律诗

【崔　颢】（约704—754），汴州（今河南开封市）人。开元十一年（723）进士。曾为太仆寺丞、尚书司勋员外郎。性放浪轻薄，娶妻只挑美貌者，稍不如意，即弃之，前后换了好几个。早期诗作，轻薄浮艳。晚年诗风慷慨高峻，所作边塞诗雄浑豪放。代表作《黄鹤楼》被评为唐人七律第一。

黄　鹤　楼①

——崔　颢

昔人已乘黄鹤去②，此地空余黄鹤楼③。
黄鹤一去不复返④，白云千载空悠悠⑤。
晴川历历汉阳树⑥，芳草萋萋鹦鹉洲⑦。
日暮乡关何处是⑧？烟波江上使人愁⑨。

【注释】

①黄鹤楼：始建于三国吴黄武二年，故址在今湖北武昌蛇山黄鹄（鹤）矶。②昔人：指传说中的仙人。乘：驾。去：离开。③空：只。④返：通返，返回。⑤空悠悠：深，大的意思。悠悠：飘荡的样子。⑥晴川：晴日里的原野。川，平原。历历：清楚可数。汉阳：地名，在黄鹤楼之西，汉水北岸。⑦萋萋：形容草木茂盛。鹦鹉洲：在湖北省武昌县西南。⑧乡关：故乡家园。⑨烟波：暮霭沉沉的江面。

【译文】

仙人已驾黄鹤悠悠飞去，此地仅留下空寂的黄鹤楼。黄鹤一去不复返，只有渺渺白云千年浮游在空中。晴天里遥望汉阳树，树木分明可数。芳草郁郁葱葱，长满鹦鹉洲。日落黄昏后，独自思忖家乡在何处？江上起烟波，迷雾腾腾使人愁。

【赏析】

黄鹤楼因其所在地武昌黄鹤山而得名，传说古代仙人王子安乘黄鹤过此地，又云费文伟登仙驾鹤于此。此诗由楼名着笔，借传说落笔，然后生发开去。仙人骑鹤本属虚无，诗人则以无作有，说它“一去不复返”，就有岁月难再、古人不可见之憾；仙去楼空，唯余天际白云，悠悠千载，表现出世事茫茫的感慨。诗的前四句写出了那个时代登黄鹤楼的人们常有的感受，气象苍莽阔大。

诗的下半首转到了面对异乡风物又生出的对故土的思念之情：在黄鹤楼上，可以眺望汉阳、鹦鹉洲；汉阳平原上树木历历在目，鹦鹉洲上芳草萋萋，一派开阔的景象。日将暮矣，家乡在何处呢？只见江上烟波浩渺，归程正远，不由得伤感。诗末这种以烟波江上日暮怀归之情作结，使诗意重归于渺茫不可见的境界，回应了前面，使整首诗显得一片苍茫，犹如倏忽而来、倏忽而去的神龙。怪不得李白到了黄鹤楼上要感叹：“眼前有景道不得，崔颢题诗在上头。”

行经华阴

——崔　颢

岧峣太华俯咸京①，天外三峰削不成②。
武帝祠前云欲散③，仙人掌上雨初晴④。
河山北枕秦关险，驿树西连汉畤平⑤。
借问路旁名利客，无如此处学长生。

【注释】

①岧峣（tiáo yáo）：高峻。咸京：即咸阳。　②三峰：指华山最著名的莲花、玉女、明星三座奇峰。　③武帝祠：华山名胜之一。汉武帝游华山时，立巨灵祠，故称武帝祠。　④仙人掌：即仙掌崖如掌形，为华山奇景。　⑤汉畤（zhì）：帝王祭天地、五帝之祠曰畤。汉武帝于岐州雍县南建畤，称汉畤或雍畤。

【译文】

太华山高峻雄伟，俯视着咸阳古京城。陡峭的山峰直插天外，纵是刀斧，也削不成。武帝巨灵祠前，满天浓云就要散尽。仙人掌峰上，匆匆雨过，天又晴。华阴地势多险隘，河山北靠函谷关。驿路向西连汉畤，交通大道渐平展。借问路边客，热衷名利奔波苦，何不如安身在此山。静下心来学长生术。

【赏析】

诗人描写了华阴奇险的景物，高峻的山峰、古时的祠庙、交错的驿路、变幻的风云，十分壮观。末二句诗人发出于追名逐利的诘问，并表现出对求仙问道的向往。

这首诗对仗工整，结构严谨，但略有雕凿的痕迹。

【祖　咏】（699—746），洛阳（今河南洛阳市）人。开元十二年（724）进士。约于次年离京归汝坟（今河南临汝，汝阳一带）别业，隐逸终生。其诗多写隐逸生活、山水风光，为盛唐山水田园诗派作者之一。

望　蓟　门①

——祖　咏

燕台一望客心惊②，箫鼓喧喧汉将营。
万里寒光生积雪，三边曙色动危旌。
沙场烽火连胡月，海畔云山拥蓟城。
少小虽非投笔吏③，论功还欲请长缨④。

【注释】

①蓟门：蓟门关。在今北京市西直门北。　②燕台：黄金台。燕昭王建台，置千金于台上，以重金招天下贤士，故称。　③投笔吏：指汉人班超，班超家贫，常为官府抄书以谋生，后投笔从军以功封定远侯。　④论功：指论功行封。请长缨：汉终军曾向汉武帝请求受长缨，羁南越王致之阙下。后来凡是自愿投军，都叫做“请缨”。

【译文】

诗人登上燕台，我便被眼前景象震惊。笳鼓喧嚣，响彻威武的汉家营。放眼望去，积雪万里闪寒光。边关曙色中，军旗高挂迎风扬。沙场上，战火熊熊，似已逼近胡地的月亮。大海边，云绕群山，簇拥护卫着蓟门关。少年时虽比不上班超，投笔从戎立志向。如今愿学终军，建立功勋请长缨。

【赏析】

此诗既写了边地的雄壮景色，又写了欲投笔从戎立功疆场的激情，二者又是互为因果的。

诗人来到燕台，被所见的雄奇景象震惊了：军营之中，击笳之声雄壮威武；眺望远方，是连绵万里的积雪，积雪之寒光蔽天塞地。曙色中，高悬的战旗猎猎作响。边境上，到处是熊熊燃烧的烽火，胡地的月亮望去格外清冷；渤海之滨云雾缭绕的群山簇拥着蓟州城，一派肃穆沉静。

这里正是男子汉建功立业的地方！诗人见了，顿生投笔从戎、欲向朝廷请缨之念——诗人坚信是能建树不朽功勋的。

此诗写边境之景，极其辽阔雄伟，充满着一种男子汉的豪情，绝无肃杀凄凉的色彩。盛唐之音，毕竟充满慷慨之气！

【崔　曙】（704—739），原籍不祥，后迁居宋州（今河南商丘县）。少孤贫，曾隐居读书于太室山。开元二十六年（738）应试时，试题为《明堂火珠诗》，崔曙诗为第一，因此诗名大振，亦得以中进士，授河内县尉，翌年卒。崔曙诗多送别、登临之作，感伤悲凉。

九日登望仙台呈刘明府①

——崔　曙

汉文皇帝有高台，此日登临曙色开。
三晋云山皆北向②，二陵风雨自东来③。
关门令尹谁能识④，河上仙翁去不回。
且欲近寻彭泽宰⑤，陶然共醉菊花杯。

【注释】

①望仙台：河上公曾授汉文帝以《老子》而去，后无踪影。汉文帝筑台以望之，曰望仙台，遗址在今陕西鄠县西三十里。　②三晋：春秋末，韩、赵、魏三家分晋，称三晋。今属山西、河南、河北地。　③二陵：指殽山二陵，在今河南省洛宁县北。④令尹：老子西游至涵谷关，令尹喜留老子著书五千言，后随老子而去，不知所终。⑤彭泽宰：本指陶渊明，陶曾任彭泽县令，此处借指刘明府。

【译文】

汉文帝在西山筑起望仙台。今日我登临，曙光初照，云雾散开。三晋的云山都朝北面，二陵的风雨自东边来。函谷关的令尹已成神仙，他的去向谁能知晓。河上仙翁也一样，飘飘然离去不复返。仙人踪迹难觅，不如就近寻访刘明府。两人同举杯开怀痛饮，淋漓酣畅，共醉菊花旁。

【赏析】

此诗前六句写登台所见，末联结出诗题中的“呈”字。

诗人站在汉文帝所筑的望仙台上，但见万里之外，旭日正升，放出万道曙光。三晋的云烟、山峦一起朝向北面，夏后、文王二陵的风雨，都来自东边。“三晋”两句，乃远眺所见，境界雄伟阔大。诗的第三联结合古事、传说（都与望仙台相关）：函谷关的令尹早已成仙，河上仙翁也一去不复返了。古人既不可寻，诗就自然而然地结出了这样的心情：不如就近去探望高洁如陶渊明的刘明府，一起饮酒赏菊，陶然共醉。

这样，既写出了“九日登望仙台”所见，又紧扣“呈”字，将一首应酬诗写得有声有色、不落俗套。

送魏万之京

——李　颀

朝闻游子唱离歌，昨夜微霜初度河。
鸿雁不堪愁里听，云山况是客中过。
关城树色催寒近①，御苑砧声向晚多②。
莫见长安行乐处，空令岁月易蹉跎③。

【注释】

①关城：指潼关。　②御苑：皇帝的园林，借指京城。　③蹉跎：枉度。

【译文】

昨夜微霜初降，今朝你已渡河。我远远听见游子唱离别歌。鸿雁哀鸣声凄凄，离愁萦绕不忍听。云山雾罩路茫茫，行程中游子更迷惘。潼关城内曙色昏，寒冬时令已逼近。京城园林入秋夜，捣衣砧声不绝响。莫把长安当行乐处，枉度岁月耗时光。

【赏析】

诗人送魏万上京特赠此诗以作纪念。诗中将悲秋与客愁融为一体，颇有意境。又遥想长安秋夜景色，叮嘱魏万莫把岁月蹉跎。层次分明，对仗工整。

登金陵凤凰台①

——李　白

凤凰台上凤凰游，凤去台空江自流。
吴宫②花草埋幽径，晋代衣冠③成古丘。
三山④半落青天外，二水中分白鹭洲⑤。
总为浮云能蔽日⑥，长安不见使人愁。

【注释】

①金陵：今南京。凤凰台：故址在南京凤凰山。相传刘宋元嘉间有异鸟集于山，被看作凤凰，遂筑此台。　②吴宫：指三国吴所修太初、昭明二宫。　③晋代衣冠：

晋代，指东晋，南渡后建都于金陵，豪门权贵聚集于此。衣冠：指当时的名门贵族。④三山：在今江宁县西南，因三峰并列，南北相连，故名。 ⑤白鹭洲：江中沙洲，在南京水西门外，因多聚白鹭而得名。 ⑥浮云蔽日：喻奸臣当道，障蔽贤良。

【译文】

凤凰台上曾有凤凰遨游。凤去台空，只有江水依旧，汩汩兀自流淌。吴国旧宫的野花杂草掩盖幽径。晋代多少名门望族，今已成荒冢古丘。三山悠远，如落青天外，江水中分，绕过白鹭洲。总有奸臣来当道，犹如浮云遮白日。长安悠远我望不见，心中郁闷长怀愁。

【赏析】

李白所写的七律不多，此诗则是太白诗中的名篇。

李白受谗，被赐金放还后，心系长安，也希望自己能被重新启用。南游金陵，登凤凰台，见景生情。诗中既抒发了诗人被邪恶势力排斥、志不得伸的愁苦，又含蓄地表现了诗人对黑暗势力的谴责。

诗的前四句写眼前之景，后四句借写山水抒发诗人内心的忧愤：凤凰台上，曾经飞集凤凰，如今凤去台空，只有滚滚江水终日奔流。三国时吴都繁华，已埋没在荒草幽深的路径中；晋代在金陵居住的豪门大族，也都已变成一堆堆古坟。这前四句，李白着意描绘、渲染一种荒凉破败的景象，为下四句烘托一种深沉忧郁的气氛。

后四句，诗人先写远眺金陵：三山一半被云雾遮在天外，江中的白鹭洲把江水一分为二。写出了登临所见的若隐若现、若有还无的景象，但接着诗人的笔锋陡然一转，抒发起内心的忧愤来：邪恶势力包围着君王，正如浮云遮日。诗人登高不见长安，心中充满了凄哀。

后人曾说此诗是李白模仿崔颢《黄鹤楼》之作。就艺术上说，二诗是难分伯仲的，李白绝不是在“东施效颦”。

送李少府贬峡中王少府贬长沙

——高　适

嗟君此别意何如，驻马衔杯问谪居[①]。
巫峡啼猿数行泪[②]，衡阳归雁几封书[③]。
青枫江上秋帆远[④]，白帝城边古木疏[⑤]。
圣代即今多雨露，暂时分手莫踌躇。

【注释】

①谪居：贬官的地方。　②巫峡：在今四川巫山县东。　③衡阳归雁：相传每年秋天，北方的南飞大雁至衡阳的回雁峰便不再南飞。　④青枫江：在今长沙市南。　⑤白帝城：在今四川奉节东瞿塘峡口。

【译文】

此次与你们相别离，大家心意茫然，只有长嗟叹。停下马来，共饮几杯酒，试问谪居之地怎样？巫峡猿啼声凄厉，过客听之泪涟涟。秋日里衡阳北雁归，定带回亲友书信几封。青枫江水上，秋帆远飘荡。白帝城边多古树，草木萧疏，深幽气寒。当今逢圣代，君王多恩泽，咱们仅是暂分手，劝君莫踌躇。

【赏析】

这是一首特殊的送别之作。之所以说它特殊，因为高适送别的两个朋友，一贬四川，一贬长沙，除了有寻常的惜别之情，更有高适对他们的安慰之语。诗的第一句是问：这次相别你们二人心境如何？答案是不说自明的。因此，诗的第二句是高适从侧面对第一句的回答：我也只能为你们嗟叹，共饮几杯别离的水酒。诗的第二、三联写两位朋友将去的贬谪之地的荒凉景物：巫峡上凄厉的猿啼催客泪下，衡阳北来的归雁，也许会带给我谪居之地的消息。青枫江上的秋帆是那么遥远，白帝城边的古木是那么萧疏。这四句，表达对友人怜惜之情以及对友人的牵挂，也写出了惜别之情。末联则从皇上圣明，重新聚首之日当屈指可待。这两句显得有点勉强，缺乏说服力。但高适对友人的关切之情在诗中是很清楚的。

和贾至舍人早朝大明宫之作[①]

——岑　参

鸡鸣紫陌曙光寒[②]，莺啭皇州春色阑[③]。
金阙晓钟开万户，玉阶仙仗拥千官[④]。

花迎剑佩星初落，柳拂旌旗露未干。
独有凤凰池上客[5]，阳春一曲和皆难[6]。

【注释】

①舍人：官名。贾至曾任中书舍人。大明宫：唐宫苑。故址在今陕西长安县东。②紫陌：指京都的道路。 ③皇州：即帝都，指长安。春色阑：春色尽。 ④仙仗：指皇帝的仪仗。 ⑤凤凰池：亦称凤池，指中书省。 ⑥阳春：曲名。宋玉《对楚王问》："其为《阳春》《白雪》，国中属而和者不过数十人。"后以此喻艺虽高而领会者少的作品。

【译文】

雄鸡啼鸣，曙晖初照，寒光洒满京都大道。黄莺鸣唱，清脆婉转，皇城京都春意阑珊。金殿宫门晓钟敲响，千门万户一齐敞开。天子仪仗排列在玉阶两旁，护拥百官进入朝堂。花饰宝剑交相辉映，天边晨星刚刚消隐。垂柳摇曳，轻拂旌旗，晶莹白露还沾枝叶。凤凰池上中书舍人，独有你唱阳春白雪。此曲高雅，唱和甚难。

【赏析】

此诗是酬和贾至之作，特色是由远而近：京城里的鸡叫了，虽然到了暮春，但阳光还不是很暖和。长安城里柳树上黄莺鸣唱着——春天将尽了。这是对京城的总写。宫殿里晓钟响起时，千万扇宫门打开了，早朝的官员簇拥着皇帝的仪仗；晓星还没落去，朝露还未干，宫殿中的鲜花迎着朝臣的佩剑，柳枝拂着旌旗，早朝的场面是多么浩大呀。诗末结出"和"意：我们这位中书省的官员贾至做的早朝诗，真如曲高和寡的《阳春白雪》，我们的和作难以写好了，比起贾至之作差远了。

岑参是以自然景物如花、柳来衬托朝仪的，写得清新不俗，语言也很明快。

和贾至舍人早朝大明宫之作

——王　维

绛帻鸡人报晓筹[1]，尚衣方进翠云裘[2]。
九天阊阖开宫殿[3]，万国衣冠拜冕旒[4]。
日色才临仙掌动[5]，香烟欲傍衮龙浮[6]。
朝罢须裁五色诏[7]，佩声归到凤池头。

【注释】

①绛帻（zé）：用红布包头。鸡人：古报晓官。古代宫中，黎明时头戴红巾的报晓官于朱雀门外高声呼叫，以警百官，故名鸡人。 ②尚衣：官名。隋唐有尚衣局，

掌管皇帝的衣服。翠云裘：饰有绿色云纹的皮衣。 ③九天：本指天，古人认为天有九重。此处借指帝宫。阊阖（chāng hé）：天门，此处指皇宫正门。 ④衣冠：指文武百官。冕旒：皇冠，代指皇帝。 ⑤仙掌：形如手掌的障扇，宫中的一种仪仗，用以蔽日挡风。 ⑥衮龙：龙袍。 ⑦五色诏：用五色纸所写的诏书。

【译文】

卫士戴红巾，朱雀门外学鸡鸣，报晓警百官。尚衣宫署向天子进上翠云袍。高远的宫门层层开，犹如在九重天。异邦万国大臣，拜见当朝皇帝。日色刚照殿堂，仪仗排成屏障。御炉香烟缭绕，龙袍锦绣闪光。早朝完结后，你须裁用五色纸，起草上诏书。百官即退朝，身佩饰物响，嘈切声中你徐徐归，回到凤池上。

【赏析】

此诗也是酬和贾至之作。

诗中写道：包着大红包头布的“鸡人”已经报过五更筹了，负责管理皇帝服装的官员才向皇帝进奉翠云裘；宫禁的门一道道打开了，各方来朝贡的使节络绎而入，拜见皇上；太阳刚刚升起，皇帝的车驾就到来了，御炉的香烟正好浮动在帝王穿的绣龙的礼服上；朝拜完毕后还要回中书省替皇帝草拟诏书，所以，贾至身上戴的玉佩沿路响着，回到中书省。

这首诗是从正面展开皇帝临朝的情景的，写出了浩大的气势、堂皇的场面；最后两句又点明了贾至作为皇帝近臣的身份，很贴切；再者，王维是位画家，这首诗中色彩词的运用也很讲究。诗的第二联显示出大唐帝国的堂皇气派，一向被人称道。

奉和圣制从蓬莱向兴庆阁道中留春雨中春望之作应制[①]

——王 维

渭水自萦秦塞曲，黄山旧绕汉宫斜[②]。
銮舆迥出千门柳[③]，阁道回看上苑花。
云里帝城双凤阙，雨中春树万人家。
为乘阳气行时令[④]，不是宸游玩物华[⑤]。

【注释】

①圣制：指皇帝所作的诗。“从蓬莱向兴庆阁道中留春雨中看望”是皇帝（唐玄宗）所作诗题。应制：应皇帝之命所和之作。 ②黄山：黄麓山，在今陕西兴平县北。汉宫：也指唐宫。 ③銮舆：皇帝的车乘。 ④阳气：指春气。 ⑤宸游：

指皇帝出游。宸，北辰所居，借指皇帝居处，后又引伸为帝王的代称。

【译文】

渭河之水弯弯曲曲，环拥秦塞汩汩流。逶迤黄山依河畔，盘桓旋绕旧汉宫。天子的车舆出千门，穿过重重垂柳。阁道之上回身望，御园里姹紫嫣红，百花开放。雾气弥漫渺茫茫，独见帝宫双凤阙，高耸在云间。春雨潇潇洒，碧树掩映万户人家。乘着春意去巡察，颁行农事令。春光明媚美如画，天子出游并非为赏景。

【赏析】

这是奉命为皇帝的诗歌所作的和诗，末尾的颂扬之词，是应制诗的通例。通观全诗，明明是写天子春游，却说是视察农事，这是明眼人一看便知的伪饰，也可理解为诗人的规讽。

积雨辋川庄作

——王　维

积雨空林烟火迟，蒸藜炊黍饷东菑①。
漠漠水田飞白鹭，阴阴夏木啭黄鹂。
山中习静观朝槿②，松下清斋折露葵。
野老与人争席罢③，海鸥何事更相疑④。

【注释】

①藜：草名。初生可食。这里指蔬菜。黍：这里指饭食。饷：致送。菑：初耕地，泛指田地。②槿(jǐn)：植物名。落叶灌木，其花朝开夕谢。古人常以此物悟人生荣枯无常之理。③野老：村野老人，此指作者自己。争席罢：指自己要隐退山林，与世无争。④海鸥：这里借海鸥喻人事。何事：一作“何处”。

【译文】

连绵阴雨浸润着空寂的山林，袅袅炊烟从湿地缓缓升起。蒸藜煮黍，饭食送到东边田里。稻田茫茫，白鹭翩翩起舞，夏树重重，黄鹂婉转歌唱。深居山中，修养寂静的心性，面对朝槿，悟出人生无常的枯荣。松下采露葵，做我清斋的菜蔬。野老我与世无争，早已离开凡尘。鸥鸟为何还疑惧，不敢飞下亲近人。

【赏析】

此诗是王维山水诗中的代表作之一。

诗首联从积雨写起。久雨后的辋川是很美丽的：空气潮湿，炊烟在林中慢慢上升；农民在农田里排除积水，家里则正为他们准备午饭。次联写山庄自然景物：白鹭飞翔在雨后迷濛的水田上，浓浓的树林里黄鹂在鸣啭。积雨给水鸟带来了欢乐，使鸣禽更觉凉快。第三联写诗人在山中的生活情景：我已经清静惯了，于静坐中看那木槿花朝开暮落；事佛参禅，信守斋戒，清饮素食；雨停了，出来散步，在松树下歇息，顺便采摘一些野菜。末联写我已经与世无争了，海鸥何必再对我起疑心呢？

这首诗，可以用一个“静”字来概括。雨后烟火、水田白鹭是静，连黄鹂啼啭也是“蝉噪林逾静”，更重要的是诗人的心境之静。

赠郭给事[1]

——王　维

洞门高阁霭余晖，桃李阴阴柳絮飞。
禁里疏钟官舍晚[2]，省中啼鸟吏人稀。
晨摇玉佩趋金殿，夕奉天书拜琐闱[3]。
强欲从君无那老[4]，将因卧病解朝衣[5]。

【注释】

①给事：官名。即给事中，门下省的要职。　②禁里：指宫中。宫中禁卫森严，故曰禁。　③天书：皇帝的诏令。琐闱：指宫门。琐，门窗上的连环形花纹。这一句是说出宫传达诏书。　④无那：无奈。　⑤解朝衣：脱去官服，即辞职。

【译文】

高楼殿阁宫门重重，沐浴在夕阳的余晖中。桃季芬芳，茂密成荫，柳絮随风轻轻飞扬。宫里晚钟音声稀疏，静夜里更觉宫舍清寂。门下省中吏人稀少，只听见小鸟啾啾啼叫。晨光初照，你恭敬地快步进殿堂，身边玉佩摇得响叮当。日暮黄昏，你手捧天子诏书，拜辞宫廷忙去宣达圣令。本想勉强追随你，无奈年纪老，已力不从心。不如辞官归隐，静养我这病体。

【赏析】

这是一首应酬之作。

诗的前四句颂扬郭给事做官闲静：殿阁的宫门高峻，夕阳淡淡地洒在宫门上；

庭院中桃李茂密成荫，柳絮在随风翻飞。面对如此春光，郭给事似无动于衷；宫舍中清闲幽静，吏人稀少，小鸟在自由自在地啼叫，可见吏舍并非嘈杂之处，而是安静的好地方。

诗的后四句写郭给事地位的显要：早晨上朝，玉佩叮当；黄昏时捧读天子的诏书、传达圣命。王维自谦年已老，不能像郭给事那样了，只能脱下朝衣去归隐。

其实，晚年的王维一心隐居。这首酬和之作中所写的不过是泛泛的客套话而已。

蜀　　相

——杜　甫

丞相祠堂何处寻？锦官城外柏森森①。
映阶碧草自春色，隔叶黄鹂空好音。
三顾频烦天下计②，两朝开济老臣心③。
出师未捷身先死④，长使英雄泪满襟！

【注释】

①锦官城：指成都。　②“三顾”句：诸葛亮隐居隆中（在今湖北襄阳县西）时，刘备曾三次访问，请诸葛亮出山辅佐。　③两朝：诸葛亮先后辅佐先主刘备、后主刘禅两朝。④出师：出兵。

【译文】

丞相祠堂去哪里寻找？锦官城外，翠柏郁郁苍苍。碧绿的芳草映衬着荒弃的石阶，春光枉自明媚，祠宇只剩下空寂。树茂叶密，黄鹂婉转鸣啼，空有好音，无人赏听。想当年，先主三顾茅庐，向你询问定国安邦大计。你辅佐先主开国，扶助后主继业，老臣的耿耿忠心，佳话传古今，你率众兵，出师征战，大业未竟，身先亡。无限感慨古今英雄，痛切婉惜，泪下湿衣襟。

【赏析】

此诗写诗人寻诸葛祠之感。全诗围绕一个“寻”字展开。

首联写探寻：诗人怀着崇敬的心情去瞻仰诸葛亮的祠堂——在成都郊外翠柏森森的地方。

颔联写细寻：寻祠堂是为了寻丞相，祠堂既已寻得，但只见碧草迎春、阶前绿满，但荒无人迹；一句话，只有祠堂而无丞相。

颈联写追寻。丞相既不能再见，只能追寻其当年功业。当年刘备曾三顾茅庐，在诸葛亮的辅佐下创立“三分天下”的功业。诗中也寄寓了诗人的感慨：诗人此时已经历了玄、肃两朝，但遭放逐，难邀君王一顾。

末联写推寻。诸葛亮才略过人，可惜天妒英才，大功未竟身先死。缅怀诸葛亮，后代英雄都会无限感慨、泪湿衣襟。此中也寄寓了杜甫对自身遭遇的深沉感叹。

客　至

——杜　甫

舍南舍北皆春水，但见群鸥日日来。
花径不曾缘客扫，蓬门今始为君开。
盘飧市远无兼味[①]，樽酒家贫只旧醅[②]。
肯与邻翁相对饮[③]，隔篱呼取尽余杯。

【注释】

①盘飧(sūn)：泛指菜肴。飧：本指熟菜。兼味：几种味道。　②樽：酒器。旧醅：隔年的陈酒。　③肯：能否允许。

【译文】

家舍在河畔，房南屋北春水绕。日日见群鸥，结队翩翩飞来。花草覆小径。不曾因客去打扫。柴门一向闭，今日特为你敞开。街市太遥远，不能奉上丰盛美食。家境且贫寒，只有陈年老酒招待。若客不嫌弃，待我隔篱轻呼唤。邻居老翁请过来，一起把酒干。

【赏析】

诗人久经离乱，安居成都后草堂落成，心里自然很高兴，前两句描写居处的景色，清丽疏淡，与山水鸥鸟为伍，显出与世隔绝的心境，后面写有客来访的欣喜以及诚恳待客，呼唤邻翁对饮的场景，表现出宾主之间无拘无束的情谊，诗人为人淳朴厚道跃然纸上。

野　望

——杜　甫

西山白雪三城戍[①]，南浦清江万里桥[②]。
海内风尘诸弟隔[③]，天涯涕泪一身遥。
惟将迟暮供多病[④]，未有涓埃答圣朝[⑥]。
跨马出郊时极目，不堪人事日萧条。

【注释】

①西山：在成都西，主峰雪岭终年积雪。三城：在成都西部，指当时的松（今四川省松潘县）、维（今四川省理县西）、保（今四川省理县新保关西北）三州。戍：防守。三城为蜀边要镇，吐蕃时相侵犯，故驻军守之。 ②南浦：南郊外水边地。清江：指锦江。万里桥：在成都城南。 ③风尘：指安史之乱导致的连年战火。诸弟：杜甫四弟：颖、观、丰、占。只杜占随他入蜀，其他三弟都散居各地。 ④迟暮：这时杜甫年五十。供多病：交给多病之身了。供，付托。 ⑤涓埃：滴水、微尘，指毫末之微。

【译文】

西山上，白雪皑皑，护卫着三城重镇。南浦边，清江水长，横跨着万里桥。四海之内，布满战火烟尘。兄弟离散，各自在异地他乡。我孑然一身，飘摇天际，思念亲人，不禁涕泪涟涟。迟暮年岁，人已衰老，疾病多缠身。未有丝毫功绩报答圣明朝庭，我羞愧难当。骑马出郊外，极目远眺。世事日益萧条，令人悲伤怅惘。

【赏析】

诗人跨马出郊野望，眼见一派清旖景色，内心却潜藏无限伤感。兄弟天各一方，战乱烽火不停，自己年老多病，不能实现报国理想。忧国伤时的情感深切感人。

闻官军收复河南河北

——杜　甫

剑外忽传收蓟北[1]，初闻涕泪满衣裳。
却看妻子愁何在，漫卷诗书喜欲狂。
白日放歌须纵酒，青春作伴好还乡。
即从巴峡穿巫峡，便下襄阳向洛阳[2]。

【注释】

①剑外：剑阁以南，这里指蜀地。蓟（jì）北：指今河北北部地区，是安史叛军根据地。 ②“即从”二句：想象中的回乡路线。巴峡：四川东北部巴江中之峡。巫峡：在今四川巫山县东，长江三峡之一。

【译文】

剑门关外忽传消息，官军收复蓟北失地。乍一听闻，又悲又喜，泣涕涟涟，泪沾衣襟。回看妻儿，愁云扫尽。收卷诗书，欣喜若狂。日光照耀，放声高歌。无拘无束，痛饮美酒。春光明媚，生机盎然，花鸟作伴，好还故乡。快快动身，起程巴峡。穿过巫峡，便下襄阳。继续前行，又向洛阳。

【赏析】

此诗作于唐代宗广德元年(763)正月，当时杜甫正避乱梓州(今四川三台县)。诗可分为两层：上四句，闻收复而喜；下四句，写急欲还乡之情。这一年正月，史朝义自缢，其部将李怀仙斩其首级来献，并以幽州降，终于结束了持续八年的安史之乱。此诗的第一句是全诗中唯一的叙事句。第二句承第一句，反跌一笔，振起全诗之势，“忽闻”二字，表达杜甫惊喜之情，“涕泪沾衣裳”是“初闻”时的表现，喜极下泪的情态极其逼真。第二联承第二句，着重点明“喜欲狂”，“却看妻子”与“漫卷诗书”，作携眷整装之势，暗引下文的“还乡”。

第三联写诗人急欲还乡：诗人一面顾盼妻子收卷诗书，一面又纵酒高歌——诗人为国家、人民结束战乱而兴奋欲狂了！第四联，幻想顺江东下直达故乡的路径。诗人一想到“还乡”，眼前立即浮现出归途中具有代表性的四个地点，“即从”“便下”“穿”“向”等词，淋漓尽致地表现出诗人出峡情急、归心似箭的感情。

潦倒的诗人，一生心系国家社稷。读此诗，似可感受到杜甫跳动着的赤诚的爱国之心。

登　高

——杜　甫

风急天高猿啸哀[①]，渚清沙白鸟飞回[②]。
无边落木萧萧下[③]，不尽长江滚滚来。
万里悲秋常作客[④]，百年多病独登台[⑤]。
艰难苦恨繁霜鬓[⑥]，潦倒新停浊酒杯[⑦]。

【注释】

①猿啸哀：指猿凄厉的叫声。 ②渚：水中的小洲；水中的小块陆地。鸟飞回：鸟在急风中飞舞盘旋。回：回旋。 ③落木：指秋天飘落的树叶。萧萧：模拟草木飘落的声音。 ④万里：指远离故乡。常作客：长期漂泊他乡。 ⑤百年：犹言一生，这里借指晚年。 ⑥艰难：兼指国运和自身命运。苦恨：极恨，极其遗憾。苦，极。繁霜鬓：增多了白发，如鬓边着霜雪。繁，这里作动词，增多。 ⑦潦倒：衰颓，失意。这里指衰老多病，志不得伸。新停：刚刚停止。

【译文】

秋风紧，天空高远。猿啼声凄厉悲凉。清洲上，白沙闪闪，鸟低飞，往复盘桓，落叶萧萧下，一望无涯。长江滚滚涌来，奔腾不息，飘泊万里，常为异乡客，触景生情，悲秋怀愁绪。人到暮年，多疾病，心忧忧独自登上高台。时世艰难，

遗恨多，霜雪鬓发，日日增。困顿潦倒，心灰冷。因病停酒，不磋杯。

【赏析】

此诗是杜甫诗集中名篇之一。

诗的前四句描绘了一幅壮阔而萧瑟的秋景：风急天高、猿猴哀鸣发出怒号的声音。渚清沙白，飞鸟之影映入寒渚，树叶纷纷凋落，江水奔腾，一片深秋的凄清之景。这两联，虽未点明登高，而实皆为登高见闻。

诗的第三联写登高览景后所感。宋人罗大经解此联云："万里，地遥远也。秋，时惨凄也。作客，羁旅也。常作客，久旅也。百年，暮齿也。多病：衰疾也。台：高处也。独登台，无亲朋也。"十四字之间，含有八意，而对偶又极精确。诗的末联感时叹病。在此艰难时局，诗人自己又值艰难的暮年，纵欲匡时，力有不逮，故用"苦恨"二字以表现这种矛盾痛苦的心情。

此诗八句皆对仗，由于内容深刻，艺术上炉火纯青，可作为杜诗"沉郁顿挫"的代表作。

登　楼

——杜　甫

花近高楼伤客心①，万方多难此登临。
锦江春色来天地②，玉垒浮云变古今③。
北极朝廷终不改④，西山寇盗莫相侵⑤。
可怜后主还祠庙⑥，日暮聊为梁甫吟⑦。

【注释】

①客心：客居者之心。 ②锦江：即濯锦江，流经成都的岷江支流。来天地：与天地俱来。玉垒：山名，在四川灌县西、成都西北。 ③变古今：与古今俱变。④北极：星名，北极星，古人常用以指代朝廷。终不改：终究不能改，终于没有改。⑤西山：指今四川省西部当时和吐蕃交界地区的雪山。寇盗：指入侵的吐蕃集团。⑥后主：刘备的儿子刘禅，三国时蜀国之后主。还：仍然。 ⑦聊为：不甘心这样做而姑且这样做。梁甫吟：传说诸葛亮曾经写过一首《梁甫吟》的歌词。

【译文】

我独自登上高楼。我孤独的双眼，痴望着苦难的大地。虽然眼前一片繁花似锦，可我的心更加悲哀。锦江秀丽的春色，是天地的造化，年年常新。玉垒山飘浮的白云，不管岁月的流逝，依旧飘浮，依旧变换无定。圣朝的气运不会改变，就像永恒的北极星，永远光耀无比。而山边的寇盗，纵然垂涎我大好河山，终归徒劳。可怜昏庸的刘禅，误了国家，误了天下，只留下空空的祠庙。悲叹呀，英雄的业绩早已成为过去。我只有，反复吟诵高洁的《梁甫吟》，排遣我心中的幽愤，在这日暮的黄昏，在这悲伤的时刻。

【赏析】

此诗作于764年，其时作者寄居成都。诗以《登楼》为题，抒写诗人忧时爱国的情感。读者可以通过细读此诗，体悟诗人的内在矛盾、困惑和信念，从而感受诗人的境界和志向。三四两句，对仗工整，气象雄浑，堪称千古名句。

宿　府

——杜　甫

清秋幕府井梧寒[①]，独宿江城蜡炬残。
永夜角声悲自语，中天月色好谁看。
风尘荏苒音书绝，关塞萧条行路难。
已忍伶俜十年事[②]，强移栖息一枝安[③]。

【注释】

①井梧：井边的梧桐树。 ②伶俜：流离漂零。 ③“强移”句：《庄子·逍遥游》：“鹪鹩巢于深林，不过一枝。”此句说勉强得到一个托身的地方。

【译文】

清冷的秋风吹落梧桐，一片凄寒，只有蜡烛的残光照着我，宦海的忧患、漂流的孤单使我长夜难眠，号角声声诉说着无尽的伤感，明月高挂，谁与我分享，谁与我同看。光阴荏苒，哪里寻觅亲人的音信。关塞一片萧条，迢迢千里路，哪里是我的故乡，我已经忍受了十年的飘零，可我还要继续漂流，勉强得到一个托身的地方。

【赏析】

这首诗也是杜甫任严武幕府参谋时所作。

杜甫本有“致君尧舜上，再使风俗淳”之志，然而因直言而遭弃，漂泊四方。在一个寂静的深夜，他一个人住在府中，听角声，望月色，思前想后，感慨万千。诗的首联写“独宿”时的所闻所见：秋风清冷，幕府井畔，梧桐叶落瑟瑟生寒。孤独的诗人看着蜡炬将尽，心中无比凄凉。颔联一写听，一写见，都着力表现秋夜的凄清：号角在长夜里响起，像是在自言自语诉说悲凉；高空中明月虽好，可是有谁与诗人一起观赏！诗人的孤独，诗人的悲愤，何人理会得？第三联就自然而然地转到了身世悲凉上：烽烟遍地，岁月迁延，亲人们音信杳然，欲回故乡，路阻行难。末联写出了诗人目前的处境：十年来，孤独地飘荡奔波，寄身幕府犹如鸟栖树枝间！胸怀大志的诗人伶仃漂泊，胸中的悲愤该有多么深！

阁　夜

——杜　甫

岁暮阴阳催短景[①]，天涯霜雪霁寒宵。
五更鼓角声悲壮，三峡星河影动摇。
野哭几家闻战伐[②]。夷歌数处起渔樵[③]。
卧龙跃马终黄土[④]，人事音书漫寂寥。

【注释】

①阴阳：日月。　②几家：一作“千家”。　③夷歌：当地民歌。　④跃马：指公孙述。西汉末公孙述曾占据四川，自称皇帝，后为刘秀所灭。

【译文】

阴阳交替，催逼着残冬短促的白昼。霜雪初霁，寒夜笼罩着荒远的天涯。破晓时分军营中鼓角回响多么悲壮；碧净的夜空星光映在三峡，是水流把它们的影子荡漾。是什么牵连着千家万户，牵连着荒野中揪心的痛哭，是可怕的战争，是人为的流血。是何处传来悠扬的回声，是渔夫唱起的山歌，阵阵起伏。啊！英雄的业绩终是一抔黄土。我何必介意，书信的寂寥，人间的萧条。

【赏析】

此诗作于766年冬。诗中感慨很多，悲叹战争给人民带来的痛苦和灾难，悲叹人间伟业的空无，都是具体所指，十分真切动人。颔联气势磅礴，境界雄壮悲凉，是杜甫名句之一。后两联流露出强烈的感伤情绪，是诗人当时孤寂境遇的投射。

咏怀古迹（五首）

——杜　甫

其　一

支离东北风尘际[①]，漂泊西南天地间。
三峡楼台淹日月，五溪衣服共云山[②]。
羯胡事主终无赖，词客哀时且未还。
庾信平生最萧瑟[③]，暮年诗赋动江关。

【注释】

①支离：流离。　②五溪衣服：《后汉书·南蛮传》："武陵五溪蛮……好五彩衣服。"《水经注》："五陵有五溪。"　③庾信：北周文学家。字子山，新野（今属河南）人。初仕梁，后出使西魏，被留，有《哀江南赋》等作品传世。

【译文】

战乱骤起，我只有四处流离在天地间漂泊。我滞留在三峡，不知今夕是何年。我与异族同居，整日面对重重的云山。可恨的胡虏，时时觊觎我赤县神州，随时会背信弃义，最是无赖。无比地悲哀这混乱的时代，有家不能回。庾信一生多么凄惨，他晚年的悲恸化成篇篇诗赋震撼了江关。

【赏析】

七律组诗《咏怀古迹》共五首，在杜甫诗歌艺术创作中占有重要地位。诗人在此诗中以庾信自喻，凸显作者感受到的漂泊、孤独、荒凉，主旨十分鲜明，情感极为真挚。

全诗笔调悲凉深沉，凄婉动人，堪称隽永的佳作。

其　二

摇落深知宋玉悲[①]，风流儒雅亦吾师。
怅望千秋一洒泪，萧条异代不同时。
江山故宅空文藻[②]，云雨荒台岂梦思[③]。
最是楚宫俱泯灭，舟人指点到今疑。

【注释】

①“摇落”句：宋玉《九辨》：“悲哉，秋之为气也，萧瑟兮草木摇落而衰。” ②故宅：相传宋玉有故宅多处，如江陵与归州。这里故宅指归州。 ③“云雨”句：宋玉《高唐赋》：“昔先王尝游高唐，梦见一妇人曰：‘妾巫山之女也。王因幸之。去而辞曰：‘妾在巫山之阳，高丘之岨。旦为行云，暮为行雨，朝朝暮暮，阳台之下。’”

【译文】

你风流，你儒雅，你是我敬慕的大师，你悲叹草木的凋零，是抒发自己的伤感。你与我同样落寞，纵然我们生长在不同的时代。怅望滔滔江水，回想往昔岁月，我只有无限悲哀，你的故居依然存在，可你枉然留下斐然的文采。你描绘的云雨荒台，难道只是说梦。作品中蕴含的讽谏，谁能知晓，谁能理解。

感慨呀，无尽地感慨，楚国早已灭亡，楚宫早已消逝，可至今，在过往的舟船上，船夫们仍在指点，仍在疑猜。

【赏析】

此诗是咏宋玉的。诗的首联从宋玉的悲愁发兴，表示对其“风流儒雅”的崇敬。“摇落”二字从宋玉的《九辩》中化出，“深知”二字，表示诗人与宋玉之心相通。

颔联承上联中的“深知”：宋玉萧条于前代，杜甫则萧条于今代，同一萧条，故深知宋玉之悲即倾吐自心之悲。颈联叹宋玉故宅已亡，只有其文流传后世；末联则以楚宫的灭亡来反衬宋玉的文作长存。杜甫对后人不理解宋玉的文章价值感到遗憾。“云雨荒台”是宋玉虚构的，其目的是用来讽刺襄王，后世不了解宋玉作赋的意思，竟附会出“云雨荒台”的古迹来。这对宋玉来说也是可悲的事了。

其　三

群山万壑赴荆门，生长明妃尚有村①。
一去紫台连朔漠②，独留青冢向黄昏③。
画图省识春风面④，环珮空归月夜魂⑤。
千载琵琶作胡语，分明怨恨曲中论⑥！

【注释】

①明妃：即王昭君。　②紫台：紫宫，这里指帝王宫殿。　③青冢：指昭君墓。　④“画图”句：《西京杂记》：“元帝后宫既多，使画工图形，按图召幸之，宫人皆赂画工。昭君自恃其貌，独不肯与，工人乃恶图之，遂不得见。后匈奴入朝，求美人，上案图以昭君行。及去，召见，貌为后宫第一，帝悔之，而重信于外国，故不复更人。乃穷案其事，画工毛延寿弃市。”　⑤环珮：指昭君。　⑥“分明”句：《琴操》“昭君在外，恨帝始不见遇，乃作哀怨之歌，后人命名为《昭君怨》。”

【译文】

穿过千山万壑，奔流的江水一直奔向荆门。这遥远的地方是美丽的昭君生长的村庄。可怜她，离开汉宫踏入渺远的荒漠，最终只留下青冢一堆，永远孤独地留在凄凉的黄昏。糊涂的君王依据画像辨别美丑，把虚假当成真实。可怜昭君遗骨塞外，只能魂归故土。啊！千百年来琵琶声声回荡在空中，分明是昭君无穷地怨恨，永恒地诉说。

【赏析】

昭君出塞的故事，源远流长，感人至深。千百年来，通过文学艺术的塑造和渲染，以及历史的积淀，已家喻户晓。

杜甫这首诗，对昭君的命运充满深切同情。诗的主题可以用“怨恨”二字概括：昭君的远嫁、死葬塞外，死后孤独的灵魂空回故乡。正是无比地怨恨，凸显了昭君的悲剧命运，让人感慨，让人感伤，让人沉痛。

其　四

蜀主窥吴幸三峡，崩年亦在永安宫①。
翠华想像空山里②，玉殿虚无野寺中。
古庙杉松巢水鹤，岁时伏腊走村翁③。
武侯祠堂常邻近，一体君臣祭祀同。

【注释】

①“蜀主”两句：《三国志·蜀志》“先主忿孙权之袭关羽，遂帅诸军伐吴，

次秭归。章武二年，败于猇亭，由步道还鱼复，改鱼复为永安。三年四月，先主殂于永安宫。　②翠华：仪仗中用鸟羽作装饰的旗帜。　③伏腊：祭名。伏在六月，腊在十二月。

【译文】

刘备出兵伐吴，驻扎在三峡。无奈战败归来，死在永安宫。昔日翠旗飘扬，浩浩荡荡；如今一片虚无，宏伟的殿堂变成破败的寺庙，在荒野风雨中飘摇。古庙里杉松挺立，水鹤在杉松上栖息。村民根据传统的时令举行隆重的祭祀。先主庙毗邻的武侯祠，一样香火缭绕，受到人们世世代代的供奉。

【赏析】

此诗咏怀蜀先主刘备，以寄君臣相契之情。

诗歌先叙刘备刚愎自用，为了替关羽报仇，进袭东吴，兵败死于永安宫，后叹刘备的复汉大业一蹶不振。当年刘备的翠旗仪仗现在只能于空山中想象得之；当日之"玉殿"亦荡然无存。诗人对此是很遗憾的。第三联写先主庙荒废的情景："古庙杉松"，多么冷落！水鹤栖息，可见荒凉不是一时了；庙祀稀少，只有岁时伏腊见一二村翁而已。

诗的前六句对刘备有扬有抑，无论扬、抑，目的是为了扬诸葛亮。末联赞刘备与诸葛亮君臣一体，乃是此诗意旨所在。杜甫向往的就是这样一种君臣鱼水相得的境界！

其　五

诸葛大名垂宇宙，宗臣遗像肃清高。
三分割据纡筹策，万古云霄一羽毛。
伯仲之间见伊吕[①]，指挥若定失萧曹[②]。
运移汉祚终难复[③]，志决身歼军务劳。

【注释】

①伊吕：伊尹和吕尚。两人均为开国名相。　②萧曹：萧河与曹参。两人均为汉初名臣。　③祚：帝位。

【译文】

名垂宇宙千古流芳，是大名鼎鼎的诸葛亮。一代宗臣的清高，至今仍让人们无比敬仰，只因他谋略高明、策划精微，才形成三国鼎立、三分天下的局面。他犹如展翅高翔的鸾凤，自由飞舞在苍茫万古的云霄。他才华超绝与伊尹、吕尚难分高下。他从容自如地指挥千军万马，纵然萧何、曹参在世也黯然无光。汉朝的气运已经衰落，诸葛亮英明也难以挽回。军务繁忙、疾病、死亡都改变不了北伐的坚定志向。他虽死犹生，永放光芒。

【赏析】

在中国历代名臣中，最为杜甫钦佩的是诸葛亮。杜甫一生写有不少咏怀诸葛亮的诗篇，或赞美或悲悼，或追忆或慨叹。“出师未捷身先死，长使英雄泪满襟”《蜀相》，就为人们广泛熟知。

本诗主题极为鲜明，字字句句表达了诗人对诸葛亮推崇备致、无限崇敬的心情，十分真挚，十分动人，其中如“垂宇宙”“纡筹策”“失萧曹”等用字洗炼明快，活现了诸葛亮的高大形象和超绝才华。

本诗气象宏大、气势雄浑。

江州重别薛六柳八二员外

——刘长卿

生涯岂料承优诏①，世事空知学醉歌②。
江上月明胡雁过③，淮南木落楚山多④。
寄身且喜沧州近⑤，顾影无如白发何⑥。
今日龙钟人共老⑦，愧君犹遣慎风波⑧。

【注释】

①生涯：犹生计。优诏：优厚待遇的诏书。根据上下文，此当为反语。 ②醉歌：醉饮歌唱。 ③胡雁：指从北方来的雁。 ④“淮南”句：江州在淮南，其地又在古代楚国境。 ⑤沧州：临海的地方，也用以指隐士居处。 ⑥顾：回看。无如：无奈。 ⑦龙钟：指老态迟钝的样子。老：一作“弃”。 ⑧遣：使，这里是叮咛之意。慎风波：慎于宦海风波。

【译文】

漂零的我，万事早已参破。预想不到的恩惠，无非是虚幻的宦海沉浮。我只想浪迹天涯，我只愿醉酒狂歌。谁能阻止江上升起的明月，飞掠夜空的鸿雁？谁能改变瑟瑟秋风、树木凋落。我寄身在这辽远的地方，我自由，我欣喜。纵然白发丛生也不能让我徒然悲愁。我们已经衰老，步态龙钟。可你们还叮嘱我，谨慎那人间的风波。啊，这声声叮嘱，叫我多么惭愧，叫我多么感动。

【赏析】

此诗是刘长卿贬谪南巴（今属广东）在江州告别薛、柳二位朋友之作。诗一开始就用反语，以见讽意。貌似温和，实极愤激：本来就多年沦落，如今竟得到天子的厚恩！遭贬谪之日，正是大雁从胡地返回、淮南木叶凋零之时，尤足以使贬谪之人伤怀。颈联的上句说：“寄身且喜沧州近”，下句接着说“顾影无如白发何”，是对上句的否定，明明白白地写出了诗人对贬谪到蛮荒之地的怨恨。诗的末联写诗人对二位朋友的叮嘱之情的感谢。

诗的第二联写景凄美，衬托出诗人心中的抑郁。

长沙过贾谊宅[①]

——刘长卿

三年谪宦此栖迟，万古惟留楚客悲[②]。
秋草独寻人去后，寒林空见日斜时。
汉文有道恩犹薄，湘水无情吊岂知。
寂寂江山摇落处，怜君何事到天涯。

【注释】

①贾谊宅：贾谊曾被贬为长沙王太傅，故宅在长沙濯锦坊，即今屈贾祠。②楚客：指贾谊。

【译文】

你流落在此地，贬谪在此地，无限悲伤，在异国他乡，千古回荡。你已经永远离去，我踏着萧瑟的秋草把你寻觅，哪里找你的足迹，只有黯淡的斜阳照着寒冷的树林，为何对你如此薄情，是你该受的还是文帝对你疏离。湘水无情，怎知道我凭吊你的一片深情。江山已经沉寂，草木已经摇落，更使我无比悲恸。贾谊啊贾谊，你有什么罪过，为什么被贬到这荒僻的天涯。

【赏析】

这首七律是诗人遭贬途经长沙凭吊贾谊故宅后作。刘长卿与贾谊虽生在不同时代，但有共同的遭遇：坎坷、曲折、遭贬的人生经历。这种不幸的命运，正是作者悲叹、感慨的。诗人有感而发，一方面悲怜古人，一方面悲怜自己，自在情理之中。此诗情感深沉而悲凉，字里行间溢出作者无比痛苦、不平，足以催人泪下。

自夏口至鹦鹉洲望岳阳寄元中丞[①]

——刘长卿

汀洲无浪复无烟[②]，楚客相思益渺然[③]
汉口夕阳斜渡鸟[④]，洞庭秋水远连天[⑤]。
孤城背岭寒吹角[⑥]，独树临江夜泊船[⑦]。
贾谊上书忧汉室[⑧]，长沙谪去古今怜[⑨]！

【注释】

①夏口：今湖北武昌。 ②汀洲：水中沙洲。指鹦鹉洲。 ③楚客：客居楚地之人。此为诗人自指，也暗指屈原。渺然：遥远的样子。 ④汉口：即上夏口。这里指汉水入口处。 ⑤洞庭：洞庭湖，在湖南北部，长江以南。 ⑥孤城：指汉阳城。角：古代军队中的一种吹乐器。 ⑦树：一作“戍”。 ⑧贾谊上书：贾谊曾向汉文帝上《治安策》。 ⑨长沙谪去：指贾谊被贬为长沙王太傅。谪去，一作“迁谪”。

【译文】

没有风浪，没有烟霭，静静的汀洲只有我浩渺的思念、漂泊的影子。汉口夕阳西下，鸟雀横越江面。洞庭湖的秋水流向远方，与天相连。背山的孤城号角吹得凄寒。独自在临江，夜里停着我的小船。贾谊上书，是赤子的忧患；从古至今，永恒的悲哀，是他远谪长沙的辛酸。

【赏析】

此诗作于刘长卿被贬途中。

此诗借怀古人和写景抒发自己旅途孤单寂寞之感：汀洲上没有风浪、没有烟霭；在汉口的夕阳中不时可见渡江的鸟雀；洞庭湖的秋水与远天连成一片。这两联写景气象雄伟，但透着一种凄凉的况味。第三联既写闻也写见：山背后的孤城响彻号角，给人增添一种寒意；临江的小树旁，泊着诗人的旅舟。诗的末联又以贾谊心忧国事、直言而远谪长沙自况。

这样，诗的前六句写景就完全成了末联抒情的烘托物，将沿途所见景色融入诗人的离愁别绪及遭贬谪的忧愤心情中了。

赠阙下裴舍人[1]

——钱　起

二月黄莺飞上林，春城紫禁晓阴阴。
长乐钟声花外尽[2]，龙池柳色雨中深。
阳和不散穷途恨，霄汉常怀捧日心[3]。
献赋十年犹未遇，羞将白发对华簪。

【注释】

①阙下：宫阙之下，借指朝廷。　②长乐：汉朝宫名，这里指唐宫。　③捧日：三国魏程昱，年青时曾梦见两手捧日。

【译文】

春天来了。快乐的黄鹂翩翩飞舞，飞上了上林苑。晨风吹拂春意朦胧的紫禁城。长乐宫钟声阵阵，绵延着逐渐消逝；龙池柳色青青，细雨中更加苍翠。和煦的阳光暖不了我的身躯，散不了我的怅恨，纵然我一片忠心、无比赤诚。我十年未见恩遇，才华付诸东流，面对那些达官显贵，令满头花白头发的我无比羞愧。

【赏析】

此诗借赠裴舍人而自述诗人怀才不遇的情怀。

前四句描写宫禁中清丽的春景，是为了夸赞裴舍人官职的显要：早春二月，上林苑中黄鹂纷飞；春晨的紫禁城内，树荫斑驳；长乐宫的钟声飘浮在空中，余音散落在花外；龙池的柳色在雨中愈显苍翠碧绿。表面看上去是纯然写景，实则是在恭维裴舍人。这种手法是很巧妙的。

后四句则写作者自己怀才不遇、希求对方援引。春风不能吹散作者穷途落魄的愁情，但作者表示仍怀对“太阳”即天子的热忱。最后两句就直白地说出了自己年纪渐老尚未得到恩遇的焦急心情。

寄李儋元锡

——韦应物

去年花里逢君别，今日花开已一年。
世事茫茫难自料，春愁黯黯独成眠[1]。

身多疾病思田里[②]，邑有流亡愧俸钱[③]。
闻道欲来相问讯，西楼望月几回圆[④]。

【注释】

①春愁：因春季来临而引起的愁绪。黯黯：低沉暗淡。 ②思田里：想念田园乡里，即想到归隐。 ③邑有流亡：指在自己管辖的区域内还有百姓流亡。愧俸钱：感到惭愧的是自己食国家的俸禄，而没有把百姓安定下来。 ④问讯：探望。

【译文】

去年那花开的时节，我与你依依相别。如今又是花开的时节，可我们已经分别了一年。世事渺茫，我的命运怎能预料？只有黯自带着春愁孤独睡去。多病的身躯，托起我对田园的思念。我伤心、惭愧，因百姓四处流亡，我却领着国家的俸禄。早听说你要来与我想见，我每晚在西楼盼望着，看到的只是月亮缺了又圆，圆了又缺。

【赏析】

这首诗写得极好，十分感人，境界上、艺术上都堪称一流。诗中表现作者对友人的思念，对民众疾苦的关怀，真挚而深切，让人慨叹不已。特别是第六句，凸显了一位正直、善良的封建官员的高尚心魂，范仲淹赞为“仁者之言”，决非溢美之词。

本诗首联两句自然朴素，然而优美无比。单吟这两句，都是特有的精神享受。

同题仙游观[①]

——韩　翃

仙台下见五城楼[②]，风物凄凄宿雨收。
山色遥连秦树晚，砧声近报汉宫秋。
疏松影落空坛静，细草香闲小洞幽。
何用别寻方外去，人间亦自有丹丘[③]。

【注释】

①仙游观：道士诸师正隐嵩山逍遥谷。唐高宗令官吏在逍遥谷造仙游门，后改为仙游观。 ②五城楼：《史记·封禅书》：“方士有言，黄帝时为五城十二楼以候神人。” ③丹丘：神仙居处。仙境。

【译文】

宿雨初收，风物凄清，我来到仙游观，看到五城楼。远处，山色与树影连接；捣衣的砧声划破黄昏的宁静。秋天已经来临。松影疏落，道坛空寂，细草散发芳香，小洞多么幽深。何必寻求超越人间的方外之境，人间自有人间的仙境。

【赏析】

此诗是写游道家仙游观的。

诗的前三联描绘了仙游观内外、远近的景物：作者第一次见到仙游观，正是宿雨初收、风物凄清的时候。暮霭中，山色与秦地的树影遥遥相连，捣衣的砧声，似在报告着汉宫进入了秋天。这两句写声写色凝练开阔。诗的第三联写道观的幽静：疏疏落落的青松投下纵横的树影，道坛上空寂宁静、细草生香、洞府幽深。这是一处远离尘嚣的所在。

诗的末联写作者游览道观的感想：何必再去寻找方外之地，人世间本来就有这样的仙境！整首诗，有远景，有近景，着力刻画的是道观幽静的景物。

【皇甫冉】(717—770)，字茂政，润州丹阳(今江苏丹阳县)人，郡望安定(今甘肃泾川县)。天宝十五载(756)进士，授无锡尉。安史之乱中，避居阳羡。广德三年(764)，被河南元帅王缙召入幕府，为掌书记。大历二年(767)官左拾遗，后转左补阙。其诗多为应酬、写景之作，长于五七律。

春　思

——皇甫冉

莺啼燕语报新年，马邑龙堆路几千①？

家住层城邻汉苑②，心随明月到胡天。

机中锦字论长恨③，楼上花枝笑独眠。

为问元戎窦车骑④，何时返旆勒燕然⑤。

【注释】

①马邑、龙堆：泛指边地。　②层城：京城。　③机中锦字：《晋书》："窦滔妻苏氏善属文。苻坚时，滔为秦州刺史，被徙流沙。苏氏思之，织锦为回文诗寄滔，循环宛转以读之，词甚凄切。"　④窦车骑：东汉车骑将军窦宪。　⑤"何时"句：返旆：班师。燕然：燕然山。

【译文】

黄莺啼唱，燕子呢喃，温暖的春天来了。可我的丈夫，从军在千里外的边疆。春风吹拂我的高楼，春风吹绿了汉宫。我的心已随着明月，漂到了遥远的地方。

谁了解我的悲痛？只有，锦织的诗文诉说你我离别的哀愁。你可知道高楼上的花枝都在嘲笑我的孤独。请问，窦大将军何时才能战胜敌人，何时才能凯旋归来？

【赏析】

这是一首写一位长安少妇新春触景伤情、对出征塞北的丈夫怀念之情的诗。正是新春黄莺啼唱、燕子呢喃的时候，但丈夫不在身边。因此这位少妇想道：到马邑和龙堆，不知道有几千里路程？少妇虽身在长安，但心跟随着明月去了遥远的边塞之地。锦织成的诗篇，字字诉说着离别的愁怨；楼上鲜艳的花枝，似在嘲笑她独自孤眠。柔情似水、思念着丈夫的少妇，痴痴地问道：请问统兵的将领，何时才能得胜班师呢？

“楼上花枝笑独眠”一语，显见得少妇思念丈夫，夜不能眠。末二句问语似痴，实则活生生地写出了少妇渴望与丈夫一起过平和安定生活的愿望。

晚次鄂州[1]

——卢　纶

云开远见汉阳城[2]，犹是孤帆一日程[3]。
估客昼眠知浪静[4]，舟人夜语觉潮生[5]。
三湘愁鬓逢秋色[6]，万里归心对月明。
旧业已随征战尽[7]，更堪江上鼓鼙声[8]。

【注释】

①鄂州：今湖北武昌。　②汉阳城：今湖北汉阳，在汉水北岸，鄂州之西。　③一日程：指一天的水路。　④估客：商人。　⑤舟人：船夫。夜语：晚上说话。舟人夜语觉潮生：因为涨潮，故而船家相呼。　⑥三湘：湘江的三条支流漓湘、潇湘、蒸湘的总称。在今湖南境内。由鄂州上去即三湘地。这里泛指汉阳、鄂州一带。愁鬓逢秋色：是说愁鬓承受着秋色。这里的鬓发已衰白，故也与秋意相应。　⑦征战：指安史之乱。　⑧更堪：更哪堪，岂能再听。江：指长江。鼓鼙：军用大鼓和小鼓，后也指战事。

【译文】

乌云已经飘散，汉阳依稀可见。孤独的帆船，载着我的抑郁。白天风平浪静，只看见商人稳稳酣睡；夜晚潮水上升，只听见船夫窃窃私语。朦胧的秋色，三湘一片萧瑟，我悲愁的心空对着明月。纵然归心似箭，哪里是我的故乡？我的田园，我的家业，已随着战乱毁灭。我哪堪忍受，江上，传来的阵阵鼓声。

【赏析】

此诗作于至德（756—758）年间。当时卢纶因避安史之乱，由北南逃，途经鄂州，准备去三湘一带。诗歌描述了兵乱流离中叹老思乡的情怀。

此诗的前二联写即目所见：云雾散开，可见到远处的汉阳城，但这孤独的小船，还要走一天的路程。商贾们惯于在江湖上行走，知道现在江上风平浪静；作者半夜里听到船夫讲话，明白江上要涨潮了。诗的第二联写眼前所见所闻，细致曲折，向为人所称赞。

诗的后四句抒情：双鬓本已愁白，又逢三湘凄凉的秋色，故乡在万里之外，诗人的一片归心只能对月感叹。旧时的田园庐舍，在战争中毁灭殆尽，如今诗人是一位无家可归的人了。诗人再也不堪听到阵阵鼙鼓声了。

这首诗写景真切、抒情诚挚，字里行间充满了对离乱漂泊的感慨。

登柳州城楼寄漳、汀、封、连四州刺史①

——柳宗元

城上高楼接大荒，海天愁思正茫茫。
惊风乱飐芙蓉水②，密雨斜侵薜荔墙。
岭树重遮千里目，江流曲似九回肠③。
共来百粤文身地④，犹自音书滞一乡。

【注释】

①漳：漳州，今属福建，时刺史为韩泰。汀：汀州，今福建长汀，刺史为韩晔。封：封州，今广东肇庆，刺史为陈谦。连：连州，今广东连县，刺史为刘禹锡。 ②飐：

吹动。 ③九回肠：司马迁《报任安书》："肠一日而九回。" ④"共来"句：百粤：五岭以南各少数民族地区。文身：在身上刺花纹。

【译文】

高楼，连接着四野，一片荒凉。我悲愁的心绪，像大海、苍天一片茫茫。狂风骤吹吹皱了乱晃的荷花；密雨斜洒洒透了长满薜荔的城墙。峰峦叠障、树木参天挡住了我的视野；江流曲回蜿蜒犹如我九转不解的愁肠。我们都流落在荒凉的百粤这断发文身的地方。可我们却彼此隔绝各自滞留在一乡，连书信都不能通畅。

【赏析】

此诗作于柳宗元被贬为柳州刺史，与好朋友天各一方之时。

全诗由"登柳州城楼"起兴：在城楼上放眼四望，高楼连着广阔的荒原——这阔大的荒原，正如诗人茫茫无际的愁思。全诗就由这个"愁"字层层下翻，转出一重又一重令人伤心的境界：急风骤然而至，荷花随着水波乱晃；密雨斜飞，覆盖着薜荔的城墙被雨水浸透。这两联写近景。诗人写夏日景物，不取风光明丽之时，偏择"惊风""密雨"之际，已透出诗人纷乱的心境。第三联写远景：山岭、树木重叠，遮住了诗人遥望千里之外的朋友的目光；江流纡曲盘绕，如同诗人曲折的愁肠。外景和内心情感水乳交融。

诗的末联承接上一联的远望之意，感叹同居蛮荒之地，书信阻隔，不得互致问候。此情哀婉，令人下泪。

诗人作此诗时，心情是极其抑郁悲愤的，他把自己遭贬谪的痛苦和对挚友的思念之情，如闸门放水般宣泄了出来。

西塞山怀古①

——刘禹锡

王濬楼船下益州②，金陵王气黯然收③。

千寻铁锁沉江底，一片降幡出石头④。

人世几回伤往事，山形依旧枕寒流。

从今四海为家日，故垒萧萧芦荻秋。

【注释】

①西塞山：在今湖北大冶县东。 ②王濬：晋朝大将，益州刺史。益州：今四川成都。 ③金陵王气：秦始皇时，有善望气者，说金陵有天子气，送凿钟山，开秦淮河。 ④石头：石头城，指南京。

【译文】

从益州出发，王濬率领浩荡的战船，顺流东下。显赫无比的金陵王气骤然失色。冲天的大火，销毁了百丈铁锁，一堆堆废铁，沉入江底。石头城上举起了降旗，宣告东吴已经灭亡。啊！人世盛衰，只能让后世徒劳悲叹。山岳依然高高矗立，江河依然自由奔流。看今日的世界，天下一统，四海一家。昔日的营垒，已变成一片废墟。只有芦荻在秋风中飘摇。

【赏析】

本诗是唐穆宗长庆四年（824）刘禹锡由夔州调赴和州时途中所作。前四句，写西晋灭吴的历史，气势雄浑，跌宕起伏。五六句，一写人世兴亡，一写自然永恒，变与不变，都不为人的意志转移，其深刻的哲理跃然纸上。最后两句，展现作者冷静的历史感，但不乏感慨之情。

【元　稹】（799—831），字微之，洛阳（今河南洛阳市）人。早年家贫，少有才学。贞元九年（793）以明经及第，十九年（803）登书判拔萃科。授秘书省校书郎。元和元年（806）登才识兼茂明于体用科，任左拾遗。后任监察御史，因弹劾罪宦官权贵，被贬为江陵府士曹参军。徙通州司马、虢州长史。穆宗即位，召为膳部员外郎，因得宦官援引，擢礼部郎中、中书舍人、翰林学士承旨。长庆三年（822）拜相。任相三个月，受李逢吉排挤，出灿州刺史，后累官浙东观察使、尚书左丞、武昌等节度使，与白居易交往甚密，又因两人诗风相近，并称为“元白体”。论诗与白居易相同，为中唐新乐府运动的积极倡导者之一。其诗以乐府诗最具代表性。长篇叙事诗《连昌宫词》与白居易《长恨歌》并称，其悼亡诗《遣悲怀》三首向称名篇。

遣悲怀（三首）

——元　稹

其　一

谢公最小偏怜女[①]，自嫁黔娄百事乖[②]。
顾我无衣搜荩箧[③]，泥他沽酒拔金钗[④]。
野蔬充膳甘长藿[⑤]，落叶添薪仰古槐。
今日俸钱过十万，与君营奠复营斋[⑥]。

【注释】

①“谢公”句：东晋宰相谢安，最爱其侄女谢道韫。元稹此处以谢道韫喻指亡妻韦惠丛。 ②黔娄：春秋时齐国高士，以安贫守贱著称。 ③荩：草名。 ④泥：软语请求。 ⑤长藿：豆叶。 ⑥营斋：延请僧人超度。

【译文】

我亲爱的亡妻韦惠丛，你多么聪敏、贤惠。你如同谢公最小最受偏爱的女儿，嫁给我这个贫士百事不顺。你见我没有换洗的衣衫，你四处搜找。你慷慨拔下头上的金钗，满足我的恳求将酒买回。你用豆叶野蔬充饥，吃得清香甘美。你用落叶作薪，用枯枝做炊。举世难觅啊我生命中的伴侣，如今你已离开人世，我却独自享受富贵。悲叹不可预料的人生，我只有奉上我的祭品，寄托我的深情，超度你的灵魂。

【赏析】

本诗回忆往事，叙述家常琐事，不加渲染，然而极为生动具体，极为感人。读此诗，元稹对亡妻情爱之深，足以让人感动。

其　二

昔日戏言身后意[①]，今朝都到眼前来。
衣裳已施行看尽[②]，针线犹存未忍开。
尚想旧情怜婢仆[③]，也曾因梦送钱财。
诚知此恨人人有[④]，贫贱夫妻百事哀。

【注释】

①戏言：开玩笑的话。身后意：关于死后的设想。 ②行看尽：眼看不多了。行，快要。 ③怜：怜爱，痛惜。 ④诚知：确实知道。

【译文】

还记得吗？往昔我们的戏言——我们身后的安排，如今都一一展现在眼前。你穿过的衣裳已经快施舍尽了；你留下的针线我一直封存，不忍相看。想起过去的恩情，我对婢仆也格外怜爱；想起过去的贫困，我梦中为你送去钱财。谁不知，夫妻永诀，人人都会伤怀。我们贫贱夫妻，百样事情，百样悲哀。

【赏析】

这首诗叙述家常琐事，写妻子从生前到死后之事，表达对妻子真挚的哀悼之情：妻子在世时，诗人曾与她戏言身后之事，没想到一切都变成了事实！妻子穿过的衣服大多数施舍给别人了，妻子留下来的针线，诗人把它们封存起来，不忍再看，以免睹物伤情。然而诗人仍然遏制不住地要思念亡妻：看到婢仆，诗人就会想起亡妻，因而对婢仆也格外爱怜。醒时思念，梦中也思念。诗人虽然知道夫妻永别是会使人伤怀的事情，又怎堪回想与妻子当时过的贫贱生活啊！

诗歌就是以这些细微之事来表达哀悼之情的。思念亡妻之情，如春蚕吐丝，丝丝缕缕，缠绕着诗人。

其　三

闲坐悲君亦自悲，百年多是几多时。
邓攸无子寻知命①，潘岳悼亡犹费词②。
同穴窅冥何所望③，他生缘会更难期。
惟将终夜长开眼④，报答平生未展眉。

【注释】

①"邓攸"句：据《晋书·邓攸传》：邓攸，字伯道，官河东太守。石勒作乱，邓攸带子侄一同逃难。因不能两全，便丢掉儿子，保全侄儿，后终无子。时人义而哀之，为之语曰："天道无知，使伯道无儿。"寻：后来。知命：《论语·为政》："五十而知天命"。 ②潘岳悼亡：潘岳，字安仁，晋著名诗人。其妻死，作《悼亡》三首。 ③同穴：夫妻会葬。窅冥：渺茫深暗。④开眼：传说鳏鱼眼睛终夜不闭，故无妻者称鳏夫。

【译文】

我闲坐难安，我愁思不断。我悲叹你的早逝，悲叹我的孤寂。人生短暂，能活几时？邓攸没有后代，自知是命运的安排；潘岳悼念亡妻，只是徒然地悲鸣。夫妻同葬，多么渺茫地想往；

来世结缘，多么虚幻地企望。我只能睁着双眼，整夜把你思念。我们一片痴情，只想补偿你生前的缺憾，实现你生前的愿望。

【赏析】

这首诗仍是抒发诗人对亡妻的哀悼之情的，并立下了从现在到将来，不再娶妻的誓言。

诗人独自闲坐时愁思万端，既悲叹妻子，也悲叹自己。人寿有限，时光易逝，诗人想不通的是为什么行善的邓攸没有子嗣，诗人自己也正如邓攸。诗人也悲叹潘岳的悼亡诗篇，亡人在地下不能知情。夫妇同死同葬既不可能，幻想结缘于来世，更是希望渺茫。诗人只有终夜睁着双眼思念亡妻，来弥补她生前愁眉未展的遗憾。

元稹这三首悼亡诗，哀婉动人，真有泪尽继之以血的悲恸。“惟将终夜长开眼，报答平生未展眉”一语，词苦情挚，读之令人动容。后人论悼亡诗，都推此三首诗为冠。

令人遗憾的是，元稹并没有实践他的誓言——他后来还是娶了妻！

望月有感

——白居易

自河南经乱，关内阻饥①，兄弟离散，各在一处。因望月有感，聊书所怀，寄上浮梁大兄②、于潜七兄③、乌江十五兄④，兼示符离及下邽弟妹⑤。

时难年荒世业空，弟兄羁旅各西东。
田园寥落干戈后，骨肉流离道路中。
吊影分为千里雁，辞根散作九秋蓬。
共看明月应垂泪，一夜乡心五处同。

【注释】

①关内：今西安一带。 ②浮梁：今江西浮梁县。 ③于潜：今浙江于潜县。④乌江：今安徽和县。 ⑤下邽：今陕西渭南县。

【译文】

荒年毁灭了我祖传的家业，战乱荒芜了我的田园。一片仓皇——我的兄弟四处奔波。我们像纷飞的孤雁，像断根的蓬草，任秋风吹打，四处漂零无所归依。只有天上的明月照着我们伤心的泪，唤起我们的思乡之情。分散的亲人呀，何时才能团聚。

【赏析】

此诗大概作于唐德宗贞元十六年（800）秋天。

贞元十五年（799）春，宣武节度使董晋死后，部下叛乱，接着申、光、蔡等州节度使又叛乱，唐朝的中央政权分遣十六道兵马去攻打，战事大都发生在河南境内。当时南方漕运主要经过河南输送关内，由于“河南经乱”，交通断绝，使得“关内阻饥”。诗人伤时、思亲思乡，写下了此诗。

诗里说：世乱时艰，加上遇到荒年，兄弟姐妹背井离乡。故乡的家园已经荒芜，故乡的父老、骨肉流离失所，只有形和影为伴，似孤雁，如飞蓬。兄弟姐妹在五个不同的地方仰头望月，相同的只有思乡的深情。诗人本来是“因望月有感”而怀念兄弟，但其末联点出的“看月垂泪”和“一夜乡心五处同”一语，顿时使全篇的气韵生动起来了。

锦　瑟

——李商隐

锦瑟无端五十弦[①]，一弦一柱思华年[②]。
庄生晓梦迷蝴蝶[③]，望帝春心托杜鹃[④]。
沧海月明珠有泪[⑤]，蓝田日暖玉生烟[⑥]。
此情可待成追忆，只是当时已惘然。

【注释】

①“锦瑟”句：锦瑟：装饰华美的瑟。瑟为弦乐器，通常二十五弦，原有五十弦。无端：无缘无故。 ②一弦一柱：犹言一音一阶。 ③“庄生”句：《庄子·齐物论》：“庄周梦为蝴蝶，栩栩然蝴蝶也。自喻适志欤，不知周也。俄然觉，则蘧蘧然周也。不知周之梦为蝴蝶欤？蝴蝶之梦为周欤？” ④“望帝”句：《寰宇记》：“蜀王杜宇，号望帝，后因禅位，自亡去，化为子规。”子规，即杜鹃。 ⑤珠有泪：传说南海有鲛人，其泪能出珠。 ⑥蓝田：山名，在今陕西西安东南，山中产玉。

【译文】

锦瑟上五十根弦一弦弦诉说对往昔的思念。庄周翩翩起舞，睡梦中化为蝴蝶。望帝思乡心切，一片思念托付给杜鹃。海上升起明月，美人鱼的眼泪变成了珍珠。蓝田的美玉，阳光下耀眼无比，仿佛轻烟缭绕，冉冉飞舞。追忆那往昔的情景，可惜当时只是一片茫然。

【赏析】

李商隐这一首诗，究竟说的是什么？是自伤身世？还是悼亡之作？抑或还有其他含义？如此等等，历来没有定论，看来也说不清楚。只好见仁见智了。至于颈联二句，也很难理解，不妨存疑，或自己体会。

无　　题

——李商隐

昨夜星辰昨夜风，画楼西畔桂堂东。
身无彩凤双飞翼，心有灵犀一点通①。
隔座送钩春酒暖②，分曹射覆蜡灯红③。
嗟余听鼓应官去④，走马兰台类转蓬⑤。

【注释】

①“心有”句：犀牛角中有白纹像线一样贯穿牛角。②送钩：一种游戏，玩者用一只钩相互传递后，藏于一人手中，猜不中者罚酒。③射覆：把一件东西放在碗下，盖住，叫人猜。④应官：犹上班办公。⑤兰台：秘书省。

【译文】

那明亮的画楼，那温馨的桂堂，星光照耀，春风吹拂。昨夜多么令人难忘。没有凤凰的翅膀，不能在天空自由飞翔。可我们的心像神奇的犀牛角，永远相通。隔座行酒，美酒使我们陶醉；游戏猜谜，灯烛照红我们的面颊。可惜美竟不能常在，更鼓催我应差离去。我漂泊的身躯，犹如飘转的飞蓬，随风飘转在官府兰台。

【赏析】

这首诗说明什么，暗含什么，不容易理解。有人认为是李商隐对爱情的狂热追求，其中因种种内在的或外在的阻碍，使诗人的情感显得惆怅、痛苦、痴迷，可为一家之言。

颔联是名句，千古流传，精致无比。

隋　　宫

——李商隐

紫泉宫殿锁烟霞①，欲取芜城作帝家②。
玉玺不缘归日角③，锦帆应是到天涯④。
于今腐草无萤火⑤，终古垂杨有暮鸦⑥。
地下若逢陈后主⑦，岂宜重问后庭花⑧？

【注释】

①紫泉：汉宫名。这里指长安隋宫。②芜城：扬州。③日角：郑玄《尚

书》注：“日角，谓中庭骨起状如日。”这里指李渊。 ④锦帆：指隋炀帝的龙舟。⑤“于今”句：《隋书·炀帝记》：“炀帝于景华宫征求萤火数斛，夜出游山放之，光照山谷。” ⑥“终古”句：《隋书·炀帝记》：“炀帝自板渚引河作街道，植以杨柳，名曰‘隋堤’，一千三百里。” ⑦陈后主：即陈叔宝。 ⑧后庭花：即《玉树后庭花》，为陈后主所作歌曲，后人看作亡国之音。

【译文】

长安数不清的殿阁，弥温着一片烟霞；艳丽的扬州，行宫无比豪华。若不是李渊夺取天下，扬广的龙舟已游遍了天涯。昔日放萤的宫苑，如今已是腐草丛生萤火灭绝。当年繁华的隋堤，如今一片萧条，只有低垂的杨柳和归巢的乌鸦。如果荒淫的杨广在地下与陈后主相遇，难道还有心欣赏淫逸丧国的《后庭花》？

【赏析】

隋炀帝是历史上有名的荒淫昏暴的皇帝。他在位十四年，留居京师时间不足一年，大部分时间在外巡游玩乐。从大业元年至十二年（605—616），三次游江都，沿途百姓负担沉重的供应，造成极大灾难。此诗是写隋炀帝穷奢极欲的生活的，并且借古讽今。诗里写道：长安的殿阁千门闲闭，隋炀帝又想在江都修造更加豪华的宫苑。若不是天下易主，隋炀帝当会游遍天涯海角。如今，当年繁华的隋宫已成废墟，杨广成了和陈叔宝一样的亡国之君，如地下重逢，该不好再问《后庭花》的事了吧？

诗人的讽刺是很辛辣的。此诗对现实具有发人深省的规戒作用。

无题（二首）

——李商隐

其　一

来是空言去绝踪，月斜楼上五更钟。

梦为远别啼难唤，书被催成墨未浓。

蜡照半笼金翡翠①，麝薰微度绣芙蓉②。

刘郎已恨蓬山远③，更隔蓬山一万重！

【注释】

①金翡翠：饰以金翠的帷帐。　②度：透过。　③刘郎：指汉武帝。武帝曾振方士往海外求蓬莱仙人不死之药。

【译文】

你来了都听不到你的声音，你去了都没有留下你的足迹。你仿佛高楼上斜月的影子，一片空寂一片朦胧。你如同拂晓长鸣的钟声渐渐远去。苦涩的分离刺痛我的心，梦中我呼唤远别的你。我多么无奈，我已不能等待。只有急切的书信表达急切的思念。蜡烛的微光映出你帷帐的幽暗。你淡淡的馨香，依稀在绣被飘散。蓬山仙境多么遥远，痴迷的刘郎只有徒然怅恨。然而一万重蓬山阻隔在你与我之间。

【赏析】

这首无题诗，从内容上看，应是写恋爱受阻的悲哀。

此诗可解析为：她来时如梦中的幻影，去时又没留下半点痕迹。斜月照着空寂的楼台，晓钟悠长。分别的痛苦令诗人在梦中悲啼，醒后草成书信，墨迹淋漓，为的是向她倾诉衷肠。梦中，见到她的居处，烛光映着绣有翠鸟的帷帐，芙蓉绣被飘散着她留下的兰麝余香。但诗人只能在梦中见她，梦醒之后反令诗人更加惆怅。于是，诗人感叹：刘郎寻找仙侣，恨蓬莱遥远；阻隔在诗人与她之间的，更有一万重蓬山！

诗人对她的思念之情是那么重，而被思念的人是那么遥远，梦醒时惆怅更甚，使诗人通宵沉浸在痛苦和怨恨之中。

诗的末联写情写恨深沉真挚，经常被人们吟诵。

其　二

飒飒东风细雨来，芙蓉塘外有轻雷。
金蟾啮锁烧香入[①]，玉虎牵丝汲井回[②]。
贾氏窥帘韩掾少[③]，宓妃留枕魏王才[④]。
春心莫共花争发，一寸相思一寸灰！

【注释】

①金蟾：蟾善闭气，古人用于饰锁。 ②玉虎：辘轳。 ③“贾氏”句：《世说新语·惑溺》：“韩寿美姿容，贾充辟以为掾。贾女于青锁中见寿，悦之，与之通。充秘之，以女妻寿。”少，年轻。 ④“宓妃”句：魏曹植作《洛神赋》，叙述他与洛河神女宓妃相遇事。宓妃，这里指甄后。魏王，曹植。

【译文】

濛濛细雨随着飒飒东风洒落，阵阵轻雷响彻芙蓉塘外。纵然金蟾啮锁，香烟袅袅也会飘进她的闺房。井水再深，手摇辘轳牵引井绳也可把水打回。贾氏窥探窗帘，是爱恋韩寿的痴情；宓妃赠送玉枕，是钦慕曹植的诗才。爱情的种子呀，不要和春花竞相开放。寸寸相思会化成寸寸尘灰。

【赏析】

此诗抒写了一位幽闺中的女子对爱情热切的追求和失意的痛苦。

诗的首联以凄迷的春景衬托女子的愁苦和怅惘：东风飒飒送来细雨阵阵，芙蓉塘外响着一声声的轻雷。颔联写在这迷濛的春雨中，这位女子怅然若失之：她寂寞幽居，手摇玉饰的辘轳，独自汲水返回。这位女子为何这般怅然？第三联写出了缘由：贾氏暗恋韩寿，宓妃赠枕与曹植。韩寿英俊，曹植多才，女子思念的男子兼有英俊之貌和迷人之才，使她倾慕，使她思念。然而女子不能得到这位男子的爱情，她怨恨至极，悲愤地喊出：春心千万不要和春花竞相开放，寸寸相思只会化作寸寸灰烬！

这是一位女子相思无望中的呐喊！她全身心地投入这场单相思中，换来的结果却是痛苦和绝望！

筹　笔　驿[①]

——李商隐

鱼鸟犹疑畏简书[②]，风云常为护储胥[③]。
徒令上将挥神笔[④]，终见降王走传车[⑤]。

管乐有才真不忝[⑥]，关张无命欲何如？

他年锦里经祠庙，梁父吟成恨有余。

【注释】

①筹笔驿：在今四川广元县北，诸葛亮北伐时，曾在这里筹划军事。 ②鱼鸟：一作“猿鸟”。简书：军令。 ③储胥：营外的木栅。 ④上将：主帅，指诸葛亮。⑤降王：刘禅。传车：驿车。走传车，指邓艾攻破成都，刘禅投降，被送往洛阳。⑥忝：惭愧。

【译文】

诸葛亮你执法如山，连鱼鸟都感到畏惧。风云般神奇的力量，守护着森严的军营，纵然你英明无比，纵然你神机妙算，也是枉然。君不见，昏庸的后主，最终成了晋军的俘虏。你的才华超凡盖世，完全比得上管仲、乐毅。无奈关、张命归黄泉，你只有悲哀。从前我路过成都，看到你庄严的形象，敬畏之余我写下篇篇诗赋，心中无限感慨，无限悲伤。

【赏析】

此诗是感叹诸葛亮有雄才大略而壮志未酬的。

开端两句写作者见到诸葛亮军垒遗迹肃然起敬的感情：好像至今附近的动物还畏惧诸葛亮军令的威严，风云也爱护他的旧营垒使它能保存至今。颔联叹息诸葛亮虽然尽力筹划，但终不能使蜀汉免于败亡，留下了千古遗憾。第三联歌颂诸葛亮的雄才大略：诸葛亮确实是具管仲、乐毅之才的，但当诸葛亮伐魏时，关、张已死，缺少了得力的大将，致使事业不成，实在是无可奈何的事情。末联写当年李商隐经过武侯庙时吟诵那首《梁甫吟》，悲恨无穷，与杜甫“出师未捷身先死，长使英雄泪满襟”有相同感慨。

再者，此诗中也寄寓了作者自己的感情：《梁甫吟》写的是齐国三勇士因宰相晏婴的谗言，被设计害死的故事。作者自己有忧谗畏讥的心情，所以吟此诗而生感慨。

无　　题

——李商隐

相见时难别亦难，东风无力百花残[①]。

春蚕到死丝方尽[②]，蜡炬成灰泪始干[③]。

晓镜但愁云鬓改[④]，夜吟应觉月光寒[⑤]。

蓬山此去无多路[⑥]，青鸟殷勤为探看[⑦]。

【注释】

①“东风”二句：这里指百花凋谢的暮春时节。东风，春风。残，凋零。②丝方尽：丝，与“思”谐音，以“丝”喻“思”，含相思之意。 ③蜡炬：蜡烛。泪始干：泪，指燃烧时的蜡烛油，这里取双关义，指相思的眼泪。 ④晓镜：早晨梳妆照镜子。镜，用作动词，照镜子的意思。云鬓：女子多而美的头发，这里比喻青春年华。 ⑤应觉：设想之词。月光寒：指夜渐深。 ⑥蓬山：蓬莱山，传说中海上仙山，指仙境。 ⑦青鸟：神话中为西王母传递音讯的信使。殷勤：情谊恳切深厚。探看：探望。

【译文】

难得的相见，离别时更是难舍难分。东风无力百花凋落，令人多么伤感。春蚕吐完最后一丝，才结束自己的生命，蜡烛流完最后一滴眼泪，才全部化为灰烬。清晨你揽镜顾影，只怕鬓发显现衰老。夜晚你在月光下吟诗，会感到寒气侵扰。蓬山已经不远了，更何况殷勤的青鸟，在为我探问。

【赏析】

李商隐这首爱情诗写得很美，很感人。执着之爱，不渝之情，缠绵之思，凄切之苦，永恒之盼，在诗中都表现得极为真切。首联平常之中见不朽，千古流传；颔联的两句同样是古今传颂的名句；整首诗堪称杰作。

春　雨

——李商隐

帐卧新春白袷衣[①]，白门寥落意多违[②]。
红楼隔雨相望冷，珠箔飘灯独自归[③]。
远路应悲春晼晚[④]，残宵犹得梦依稀。
玉珰缄札何由达[⑤]？万里云罗一雁飞。

【注释】

①白袷衣：白夹衣。 ②白门：指南京。 ③珠箔：珠帘。 ④晼晚：迟暮。⑤玉珰：耳环。

【译文】

寒冷的初春，我多么惆怅。眼前一片寥落的景象，令我万分感伤。濛濛的细雨，漂洒在她的红楼，我只看见清冷茫茫。我只有黯然归去。风，依旧吹动珠帘，灯，依旧依稀闪烁。凄楚的暮春，遥远的天涯，哪里可以倾诉我的悲哀？缠绵的思念，化成梦，我依稀看见她的身影。啊！我的一片痴情无法传递，只有一只孤雁在万里长空哀鸣。

【赏析】

此诗当是写春雨中对情人的怀念的。

绵绵春雨，与诗人的抑郁之情搅在一起，愈发令诗人惆怅，诗人只好穿着白布夹衫，于微雨飘飘之夕，满怀忧伤地和衣而卧。他的心中到底藏着什么难言之隐？是什么事使他这么难耐？原来是往日相会之所，如今寥落寂寞而不见她的踪影，孤寂难熬，愁思百倍，只好怅然和衣而卧。雨夜将尽，诗人在怅卧中听着窗外的萧萧雨声，眼前又出现了最后一次寻访她的情景："红楼隔雨相望冷，珠箔飘灯独自归。"两句寥落之意，进一步描绘爱的失落与无望的追求。她住过的那座熟悉的红楼，如今却物是人非，他没有勇气走进去，甚至没有勇气再走近一些，只是隔着迷濛的细雨默默地凝望着。人去楼空，一切都过去了，值得忆恋的只有这座红楼。无论如何，诗人的脑海里始终抹不去她的形象。

从和衣而卧、寂寞难耐到夜寻红楼、带雨而归，再到情怀萦绕、梦里相见，强烈的思念，已使他难以克制了，只好修书一封，仅以玉珰一双作为信物寄出。这是痴情者献给对方的一颗痛苦而痴绝的心啊！

爱情不都是甜蜜的。爱情带给人的常常是痛苦和欢乐一样多。李商隐的经历说明了这一点。

无题（二首）

——李商隐

其　一

凤尾香罗薄几重①，碧文圆顶夜深缝②。
扇裁月魄羞难掩③，车走雷声语未通。
曾是寂寥金烬暗④，断无消息石榴红⑤。
斑骓只系垂杨岸⑥，何处西南任好风。

【注释】

①凤尾香罗：凤纹香罗。罗，绫的一种。 ②顶：帐顶。 ③扇裁月魄：班婕好《怨歌行》："裁成合欢扇，团团似明月。"月魄，月亮。 ④金烬：烛光。 ⑤石榴红：石榴花开的季节。 ⑥斑骓：黑白毛相间的马。

【译文】

我织的凤纹香罗多么轻柔，我深夜里缝的圆顶蚊帐青碧透亮。他的马车匆匆走过，我与他却一句话没说。团扇掩住了我的面容，却掩不住我的娇羞。捱过了多少寂寞，捱过了多少漫漫长夜的思念。仍旧没有他的一点消息。石榴花已开得通红。骏马系在杨柳岸。哪里去寻觅清风的同情，把我带到他的身旁。

【赏析】

这是一首情诗，抒写对爱情的渴望。匆匆相遇，语言未通，然而却春心动。于是，产生相思，由相思而惆怅，而终归是失望。只是现实，可以用幻想来弥补。于是，又有最后两句真切的希冀。

本诗心理刻画细腻。最后一句，借用曹植“愿为西南风，长逝入君怀”诗句。

其　二

重帏深下莫愁堂①，卧后清宵细细长。
神女生涯原是梦②，小姑居处本无郎③。
风波不信菱枝弱，月露谁教桂叶香。
直道相思了无益，未妨惆怅是清狂。

【注释】

①莫愁：梁武帝《河中之水歌》：“河中之水向东流，洛阳女儿名莫愁。”②神女：宋玉有《神女赋》。传说神女与楚王梦中相会。参见杜甫《咏怀古迹》注。③“小姑”句：古乐府《青溪小姑曲》：“小姑所居，独处无郎。”

【译文】

重重幕帐围困着深闺少女，漫长的夜伴随着她的孤独。楚王与神女相会是往昔幻梦。可怜的小姑一人独处，只因为没有心爱的情郎。菱枝即使柔弱，也要遭到狂风摧残，芳香的桂叶没有雨露的滋润哪来芳香？苦涩的相思只是徒然苦涩，可怎能改变一片痴情的惆怅。

【赏析】

李商隐应该算痴情的感伤诗人了。这首诗描写一位女子的相思之情。首联写长夜相思的苦寂，颔联叹梦幻般的情爱，颈联诉爱情遭受的折磨与打击，尾联最是动人，表达对爱情的痴迷与执着。

利州南渡①

——温庭筠

澹然空水带斜晖，曲岛苍茫接翠微。
波上马嘶看棹去，柳边人歇待船归。
数丛沙草群鸥散，万顷江田一鹭飞。

谁解乘舟寻范蠡[2]，五湖烟水独忘机[3]。

【注释】

①利州：今四川广元县。 ②范蠡：春秋楚人，曾助越灭吴。 ③机：机心，机巧。

【译文】

澹然空旷的水面，映着斜阳的余晖。曲折的小岛，连接翠绿的群山，凸出一片茫茫苍苍。船渐渐离去，载着鸟儿的嘶鸣；柳阴下歇息的人们，等待远帆归来。沙草丛中群鸥四处飞散，江田上空孤鹭展翅回旋。谁能像范蠡一样乘着小船，忘却使用心机，在辽阔的湖上自由漂荡。

【赏析】

此诗由远而近又由近及远地描绘了渡口的景色。

诗从江上景色写起：一道斜阳铺在江上，江水澄净，波光粼粼，水色天光互相辉映，纡曲起伏的江中岛屿，远远望去，似与岸边青翠山岗相接，连成一片，显得那么深邃旷远。这两句将江水、岛屿、山峦、夕阳这四种气象宏大的景物统统入诗，构成既有时空特征又色彩鲜明、意境开阔的图画。

接着，诗人由远及近描写渡口：送行人的马在嘶鸣，行客从水中解舟离去，柳阴下有人歇息，等待着远帆返回乡里。这两句写诗人在渡口所见，写得有声有色，动静结合。诗的第三联写南渡时所见：在草丛中栖身的群鸥被惊得四散，一只雪白的鹭鸶，在万顷江面上飞舞回旋。这一联，将微小事物置于浩茫之景中，可见天地寥廓。末联结于睹此旷远之景而生出向往隐逸之情。

此诗以写景为主，并于景中见意，又天然淡泊，不露痕迹，耐人寻味。

苏 武 庙

——温庭筠

苏武魂销汉使前[1]，古祠高树两茫然。
云边雁断胡天月，陇上羊归塞草烟。
回日楼台非甲帐[2]，去时冠剑是丁年[3]。
茂陵不见封侯印[4]，空向秋波哭逝川[5]。

【注释】

①苏武：字子卿。汉武帝时，出使匈奴，被扣留，并胁诱归降，苏不肯。后匈奴把他送往北海牧羊，历时十九年之久，备受艰辛。 ②甲帐：汉武帝以各种珍宝制作的幕帐。这里指汉武帝。 ③丁年：李陵《答苏武书》：“丁年奉使，皓首而归。” ④茂陵：汉武帝陵墓。 ⑤逝川：《论语·子罕》：“子在川上曰：

逝者如斯夫。"

【译文】

苏武的心早已死寂。纵然面对迎接他的汉朝使节。往事已经过去，只留下古老的祠堂和参天的大树，一片茫然。似当年孤独的他，只有痴心地仰望明月，仰望鸿雁飞入云间，白天牧羊消解他的寂寞，夜晚归来，荒烟中荒草连天，只剩下他的一颗枯寂的心。他去时是壮年，佩带御赐的冠剑，归时故国依旧，可甲帐已不在眼前。谁为他封侯，谁为他授爵，难道是地下长眠的武帝？悲痛呀，空自对着秋水悲痛，空自悲悼流逝的岁月。

【赏析】

此诗是赞颂苏武高尚的民族气节的。苏武在匈奴十九年，尽管匈奴对他威逼利诱，但苏武真正做到了富贵不能淫、贫贱不能移、威武不能屈。

诗的起句就将人带入历史的画卷中：当年汉使迎接苏武时，苏武百感交集。如今祠堂和树木虽然名属苏武，但它们都是无知的，不了解苏武的价值。这两句一写苏武生前，一写苏武身后。第二联回溯苏武当年被匈奴扣留时的情景：当年他白天在丘陇上牧羊，傍晚归来只见塞草荒烟。诗的第二联写英雄白首载誉归来：苏武出使时正在壮年，归汉时武帝已死，楼台已更换。末二句写苏武怀念武帝，因他不能被武帝亲见生还故国而十分伤感。

此诗对苏武的赞颂不是正面议论。中间两联对仗极其工整，而又自然流畅，表现出温庭筠高超的写作技巧。

【薛　逢】（816—？），字陶臣，蒲州河东（今山西永济县）人。会昌元年（841）进士，授秘书省校书郎，迁万年尉，历任侍御史、尚书郎等职，因忤权贵，出任巴州刺史，复入朝为太常少卿，官终秘书监。长于七律，多怀古抒怀之作。

宫　词

——薛　逢

十二楼中尽晓妆，望仙楼上望君王[①]。
锁衔金兽连环冷[②]，水滴铜龙昼漏长[③]。
云髻罢梳还对镜，罗衣欲换更添香。
遥窥正殿帘开处，袍袴宫人扫御床。

【注释】

①望仙楼：唐武宗时所建。 ②金兽连环：兽形铜门环。 ③水滴铜龙：铜壶滴漏，古代计时仪器，因壶上刻有龙形，故叫“铜龙”。

【译文】

清晨，宫楼中的嫔妃，忙着梳妆打扮。望仙楼上，她们盼望着，君王的到来。紧锁的门环，透出冰冷；铜壶的滴漏白昼多么漫长。纵然发髻已经理好，她们仍旧对着镜子端祥。她们不时更换衣裳，四处弥漫着浓郁的馨香。她们焦急，她们探望，远远窥见正殿的帘幕缓缓掀开，穿着袍袴的宫女们正在打扫御床。

【赏析】

此诗写宫女幽闭独居生活的苦闷和怨恨。诗的前六句可视作一层意思，后二句可视作另一层意思。

前六句中，作者这样写道：住在十二楼中的嫔妃早上都在刻意梳妆打扮，候在望仙楼上等着君王的到来。冰冷的兽形门环整天锁着；铜龙缓缓滴水，白昼显得这样漫长。

梳理好发髻，又对着镜子端详；想换一件罗衣，把衣服熏得芳香怡人。这前六句细致地写了宫女的打扮、等待。

但她们白等了。诗的末二句写道：她们远远地看见宫人在正殿为君王打扫御床。很显然，君王的嫔妃多得数不清，她们何时能得幸临，谁说得清呢？

诗歌实际上在写宫女的怨恨，但表达得比较委婉。

【秦韬玉】生卒年月不详，字仲明。能诗善文，累举不第。后因谄附宦官田令孜，官至丞郎、判盐铁。又随僖宗入蜀，被田令孜擢为工部侍郎、判度支。并于中和二年（882）特赐进士及第，后不知所终。诗工七律，尤《贫女》一诗，向称名作。

贫　女

——秦韬玉

蓬门未识绮罗香[①]，拟托良媒益自伤[②]。
谁爱风流高格调[③]，共怜时世俭梳妆[④]！
敢将十指夸针巧，不把双眉斗画长[⑤]。
苦恨年年压金线[⑥]，为他人作嫁衣裳。

【注释】

①蓬门：用蓬茅编扎的门，指穷人家。绮罗：华贵的丝织品或丝绸制品。这里指贵女的华丽衣裳。 ②拟：打算。托良媒：拜托好的媒人。益：更加。 ②风流高格调：指格调高雅的妆扮。风流：指意态娴雅。 ④怜：喜欢，欣赏。时事俭梳妆：当时妇女的一种妆扮。称“时世妆”，又称“俭妆”。时世：当世，当时。⑤斗：比较，竞赛。 ⑥苦恨：非常懊恼。压金线：用金线绣花。“压”是刺绣的一种手法，这里作动词用，是刺绣的意思。

【译文】

贫寒人家的，何曾穿过华丽的衣裳，哪里去寻找寄托终身的伴侣？只有一片愁思暗自感伤。谁能推崇脱俗高雅的格调，谁能欣赏简朴平常的梳妆。贫女不愿趋附时尚把双眉绘得又细又长，只愿珍惜一双纤手绣出巧妙，绣出精良。无限地怅恨，一年年用金线刺绣，到头来不过是为他人做嫁衣裳。

【赏析】

此诗写一位贫贱女子的悲惨处境。诗人对贫女倾注了同情，并借贫女来倾诉作者的抑郁心情，表露出作者对当时社会不合理现象的不满。

贫女居处贫贱，没有穿过华丽的衣裳，她想去请托媒人，又因为自己的贫贱而自叹自伤。贫女本有超群的胸襟气度，但世俗之人只爱粗俗的格调和奢糜的梳妆。她有着高超的刺绣技巧，也有着天然秀美的双眉，然而年年用金线刺绣，都是为别人做新婚的衣裳！

诗歌除了惜叹贫女之外，还有另一层意思在：诗中贫女的形象可能就是作者怀才不遇的自我写照。末二句借贫女之“恨”写出了作为幕僚的悲苦心情：年年写诗作文，多半是替别人作了装饰品！

全诗用贫女自白，语言质朴。末联成为被世人所称赞的名句。

七律乐府

独不见[1]

——沈佺期

卢家少妇郁金堂[2]，海燕双栖玳瑁梁[3]。
九月寒砧催木叶，十年征戍忆辽阳[4]。
白狼河北音书断[5]，丹凤城南秋夜长[6]。
谁知含愁独不见，更教明月照流黄[7]。

【注释】

①独不见：乐府名。 ②卢家少妇：梁武帝《河中之水歌》："河中之水向东流，洛阳女儿名莫愁。十五嫁为卢家妇，十六生儿字阿侯。" ③玳瑁：鱼类海产动物，壳可做装饰品。 ④辽阳：今辽宁省辽阳市。 ⑤白狼河：辽河支流，即今辽宁境内的大凌河。 ⑥丹凤城：京城长安。 ⑦流黄：黄色的绢。这里泛指巾或帷一类丝织品。

【译文】

名贵的郁金香涂饰着卢家少妇的楼堂。一对对海燕栖息在她玳瑁装饰的屋梁。九月寒风吹落凋零的树叶，远处传来捣衣的阵阵声响，她的情思已飞向辽阳，那遥远的边境是他整整十年征戍的地方，渺茫的白狼河，远隔长安千山万水，为什么没有一点音信？为什么日日思念却永远秋夜漫长？谁能够看见她的孤独、她的悲愁，谁叫明月照着她的帷帐，照着她流泪。

【赏析】

这是一首拟古乐府之作，写少妇怀念久戍不归的丈夫。

这位少妇身居华堂，堂中涂饰郁金香。燕子在堂中玳瑁梁上双栖，而少妇只是一人独居，倍感凄凉。已是九月了，将要换季，家家在准备寒衣，此时的捣衣声最能引起思妇对远方亲人的怀念，何况少妇的丈夫出征辽阳已经十年了！

他驻守在白狼河北，与她音讯断绝；她家住长安城南，思念丈夫，通宵不眠。无人能见少妇的独处含愁，是谁教明月来相照呢？

此诗的好处在于善于比较，以他物来衬托少妇的愁苦孤独：双飞双栖的燕子衬托出她的孤独；华丽的居所衬托出她的落寞；寒砧声声衬托出她的思念；明月照人衬出她的孤寂难堪。

全诗语句流利，虽从古乐府诗演化而来，又是完整的七言律诗。沈佺期对七言律诗的贡献于此可见。

五言绝句

鹿　　柴[①]

——王　维

空山不见人，但闻人语响。
返景入深林[②]，复照青苔上。

【注释】

①鹿柴：辋川别墅一景。　②返景：斜阳返照。

【译文】

空空深山看不到一个行人，悠远的人语声隐隐约约，静极了。太阳落山了，余辉照进幽深的树林，一片昏黄，远处那青苔上面，是太阳投下的光影。

【赏析】

王维写有《辋川集》组诗二十首，此为其一。

这首诗，以夕照和人声来衬托深山的幽、静、空。具体而微，妙不可言。短短二十个字，既是一首幽美的诗，又是一幅生动自然的画，足见作者捕捉印象和感觉之敏锐、细微。

这首诗语言清新，风格淳朴自然。

竹　里　馆

——王　维

独坐幽篁里[①]，弹琴复长啸。
深林人不知，明月来相照。

【注释】

①幽篁：竹林。

【译文】

我独自坐在幽深的竹林，一边弹琴一边高歌长啸，可以和谁分享我的欢乐、我的情趣，只有明月在静静照耀。

【赏析】

这首诗与前面的《鹿柴》一诗，意境极为相似。

竹林本是清幽的，“独”坐清幽的竹林之中，这种境界何等静谧。在竹林中独坐，本来就有清爽朗然之气，何况诗人还在弹琴、长啸！琴本雅器，“啸”乃西晋“竹林七贤”之一阮籍的象征，也是孤傲的象征。在竹林中发出了这些悦耳之声，非但给本是静谧的竹林丛中增添几分幽邃之气，也刻画出主人公风神散朗的形象。那些碌碌于口腹之役的人自然无暇到这种清幽的地方来，即使来了，也不能真正领会此情此景。只有品行皎洁的月亮，似赞赏诗人的高洁，默默地将月光洒入林中陪伴诗人。

王维的山水诗虽然着力表现的是一种寂灭般的幽静，但其中，一直流注着诗人温润的情感。

山中送别

——王　维

山中相送罢，日暮掩柴扉[1]。
春草年年绿，王孙归不归[2]？

【注释】

①掩：关闭。柴扉：柴门。　②王孙：贵族的子孙，这里指送别的友人。

【译文】

我沿着山间的小路送别友人，黄昏时分我关上柴门，最后一眼投向他离去的方向。春草年年吐绿，远游的朋友何时才能踏上归途？

【赏析】

中国古典诗歌，以“送别”“离别”等为题，抒发别愁离恨之情的，俯拾即是。王维这首诗，前两句叙事，后两句抒情，从形式上看，并无独特之处，属于平常之列。但从内容上看，有意味。诗人送别友人后的惆怅，以及对友人的眷恋之情，越仔细体会越感到无比悠长。

本诗朴素、自然、真切。

相　　思

——王　维

红豆生南国，春来发几枝[1]？
愿君多采撷，此物最相思[2]。

【注释】

①红豆：一名相思子。色红，豆形。 ②采撷：采摘。相思：想念。

【译文】

红豆生长在南国，每当春天来临，不知会生出多少新枝。采摘吧，尽情地采摘吧。美丽的红豆，最能表达无尽的相思。

【赏析】

王维这首诗，流传很广，但凡读过此诗的人都能背诵。此诗语言通俗朴素，近乎民歌，并无精妙的警句和深刻的哲理，看起来很平常，人们之所以喜欢它，大概源于它自然的意味和隽永的格调吧。

杂　诗

——王　维

君自故乡来，应知故乡事。
来日绮窗前①，寒梅著花未②？

【注释】

①来日：来的时候。绮窗：镂刻花纹的窗户。 ②著花未：是否开花。

【译文】

你从故乡来，该知道故乡的事。请告诉我，你来时我窗前的梅树，是否已经开花？

【赏析】

这首诗表现作者的情趣与倾向。诗人想念故乡，自在情理之中，而喜欢梅花，则溢于言表。本诗信手拈来，自然天成。

【裴　迪】生卒年不详，绛州闻喜（今山西闻喜县）人。天宝年间，与王维同隐于辋川，两人多有唱和。为盛唐山水田园诗派作者之一，长于五言绝句，风格近王维，然而艺术成就远远不如。

送 崔 九①

——裴 迪

归山深浅去，须尽丘壑美。

莫学武陵人②，暂游桃源里。

【注释】

①崔九：崔兴宗。据《唐诗纪事》："裴迪初与王维、崔兴宗俱居终南。" ②武陵人：指陶潜《桃花源记》的武陵渔人。

【译文】

既然你归隐山林，就应该尽情享受山林的风光，丘壑的幽美，可不要学陶渊明笔下那个武陵人，只在桃花源短暂游了游就匆匆离去。

【赏析】

崔九曾与王维、裴迪同隐于终南山，从裴迪这首送崔九归山的诗中看得出来，崔九大约不大愿意再隐居下去了，于是有了裴迪的这一番劝勉。

裴迪看着崔九忽高忽低、忽上忽下地向山中走去，劝勉他：山中自有美妙之景，足以自得于心，一丘一壑，皆可怡性养神。因此，既然回到了山中，就应该沉浸在山水之美中，尽情地在山水中领略乐趣。秋月春花、冬雪夏雨，山中无处不美、无时不美呀。可不要像陶渊明《桃花源记》中那个打鱼的武陵人，偶然之间闯进了桃花源，却又匆匆忙忙还家；还家之后再寻桃花源，就再也找不到了。

其实，裴迪的看法未必正确。那些心性浮躁的人，是不能真正领略山水之美的；而像"好静"的王维，则山水与他早就莫逆于心、不忍分离的。不甘寂寞的人真能在山中久留吗？

终南望余雪

——祖 咏

终南阴岭秀①，积雪浮云端。

林表明霁色②，城中增暮寒。

【注释】

①阴岭：山北曰阴。阴岭，背向太阳的山岭。 ②林表：林外。

【译文】

高高的终南山多么秀丽，厚厚的积雪仿佛白云飘浮在天边，雪后初晴，林梢之间闪烁着夕阳余晖，傍晚时分，城中又添了几分积寒。

【赏析】

王维比较善于写终南山中春夏秋景，对于冬景似未描述过。祖咏此诗填补了这个空白。但祖咏写终南山，纯从大处着笔，与王维对一草一木、一沟一壑的细致描绘不同。

诗题是《终南望余雪》，祖咏起笔写终南山就从“阴岭”即背阳的山坡落笔——雪后的山岭仍很秀丽。终南山本高峻，如今落满了积雪，远远望去，积雪似飘浮在云端。这一句写出了终南山之高、积雪之多；积雪上游云端，可与霞光媲美。此时雪后初霁，积雪在阳光下反射出耀眼的银白色，这是多么奇秀的景观！这一句就照应了第一句中的一个“秀”字。雪后天气更加阴冷，何况有阳光把雪霁后的银白色反照到长安城中，城中之人更觉有一股寒意了。

全诗紧扣诗题：正面写终南山之雪，又以“城中增暮寒”反衬终南山之雪。据说此诗是祖咏赴科举考试时所作，要求作一首五律，祖咏写了四句就搁笔了。问之，答曰：“意尽。”确实，诗人已完完全全地写出了终南雪后初霁之景。

宿建德江①

——孟浩然

移舟泊烟渚，日暮客愁新。
野旷天低树，江清月近人。

【注释】

①建德江：新安江。为浙江省钱塘江上游建德县附近一段。

【译文】

小船停靠在烟雾弥漫的小洲旁，夜幕降临，身为游人的我一片惆怅，原野无边无际，远处的天空比近处的树林还要低，江水清澄，明月仿佛离人更近。

【赏析】

此诗是孟浩然漫游吴越时所作。

建德江即新安江，自南朝诗人沈约以来，新安秀色被诗人吟咏不断。孟浩然此次离开他久居的家乡到新安江上，不禁有些羁愁。何况时当黄昏。黄昏是最易催动人的乡思之情的时候。诗人的舟停泊于烟雾濛濛的小洲，而家在万里之外，四周是一片清寂的烟雾，顿生羁旅之悉。但诗人热爱山水，终究抵挡不住新安江的秀色。他放眼望去：但见四周是一望无际的旷野，黄昏的天空阴沉沉的，似要把远在天边的树木压得如同一棵荠菜；江面上风波不兴，澄清如镜，明亮的月亮映在水里，似伸手便可掬起一般。

这首小诗，将羁客之愁与黄昏之景融在一起，情景交融，写得含蓄。

春　晓

——孟浩然

春眠不觉晓①，处处闻啼鸟②。

夜来风雨声，花落知多少③？

【注释】

①不觉晓：不知不觉天就亮了。晓：早晨，天明，天刚亮的时候。 ②闻：听见。啼鸟：鸟啼，鸟的啼叫声。 ③知多少：不知有多少。知：不知，表示推想。

【译文】

春日里贪睡不知不觉天就亮了，处处可以听到鸟雀在啼叫，夜里的阵阵风雨声，不知吹落了多少芳香的春花。

【赏析】

读此诗须从以下几点着眼：

诗人本是热爱山水之人，对一草一木一树一鸟莫不含情，因此，夜里诗人听着风雨声，就担心花儿飘零，早起一看，果真如此。诗人对此是惋惜的。风雨使花儿飘零，乃是自然现象，诗人对此自然无可奈何。然而春光冉冉，又将过去，诗人担心的就不仅是美丽的事物被风雨摧残，更有惜春之意，慨叹春光易逝之情。

但诗人不是一味伤感。春暖花开是一种风景，鸟啼落花也是一种风景，世上本无处不是风景，诗人对此残春，也仍然是满怀爱怜之情的。

这首小诗语言浅显，读来琅琅上口，诗人的情思也被表达得曲折，因此得以广为传诵。

静 夜 思

——李 白

床前明月光，疑是地上霜①。

举头望明月②，低头思故乡。

【注释】

①疑：好像。 ②举头：抬头。

【译文】

明亮的月光洒在床前，好像地上泛起了一层白霜。我抬头仰望天上的月亮，不由得低头沉思，想起远方的家乡。

【赏析】

在所有的中国古典诗歌中，最为家喻户晓，最被人们所喜爱，最为人们经久吟诵的，莫过于李白这首具有永恒魅力的五言绝句了。这首诗，可以用“望月思乡”四个字概括，但其蕴含的意味，无比悠长、深远。

李白是天才。有天才，才有天籁之作。

怨 情

——李 白

美人卷珠帘①，深坐颦蛾眉②。

但见泪痕湿，不知心恨谁。

【注释】

①珠帘：珠串的帷帘。 ②深坐：长久地坐。颦：皱眉。蛾眉：蚕蛾触须弯而细长，比喻女子之眉。

【译文】

美人缓缓卷起珠帘，她愁皱双眉，一人独坐久久。只见她泪痕满面，不知心里恨谁。

【赏析】

此诗是写一位孤独女子的思念之情的。

一位容貌姣好的女子卷起珠帘临窗而坐，这一坐就是很久。她就这样一动不动、一言不发地坐着，时不时紧皱她好看的眉毛，时不时有一两行清泪潸然而下。

她在思念远离家门、久久不归的心上人吗？她在怨恨薄情郎吗？诗人不知道，我们也不知道。

我们看到的是一幅动人的怨女图。画中的女子有无限的深情、无限的怨恨，但她的这种情、这种恨哪堪诉说？她就这样幽怨着，静坐着。

我们当然不必寻根究底。单是这样一幅画，不已经很美了吗？

八　阵　图

——杜　甫

功盖三分国①，名成八阵图②。
江流石不转③，遗恨失吞吴④。

【注释】

①三分国：指三国时魏、蜀、吴三国。　②八阵图：为诸葛亮所造。八阵，即天、地、风、云、龙、虎、鸟、蛇，用来操练军队或作战。　③石不转：指涨水时，八阵图的石块仍然不动。　④失吞吴：是吞吴失策的意思。

【译文】

三国鼎立你创立了盖世功绩，因创八阵图，你声名鹊起，任凭江流冲击，你布阵的石头依然如故，千古遗恨，是你未能阻止先主吞并东吴。

【赏析】

杜甫一生写有不少关于诸葛亮的诗篇，且有数量不小的名篇名句流传于世。本诗旨在赞颂诸葛亮辉煌的一生，崇敬之情溢于诗句之间。“功盖三分国，名成八阵图”十个字，展现了诸葛亮的高大形象和丰功伟绩。后两句，既表达作者对刘备晚年伐吴失败的微词，又对诸葛亮一生最大的遗恨表示深切同情。

全诗跌宕有致，感情深刻。

【王之涣】（688—742），字季凌，原籍晋阳（今山西太原市），五世祖王隆之徙居绛郡（今山西新绛县）。曾任冀州衡水主簿，因谤去官，寄情山水 15 年。晚年任文安县尉。曾与高适、王昌龄、崔国辅等人唱和，为盛唐边塞诗人之一。

登鹳雀楼[1]

——王之涣

白日依山尽[2]，黄河入海流。

欲穷千里目[3]，更上一层楼[4]。

【注释】

①鹳雀楼：在今山西省永济县西南。 ②白日：太阳。依：依傍。尽：消失。③穷：尽，使达到极点。千里目：眼界宽阔。 ④更：再。

【译文】

太阳渐渐落下山岗，滔滔黄河朝着大海奔流，想要看到千里之外的风光，就必须再登上更高的一层楼。

【赏析】

这首诗之所以能使后人吟咏不已，大约在于它奔放的气势和开阔的境界。诗人登高望远，但见西边的太阳缓缓地向山下沉去，滔滔黄河滚动着、咆哮着，向东奔流而去，一泻千里，直入大海。诗人未写较为细小的风景，事实上，正是这样一幅宏大的图景才构成了此诗雄伟奔放的气势，诗人着眼于这种雄浑阔大的风景，正是其宽广胸襟的外化。

诗人尚且不满足于眼前所见的这种雄伟宽广的风景，他想再上一层楼，他要望见千里之外的莽莽群山、滔滔奔流。

如果说，此诗的前两句已与诗人的胸襟相类的话，诗的后两句可以视作诗人具有的不断进取的雄心。

送灵澈[1]

——刘长卿

苍苍竹林寺[2]，杳杳钟声晓[3]。

荷笠带斜阳[4]，青山独归远。

【注释】

①灵澈：本姓汤，僧人。有诗名。 ②苍苍：深青色。竹林寺：在现在江苏丹徒南。 ③杳（yǎo）杳：深远的样子。 ④荷笠：背着斗笠。荷，背着。

【译文】

一片苍苍山林掩映着竹林寺，晚钟声悠悠回荡在远方。他带着斗笠身披斜阳余晖，独自沿着青山走去，渐渐远去。

【赏析】

竹林寺在今江苏省镇江市南黄鹤山上，周围林木幽邃。此诗的第一句点明了诗人送别灵澈的地点。傍晚时分，寺庙的钟声在林木雾霭中慢慢弥散。这一句点明了送别的地点。因为是傍晚送人，日色已幽暗，此时听见钟声，仿佛这声音也染了幽暗之色，这是现代人所称的“通感”。这钟声听起来就格外动人、仿佛是专为送别时黯淡的心情而鸣的了。

诗人目送着灵澈一个人缓缓远去，背上的斗笠，映照在夕阳之下……

这首诗没有一个字写到诗人送别时的心情，但我们仍然能体会到诗人心情黯淡，因为诗人用了“苍苍”“杳杳”“斜阳”“独归”等字眼儿，这些字眼儿既是对送别时所见所闻事物的客观描述，又折射出诗人不忍与朋友分别的心情。

听琴

——刘长卿

泠泠七丝上①，静听松风寒②。

古调虽自爱③，今人多不弹。

【注释】

①泠泠：琴声清幽。　②松风：以风入松林暗示琴声凄凉。琴曲中有《风入松》的调名。　③古调：古时的曲调。

【译文】

七弦琴声多么清幽，静静听声响如同风吹松林。我格外喜爱那悠美的古调，可如今已没有几人喜欢弹奏。

【赏析】

刘长卿这首诗，题为《弹琴》，内容则是抒发自己的感慨。诗人在诗中慨叹古调冷落，借喻世人趋时随俗，而自己寂寞无朋。

送上人

——刘长卿

孤云将野鹤①，岂向人间住。

莫买沃洲山②，时人已知处。

【注释】

①孤云、野鹤：比喻闲散、逍遥之人。将：携带，带领。　②沃洲山：在今浙江省新昌县。

【译文】

野鹤驾着孤云远远飞向高空，它岂肯在人间居住。不要买下沃洲山，现在已经有人知道那儿了。

【赏析】

出家人闲云野鹤，来去无踪，不被人间俗事所累。因此，诗人此次既然是送别僧人，用“孤云野鹤”来形容其行踪乃至心态，自然是十分合适的。“岂向人间住”一语强调了出家人不食人间烟火。

但诗人犹有话说。诗人劝僧人，既然已为僧人，索性就清静到极致，不要住在像沃洲山那样的地方，因为前代僧人已经住过那里。要住，就住到冷僻幽静无人踪的地方，做一个真正的高僧。

俗话说：“天下名山僧占多。”名山之中僧人多，就不再是佛家清静之地了。刘长卿此诗中对僧人的劝告，是很委婉的。

秋夜寄丘员外

——韦应物

怀君属秋夜①，散步咏凉天。
空山松子落，幽人应未眠②。

【注释】

①属：在，适逢。　②幽人：幽居隐逸的人，悠闲的人，此处指丘员外。

【译文】

静静的夜唤起我对你的切切思念，一边散步一边咏叹这初凉的天气。空空的深山松子一个个悄悄坠落，遥想你应该也还未入眠。

【赏析】

诗题中的丘员外，是丘为的兄弟丘丹，韦应物曾常与他往还。诗中前两句写诗人秋夜散步时，怀念丘丹之情油然而起。后两句则想象此时此刻丘丹也在怀念自己，以此说明两人，感情深厚。

本诗情味隽永，堪称佳品。

【李　端】（743—785），字正己，赵州（今河北赵县）人。少时曾于嵩山学道。大历五年（770）进士，任秘书省校书郎，后因病辞官，居终南山草堂寺。德宗时曾出任杭州司马，后隐居衡山，自号衡岳幽人。其诗多应酬赠别之作，情调较为低沉，为大历十才子之一。

听　　筝①

——李　端

鸣筝金粟柱②，素手玉房前③。
欲得周郎顾④，时时误拂弦。

【注释】

①筝：拨弦乐器，十三弦。相传为秦蒙恬所造。　②金粟柱：桂木的弦柱。③玉房：弹琴的房屋。　④周郎：周瑜。周瑜精通音乐，他人奏曲有误，必能辨之。当时有人说道："曲有误，周郎顾。"

【译文】

金粟轴的古筝发出优美的声音，那素手拨筝的美人坐在玉制的筝前。想尽了办法为博取周郎的青睐，你看她有意一再拨错琴弦。

【赏析】

此诗写一位女子邀宠取怜的曲折心事。

这位女子正在弹筝，筝被装饰得十分华美；女子纤细白皙的手指在筝前移动。

但她的本意不在弹筝上，而是心有所系——她想引起一位像三国时周瑜那样俊美而通音律的男子的注意，而经常故意弹错音。

这位女子对男子很钟情，而男子或许不知或许不愿接受。诗人对这位女子是既有嘲讽又有同情之意的。

【王　建】（768—835），字仲初，颍川（今河南许昌市）人。历官昭应县丞、渭南尉、太府丞、太常寺丞、秘书丞、陕州司马等，晚年退居咸阳原上，家境拮据。擅长乐府诗，与张籍齐名，世称“张王乐府”，其诗多针砭时弊，揭露矛盾。反映民生疾苦，与张籍一起，成为中唐新乐府运动的先导。其诗用词洗练、简朴，旨意显露，描写具体。

新嫁娘（其三）

——王　建

三日入厨下，洗手作羹汤①。
未谙姑食性②，先遣小姑尝③。

【注释】

①羹：泛指做成浓汤的菜肴。　②谙：熟悉。姑食性：婆婆的口味。姑：这里指婆婆。　②小姑：丈夫的妹妹。也称小姑子。

【译文】

新婚的新娘，三日后走进厨房，她洗净纤细的双手，要亲自调制羹汤。她不知道婆婆的口味，先请小姑子前来品尝。

【赏析】

此诗写一位新娘初入夫家，惟恐处事不当的心态。

这位新娘嫁到夫家的第三天，按规矩要进厨房煮饭烧菜。这位新娘净洗双手，做好了菜。但她不知道婆婆的食性，就叫丈夫的妹妹先尝一尝。

在封建社会，婆婆对儿媳是有很高的权威性的。这位新娘是很细心的，她希望给婆婆一个良好的第一印象。

有人说，此诗言此指彼，诗人要说的事其实是他做好了诗文要给上司看，但诗人不知上司的欣赏口味，就先请上司周围的人过目。这种理解也是通的。

【权德舆】(759—818)，字载之，秦州略阳(今甘肃秦安县)人。少聪慧能文，始为河南黜陟使韩洄从事，累迁监察御史，后召为太常博士，历官左补阙、知制诰、中书舍人、礼部侍郎等职。元和五年(810)拜相。三年后罢相，出为东都留守，官终山南西道节度使。其诗多为应制、酬答、赠别之类，长于五律，诗风雅正。

玉台体①

——权德舆

昨夜裙带解，今朝蟢子飞②。

铅华不可弃③，莫是藁砧归④。

【注释】

①玉台体：《沧浪诗话·玉台体》："《玉台集》用徐陵所序。汉魏六朝之诗皆有之，或者但谓纤艳者为'玉台体'，则不然。" ②蟢子：长腿蜘蛛。③铅华：指搽脸的粉。 ④藁砧：六朝时丈夫的隐称。

【译文】

昨夜我的裙带突然松解，今早又看见蟢子四处飞窜。我须得好好梳妆打扮，莫非是丈夫就要回来。

【赏析】

此诗写的是一位女子盼夫心切的心情。

这位女子昨夜裙带自解，人们说裙带自解是丈夫即将还家的喜兆。该女子今天又看到长脚小蜘蛛飞了，又是一种喜兆。两种喜兆接连出现，便坚定了这位女子的念头：丈夫肯定是即将回来了！于是她想起该修整一下仪容，迎接丈夫归来。

这位女子的丈夫出门有多久了？这位女子平时是怎样思念丈夫的？要是诗里所写的两种喜兆都没有应验，丈夫没有归来，这位女子会怎么样？诗里都没有写。作者只抓住女子"这一刻"的心情细作描述，至于该女子的以前、今后的情况，可由读者想象。

诗中的这位女子平时思夫之情可以从"这一刻"中看出来。

江　雪

——柳宗元

千山鸟飞绝[①]，万径人踪灭[②]。
孤舟蓑笠翁[③]，独钓寒江雪[④]。

【注释】

①绝：无，没有。　②万径：虚指，指千万条路。人踪：人的脚印。　③孤：孤零零。蓑笠：蓑衣笠帽。笠：用竹篾编成的帽子。　④独：独自。

【译文】

所有的山上看不见飞鸟的影子，所有道路看不见行人的踪迹。江面一叶孤舟上，一位披着蓑戴着笠的老翁，独自在漫天风雪中垂钓。

【赏析】

不少人都以为此诗是单纯的写景之作。其实误读了。

诚然，这是一幅寒江独钓图：在严寒的冬天里，千山万岭不见一只飞鸟，条条道路没有一个人的踪迹。在这严寒的、大雪覆盖的江上，有一叶孤舟，孤舟上只有一位穿着蓑衣戴着斗笠的老者在垂钓。这种境界是十分清寂孤单的。然而，雪天寒江是垂钓的时候吗？能钓到鱼吗？显然，诗人所写的不是实景，而是想象之景。

那么，诗人为什么会写这种想象之景的呢？白雪象征着皎洁，孤舟、寒江象征着孤傲、特立独行的品格——这首诗，实乃诗人自咏怀抱之作，诗人不屈从于权贵的性格也于言外可见。

行　宫[1]

——元　稹

寥落古行宫[2]，宫花[3]寂寞红。

白头宫女在[4]，闲坐说玄宗[5]。

【注释】

①行宫：皇帝在京城之外的宫殿。这里指当时东都洛阳的皇帝行宫上阳宫。②寥落：寂寞冷落。③宫花：行宫里的花。④白头宫女：据白居易《上阳白发人》，一些宫女天宝末年被“潜配”到上阳宫，在这冷宫里四十多年，成了白发宫人。⑤说：谈论。玄宗：指唐玄宗。

【译文】

当年富丽堂皇的古行宫已是一片荒凉冷落，宫中艳丽的花儿在寂寞寥落中开放。幸存的几个满头白发的宫女，闲坐无事只能谈论着玄宗轶事。

【赏析】

唐玄宗“开元”至“天宝”间，为中国历史之盛世。作者写这首诗时，早已经历“安史之乱”而进入衰落，故说“寥落古行宫”。

本诗抒发作者对历史盛衰的感慨。前两句，重在寥落、寂寞四字，说明往昔的繁华已不得存在。后两句，感伤溢于言表，一是对盛世的怀念，一是对宫女的同情。

本诗言简意赅，感情十分深切。

问刘十九

——白居易

绿蚁新醅酒[1]，红泥小火炉。

晚来天欲雪[2]，能饮一杯无[3]？

【注释】

①“绿蚁”句：未经滤过的新酒。绿蚁，酒上浮起的绿色酒渣。醅，未滤的酒。②雪：下雪，这里作动词用。 ③无：表示疑问的语气词，相当于“吗”。

【译文】

新酿的酒，浮着绿色的酒渣，小小泥炉，烧得殷红。天快黑了大雪将至，能否一顾寒舍共饮一杯暖酒？

【赏析】

诗题中的刘十九，应是与诗人屡有往还的故友，白居易另有《刘十九同宿》诗，可以为证。饮酒，对于古代文人来说，是一件乐事。而在夜幕降临，大雪欲飘之际，能与友人共饮则更是快乐、温暖无比的。诗中表达的，正是这种心情。

本诗饶有情趣，有经验者都可体会。

【张　祜】（785—849），字承吉，清河（今河北清河县）人。终身布衣，浪迹天涯，晚年隐居于丹阳。其诗多刻画山水、题咏名寺之作，其宫词尤为杰出。语词浅易、笔法纯熟，平易自然，但不流于浅俗。

何　满　子①

——张　祜

故国三千里②，深宫二十年③。
一声何满子，双泪落君前④。

【注释】

①何满子：曲名。　②故国：故乡。　③深宫：指皇宫。　④君：指唐武宗。

【译文】

与故乡之隔有三千里之遥，我已被幽闭在这深宫里二十年了。听到这曲《何满子》，眼泪竟忍不住落在了君王面前。

【赏析】

这是一首写宫女哀婉感叹的诗。

古代帝王，骄奢淫逸，后宫佳丽无数。名义上，这些宫女似是进了幸福之门，实际上，她们深深的痛苦有谁能理解呢？

故乡在三千里之外的地方，可望而不可即。离开故乡、锁进深宫里，已经过了漫长的二十年。二十年啊，“宿昔红颜今白头”，她们没有爱情，也不能享受人间的温暖，她们是在痛苦中熬过来的，但这种煎熬是一点也没有盼头的——她们将一辈子锁在这深宫大院之中。皇帝是把她们当作玩物来看待的。因此，她们在皇帝面前唱起声韵宛转哀恻的《何满子》时，禁不住热泪长流……

诗歌没有正面批判葬送宫女青春、生命的封建制度，但从诗人对宫女的这种深刻的同情中，人们会很自然地厌憎那深锁的宫门。

登乐游原①

——李商隐

向晚意不适②，驱车登古原③。
夕阳无限好，只是近黄昏④。

【注释】

①乐游原：在今陕西西安东南。本为汉宣帝住所，后建为乐游庙。唐时，此地为京城游人常去之处。 ②向晚：傍晚。不适：不悦，不快。 ③古原：指乐游原。④近：快要。

【译文】

傍晚时分我心情不太好，独自驱车登上了乐游原。这夕阳晚景的确十分美好，只不过已是黄昏。

【赏析】

李商隐一生磋跎不遇，此诗就是他感慨岁月易逝、功业未成的作品。在傍晚时分，诗人感到心情不畅。为何心情不畅呢？诗里没有明说。在百无聊赖中，诗人驱车到乐游原上。乐游原是著名的游览胜地，在此可以登高望远。诗人既“意不适”，来到乐游原就是为了登高望远以销忧的。他确实看到了美好的风景：夕阳缓缓西沉，西天是一片灿烂绚丽的霞光。但诗人睹此美景，心里另有感慨。念及自己的一生，始终被挤在党争的夹缝中，郁郁不得志，如今垂垂老矣。正如这夕阳，虽然美丽绚烂，但毕竟已近黄昏了，它不可能再辉煌多久的。

【贾　岛】（799—843），字浪仙，一作阆仙，自号碣石山人，范阳（今河北涿县）人。早年为僧，法名无本。后还俗，屡试不第。开成二年（837），任遂州长江主簿，世称贾长江，后改任普州司户参军，未受命而卒。其诗题材狭窄，多写枯寂之景、穷愁之情。遣词造句，刻意求工，追求新奇生僻，为中唐著名的苦吟诗人，与孟郊齐名，世称“郊寒岛瘦”。其诗对后世影响颇大，晚唐诗人多有效其体者，南宋江湖诗派更奉之为“唐宗”。

寻隐者不遇

——贾　岛

松下问童子[①]，言师采药去[②]。
只在此山中，云深不知处[③]。

【注释】

①童子：小孩。这是指隐者的弟子。　②言：回答，说。　③云深：指山上云雾缭绕。处：行踪。

【译文】

苍松下询问年少的学童，他说他的师傅已经去山中采药了。只知道就在这座大山里，可山中云雾缭绕不知道他的行踪。

【赏析】

这首诗虽寥寥二十字，却写得情景俱出。

诗人去寻找一位隐士，未遇，只有他的弟子在。于是就问这位童子：“你的师傅到哪里去了？”童子答道：“师傅采药去了。”诗人问：“他去哪里采药了？”童子答：“就去这座山里采药了。”诗人又要问道:“你能不能替我去找一找呢？”童子面有难色：“这座山太大了，云雾缭绕，我怎么能知道他究竟在哪里呢？”

这样一番问答，就全部被浓缩在这二十个字中了。贾岛作诗，以苦吟著称，看得出来，这首诗就是反复推敲、斟酌过的。不但写出了松下问答的情景，山中林木茂密的景色，隐者高隐的品格，也可以于诗外体味之。

【李　频】（818—876），字德新，睦州寿昌（今浙江寿昌县）人。大中八年（854）进士，授校书郎，出任南陵主簿，迁武功令。后因政绩擢为侍御史，迁都官员外郎。复自请为建州刺史。诗工近体，勤于雕琢，曾自称“只将五字句，用破一生心”。

渡　汉　江①

——李　频

岭外音书绝②，经冬复立春。
近乡情更怯，不敢问来人③。

【注释】

①汉江：长江最大支流，源出陕西，经湖北流入长江。汉水的一部分，在襄阳附近。　②岭外：即岭南，今广西、广东一带。　③来人：渡汉江时遇到的从家乡来的人。

【译文】

冬去春来我孤独在岭南，断绝了家人的音信。如今故乡快到了，可我的心更加畏怯，我不敢向走来的行人打听家人的消息。

【赏析】

此诗一说宋之问所作，因为宋之问曾被流放岭南。另一说，此诗是李频从贬所泷州（今广东省罗定县）逃归洛阳，当由襄阳渡汉江，经南阳入洛阳途中所作。

作者被贬谪，家书断绝，对家乡、对家人自然是十分惦念的。此次从贬所逃归，渡过汉江，离家乡越来越近，心里却越来越害怕——因为音书久绝，家中情况不明，愈近家愈提心吊胆，生怕听到什么坏消息。再者，作者从贬所逃归，不愿被人识破，也就不敢随便与人打招呼。

诗的后二句，描写心理极其准确、细腻，离家久远之人体会当会更深。

【金昌绪】生卒年不详，余杭（今浙江杭州市）人，身世不可考，诗传于世仅《春怨》一首。

春　怨

——金昌绪

打起黄莺儿，莫教枝上啼[1]。
啼时惊妾梦[2]，不得到辽西[3]！

【注释】

①莫：不。　②妾：女子的自称。　③辽西：故郡名，在今辽宁省辽河以西。

【译文】

我拍打树枝把黄莺赶走，不让它在枝头啼鸣。它的叫声会惊破我的好梦，不能到辽西与戍守边关的亲人相见。

【赏析】

此诗写一位女子思念远征在外的丈夫之情。

单看诗的前两句，会令人莫名其妙：黄莺儿在树枝上啼得好好的，为什么要把它赶走呢？黄莺的鸣叫宛转动人，有时候想听还听不到呢。再读后两句，才令人恍然大悟：原来黄莺的啼叫，打断了这位女子的美梦——她正在梦中到了辽西她丈夫守边的地方和丈夫团圆呢。

这样，我们才理解了这位女子对黄莺的嗔怒是事出有因的。可以想见，这位女子平时是怎样思念丈夫的，以至于积想成梦。但这一刻美妙的梦境被黄莺吵醒了，她能不迁怒于它吗？

此诗的好处在于构思巧妙。不正面写女子思夫而从侧面写出。

【西鄙人】西方边地人。此为流行于西部边地的一首民歌，无具体作用，故笼统称为西鄙人。

哥　舒　歌[1]

——西鄙人

北斗七星高，哥舒夜带刀。
至今窥牧马[2]，不敢过临洮[3]。

【注释】

①哥舒：指哥舒翰，曾大败吐蕃，使吐蕃不敢犯青海，积功封西平郡王。②窥牧马：牧马窥的倒文。窥指窃伺。牧马指胡骑。 ③临洮：今甘肃岷县，秦长城的最西头。

【译文】

北斗七星高高地挂在天空，哥舒翰勇猛守边夜带宝刀。吐蕃族至今牧马只敢远望，他们再不敢南来越过临洮。

【赏析】

此诗是西部边民对哥舒翰赫赫战功的歌颂。

第一、二句，既写实景，又以北斗七星来比喻哥舒翰在安西人民中的崇高威望（古人常以北斗星比喻皇帝或威望很高的人）。

哥舒翰的赫赫战功使胡人胆战心惊，因此至今胡人的骑兵不敢越过临洮对汉地进行侵扰。

除了赞美哥舒翰，此诗对汉民能够安居乐业也充满了喜悦之情。诗风朴实，形象鲜明，具有浓郁的民歌色彩。

五绝乐府

长干行（二首）

——崔　颢

其　一

君家何处住①？妾住在横塘②。
停舟暂借问③，或恐是同乡④。

【注释】

①君：古代对男子的尊称。　②妾：古代女子自称的谦词。横塘：现江苏省南京市江宁区。　③暂：暂且、姑且。借问：请问一下。　④或恐：也许。

【译文】

请问大哥你的家在何方？我家是住在建康的横塘。停船暂且借问一声，听口音也许咱们是同乡。

【赏析】

这是民歌体小诗。

在浩荡宽广的江面上，一位姑娘看到另一条船上的男子，就问那位男子：“你家住在何地呀？”才问出口，就发现一个姑娘这样问一个男子，太冒昧了，于是就掩饰着说：“我家住在横塘，现在船停着，我就这样问一声，说不准我们还是同乡呢。”这一掩饰之语实在“欲盖弥彰”，但这位姑娘大胆热情的形象简直呼之欲出了。

其　二

家临九江水①，来去九江侧。
同是长干人，生小不相识②。

【注释】

①临：靠近。九江：指长江浔阳一段，此处指长江。

②生小：自小，从小时候起。

【译文】

我的家临近九江，来来往往都在九江附近。你和我同是长干人，从小不相识真是很遗憾。

【赏析】

这是男子的回答：“我家也住在长江边，但因为长年往来在江上，从小离家，所以虽是同乡而不相识。”比起那位热情大胆的姑娘来，这位男子显得“老实”多了。

这两首诗纯用对话写成，几乎不加雕琢，充满了鲜活的民歌气息。诗语虽然浅，但绝不俗，形象鲜明，读来令人能够想见这对男女相见的情形。

玉阶怨[1]

——李　白

玉阶生白露，夜久侵罗袜[2]。

却下水晶帘[3]，玲珑望秋月。

【注释】

①玉阶怨：乐府相和歌楚调旧题。　②罗袜：丝织的袜子。　③却下：回房放下。却：还。水晶帘：即用水晶石穿制成的帘子。

【译文】

白露弥漫了玉制的台阶，深夜独立很久，露水浸透了她的罗袜。回房放下水晶帘，仍然隔着帘子望着玲珑的秋月。

【赏析】

此诗写一位幽居宫女的苦闷心情。

这位宫女站在宫中玉石砌成的台阶上，玉阶上已沾满了露水，显然，这位宫女已经伫立很久了，连她的袜子都被露水打湿了，她在等待什么呢？她在等待皇帝的车驾到来吗？皇帝有那么多女人，能到她这里来吗？今天她在这样等待，那么，以前呢？以前她也一定这样等待过的，以后她还将等待下去。除了无望地等待，她还能做什么呢？

就这样等待了许久，宫女才回到室内。她放下水晶帘，望着空中挂着的那一轮明月发呆。

此诗无一语正面写宫女的幽怨心情，但我们读来，全诗似句句在写她的悲怨。

塞下曲（四首）

——卢　纶

其　一

鹫翎金仆姑[①]，燕尾绣蝥弧[②]。

独立扬新令[③]，千营共一呼。

【注释】

①鹫翎：箭尾羽毛。金仆姑：箭名。　②燕尾：旗的两角叉开。蝥弧：旗名。③独立：犹言屹立。扬新令：扬旗下达新指令。

【译文】

身佩雕羽制成的金仆姑好箭，旌旗像燕尾上面绣着蝥弧。大将军威严地屹立发号施令，千军万马一呼百应动地惊天。

【赏析】

《塞下曲》一作《和张仆射塞下曲》，共六首，这里选前四首。本诗写将帅的威严、军容的整肃，以及全军将士团结一心、同仇敌忾的精神气概。

其　二

林暗草惊风[①]，将军夜引弓[②]。

平明寻白羽[③]，没在石棱中[④]。

【注释】

①惊风：突然被风吹动。　②引弓：拉弓，开弓，这里包含下一步的射箭。③平明：天刚亮的时候。白羽：箭杆后部的白色羽毛，这里指箭。　④没：陷入，这里是钻进的意思。石棱：石头的棱角。也指多棱的山石。

【译文】

林中昏暗风吹草动令人心惊，将军夜里拉弓射箭。天明寻找昨晚射出的白羽箭，箭头深深插入巨大石块中。

【赏析】

本诗叙事扼要，借汉朝飞将军李广的故事，表现军中主帅的英勇。

其　三

月黑雁飞高[①]，单于夜遁逃[②]。
欲将轻骑逐[③]，大雪满弓刀[④]。

【注释】

①月黑：没有月光。 ②单于：匈奴的首领。这里指入侵者的最高统帅。遁：逃走。 ③将：率领。轻骑：轻装快速的骑兵。逐：追赶。 ④弓刀：像弓一样弯曲的军刀。

【译文】

黑夜没有月亮，也没有星光，天边惊起一群大雁，敌军首领趁着夜色，悄悄逃跑。正想要率领轻骑一路追杀，大雪纷纷，已经洒满了将士的弓刀。

【赏析】

这首诗很有名。本诗之好，主要不在于内容上，而在于用字洗炼，节奏明快，造境生动，一气呵成。“月黑雁飞高”可以入画，栩栩如生；“大雪满弓刀”则给人一种豪迈洒脱的美感。

其　四

野幕蔽琼筵[①]，羌戎贺劳旋[②]。
醉和金甲舞，雷鼓动山川[③]。

【注释】

①野幕：野外帐篷。蔽：开。琼筵：美宴。 ②羌戎：此泛指少数民族。③雷鼓：大鼓，以声大如雷，故称。

【译文】

在野外天幕下摆设劳军盛宴，边疆兄弟民族都来祝贺我军凯旋。喝醉酒后还穿着金甲起舞，欢腾的擂鼓声震动了周围的山川。

【赏析】

这首诗描写欢庆胜利的场面。盛大的庆筵，异族的祝贺，乘醉的狂舞，咚咚的鼓声，构成一幅生动的画面。

这组诗，慷慨而豪迈，爽朗而明快，令人振奋。

江 南 曲[1]

——李 益

嫁得瞿塘贾[2]，朝朝误妾期[3]。
早知潮有信[4]，嫁与弄潮儿[5]。

【注释】

①江南曲：乐府《相如歌》曲名。 ②瞿塘：指瞿塘峡，长江三峡之一。贾：商人。 ③妾：古代女子自称的谦词。 ④潮有信：潮水涨落有一定的时间，叫“潮信”。 ⑤弄潮儿：潮水涨时戏水的人，指习惯水性的行船人。

【译文】

我嫁给了瞿塘商贾，他却一再耽误我们所定的归期。倘若早知道江潮涨落有定期，还不如嫁一个弄潮的男儿。

【赏析】

这首诗写一位商人的妻子由失望而痛苦到愤怒再到悔恨的心理变化过程。前两句写现实，虽已嫁人，但结果是“朝朝误妾期”，是失望，是痛苦。后两句则是直接渲泄心中的怨恨，怨恨加悔恨，是恨之极——由恨丈夫变为恨自己。

七言绝句

【贺知章】(659—744),字季真,自号四明狂客,越州永兴(今浙江萧山县)人。证圣元年(695)进士,授国子四门博士,迁太常博士。开元十三年(725),擢礼部侍郎,后官至太子宾客、秘书监。世称“贺监”。天宝三载(744)归老镜湖,不久卒。为人放荡不羁,风流清狂,与李白、张旭等合称“饮中八仙”。诗以七绝见长。《咏柳》《回乡偶书》为传世名篇。

回乡偶书(其一)

——贺知章

少小离家老大回①,乡音无改鬓毛衰②。
儿童相见不相识③,笑问客从何处来④。

【注释】

①老大:年纪大了。贺知章回乡时已年逾八十。 ②乡音:家乡的口音。无改:没什么变化。鬓毛:额角边靠近耳朵的头发。衰:减少,疏落。 ③相见:看见。不相识:不认识。 ④笑问:一本作“却问”,一本作“借问”。

【译文】

年少时离乡老年才归家,我的乡音没有改变,但鬓角的毛发却已经疏落。家乡的儿童们看见我,没有一个认识我。他们笑着询问我:你是从哪里来的呀?

【赏析】

贺知章三十七岁中进士,回乡时已八十几岁。此诗自然风趣地写出了诗人暮年归乡时的情景:离开家乡四十几年了,但一口乡音总也改不掉,无情的岁月则使他的两鬓斑白。家乡的儿童见了认不得,就笑着问诗人:“您是从哪里来的呢?”在风趣之外,也含有诗人复杂的心情:少小离家,老大得归,这是一件喜事:但老大得归,在家乡还能住几年呢?这种怅然的心情在《回乡偶书》的第二首里就有显露:“唯有门前镜湖水,春风不改旧时波。”山光水色依然,垂老之人却不能长久陪伴故乡的风物了。

【张　旭】（675—750），字伯高，吴（今江苏苏州市）人。初任常熟尉，后迁金吾长史，世称张长史。其性狂放、好饮酒，工于草书，人称“张颠”，又称“草圣”，其书法与李白的诗歌、裴旻的舞剑并称为“三绝”。

桃　花　溪[①]

——张　旭

隐隐飞桥隔野烟[②]，石矶西畔问渔船[③]。
桃花尽日随流水[④]，洞在清溪何处边[⑤]。

【注释】

①桃花溪：在今湖南桃源县西南。　②飞桥：高桥。　③石矶：水中积石或水边突出的岩石、石堆。西畔：西边的水岸边。　④尽日：整天，整日。　⑤洞：指《桃花源记》中武陵渔人找到的洞口。

【译文】

荒野中一片云烟，缭绕着时隐时现的小桥，我伫立在石矶上，询问划来的渔船。桃花随着流水终日漂流，这不就是桃花源外的桃花溪吗？你可知桃源洞口在清溪的哪边？

【赏析】

此诗是写作者对桃花源的存在存有怀疑的。

诗的首句写远景：这一带山路幽曲，溪水漫长，烟霭霏霏，林花漠漠，溪水深处似有一座长桥，被青烟红雾缭绕。这些景色与陶渊明的《桃花源记》中所述非常相似，但张旭心有疑虑：如果说当年武陵渔人就是从这里驾舟寻源，发现了那处神秘的桃花源的话，那么，也许桃花源至今还在。诗的次句就写诗人站在石矶的西侧询问渔舟上的渔翁：桃花整天随溪水漂流而去，你们知道桃源仙洞究竟在哪里吗？言外之意还有：你们不也是渔人吗？当年那位打鱼人寻到了桃花源，那么，你们寻到过吗？诗的后两句虽然表达出诗人迫切地寻找桃花源的愿望，但也显示出诗人对桃源是否存在是怀疑的。

九月九日忆山东兄弟

——王 维

独在异乡为异客①，每逢佳节倍思亲②。

遥知兄弟登高处③，遍插茱萸少一人④。

【注释】

①异乡：他乡、外乡。为异客：作他乡的客人。 ②佳节：美好的节日。③登高：古有重阳节登高的风俗。 ④茱萸：植物名，味香。古代风俗，每逢重阳节，人们把茱萸插在头上，以避邪秽。

【译文】

独自一人远游在他乡，只是他乡的客人，每逢美好的节日来临加倍思念远方的亲人。遥想兄弟们今日登高望远时，头上插满茱萸只少我一人。

【赏析】

这首诗读起来之所以亲切，人们之所以不假思索就对它产生强烈的同情，根本原因在于本诗真切地表达了常人共有的经验和情感。“每逢佳节倍思亲”一句，堪称千古绝唱，且超越历史和时代的局限，具有永久的生命力。

王维属于天才一类的人物，这首十七岁时的作品可作鉴证。

芙蓉楼送辛渐①

——王昌龄

寒雨连江夜入吴②，平明送客楚山孤③。

洛阳亲友如相问④，一片冰心在玉壶⑤。

【注释】

①芙蓉楼：在今江苏镇江西北。 ②寒雨：秋冬时节的冷雨。连江：雨水与江面连成一片，形容雨很大。吴：古代国名，这里泛指江苏南部、浙江北部一带。江苏镇江一带为三国时吴国所属。 ③平明：天亮的时候。客：指作者的好友辛渐。楚山：楚地的山。这里的楚也指南京一带，因为古代吴、楚先后统治过这里，所以吴、楚可以通称。孤：独自，孤单一人。 ④洛阳：现位于河南省西部、黄河南岸。⑤冰心：比喻纯洁的心。玉壶：光明洁白之意。鲍照《白头吟》：“直如朱丝绳，

清如玉壶冰。”

【译文】

冷雨连夜洒遍吴地江天，清晨送走你后，独自面对着楚山离愁无限！到了洛阳，如果洛阳亲友问起我来，就请转告他们，我的心依然像玉壶里的冰那样晶莹纯洁！

【赏析】

此诗是王昌龄贬为江宁（今南京）丞时所作。王昌龄对任江宁丞是怏怏不乐的，这种情绪在本诗中也曲折含蓄地表达了出来。

诗的第一、二句就渲染了一种逼人的冷落气氛：在一个寒雨之夜，诗人陪着客人进入吴地，次日清晨客去之后，诗人眼前，只有一片楚山孤影而已。“寒”字、“孤”字，透出诗人在坎坷仕途中抑郁难平的悲苦心情。三、四两句从“送客”宕开，将陆机《汉高祖功臣颂》中“心若怀冰”来比拟心的纯洁，鲍照在《白头吟》中“直如朱丝绳，清如玉壶冰”来比拟清白的意思，概括成简练生动的“一片冰心在玉壶”，以此昭示远方朋友自己是有冰清玉洁的品格和操守的，表达了自己不同流俗的抗争精神。

闺　　怨

——王昌龄

闺中少妇不曾愁，春日凝妆上翠楼[①]。
忽见陌头杨柳色[②]，悔教夫婿觅封侯[③]。

【注释】

①凝妆：盛妆。　②陌头：路边。　③觅封侯：为封侯而从军在外。觅，寻求。悔教：后悔让。

【译文】

深闺中的少妇不知什么是愁，春日融融，她精心装扮之后兴高采烈登上了翠楼。忽见野外杨柳青青春意浓，真后悔让丈夫从军边塞，建功封侯。

【赏析】

愁是什么？是一种感觉，是一种情绪，是一种心理负担。“不知愁”的少妇，为一种外在的荣华富贵诱惑。“凝妆上翠楼”写出了她不知愁的喜悦和天真。何故又悔恨不已？是她一瞬间开悟：“觅封侯”的结果，只能让明媚的春光、温馨的情爱白白流逝。

本诗心理刻画细致入微，意味悠长。在唐代闺怨诗中，占有一席地位。

春宫怨

——王昌龄

昨夜风开露井桃[①]，未央前殿月轮高[②]。
平阳歌舞新承宠[③]，帘外春寒赐锦袍。

【注释】

①露井桃：古乐府："桃生露井上，李树生桃旁。"露井，无盖的井。②未央：汉宫殿名。 ③平阳歌舞：据《史记·外戚世家》：汉武帝曾于其姊平阳公主家看歌女卫子夫（卫青之姊），后卫子夫被送入宫中，备受汉武帝宠爱。

【译文】

春风轻轻，吹开露井边的桃花，明月高高，照亮未央宫的殿堂。昨夜，是哪个能歌善舞的佳人，又赢得天子的宠幸，赐予华丽的锦袍，唯恐她受到春寒的侵袭。

【赏析】

此诗表达了一位宫女的怨恨之情，但诗歌不是直叙这位宫女的怨恨，而是写了汉武帝时代的故事：昨夜春风吹过，吹开了露井边的桃花，未央殿前，一轮皎洁的月亮高高地挂在空中。平阳公主的歌女能歌善舞，新近得到皇帝的宠幸。皇帝唯恐这位歌女受春寒，赐予她一袭锦袍。

在诗的字面意思之外，还有一层意思。这位宫女也许曾得到过皇帝宠幸，但皇帝怎会对一位宫女用情专一？皇帝有了新欢，自然忘了旧好，使得这位宫女在一隅暗自叹息流泪，空自嫉妒新近得宠的女子。

这位女子的怨恨是徒劳的——哪一个皇帝对一个女子一心一意地爱过？

【王　翰】（687—726），字子羽，并州晋阳（今山西太原市）人。性豪迈，喜纵酒。景云元年（710）中进士，后复中直言极谏科，授昌乐县尉，又中超拔群类科。张说为相，召为秘书省正字，升为通事舍人，迁驾部员外郎。张说罢相后，王翰出任汝州长史，徙仙州别驾，后坐事贬为道州司马。诗以边塞诗见长，《凉州词》二首尤为杰出。

凉　州　词[1]

——王　翰

葡萄美酒夜光杯[2]，欲饮琵琶马上催[3]。
醉卧沙场君莫笑[4]，古来征战几人回[5]？

【注释】

①凉州曲：一名作《凉州歌》。《晋书·地理志》：“汉改雍州为凉州。”②夜光杯：这里指酒杯之贵重精致。　③欲：将要。琵琶：这里指作战时用来发出号角的声音时用的。催：催人出征；也有人解作鸣奏助兴。　④沙场：平坦空旷的沙地，古时多指战场。君：你。　⑤征战：打仗。

【译文】

酒筵上甘醇的葡萄美酒盛满夜光杯，正要畅饮时，马上琵琶也声声响起，仿佛催人出征。如果醉卧在沙场上，也请你不要笑话，古来外出打仗的能有几人返回家乡？

【赏析】

此诗以豪放的情调描写军中生活，并曲折地表达出反对皇帝开边的意思。诗的大意是：正有美酒可喝，军中也已奏乐安排宴饮。醉卧沙场也并不可笑，因为打了仗能够回来，已属难得，还不值得饮酒庆祝吗？一句“古来征战几人回”，表达出厌倦战争的思想：战争是残酷的，土地是用累累白骨换来的。但既然战争如此残酷，为什么还要不停地打仗呢？

此诗以筵席之盛美、饮器之精美，反衬出厌战的心情。但从全诗的情调来看，还是昂扬的，并不流于伤感。

黄鹤楼送孟浩然之广陵

——李　白

故人西辞黄鹤楼[①]，烟花三月下扬州[②]。
孤帆远影碧空尽[③]，唯见长江天际流[④]。

【注释】

①故人：老朋友，这里指孟浩然。辞：辞别。黄鹤楼：故址在今湖北武汉市武昌蛇山的黄鹤矶上，属于长江下游地带。　②烟花：形容柳絮如烟、鲜花似锦的春天景物，指艳丽的春景。下：顺流向下而行。　③碧空尽：消失在碧蓝的天际。尽：尽头，消失了。碧空：一作“碧山”。　④唯见：只看见。天际流：流向天边。天际：天边，天边的尽头。

【译文】

友人在黄鹤楼与我辞别，在柳絮如烟、繁花似锦的阳春三月去扬州远游。孤船帆影渐渐消失在碧空尽头，只看见滚滚长江向天际奔流。

【赏析】

此诗是李白送孟浩然游吴越时所作。

诗的第一句点明送别之地：老朋友要离开黄鹤楼了。第二句点明孟浩然漫游的时间和地点：在这繁花似锦、烟水迷离的阳春三月，孟浩然要沿长江东下去扬州漫游。这两句，用了两个地名，但丝毫不见累赘，“西辞”“下”二处点了诗题。诗的第三、四句写李白送别孟浩然的心情：烟波浩渺的长江上，孟浩然的片帆孤影渐渐远去，在碧空里消失；只看到长江在天边奔流。这两句是李白送别孟浩然时眼前所见的实景，更是李白的惜别之情。这种惜别之情，就像长江之水，滚滚不尽。

这是一幅色彩明丽，意境开阔、高远，气韵生动的送别图。

下　江　陵

——李　白

朝辞白帝彩云间[①]，千里江陵一日还[②]。
两岸猿声啼不住[③]，轻舟已过万重山[④]。

【注释】

①朝：早晨。辞：告别。白帝城：故址在今重庆市奉节县白帝山上。彩云间：

因白帝城在白帝山上，地势高耸，从山下江中仰望，高耸入云。 ②江陵：今湖北江陵县。还：归；返回。 ③猿：猿猴。啼：鸣、叫。住：停息。 ④万重山：层层叠叠的山，形容有许多山。

【译文】

清晨告别五彩云霞映照中的白帝城，千里之遥的江陵一天就可以到达。两岸猿声还在耳边不停地回荡，轻快的小舟已驶过万重青山。

【赏析】

这首诗是李白流放夜郎途中，突遇赦，回江陵时所作。

本诗不假思索，宛如行云流水，浑然天成，堪称千古绝唱。诗中表现作者自由与欢快的心情，可以窥见诗人个性、境界的一个侧面。

逢入京使

——岑 参

故园东望路漫漫[①]，双袖龙钟泪不干[②]。

马上相逢无纸笔，凭君传语报平安[③]。

【注释】

①故园：指长安和自己在长安的家。漫漫：形容路途十分遥远。 ②龙钟：涕泪涟涟的样子。 ③凭：托，烦，请。传语：捎口信。

【译文】

向东遥望长安，家园路途遥远，思乡之泪沾湿双袖难擦干。在马上匆匆相逢没有纸笔写书信，只有托你捎个口信，给家人报平安。

【赏析】

唐玄宗天宝八年，岑参因调任赴安西。这首诗，是赴任途中所作。诗中前两句，虽不乏思乡真情，但类似抒写，古典诗歌中较为常见。本诗之好，主要在后两句，以自然质朴的话语，说出了令人叫绝的特定的真实情感，故能打动人。

江南逢李龟年[①]

——杜 甫

岐王宅里寻常见[②]，崔九堂前几度闻[③]。

正是江南好风景[④]，落花时节又逢君[⑤]。

【注释】

①李龟年：著名乐工，受唐玄宗恩遇，后流落江南。②岐王：李范，玄宗弟。③崔九：唐玄宗宠臣，做秘书监，常出入禁中。④江南：这里指今湖南省一带。⑤落花时节：暮春，通常指阴历三月。君：指李龟年。

【译文】

当年我经常在岐王与崔九的住宅里见到你，并听到你的歌声。现在正好是江南风景秀美的时候，在这暮春季节再次遇见了你。

【赏析】

杜甫于唐代宗大历五年（770）年逝世，本诗是逝世前不久的作品。

从本诗的写作背境以及杜甫和李龟年的人生遭遇看，诗中抒发的是世事难料、人生无常的感慨。

但本诗后两句，具有超越内容限制的普遍意味，自成千古绝唱，故在日常生活中被广泛引用。

滁州西涧[①]

——韦应物

独怜幽草涧边生[②]，上有黄鹂深树鸣[③]。
春潮带雨晚来急[④]，野渡无人舟自横[⑤]。

【注释】

①西涧：在安徽滁州城西，俗名上马河。②独怜：唯独喜欢。幽草：幽谷里的小草。③深树：枝叶茂密的树。④春潮：春天的潮汐。⑤野渡：郊野的渡口。横：指随意漂浮。

【译文】

我喜爱生长在涧边幽谷里的野草，还有那树丛深处婉转啼鸣的黄鹂。傍晚时分，春潮上涨，春雨淅沥，西涧水势顿见湍急，荒野渡口无人，只有一只小船悠闲地横在水面。

【赏析】

此诗是韦应物任滁州刺史时所作。

诗歌描写了滁州西涧幽冷的风景：清幽的芳草在涧边寂静地生长着，惹得诗人特别怜爱；幽草附近，有茂密的树林，树林之中有黄鹂在鸣唱。这两句可以视为此诗中的静景，草“幽”、树“深”，其意境是清幽的，与韦应物好静的性格相契。后两句可视为此诗中的动静结合之景：傍晚之时，春雨急骤，涧中之水横冲直撞地奔流，野外的渡口则一片安闲，周围荒无人迹，只有渡船被春水冲激着，横在河中。

诗中没有刻画主人公，但我们可以觉察到主人公正安闲地看着这些景物。这些景物构成了一幅有动有静、风格淡远的风景画。

【张　继】（715—779），字懿孙，南阳（今属河南）人。天宝十二载（753）中进士，安史之乱起，曾游吴越，大历末，为检校祠部员外郎、盐铁判官，分掌财赋于洪州，后与夫人相继卒于洪州。其诗多羁旅题咏。其中《枫桥夜泊》一首为传世名篇。

枫桥夜泊①

——张　继

月落乌啼霜满天②，江枫渔火对愁眠③。
姑苏城外寒山寺④，夜半钟声到客船。

【注释】

①枫桥：在今江苏省苏州西部。　②乌啼：一说为乌鸦啼鸣，一说为乌啼镇。霜满天：是空气极冷的形象语。　③江枫：一般解释作“江边枫树”。渔火：渔船上的灯火。　④姑苏：苏州的别称，因城西南有姑苏山而得名。寒山寺：在枫桥附近，始建于南朝梁代。相传因唐代僧人寒山、拾得曾住此而得名。在今苏州市西。

【译文】

月亮已落，乌鸦啼叫，寒气满天，江边枫树、船上渔火与我伴愁而眠。姑苏城外寒山寺的钟声，悠悠传到我的小船。

【赏析】

此诗描写作者夜泊枫桥时的情景。

这是一个初冬的晚上。明月已经西沉，鸦啼声声，寒霜布满天地之间。首句写出了初冬夜间凄冷的风景，第二句写诗人凄冷孤寂的心情：江上的渔火和江边的

红枫，两两相对，泛着暗红的光，在充满霜气的天地间，这一点渔火映着江边的枫叶，显得格外孤寂。诗人看着这些景物，愁绪满怀，难以成眠。这一句点出了诗人的“愁怀”。诗人缘何而愁呢？在下文点明了：半夜里，姑苏城外寒山寺的钟声，一声一声传到独宿江上的诗人的耳朵里，使得客居他乡的诗人情感尤其不堪——诗人是因为客居他乡对此凄清风物而生出愁思的。“客船”点题，使眼前之景都染上了诗人的乡愁。

此诗将萧条凄清的风景与诗人的羁旅之愁打成一片，画出了一幅静夜卧对江枫渔火、卧听钟声的旅居图。

寒　　食①

——韩　翃

春城无处不飞花，寒食东风御柳斜。
日暮汉宫传蜡烛，轻烟散入五侯家②。

【注释】

①寒食：节令名。清明前一天或两天。相传春秋时晋文公为纪念大夫介子推烧山时抱木而死，因而禁火、寒食，后演变成习俗。　②五侯：指汉桓帝时的宦官单超、徐璜、具瑗、左悺、唐衡。

【译文】

暮春的京城，落花漫天飞舞；寒食时节，宫柳随风倾斜。黄昏时分，汉宫分赐蜡烛，袅袅轻烟飘散在五侯家。

【赏析】

这是一首政治讽刺诗，作者借后汉故事讽刺唐肃宗、代宗朝宦官专权的情况。暮春的帝京到处飘舞着落花。到了寒食节，折柳插门，以示纪念，因此，诗的第二句特意写到了柳。寒食节本应禁火，但黄昏日落时汉宫里正分赐蜡烛，这些蜡烛的袅袅轻烟散入了五侯之家。这里的“汉宫”实指唐宫。宫中传烛却先到“五侯”（指宦官）之家，这是因为他们近君而多宠。唐肃宗、代宗以来的宦官，权盛可比汉末，朝政日乱，韩翃对此深感忧愤。此诗借汉讽唐，寓意明显。

【刘方平】生卒年不详，河南（今河南洛阳市）人。善画，能诗，隐居于颍水、汝河之滨，终生未仕。其诗多写闺情、乡思，内容范围狭窄。然寓情于景，含蓄，有名篇传世。

月　　夜

——刘方平

更深月色半人家[①]，北斗阑干南斗斜[②]。

今夜偏知春气暖[③]，虫声新透绿窗纱[④]。

【注释】

①更深：夜深了。月色半人家：月光只照亮了人家房屋的一半，另一半隐藏在黑暗里。　②北斗：在北方天空排列成斗形的七颗亮星。阑干：这里指横斜的样子。南斗：有星六颗。在北斗星以南，形似斗，故称“南斗”。　③偏知：才知，表示出乎意料。　④新透：第一次透过。

【译文】

夜静更深，朦胧的斜月撒下点点清辉，映照着家家户户。夜空中，北斗星和南斗星都已横斜。今夜出乎意料地感觉到了初春暖意，还听得春虫叫声穿透绿色窗纱。

【赏析】

此诗描写了作者对春天来临的喜悦之情。

夜已深了，月光照亮了人家房屋的一半。北斗星即将隐没，南斗星已经倾斜。诗的第二句具体描绘了第一句“更深”的景象。

夜已这么深了，但诗人还没有睡去。因为诗人感觉到了春气和暖，春虫的鸣声透进了碧绿的窗纱。

春　　怨

——刘方平

纱窗日落渐黄昏[①]，金屋无人见泪痕[②]。

寂寞空庭春欲晚[③]，梨花满地不开门。

【注释】

①纱窗：蒙纱的窗户。　②金屋：这里指妃嫔所住的华丽宫室。　③空庭：幽寂的庭院。欲：一作“又”。

【译文】

纱窗外太阳慢慢落下，黄昏渐渐降临；宫门幽闭，无人看见我悲哀的泪痕。幽寂的庭院内春天就要过去了，梨花落满地面而院门紧掩。

【赏析】

此诗是写一位被弃的宫女春日幽怨的。

黄昏时，纱窗上的阳光渐渐逝去了。独处华屋之中的宫女却泪痕满面。没有人见到她流泪，没有人知道她为何流泪。寂寞的空庭中，梨花飘落满地，春天又将过去了。紧闭的院门中，仍是一片枯寂，了无生气，只有愁肠寸断的宫女对着满地的落花发愁。

春天本来是一年中最美的季节，但对于这位宫女来说，春来春去，只能增添她的忧愁。她没有爱情，坐掷流年，在寂寞的深宫中，空虚无聊地度着日子，她的怨春，实际上是怨君王的无情无义。

【柳中庸】（？—约775），名淡，中庸是其字。河东（今山西永济县）人。曾授洪州户曹掾，未就。

征人怨

——柳中庸

岁岁金河复玉关①，朝朝马策与刀环②。

三春白雪归青冢，万里黄河绕黑山③。

【注释】

①岁岁：年复一年，年年月月。金河：即黑河，在今呼和浩特市城南。玉关：即甘肃玉门关。 ②朝朝：每天，日日夜夜。马策：马鞭。刀环：刀柄上的铜环，喻征战事。 ③三春：春季的三个月或暮春，此处指暮春。青冢：西汉时王昭君的坟墓，在今内蒙古呼和浩特之南。 ④黑山：一名杀虎山，在今内蒙古呼和浩特市东南。

【译文】

年复一年戍守金河保卫玉关，日日夜夜都同马鞭和战刀作伴。三月白雪纷纷扬扬遮盖着昭君墓，滔滔黄河绕过黑山，又奔腾向前。

【赏析】

此诗写征人久戍不归的怨恨。

远离家乡的征人，每年若不是出征到金河，就是转战在玉门关，每天不是扬鞭策马，就是举着刀环与人格杀。暮春三月本来是征人家乡春暖花开的时候，但边塞之地仍然白雪纷飞，塞外的青冢上覆满了积雪；黄河九曲，环绕着沉沉黑山。一切都是那样零落荒凉。

诗中没有一字是怨，但字字是怨，把征战之人厌倦戎马生涯的怨情寓于其中。白雪、黑山，不但写出了塞外的荒凉，透出征人心中的凄凉。全诗诗句两两成对，句中有对，语句工整自然。

【顾　况】生卒年不详，字逋翁，海盐（今浙江海盐县）人。至德二载（757）中进士。曾任度支盐铁转运使府下属官，又曾任镇海军节度使判官。后入朝为校书郎，复因宰相李泌推举，升任著作郎。李泌卒后，因忤权贵被贬为饶州司户参军。晚年定居茅山，炼丹修行，自号华阳山人。其诗多反映现实，揭露黑暗。实践了他自己提出的诗为“理乱之所经，王化之所兴，信无逃于声教，岂徒文采之丽耶”的主张。其诗多为古体，不事雕琢，质朴无文，常用口语。无论从内容上，还是从诗风上皆开中唐新乐府运动之先河。

宫　词

——顾　况

玉楼天半起笙歌，风送宫嫔笑语和。
月殿影开闻夜漏[①]，水晶帘卷近秋河[②]。

【注释】

①闻夜漏：这里指夜深。　②秋河：银河。

【译文】

玉楼笙歌，声声透入云霄，清风徐徐，传送宫女的欢笑，月光映着殿堂，静静的夜更漏铿锵悠长，寂寞的她卷起帘幕，把茫茫的天河凝望。

【赏析】

这也是一首宫怨诗，通过对比表达了未得宠的宫女的相思和怨恨。

一面是受宠幸的宫女的欢笑声：玉楼的笙歌响入云霄，风送嫔妃的欢声笑语。一面是未得宠的宫女的孤寂愁闷：月光下，殿门半开，周围一片静寂，只有夜漏出缓缓的滴水声；这位孤单的宫女，高高地卷起水晶帘，独自静静地望着银河。

这首诗不言怨，而怨情显露于言外。这位宫女深夜不眠，静听那边君王与嫔妃的调笑声，能不起怨恨吗？一闹一静、一荣一枯地对比，自然而然地表达出了受冷落的宫女的怅怨。

夜上受降城闻笛①

——李　益

回乐峰前沙似雪②，受降城外月如霜。

不知何处吹芦管，一夜征人尽望乡。

【注释】

①受降城：唐张仁愿筑，共三城，在今内蒙古。 ②回乐峰：在今宁夏灵武县。

【译文】

沙白似雪，白了回乐峰，月色如霜，茫茫受降城，是何处响起芦笛声，唤起征人的悲伤，整夜把家乡盼望。

【赏析】

本诗前两句写景，烘托出荒凉的边塞景象。在这样的背景下，传来悲凉的芦笛声，怎能不揪起久戍征人的思乡之情。

本诗真切地再现了征人凄楚痛苦之情，感人至深。

乌　衣　巷①

——刘禹锡

朱雀桥边野草花②，乌衣巷口夕阳斜。

旧时王谢堂前燕③，飞入寻常百姓家。

【注释】

①乌衣巷：在今江苏南京。 ②朱雀桥：在秦淮河上，在乌衣巷口。 ③王谢：指王导、谢安两家豪门望族。

【译文】

哪里去寻觅朱雀桥的繁华，桥边已长满杂草野花；哪里去探望，乌衣巷的堂皇，夕阳映照着失望和凄凉。昔日的显赫与辉煌早已逝去，富贵豪门堂前的燕子，如今飞进了平常百姓家。

【赏析】

这首诗与其说是诗人抒发对世代兴亡、人事盛衰的感慨，不如说是诗人对社会变迁、机遇变化的理智思考。六朝的繁华会消逝，显赫的王谢大族会衰落，富贵荣华不能常在，这是自然的规律，是历史的无情，感伤、感情用事都无济于事。

春　　词

——刘禹锡

新妆宜面下朱楼[①]，深锁春光一院愁。
行到中庭数花朵，蜻蜓飞上玉搔头[②]。

【注释】

①宜面：脂粉和脸色很匀称。朱楼：红漆的楼房，多指富贵女子的居所。 ②蜻蜓：暗指头发之香。玉搔头：玉簪，可用来搔头，故称。

【译文】

精心化好妆容缓缓走下阁楼，深深庭院春光虽好只添愁。来到庭院中数着那开得正艳的花朵，蜻蜓飞到了玉簪上头。

【赏析】

这是一首写宫怨的诗。美人精心梳妆后，走下朱楼，结果无人欣赏。失望之余，以闲数花朵打发无聊的时间，不料蜻蜓倒来欣赏新妆。这样描写，含义一看就知：女主人公处境孤寂。本诗细腻而生动，留有想象的空间。

宫　　词

——白居易

泪尽罗巾梦不成，夜深前殿按歌声[①]。
红颜未老恩先断[②]，斜倚熏笼坐到明[③]！

【注释】

①按歌声：依照歌声的韵律打拍子。 ②红颜：此指宫女。恩：君恩。 ③熏笼：覆罩香炉的竹笼。

【译文】

泪水湿透了手帕，好梦已经逝去，前殿欢快的歌舞声，刺激深夜的凄楚，容颜还未衰老，恩爱早已断绝，她斜倚在熏笼旁，一直呆坐到天明。

【赏析】

唐人写宫怨一类的词，常用对比手法，本诗又是一例。一边是歌舞、热闹、欢快，一边是冷落、孤寂、自伤。两相比较，怨恨这一主题就凸现出来。本诗直抒胸臆，自有其直接、强烈的感染力。

赠 内 人[①]

——张 祜

禁门宫树月痕过[②]，媚眼唯看宿鹭窠[③]。

斜拔玉钗灯影畔，剔开红焰救飞蛾[④]。

【注释】

①内人：宫内宜春院的习艺人。 ②禁门：宫门。 ③宿鹭：指双栖的鸳鸯。④红焰：指灯芯。

【译文】

月光由宫门移到树梢，媚眼只看那宿鹭的窝巢。在灯影旁拔下头上玉钗，挑开灯焰救出扑火飞蛾。

【赏析】

这一首是宫怨诗。诗中通过宫人带着羡慕的眼光注视白鹭和拔出玉簪救飞蛾两个形象化的动作，表现了她的无聊情绪。而无聊的原因，是被冷落。

本诗含蓄，耐人寻味。

集灵台[①]（二首）

——张 祜

其 一

日光斜照集灵台，红树花迎晓露开。

昨夜上皇新授箓[②]，太真含笑入帘来[③]。

【注释】

①集灵台：即长生殿，在华清宫，是祭神求仙之所。 ②箓：道教的灵文秘言，为天神所授。 ③太真：指杨玉环。

【译文】

斜斜的日光照着集灵台，艳丽的红花迎着朝露盛开。昨夜天神赐予玄宗符箓，太真微笑着缓缓走进帘来。

【赏析】

这首诗讽刺唐玄宗和杨贵妃。杨贵妃本为唐玄宗之子寿王的妃子，后被玄宗看中，命为女道士，赐号玉真，再后收入后宫，纳为贵妃。了解这一背景，本诗嘲讽贬损之意不言而喻。

其　二

虢国夫人承主恩[①]，平明骑马入宫门。
却嫌脂粉污颜色，淡扫蛾眉朝至尊。

【注释】

①虢国夫人：杨贵妃三姐的封号。

【译文】

虢国夫人享受皇上的隆恩，一早骑着骏马直进宫门。她嫌弃脂粉污秽她的笑貌，淡淡描绘双眉便去朝见至尊。

【赏析】

这又是一首讽刺诗。虢国夫人依仗杨贵妃得宠，依仗自己的美貌"承主恩"。"平明骑马入宫门"句，写出了她轻狂傲慢、得意忘形之态。常言"一人得道，鸡犬升天"，于此诗略见一斑。

本诗笔法含蓄，贬抑自在不言中。

题金陵渡[①]

——张　祜

金陵津渡小山楼，一宿行人自可愁。
潮落夜江斜月里，两三星火是瓜州[②]。

【注释】

①金陵渡：在江苏镇江附近。　②瓜州：在长江北岸的扬州，与镇江隔江相对。

【译文】

金陵渡口，静静的一座小楼，夜宿的远行人，孤独的乡愁。月亮西沉的时候，江潮已经退尽，火光点点闪烁，照亮的是对岸的瓜州。

【赏析】

此诗写诗人的旅夜愁怀。

诗的前两句写羁旅之愁：诗人歇宿在金陵渡口的一座小楼里，因为远离了家乡，心里不免泛起一阵淡淡的乡愁。“自可愁”点明客居异乡而产生羁愁的不由自主。后两句写景：因为诗人满怀羁愁、不能成眠，因此，他看到江潮在沉沉斜月中退尽，渡口对岸瓜州闪烁着两三点火光。

羁泊异乡时，见异乡风物，本来容易牵动对故里风物的想念之心，何况诗人深夜未眠，见到的又是两三点冷清的火光，更易浮起故乡之思。

【朱庆馀】生卒年不详，名可久，以字行于世，杭州钱塘（今浙江杭州市）人。宝历二年（826）中进士，授秘书省校书郎。仕途坎坷，曾游西北边陲。其诗多为赠别酬答、行旅题咏之作。尤擅五律，诗风清新细腻。

宫中词

——朱庆馀

寂寂花时闭院门，美人相并立琼轩①。
含情欲说宫中事，鹦鹉前头不敢言。

【注释】

①轩：长廊。

【译文】

百花盛开，宫院却寂寂地紧闭大门；俏丽宫女，相依着伫立廊下赏春。满怀幽情，都想谈谈宫中忧愁的事，鹦鹉面前，谁也不敢吐露自己的苦闷。

【赏析】

此诗是诗人为宫女倾诉怨情之作。

寂寞的宫殿中，殿门紧闭，虽然是在“花时”，但一点没有繁盛的春意，“花时”而“寂寂”“闭院门”，那么平时的冷寂可以想见。两位百无聊赖的宫女站在华美的长廊里，殿院是这么冷清，她们自然无心赏春，何况她们有着满腔怨情。她俩想互相倾诉悲情之时，一眼瞥见了架上的鹦鹉，于是欲言又止，唯恐鹦鹉学舌，将她们的倾诉传予他人，于是只好在寂寞中回味她们的怨恨。

失意的宫女，本有满腹苦水，但不仅怕人

听到，连能言之鸟也得提防，她们的处境有多险恶！她们平时的生活有多压抑、愁闷！

近试上张水部[1]

——朱庆馀

洞房昨夜停红烛，待晓堂前拜舅姑[2]。

妆罢低声问夫婿，画眉深浅入时无。

【注释】

①张水部：指张籍。水部：官名，工部四司之一。 ②舅姑：公婆。

【译文】

洞房的红烛一直亮到天明。等待拂晓去堂前拜见公婆。装扮好后轻声询问夫君：我的眉画得浓淡可合时兴？

【赏析】

这是一首言此指彼的小诗。唐代士子在参加进士考试前，时行“行卷”，即把自己的诗篇呈给主考官，看看是否投主考官的意。此诗便是行卷之作。

诗的字面意思是：昨夜洞房里红烛高烧，新妇进了夫家。第二天早晨新妇要去拜见公婆。新妇为此精心梳妆打扮后，低声询问丈夫：她画的眉毛是否入时？

实际上，此诗借闺房情事来隐喻进士考试，作者自比新娘，把张籍比作新郎，舅姑比作主考官，作者在问张籍：自己的诗文是否合适？张籍写了酬作说：“越女新妆出镜心，自知明艳更沉吟。齐纨未足时人贵，一曲菱歌敌万金。”朱庆馀的诗名因此流布海内。

将赴吴兴登乐游原[1]

——杜　牧

清时有味是无能，闲爱孤云静爱僧。

欲把一麾江海去，乐游原上望昭陵[2]。

【注释】

①吴兴：今属浙江，即湖州。 ②昭陵：唐太宗墓，在今陕西醴泉县。

【译文】

天下太平之时，像我这般无大才的人过得很有兴味，闲时喜欢如孤云般逍遥悠闲，静时就如老僧的恬淡。我将手持符节，远去江海，临去之前，到乐游原上去西望那位文治武功煊赫一时的明君唐太宗的陵墓。

【赏析】

此诗用反语和自嘲的方式，讽刺统治者不重视人才。

诗的前两句说：如今是清平有为之世，自己却有闲情逸致，喜爱孤云之闲和孤僧之静，足见自己无能。诗的后两句说：自己将赴湖州任刺史了，从此就要离开长安城了。于是登上乐游原，远望唐太宗李世民的陵墓——作者怀想的是唐太宗煊赫的文治武功。读了诗的后两句，就可以明白诗的前两句是对当时朝政的讽刺：作者向往太宗时代的太平盛世，也有心辅佐朝廷、重登太平盛世，但却不可能，因此，对朝政满含失望。

赤　　壁①

——杜　牧

折戟沉沙铁未销，自将磨洗认前朝。
东风不与周郎便②，铜雀春深锁二乔③。

【注释】

①赤壁：山名。即今湖北武昌县西赤鼻矶。　②“东风”句：指周瑜用黄盖火攻之计，因东南风相助，打败曹军。　③铜雀：铜雀台，东汉建安十五年（210）曹操建于邺城（今河北临漳县），因楼顶有大铜雀，故名。二乔，均为乔公之女，大乔嫁孙策，小乔嫁周瑜。

【译文】

赤壁的泥沙中，埋着一枚未锈尽的断戟。自己磨洗后发现这是当年赤壁之战的遗留之物。倘若不是东风给周瑜以方便，结局恐怕是曹操取胜，二乔被关进铜雀台了。

【赏析】

这首诗写历史，写三国时孙刘二家联合抗曹的赤壁之战。诗人通过一支断戟抒发奇想，设想与历史事实相反的结果，可谓别出心裁。但东风是否具有决定性的作用，只有留待史家考证了。

本诗是杜牧任黄州刺史时作。

泊　秦　淮

——杜　牧

烟笼寒水月笼沙①，夜泊秦淮近酒家②。
商女不知亡国恨③，隔江犹唱后庭花。

【注释】

①烟：烟雾。　②泊：停泊。秦淮：即秦淮河。　③商女：歌女。

【译文】

迷离月色和轻烟笼罩着寒水白沙，夜晚船只停泊在秦淮河边靠近岸上的酒家。卖唱的歌女不知道什么是亡国之恨，隔着江水仍在高唱着《后庭花》。

【赏析】

此诗中，诗人借夜泊秦淮发出感慨，以警当时。

秦淮河是六朝繁华的缩影。这一天，诗人舟泊秦淮河边的酒家附近，但见秦淮河上烟水迷离，月光朦胧，透着一种凄清的况味。六朝的繁盛场面如今不复存在。但歌女们不知道陈朝之所以灭亡，是因为后主陈叔宝荒淫奢侈，耽于声色。后人已把他所娱乐的《后庭花》看作亡国之音。歌女无知，如今仍在唱着那首亡国的《后庭花》。

杜牧当然不是为了斥责歌女，他是借古讽今，寄寓感慨，把讽刺的矛头指向唐朝那些享乐、醉生梦死的上层人物。

寄扬州韩绰判官

——杜　牧

青山隐隐水迢迢，秋尽江南草木凋。

二十四桥明月夜[①]，玉人何处教吹箫？

【注释】

①二十四桥：一说桥名二十四，又一说古有二十四美人吹箫于此，故名。

【译文】

青山隐隐起伏，江水遥远悠长，秋季已尽，江南的草木还未凋落。二十四桥明月映照幽幽清夜，老友你在何处听美人吹箫？

【赏析】

杜牧曾在扬州淮南节度使府任推官，转掌书记。　此诗为作者离扬州后作。韩绰，不详。诗中前两句写江南深秋的景物，可以入画，给人遐想。后两句问韩绰明月之夜在何处听歌女吹箫，实则表示对友人的想念。

遣　　怀

——杜　牧

落魄江湖载酒行[①]，楚腰纤细掌中轻[②]。

十年一觉扬州梦，赢得青楼薄幸名[③]。

【注释】

①落魄：仕宦潦倒不得意，飘泊江湖。　②楚腰：指细腰美女。掌中轻：汉成帝皇后赵飞燕，“体轻，能为掌上舞”（《飞燕外传》）。　③青楼：旧指精美华丽的楼房，也指妓院。薄幸：薄情。

【译文】

想当年，困顿江湖饮酒作乐放纵而行，专爱那纤细的腰身能在掌中起舞，婀娜轻盈。扬州十年的纵情声色，好像一场梦，到头来只落得青楼楚馆内一个薄情的名声。

【赏析】

杜牧三十三岁之前，曾在扬州淮南节度使幕中。这首诗，记录了作者在扬州时流连青楼、放纵声色、曼艳放荡的生活，以及对这种生活的忏悔和自责。

秋　　夕

——杜　牧

银烛秋光冷画屏[①]，轻罗小扇扑流萤[②]。

天阶夜色凉如水[③]，卧看牵牛织女星[④]。

【注释】

①银烛：银色而精美的蜡烛。画屏：画有图案的屏风。　②轻罗小扇：轻巧的丝质团扇。流萤：飞动的萤火虫。　③天阶：露天的石阶。　④卧看：坐着朝天看。卧：一作“坐”。

【译文】

银烛的烛光映着冷清的画屏，手执绫罗小扇扑打萤火虫。夜里清凉如水，静坐凝视天河两旁的牵牛织女星。

【赏析】

蘅塘退士评价本诗说：“层层布景，是一幅着色人物画。只‘卧看’二字，逗出情思，使通身灵动。”诚然，本诗形象生动逼真，其清丽素雅之景，令人遐思。

诗中蕴含的冷清闲悠意味，读者可从读出来。

赠别（二首）

——杜　牧

其　一

娉娉袅袅十三余①，豆蔻梢头二月初②。

春风十里扬州路，卷上珠帘总不如。

【注释】

①娉娉袅袅：美好的样子。　②豆蔻：植物名，初夏开花。这里喻未嫁女子。

【译文】

多么美好，她娇小轻盈的姿态，仿佛初春的豆蔻，含苞欲放，春风吹拂，扬州城的繁华，十里长街上，所有的珠帘高高卷起，有哪一个女子，比得上她的美貌。

【赏析】

本诗是《赠别》的第一首。诗中主人公是杜牧在扬州青楼结识的歌妓。诗的内容并无甚意义，无非是赞扬歌妓的美貌，但本诗流传很广。

其　二

多情却似总无情，唯觉樽前笑不成。

蜡烛有心还惜别，替人垂泪到天明。

【译文】

多情的人却像是无情的人一样冰冷，在离别的酒宴上只觉笑不出声。蜡烛仿佛还有惜别的心意，替离别的人流泪到天明。

【赏析】

本首与前一首均为杜牧离扬州赴长安时，与一歌妓分别前作。第一句好，深刻而有意味。日常生活中常能体会，但经诗人说出，便令人叫绝。三、四两句借景物抒发情感，也很深刻，且意味悠长，值得玩味。

金　谷　园[1]

——杜　牧

繁华事散逐香尘，流水无情草自春。
日暮东风怨啼鸟，落花犹似坠楼人[2]。

【注释】

①金谷园：西晋石崇别墅。在今河南洛阳西北。　②坠楼人：指石崇爱妾绿珠，为石崇坠楼而死。

【译文】

金谷园里的繁华奢靡早已随着芳香的尘屑烟消云散了；园中流水无情地流淌，如茵的春草年年重生。日暮时分啼鸟在东风里叹怨，落花纷纷，恰似那为石崇坠楼的绿珠美人。

【赏析】

本诗是杜牧游洛阳金谷园废址时所作。诗中表达的无限感慨，集中为一个字："散"。繁华也罢，显赫也罢，最终都会散，都会变为虚无。永恒的只是无情的流水，而不是人的欲望。"落花犹似坠楼人"句，不只是对绿珠命运的同情，更深刻的普遍意义在于：在茫茫的宇宙间，在永恒的历史长河中，个人是渺小和微不足道的。

夜语寄北

——李商隐

君问归期未有期[1]，巴山夜雨涨秋池[2]。
何当共剪西窗烛[3]，却话巴山夜雨时[4]。

【注释】

①君：对对方的尊称。归期：指回家的日期。②巴山：指大巴山，在陕西南部和四川东北交界处。这里泛指巴蜀一带。秋池：秋天的池塘。　③何当：什么时候。剪西窗烛：剪烛，剪去燃焦的烛芯，使灯光明亮。这里形容深夜秉烛长谈。　④却话：回头说，追述。

【译文】

你问我何时归来，我不知何时归来，巴山夜雨绵绵，雨水涨满了秋池，什么时候我们才能一起秉烛长谈，相互倾诉今宵巴山夜雨中的思念之情。

【赏析】

此诗是诗人在梓州（今四川三台县）柳仲郢幕中寄赠长安友人之作。

首句点明此诗为回答诗人来信而作：您问我何时归去，我还不知归期。第二句则点明诗人写此诗的时间、地点、环境：秋天，巴山，夜雨涨满了池塘。第三、四两句预想归去之后与朋友相聚的情景：几时能同您在西窗之前剪着烛花，倾诉自己滞留巴山时对朋友的一片思念之情。不少人认为此诗是诗人寄妻子的，其实，写此诗时，李商隐的妻子已亡故，因此有人认为此诗是寄朋友的。

此诗朴实无华，在李商隐诗集中是比较少见的。

寄令狐郎中[1]

——李商隐

嵩云秦树久离居[2]，双鲤迢迢一纸书[3]。
休问梁园旧宾客[4]，茂陵秋雨病相如[5]。

【注释】

①令狐郎中：即令狐绹。郎中，官名。 ②嵩云秦枝：嵩山的云与秦地的树，分别指河南与陕西。 ③双鲤：书信。蔡邕："客从远方来，遗我双鲤鱼。呼童烹鲤鱼，中有尺素书。" ④梁园：汉梁孝王的园林，遗址在今河南商丘。 ⑤"茂陵"句：司马相如因患消渴病，被免职，住在茂林。这里，作者以司马相如自比。

【译文】

情谊缱绻，只因为我们天各一方，无奈山高路远，却欣喜收到你珍贵的书信，慰藉我落寞的思念之情，不要问我的遭遇，我是梁园的旧客，病卧在茂林他乡，仿佛绵绵秋雨，伤情绵绵。

【赏析】

本诗作于唐武宗会昌五年（855）秋，系李商隐给旧友令狐绹的答诗。此时作者闲居洛阳，而令狐绹则远在长安，故说"嵩云秦树久离居"。

诗中一方面表达诗人对旧友关心的感谢，一方面则抒写自己的寂寞境况。后两句运用历史典故，自然而贴切。

为　有

——李商隐

为有云屏无限娇，凤城寒尽怕春宵。

无端嫁得金龟婿[1]，辜负香衾事早朝[2]。

【注释】

①金龟婿：做官的丈夫。唐武则天时，三品以上官员佩金龟。　②衾：被子。

【译文】

华贵的屏风点缀娇妻的卧房，冬寒已经退尽，恩爱夫妻谁不想春宵长住。没来由地嫁了个做官的丈夫，他不贪恋温暖香衾只想去上早朝。

【赏析】

本诗用“为有”头两个字标题，没有含义，等于无题。诗的基本思想是：和夫妻间内在的恩爱欢情相比，外在的荣华富贵、显赫地位都不重要。王昌龄《闺怨》一诗中有“悔教夫婿觅封侯”句，其含义与本诗三、四两句相似，都表达了一种无可奈何的不满情绪。

隋　宫

——李商隐

乘兴南游不戒严，九重谁省谏书函[1]。

春风举国裁宫锦，半作障泥半作帆[2]。

【注释】

①九重：指皇帝居住的深宫。省：明察，懂得。谏书函：给皇帝的谏书。②障泥：披在马身上遮盖泥土的毡。

【译文】

隋炀帝为南游江都不顾安全，九重宫中有谁理会劝谏书函。春游中全国裁制的绫罗锦缎，一半作御马障泥一半作船帆。

【赏析】

隋炀帝荒淫、残暴，在中国历史上是出了名的。他曾三下扬州，极尽挥霍，无端耗费大量人力、物力、财力，其骄奢淫逸令人发指。李商隐这首诗，通过典型的事例，对隋炀帝的所作所为进行了无情的讽刺和批判，不但具有历史意义，还具有现实意义。

本诗不愧为古代讽刺诗的杰作。

瑶　　池

——李商隐

瑶池阿母绮窗开[①]，黄竹歌声动地哀[②]。

八骏日行三万里[③]，穆王何事不重来。

【注释】

①瑶池：传说为西王母居处。阿母：西王母。　②黄竹歌声：《穆天子传》卷五："日中大寒，北风雨雪，有冻人。天子作诗三章以哀民。"　③八骏：指穆王有赤骥等八匹骏马。

【译文】

瑶池上西王母的雕花窗户向东敞开，只听见《黄竹歌》声震动大地，使人心悲哀。周穆王有八匹能日行三万里的骏马，为了何事违约不再来?

【赏析】

唐朝崇奉道教，主要与维护其统治的神圣性有关。且有不少帝王因迷信长生而乱服丹药致死。本诗借用《穆天子传》的故事，表达相思哀怨之情。

嫦　　娥[①]

——李商隐

云母屏风烛影深[②]，长河渐落晓星沉。

嫦娥应悔偷灵药[③]，碧海青天夜夜心[④]。

【注释】

①嫦娥：神话中月亮上的神女，传说是夏代东夷首领后羿的妻子。　②云母屏风：以云母石制作的屏风。深：暗淡。　③灵药：指长生不死药。　④碧海，形容蓝天苍碧如同大海。夜夜心：指嫦娥每晚都会感到孤单。

【译文】

云母屏风上烛影暗淡，银河渐渐斜落，晨星也隐没低沉。嫦娥应该后悔偷取了长生不老之药，如今空对碧海青天夜夜孤寂。

【赏析】

此诗的注解众说纷纭，有说是李商隐自悔做王茂元女婿，有说是咏女道士的。但我们认为解作李商隐在爱情上受阻较为恰当。

此诗是从想象嫦娥在月宫中的孤单落寞写起的：烛光在云母屏风上投下了阴影；银河渐渐西斜，晨星寥落。一切都是那么冷清孤寂。那么，嫦娥应该后悔了——她不该偷吃灵药变成飞仙，从此幽居在广寒宫内，每夜独自对着碧海青天……

也许诗人所恋的女子后来成为官宦富室之妻，贵则贵矣，但得不到真正的爱情，每天思念的是过去拥有过的爱情，因此追悔莫及。“碧海青天夜夜心”一语写出了她的孤独和痛悔。

贾　生

——李商隐

宣室求贤访逐臣[1]，贾生才调更无伦[2]。

可怜夜半虚前席[3]，不问苍生问鬼神[4]。

【注释】

①宣室：汉未央宫前正室。逐臣，指贾谊。 ②才调：才华气质。 ③可怜：可惜，可叹。虚：徒然。前席：在坐席上移膝靠近对方。 ④苍生：百姓。

【译文】

汉文帝求贤，在未央宫前殿召见被贬的臣子。贾谊才气纵横无与伦比。文帝半夜移膝靠近贾谊听讲，可惜不问百姓生计只问起鬼神之事。

【赏析】

汉文帝可算明君，贾谊则是胸怀大志、富有才华的政论家，都是历史上有名的人物。

本诗说汉文帝“求贤”，“访逐臣”，看似赞扬汉文帝，实则不然，因为最后一句“不问苍生问鬼神”作为总结，点明了“求贤”的动机，故有讽刺意。

瑶　瑟　怨

——温庭筠

冰簟银床梦不成[1]，碧天如水夜云轻。

雁声远过潇湘去[2]，十二楼中月自明。

【注释】

①冰簟：凉席。银床：指洒满月光的床。 ②潇湘：水名，在湖南省内。

【译文】

秋夜床席冰冷，梦也难以做成，长空澄碧如水，夜里云轻轻地飘荡。雁声凄厉远远地飞过潇湘，十二楼中夜已深，唯有明月洒着寒光。

【赏析】

此诗是写一位女子秋闺怨思的。诗题中也表明了一个“怨”字。

但诗中没有写到一个“怨”，而只描绘她周围孤寂凄凉的环境：华丽的床上铺着凉席，本来她希望梦中与对方相会的，但偏偏没能成梦。既然梦不成，她仰头看天，只见天空暗碧，夜色如水，夜云淡淡，一片凄清。雁声愈去愈远，直去潇湘。而思妇只能眼睁睁地看着大雁远去，音书莫寄，只有一轮冷月独伴高楼。

此诗妙处正在于不点“怨”字而怨情自现。蘅塘退士评曰：“通首布景，只‘梦不成’三字露怨意。”

【郑　畋】（824—882），字台文，荥阳（今河南荥阳市）人。会昌二年（842）中进士，后又登书判拔萃科。曾任校书郎、渭南尉、中书舍人、梧州刺史、兵部侍郎等职。僖宗、昭宗朝曾两度拜相。性宽厚，能诗文。

马　嵬　坡

——郑　畋

玄宗回马杨妃死①，云雨难忘日月新。

终是圣明天子事，景阳宫井又何人②。

【注释】

①回马：指唐玄宗由蜀回长安。　②景阳宫井：陈后主闻隋兵进城，便与宠妃张丽华、孔贵嫔出景阳宫，跳入井中，结果仍被隋兵所俘。故址在今南京玄武湖边。

【译文】

玄宗返回长安杨贵妃早已死，旧时恩爱难忘，国家开始振兴。处死杨贵妃也是玄宗英明决策，不然就会步陈后主亡国后尘。

【赏析】

唐人对杨贵妃缢死马嵬坡一事题咏甚多，但此诗说法甚新。蘅塘退士评此诗曰：“唐人马嵬诗极多，惟此首得温柔敦厚之旨。”原因就在于此诗歌颂了玄宗英明果断，能在马嵬坡听从军士的要求缢死杨贵妃。

诗里是这样写的：玄宗从避难地回到了京城，杨贵妃则已缢死在马嵬坡了。虽然旧情难忘，但是日月换令人欣喜；这毕竟是因为天子决断英明，与景阳宫井中忍辱就擒的陈后主和张丽华是两回事。

这种说法其实是很无耻的。没有唐玄宗，杨氏的羽翼能丰满吗？不是玄宗自己昏愦，会酿成安史之乱吗？郑畋只不过是为避帝王讳，但历史是明明白白摆着的，谁也更改不了！

【韩　偓】（844—923），字致尧，小字冬郎，自号玉山樵人，京兆万年（今陕西西安市）人。十岁能诗，曾被姨父李商隐誉为“雏凤清于老凤声”（《韩冬郎即席为诗相送一座皆惊》）。龙纪元年（889）中进士，历任左拾遗、左谏议大夫、翰林学士、中书舍人，后升任兵部侍郎、翰林承旨。屡次推辞相位。后朱温专权，恨韩偓不附己，贬为濮州司马，再贬为荣懿尉，又迁邓州司马。后召为学士，韩偓不敢入朝，举家南依闽王王审知而卒。诗工于七言近体，诗风柔婉绮丽。

已　凉

——韩　偓

碧阑干外绣帘垂，猩色屏风画折枝①。
八尺龙须方锦褥②，已凉天气未寒时。

【注释】

①猩色：红色。折枝，花卉画法之一，只画连枝折下部分。　②龙须：草名。这里指草席。

【译文】

晶莹碧翠的栏杆外，低垂着彩绣的帘幕，猩红色的屏风上，雕饰的花卉栩栩如生，天气已经凉爽，秋寒还未来临，铺上了织锦的华贵被褥和精制的草席。

【赏析】

此诗似是写一位诗人倾心爱慕的美人的。

诗中描绘了一处华丽而精致的内室：翠绿如玉的栏杆外，绣花的帘幕低垂着；猩红色的屏风上，画着折下的花枝；华贵的织锦被褥上摊着八尺宽的龙须草席——此时正值秋天，天未严寒，但已有凉意。

诗中只是铺叙了这内室的陈设，而不见人物，但我们可以推测到这是一位美人的居室。诗人对这些陈设描写得这么细致，可以看出他对她是很倾心的。诗的最后一句余味悠长，是写景，也似在写诗人的情思。此诗的表达视角是很新颖的。

台　城

——韦　庄

江雨霏霏江草齐，六朝如梦鸟空啼①。

无情最是台城柳②，依旧烟笼十里堤。

【注释】

①六朝：提东吴、东晋、宋、齐、梁、陈六个朝代。　②台城：在南京玄武湖边，亦称禁城。

【译文】

淫雨霏霏洒落在江中，两岸绵延着平齐的芳草，六朝的繁华早已逝去，只有鸟雀在空自鸣叫，台城的杨柳最是无情，任凭古今兴衰人事穷通，依旧年年吐绿，笼罩着十里长堤。

【赏析】

此诗是凭吊六朝古都南京的名诗。

六朝在南京建都，当时的南京称东南第一州，为天下最繁盛之处。然而，历史的长河大浪淘沙，到了韦庄生活的时代，已是一片衰败景象：濛濛细雨洒落在江上，江边芳草茂盛；六朝的繁华如同梦幻，一去不返，只有鸟儿还在空自啼叫。最无情的是台城的杨柳，六朝时很繁茂，现在还很繁茂。

“无情”一句，表面上是责怪杨柳，其实杨柳何知？它不受诗人责怪。诗人要感叹的是：为什么六朝的繁盛会如梦幻一样一去不复返呢？

韦庄生逢唐末乱世，他凭吊六朝兴亡，实际上也是在悲叹唐朝的衰微。

【陈　陶】生卒年不详，字嵩伯，祖籍岭南（今广东、广西一带）。精究天文历象，考进士未中，遂漫游江南，后隐居于洪州（今江西南昌）西山，终生未仕。工于乐府，其诗多为旅途题咏、求道学仙之词。《陇西行》一诗为传世名篇。

陇　西　行①

——陈　陶

誓扫匈奴不顾身，五千貂锦丧胡尘。

可怜无定河边骨②，犹是春闺梦里人！

【注释】

①陇西行：《乐府》旧题。　②无定河：黄河支流，在陕西北部。

【译文】

人人宣誓要扫荡匈奴，个个奋不顾身奋勇当先，五千名骠悍的将士，全部战死在边地沙场，可怜啊，无定河边尽是堆堆征人的白骨，可怜啊，他们远方的妻子，在梦中呼唤他们，盼望与他们相会。

【赏析】

这是一首感情极其沉痛的诗。

诗的上半首写守边的将士们英勇卫国：他们立誓要扫荡匈奴，一个个奋不顾身；五千名身着貂锦的精兵良将，全部牺牲在敌阵之中。这两句，除了写出将士的英勇外，也写出了战争极其残酷。

诗的下半首陡然一转：可怜征人的枯骨堆积在无定河边，而他们的妻子全不知晓，她们还在梦中与他们相见！

这两句，从侧面揭示了统治者穷兵黩武、长期驱使将士征战的罪恶。前后两部分陡然逆转，尤其是诗的末句有震撼人心的力量，把作者厌战的情绪明明白白地表现了出来。

【张　泌】生卒年不详，字子澄，淮南（今江苏扬州）人。南唐后主时中进士，授句容县尉。后擢为监察御史，迁考功员外郎、内史舍人。后随李煜降宋，入史馆。诗长于七言，多为伤春、思乡之作。

寄　人

——张　泌

别梦依依到谢家[①]，小廊回合曲阑斜[②]。

多情只有春庭月，犹为离人照落花[③]。

【注释】

①谢家：泛指闺中女子。　②回合：回环、回绕。阑：栏杆。　③离人：这里指寻梦人。

【译文】

依依不舍的梦魂，牵引着离别后的思念，牵引着我，来到你的家园，回廊和曲栏依如往昔，可哪里，去寻觅你的身影，空寂的院庭，没有你，只有我，和寂寞痴情的月亮，它同情的光，照见飘落的残花，永远萦绕的，失望。

【赏析】

此诗可能是寄内之作，因为“谢家”通常解作“外家”，也就是岳家的代称。

诗的第一句写诗人与妻子离别后一直思念着妻子，乃至在梦中悠悠然去了妻子的家。诗的后三句则是诗人的想象之词，写梦中所见：房廊回合、曲栏环抱。诗人想象着妻子在娘家也是夜不能寐、正在凭栏遐想，春月多情，正为那怨离别的人照着落花……

春月多情是因为诗人自己多情，诗人自己多情偏说是春月多情，此情就更加真挚。此诗写得宛转多情、韵味悠长。

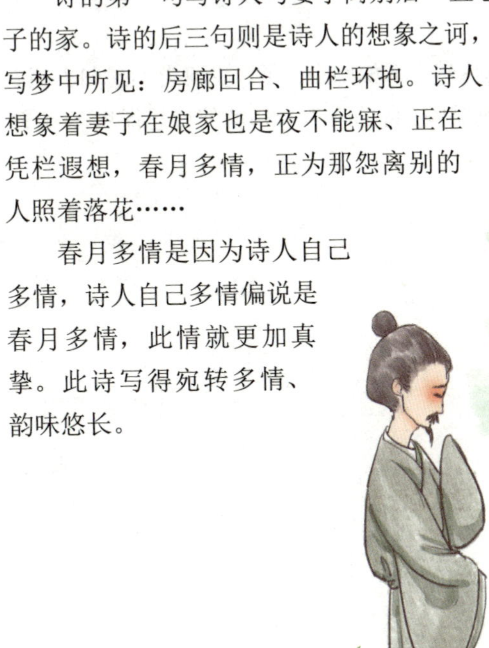

杂　　诗

——无名氏

近寒食雨草萋萋，著麦苗风柳映堤[①]。

等是有家归未得[②]，杜鹃休向耳边啼[③]。

【注释】

①著：吹入。　②等是：为何。　③杜鹃：鸟名，即子规。

【译文】

时令将近寒食，春雨绵绵，春草萋萋；春风过处，苗麦摇摆，堤上杨柳依依。都是有家不能归。杜鹃啊，不要在我耳边不停地悲啼。

【赏析】

此诗写久客难归的愁思。

快到寒食了，春雨绵绵，芳草萋萋；春风吹拂着麦苗，嫩柳映绿了河堤。这本来是令人赏心悦目的时候，然而，远离家乡的游子却是另一番心境：我为什么有家难归啊？

杜鹃啊，你不要在我耳边一声声地啼着“不如归去”了，我何尝不想归去呢？

本是游子思家、欲归不得，却怪杜鹃聒噪。诗的最后一句就使诗思摇曳多姿了。

七绝乐府

渭 城 曲[①]

——王 维

渭城朝雨浥轻尘[②]，客舍青青柳色新[③]。
劝君更尽一杯酒，西出阳关无故人[④]。

【注释】

①渭城曲：题一作《送元二使安西》。 ②渭城：秦咸阳，汉改名渭城，在今陕西咸阳东北。浥：润湿。 ③客舍：旅馆。柳色：柳树象征离别。 ④阳关：故址在今甘肃敦煌县西南。

【译文】

渭城早晨一场春雨沾湿了轻尘，客舍周围柳树的枝叶翠嫩一新。老朋友请你再干一杯美酒，向西出了阳关就难以遇到故旧亲人。

【赏析】

这是一首著名的送别诗，是送友人去边塞之作。

诗里写道：清晨时细雨洒落渭城，沾湿了飞扬的路尘。（这一句点明送别时间。）雨后，客舍附近一片青葱之色，杨柳更加鲜嫩。（这一句点明送别地点。）朋友啊，请您再喝一杯酒吧，走出了阳关，就很难再遇到老朋友了。（自然就无人劝您饮酒了。）

此诗借景抒情，不说惜别之情，但别情溢于纸上，道出了千万离人的共同心声。无怪乎此诗被谱入乐府，成为千古绝唱《阳关三叠》之一！王维并没有用凄凄惨惨的字眼，每一字却能安慰朋友孤寂的心，表达诗人深挚的情。

秋 夜 曲

——王 维

桂魄初生秋露微[①]，轻罗已薄未更衣[②]。
银筝夜久殷勤弄[③]，心怯空房不忍归[④]。

【注释】

①桂魄：月亮的别称。 ②轻罗：轻盈的丝织品，宜做夏装，在此代指夏装。已薄：已觉单薄。 ③筝：拨弦乐器，十三弦。殷勤弄：频频弹拨。 ④空房：独宿无伴。

【译文】

一轮秋月刚刚升起，秋露初生，罗衣已显单薄却懒得更换别的衣裳。更深夜阑还在殷勤拨弄银筝，原来是怕空房寂寞不忍回归。

【赏析】

此诗写出了一位少女的秋夜怨思：

月亮快要失去圆满的形状，秋天的露水也还很轻，这位少妇感到了一分凉意：身上穿的纱衫已薄了。一直到夜已很深沉的时候，她还在弹拨着银筝——因为她害怕闺房空落落！

秋夜凄清的氛围已使少妇感到寂寞，更哪堪闺房独守之苦！诗的前三句蓄足了势，到最末一句才点题，就更突出了少妇的愁思。

出　　塞[①]

——王昌龄

秦时明月汉时关，万里长征人未还。

但使龙城飞将在[②]，不教胡马度阴山。

【注释】

①出塞：乐府《横吹曲》旧题。 ②龙城飞将：指李广，因其勇猛善战，称为“飞将军”。

【译文】

月亮啊，永恒的月亮，高高挂在茫茫的夜空，照耀秦汉的边关。万里征战的将士啊，至今还未归来。如果李广还在人间，决不让胡人的战马度过阴山。

【赏析】

这首诗赞颂了汉代名将李广，同时又有无限感慨，一是感慨边将无能，二是感慨朝廷衰败。“秦时明月汉时关”句，具有独立的价值，其深远广阔的历史蕴意，令人产生无限联想。

长信怨（其三）①

——王昌龄

奉帚平明金殿开②，暂将团扇共徘徊③。
玉颜不及寒鸦色④，犹带昭阳日影来⑤。

【注释】

①长信：汉宫名。 ②奉帚：持帚洒扫。多指嫔妃失宠而被冷落。平明：指天亮。金殿：指宫殿。一作“秋殿”。 ③团扇：即圆形的扇子。 ④玉颜：指姣美如玉的容颜，这里暗指班婕妤自己。寒鸦：寒天的乌鸦；受冻的乌鸦。暗指心狠手辣的赵飞燕姐妹。 ⑤昭阳：汉殿名。为赵飞燕姐妹所居。

【译文】

天亮就拿起扫帚打扫金殿尘埃，百无聊赖时手执团扇徘徊。美丽的容颜还不如乌鸦的姿色，它还能带着昭阳殿的日影飞来。

【赏析】

这首诗写班婕妤的悲怨。班婕妤贤而有才，曾受成帝宠爱。后因成帝宠幸赵飞燕姐妹，斑婕妤为避其嫉害，自请去长信宫供奉太后。

本诗构思奇特，想象非凡，含义深刻，表现了作者创造性才能。

清平调（三首）

——李　白

其　一

云想衣裳花想容，春风拂槛露华浓。
若非群玉山头见，会向瑶台月下逢①。

【注释】

①群玉山、瑶台：传说皆西王母居处。

【译文】

飘浮的云是你的衣裳，美丽的花是你的容颜，春风轻轻抚摩栏杆，浓露中的牡丹红得晶莹，若不是人间的佳丽，便是仙女在翩翩起舞。

【赏析】

这首诗的写作背景是：唐玄宗与杨贵妃在兴庆池东沉香亭前赏牡丹，特命李白制作新曲，李白虽然已醉，然诗思敏捷，援笔即写成了三首诗。

“其一”以牡丹比贵妃：云彩好像贵妃的衣裳，牡丹花好像贵妃美丽的容貌。春风吹拂花槛，牡丹含露，这一切正如贵妃承沐着皇上的恩宠。这样的美人，要么在西王母居住的群玉山，要么在神仙居住的瑶台才能看到，人间哪里有这般绝色呀。

其　二

一枝红艳露凝香，云雨巫山枉断肠。

借问汉宫谁得似，可怜飞燕倚新妆①。

【注释】

①飞燕：赵飞燕。汉成帝宠妃，后立为皇后。

【译文】

一枝红艳的牡丹，带着朝露，散着芳香。云雨巫山的神女，纵然楚王朝思暮想，只是白白愁断肠。汉宫中谁能比她更美丽，赵飞燕换上新妆也是徒劳。

【赏析】

“其二”以带露之花比喻杨贵妃得宠：犹如一枝红艳的牡丹散发着芳香。楚王只能梦见巫山云雨。眼前这花容连汉宫中新妆的赵飞燕都不能比拟。

其　三

名花倾国两相欢①，长得君王带笑看。

解释春风无限恨，沉香亭北倚阑干。

【注释】

①倾国：这里指杨贵妃。

【译文】

名花与美人无比美丽和谐，时时赢得风流君王含笑顾盼。在栏杆旁欣赏婷婷玉立的身影，无限春恨也会自然消散。

【赏析】

第三首兼咏杨贵妃和牡丹：名花和贵妃相映生辉，君王常含笑观看。当她在沉香亭北斜倚栏干时，无边的春恨也就完全消散了。

有人曾讥讽李白阿谀权势，其实不然。透过杨贵妃以美貌博取帝王恩宠的事实，不也有作为文士的李白对杨家权势的厌憎吗？

出　塞

——王之涣

黄河远上白云间，一片孤城万仞山。
羌笛何须怨杨柳①，春风不度玉门关。

【注释】

①杨柳：即《折杨柳》，古曲名。

【译文】

黄河如带，绵延流向遥远的云天，一座孤城矗立在荒凉的峻岭重山之间，羌笛何必吹起悲凉的乐曲，倾诉别离的哀怨，柔和的春风，从来吹不到玉门关。

【赏析】

此诗前半写景，后半抒情，表达的是对戍边战士的同情。

诗的前两句描绘了一幅高远辽阔的边境图：黄河如带，在水云之间缭绕，一片孤城，周围是高耸峻拔的山岭。这座孤城正是将士戍边居住的地方，万仞群山将其裹挟其中，孤城显得这么荒凉！

后二句说羌管何必吹奏传达离别悲哀的《折杨柳》呢？春风是吹不到玉门关外的！这两句是感叹皇上的恩泽不及边塞，是代守边将士的疾苦立言。诗里明说是“何须”，实际上是“正须”，但用了“何须”一词，见出帝王从来就不体恤将士之意。

此诗意境浩莽，笔势浩瀚，对朝廷漠视戍边战士的讽刺含而不露，耐人寻味。

【杜秋娘】本诗作者无考，当作无名诗人。据杜牧《杜秋娘诗序》说，杜秋娘为金陵女子，年十五为镇海军节度使李锜妾，后李锜因叛乱被杀。杜秋娘籍没入宫，被唐宪宗宠爱。穆宗登位，命她为皇子李凑傅姆。李凑成年后，因罪被废黜，杜秋娘归于故乡。因杜秋娘善长唱《金缕衣》曲，故这里将其列为作者，其实并不确切。

金　缕　衣①

——杜秋娘

劝君莫惜金缕衣，劝君惜取少年时。
花开堪折直须折，莫待无花空折枝。

【注释】

①金缕衣：《乐府诗集》将其列入《近代曲辞》。金缕衣即用金丝织成的衣裳。

【译文】

不必爱惜金线织成的衣裳这诱惑你的身外之物，应该珍惜你的生命和灿烂的青春年华。鲜花盛开的时节可要尽情采摘，切莫在百花零落的时候，攀折那无花的空枝。

【赏析】

此诗劝人不要贪恋富贵荣华、而要珍惜少年时光。这种意思本来容易被写成干枯说教诗，而此诗作者用了形象鲜明的语言：不要爱惜用金线织成的华丽衣裳，而应爱惜少年时光，就像那盛开的鲜花要及时采摘，否则，春残花落之时就只能折取无花的树枝了。

世间的荣华富贵求之不尽，而时间是不能用金钱换取的。此诗可解为劝人爱惜光阴，及时建功立业，也可解为劝人及时摘取爱的果实。诗的后两句形象生动，胜过千言万语，颇有民歌的意味，又具有哲理意蕴。